brenda novak

nada más que tú

Editado por Harlequin Ibérica.
Una división de HarperCollins Ibérica, S.A.
Núñez de Balboa, 56
28001 Madrid

© 2017 Brenda Novak, Inc.
© 2018 Harlequin Ibérica, una división de HarperCollins Ibérica, S.A.
Nada más que tú, n.º 164 - 1.7.18
Título original: No One but You
Publicada originalmente por Mira Books, Ontario, Canadá

Todos los derechos están reservados incluidos los de reproducción, total o parcial. Esta edición ha sido publicada con autorización de Harlequin Books S.A.
Esta es una obra de ficción. Nombres, caracteres, lugares, y situaciones son producto de la imaginación del autor o son utilizados ficticiamente, y cualquier parecido con personas, vivas o muertas, establecimientos de negocios (comerciales), hechos o situaciones son pura coincidencia.
® Harlequin, HQN y logotipo Harlequin son marcas registradas por Harlequin Enterprises Limited.
® y ™ son marcas registradas por Harlequin Enterprises Limited y sus filiales, utilizadas con licencia. Las marcas que lleven ® están registradas en la Oficina Española de Patentes y Marcas y en otros países.
Imagen de cubierta utilizada con permiso de Harlequin Enterprises Limited. Todos los derechos están reservados.

I.S.B.N.: 978-84-9188-404-0
Depósito legal: M-14285-2018

Querido lector,

¡Qué ilusión presentarte mi última serie! Silver Springs es una ciudad ficticia de cinco mil habitantes, que guarda cierta semejanza con la ciudad verdadera de Ojai, en California, y que tiene unos siete mil quinientos habitantes. Al igual que Ojai, presume de su arquitectura de estilo español colonial y está encajonada en un pintoresco valle a unos noventa minutos al noroeste de Los Ángeles. Con el fin de conservar su originalidad, en la ciudad no están permitidas las grandes cadenas comerciales. En su lugar se fomenta el desarrollo de los negocios locales, y toda la zona respira un aire bohemio, casi espiritual. En el límite con Silver Springs se encuentra un rancho para chicos llamado New Horizons, donde una bondadosa mujer, Aiyana Turner, acoge a chicos conflictivos y los convierte en hombres admirables.

La idea para este libro surgió tras ver un programa sobre crímenes reales en el que el hijo de una pareja mayor regresaba una noche a la granja familiar donde vivía con sus padres y los encontraba asesinados, siendo finalmente acusado de sus muertes. Varios años después, la policía demostró que él no los había matado, pero yo no dejaba de pensar en cómo podría cambiarte la vida un suceso como ese. Y dado que estaba pensando en escribir algo acerca de hombres que habían asistido a ese mismo internado, algunos debido a un complicado pasado que incluía orfanatos o abandonos, pensé que sería muy interesante explorar esa idea, sobre todo porque era más probable que la policía sospechara de un hijo adoptado con fama de problemático. En cuanto la idea surgió en mi mente, mi héroe, Dawson Reed, saltó de mi imagina-

ción a la hoja de papel, y como pronto verás, no es como la mayoría de la gente cree que es. Me encanta escribir relatos como este, donde los personajes superan tremendas dificultades y acaban demostrando, a los demás y a sí mismos, que son mucho mejores de lo que la gente espera que sean. Espero que disfrutes de tu visita a Silver Springs.

Me encanta saber de mis lectores. Por favor, no dudes en contactar conmigo a través de Facebook en Facebook.com/BrendaNovakAuthor, o darte de alta en mi boletín mensual en brendanovak.com/newsletter-sign-up. Me encantará mantener el contacto contigo.

¡Feliz lectura!
Brenda Novak

Dedicado al grupo de lectura online de Brenda Novak, por recordarme constantemente el valor y la fuerza de una historia.

Capítulo 1

La centenaria granja parecía embrujada.

Sadie Harris no era especialmente supersticiosa, pero saber que dos personas habían sido asesinadas en uno de los dormitorios de la planta superior de esa casa aislada de fachada de listones blancos no hacía crecer su entusiasmo por trabajar allí. Aparcó frente a la verja de entrada y permaneció sentada en el coche, con el motor apagado, inclinando la cabeza para mirar por la ventanilla del copiloto.

Dawson Reed, que había puesto el anuncio en el periódico, al que ella había respondido, había salido de la cárcel, cierto. La camioneta aparcada frente a la casa no parecía en mucho mejor estado que el desvencijado Chevy El Camino que el hermano de su madre le había dejado en herencia tras su muerte tres meses antes. Los tablones que habían tapiado las puertas y ventanas de la casa durante los últimos doce meses habían sido arrancados, algunas malas hierbas de la entrada eliminadas, y el buzón había sido enderezado y reforzado. Pero Dawson no llevaba en su casa el tiempo suficiente para haberse ocupado de todo lo que necesitaba ser arreglado. Sumando el vandalismo que se había producido en su ausencia, y la falta de mantenimiento propia de una casa largo tiempo deshabitada, no le iba a faltar trabajo.

Sadie se preguntó qué estaría pasando por su mente desde su regreso a Silver Springs. Tras un año dedicado a luchar por obtener la libertad, había evitado por los pelos un veredicto que le habría llevado al corredor de la muerte. Pero no debía de estar demasiado emocionado por su regreso a la pequeña comunidad. Independientemente de la decisión del jurado, para todos los que vivían en aquel lugar era culpable.

Frunció el ceño al leer el grafiti que seguía pintado en la casa. Sobre la madera que cubría el porche alguien había escrito la palabra «asesino», con un spray, en letras de tamaño lo suficientemente grande como para verlas desde la autopista que pasaba a medio kilómetro de allí. El hecho de que no hubiera sido lo primero que había limpiado Dawson tras regresar a su casa ya indicaba algo sobre él, ¿no? Pero ¿qué? ¿Se sentía demasiado atormentado tras su larga batalla como para importarle lo que pensara la gente? ¿Estaba demasiado ocupado con asuntos que consideraba de mayor prioridad? ¿O lo había dejado ahí a propósito para molestar a los preocupados ciudadanos de Silver Springs?

Podría estar mofándose de sus detractores por haber heredado finalmente la propiedad a pesar de lo que ellos pensaban que...

La alarma del móvil la sobresaltó tanto que se golpeó la mano contra el volante.

—¡Ay! —se quejó mientras apagaba el estridente sonido.

Si quería llegar puntual a la entrevista solo le quedaban tres minutos para acercarse caminando por el camino que conducía a la puerta principal. Aun así, seguía sin estar convencida del todo sobre la conveniencia de mantener la cita. Ni siquiera sabía de qué iba el trabajo. Aunque Dawson había publicado un anuncio según el cual buscaba una asistenta/cuidadora, vivía solo. ¿No era capaz de cuidar de sí mismo?

En Silver Springs no era frecuente que un adulto sano tuviera asistenta, y eso le asustaba, incluso antes de pensar en el hecho de que era peligroso reunirse allí sola, con un hombre, un hombre que quizás había descuartizado con un hacha a sus padres adoptivos.

Sadie se estremeció ante la sangrienta imagen que se abrió paso en su mente. Los escabrosos detalles del asesinato de los Reed habían sido publicados en los periódicos y contados en las noticias de la noche con bastante asiduidad. Cualquier asesinato cometido en esa zona era algo espantoso. Los Ángeles estaba a tan solo noventa minutos al sur de allí y un crimen como el cometido pasaría desapercibido en la gran ciudad. Pero aquella era una pacífica comunidad de artistas y granjeros, repleta de edificaciones estilo misión y hermosos murales. Lo peor que había ocurrido allí, antes del asesinato de los Reed, al menos que se recordara, había sido cuando la hija de los Mueller se había escapado y luego había sido secuestrada. Y eso había sucedido veinte años atrás. Además, la chica se había marchado a Hollywood y allí era donde había sido secuestrada.

Pulsando la tecla para encender la pantalla, Sadie comprobó la hora, pues el reloj del coche estaba estropeado, junto con todo aquello que no resultaba imprescindible para la conducción del vehículo. Dos minutos. ¿Se atrevería a ir? ¿Sería mejor largarse de allí mientras pudiera?

Sly, su autoritario y pronto exmarido, le advertiría que debería mantenerse lejos de Dawson. Ya había aportado su granito de arena. La noche anterior habían discutido sobre ello durante una hora.

—No deberías trabajar para ese bastardo. ¿Qué clase de tipo mata a dos personas mayores mientras duermen, dos personas que lo habían acogido cuando nadie más estaba dispuesto a hacerlo? Lo alimentaron. Lo vistieron.

Lo trataron como si fuera su hijo biológico. ¡Y qué orgullosos estaban de él! Y él va y les hace eso. Lo que se dice la máxima traición.

Cuando Sadie había señalado que no se sabía con seguridad si había sido Dawson el asesino de su padres adoptivos, que no había habido suficientes pruebas para una condena, él había aludido a una información privilegiada que apuntaba al hecho de que Dawson era tan culpable como lo había sido el infame O.J.

—Créeme. Tú no sabes nada —había concluido.

Sin embargo él sí lo sabía todo, como siempre. Sadie estaba harta de todo aquello, harta de él. Llevaba jugando con ella desde mucho antes de los asesinatos, configurando los detalles del divorcio, ocultando cualquier ingreso extra en su trabajo de seguridad para que no fuera incluido a la hora de calcular la pensión de manutención de su hijo, amenazando con pelear por la custodia del niño de cinco años si ella no se conformaba con la miseria que le ofrecía. Dado que había sido ella la que se había marchado de casa, él seguía viviendo, solo, en la casa de tres dormitorios mientras que Jayden y ella se apretujaban en una diminuta casita de alquiler. Pero haberse quedado con la vivienda no le bastaba. Sly estaba empeñado en dejarla sin nada para que no le quedara más remedio que regresar con él si quería poder alimentar y vestir a su hijo, y a ella misma.

Recorrió con la mirada la granja y los campos que se extendían a ambos lados. El lugar no resultaba acogedor. Había varias ventanas rotas, un edificio anejo había sucumbido a las llamas y en el patio había un montón de muebles desechados y basura de a saber cuándo. Y lo peor de todo era que el vecino más cercano debía vivir a casi dos kilómetros de allí.

—Está loco —había dicho Sly antes de colgarle el teléfono.

Como agente de policía de Silver Springs hablaba con no poca arrogancia y autoridad. Pero en los últimos años había contado muchas historias que le habían erizado el vello de la nuca. Historias sobre reventar una fiesta de instituto, pero no denunciar a los chicos a cambio de que le entregaran la cerveza. O detener a una prostituta, pero no arrestarla a cambio de que preparara galletas para los oficiales. Aunque Sadie sospechaba que les había preparado algo más que galletas, pues había oído en una ocasión a Sly hacer un chiste grosero al respecto, cada vez que ella le cuestionaba por ello, él negaba haber cometido ninguna infracción. Aseguraba que no había sido más que una broma. Pero, si creía que enseñando la placa podía conseguir lo que quisiera y sacar ventaja de una situación, aunque solo se tratara de asustar a la gente o apartar a alguien de su camino, a ella no le cabía la menor duda de que lo haría. Y sobre todo al final de su matrimonio había empezado a atacarla a ella también. Si bien nunca le había hecho daño en serio, había estado a punto.

En su opinión, él también estaba loco. ¿Por qué iba a permitirle decidir por ella? No confiaba en él. En cuanto a Dawson, al menos en cuestiones de confianza, todavía era una incógnita.

Cuando solo le faltaba un minuto para la cita, se bajó del coche. Dawson le estaba ofreciendo un empleo a tiempo completo por hacer... algo que esperaba ser capaz de hacer, y la paga prometida era muy superior a lo que ganaba en esos momentos sirviendo mesas en Lolita's Country Kitchen. Era su oportunidad para escapar definitivamente de su exmarido. Y con Sly ejerciendo su influencia para sabotearla de todas las maneras posibles, tampoco tenía más alternativa. Nadie se atrevía a enemistarse con él porque era un hombre capaz de hacer que la vida fuera muy difícil. De modo que cada vez que había solicitado un empleo le decían que no estaba cualificada, o que habían elegido a otro candidato mejor. Si tenía el trabajo en Lolita's era únicamente porque ya trabajaba allí antes de abandonar a su marido.

Dawson no tenía ningún motivo para hacerle daño a ella, y no debía olvidarlo. Si había matado al señor y la señora Reed, lo había hecho por quedarse con la granja, que ya era bastante.

A medida que se aproximaba a la casa pudo ver los daños provocados en el tejado por las tormentas, la pintura resquebrajada y las heces de aves en la barandilla del porche. Los detalles se sumaron a su aprensión generalizada, pero no sintió verdadero pavor hasta que vio moverse una cortina de la ventana. La idea de que Dawson la estaba vigilando, observándola mientras se acercaba, casi le hizo darse media vuelta. Se detuvo, pero antes de poder realizar el siguiente movimiento la puerta principal se abrió y su potencial jefe salió de la casa.

—Usted debe ser Sadie Harris.

En Silver Springs solo había cinco mil habitantes. La ciudad no era grande, ni de lejos, y aun así nunca se habían visto. Dawson no solo tenía dos años más que ella, lo cual sabía por los numerosos artículos publicados sobre él y el juicio que había desvelado tantos detalles sobre su vida. Además habían acudido a institutos diferentes. Ella a uno público, él a New Horizons, un internado solo para chicos. Para chicos conflictivos.

¿Hasta qué punto era conflictivo? ¿Lo bastante como para matar a las personas que lo habían acogido? ¿Lo bastante como para atraer a una mujer hasta su granja con la falsa promesa de un empleo?

Esperaba que no fuera así.

—Sí. Yo... —Sadie se aclaró la garganta para terminar la frase—. Soy Sadie.

—Y yo soy Dawson.

Como si necesitara presentarse. Medía algo más de metro ochenta y ya había pasado fuera de la cárcel el tiempo suficiente para disfrutar del sol, con lo que el color arena de sus cabellos se fundía a la perfección con el dorado tono de su piel, que contrastaba con el color de sus ojos, de un tono azul hielo. A ella no le pilló por sorpresa su atractivo. Todo el mundo había hablado de cómo su «cara de ángel» no encajaba con sus actos «endemoniados». Además, había visto tantas fotos suyas que lo habría reconocido aunque no lo hubiera visto allí de pie en el porche de su casa.

–Lo sé.

–Ha seguido la información.

–Hasta cierto punto. Era la comidilla del pueblo, resultaba bastante difícil permanecer ajena.

Él asintió como si la respuesta hubiera sido justo la esperada.

–Claro. Por supuesto, es algo desafortunado. Pero... gracias por venir.

–No hay de qué –Sadie se secó las sudorosas manos sobre la vaporosa falda negra que constituía la mitad de su mejor vestuario.

Al llegar a casa y ver que lo estaba abandonando, Sly había tirado la mayor parte de su ropa, todo lo que ella no se había podido llevar en la primera remesa. Lo primero que se había llevado eran las cosas de Jayden, de ahí que sus opciones de vestimenta hubieran quedado muy mermadas. Sin duda debía ofrecer una imagen bastante simple tambaleándose por el camino lleno de baches, vestida con una blusa negra, una falda vaporosa y tacones altos, pero no le había parecido correcto aparecer en una entrevista de trabajo vestida con vaqueros.

–¿Prefiere hablar aquí fuera, en el porche? –preguntó Dawson–. He preparado café. Puedo sacar una taza y algunas sillas.

Era evidente que se le notaba que no tenía muchas ganas de quedarse allí. Era un intento de engatusarla. Sin embargo, Sadie no podía marcharse, a no ser que quisiera regresar a los brazos de Sly. Necesitaba el trabajo, necesitaba el dinero.

—Eh...

Estuvo a punto de contestar que no sería necesario que se molestara. Había sido programada para contestar esa clase de cosas, para mostrarse amable, desde su nacimiento. Y, si bien allí no solía hacer nunca frío, el clima era muy parecido al de Santa Barbara, a unos veinte minutos de distancia, la mañana era bastante fresca. Unos negros nubarrones tapaban el sol y amenazaban con lluvia. Pero Sadie estaba lo bastante asustada como para que la idea de quedarse fuera le hiciera sentir mejor. Debía tener cuidado. Su hijo la necesitaba, y no le gustaba cómo lo trataba su padre. Ese era en parte el motivo por el que al fin había reunido el valor suficiente para abandonar a Sly, a pesar de que sabía muy bien lo que le iba a hacer sufrir. Su exmarido no se mostraba todo lo orgulloso de Jayden como debería. La mayor parte del tiempo se sentía avergonzado de ese dulce y delicado niño.

—No hace muy mal tiempo —Sadie respiró hondo—. Sentarse aquí fuera es una idea estupenda, si no le importa —concluyó sin demasiada convicción.

—En absoluto. Enseguida vuelvo.

En cuanto Dawson desapareció, ella se volvió hacia el coche e intentó calcular la distancia en caso de que tuviera que descalzarse apresuradamente y salir corriendo en su dirección. El Chevy El Camino no estaba muy lejos y, dado que había aparcado frente a la verja de entrada, donde no había ningún peligro de que se quedara encerrada, en caso necesario podría emprender una rápida huida.

Sintiendo cierto alivio al saber a Dawson ocupado de momento en otras cosas, corrió hasta el porche todo lo deprisa que le permitían los tacones sin torcerse un tobillo y, mientras se decía a sí misma que debería calmarse, contempló los listones de madera, carcomidos y deformados, que necesitaban ser sustituidos por otros nuevos.

Cuando él regresó con una mesa pequeña y una bandeja que contenía dos tazas de café, además de crema y azúcar, ella deseó haber declinado el ofrecimiento de tomar café.

Había estado tan preocupada que ni siquiera había caído en que podría haberle echado algo a la bebida.

—Siéntese —la invitó él tras volver a la casa y regresar con unas sillas.

La suya, Sadie no pudo evitar fijarse en el detalle, la colocó estratégicamente, o eso le pareció, cerca de las escaleras y alejada de él.

—Encantado de conocerla. Le agradezco que haya venido a pesar de... a pesar de todo.

—Claro —ella no se sentía merecedora de ninguna gratitud. De haber tenido una mejor opción no habría respondido al anuncio—. No pasa nada.

—¿Lo toma con crema? ¿Azúcar?

Sadie cumplió con el ritual de añadirle crema y azúcar al café a pesar de que sería incapaz de tomárselo.

—Y bien... ¿vive en Silver Springs? —preguntó él cuando el ritual hubo concluido.

Ella lo miró a los ojos e intentó decidir si les faltaba vida. Había oído decir que los asesinos en serie poseían una mirada vacía, desprovista de emoción, como la de un tiburón. Por otra parte, no estaba segura de que alguien que matara a sus padres por un beneficio económico pudiera ser considerado un asesino en serie. Seguramente, no. Tampoco parecía haber nada desagradable en los ojos de Dawson, más bien todo lo contrario. Tenían un color extraño y llamativo, bordeados por unas larguísimas y espesísimas pestañas con un toque dorado en la punta.

—Sí, vivo aquí —contestó al fin.

—¿Cuánto tiempo lleva por aquí?

—Desde que tenía diez años. Mis padres se mudaron aquí, querían salir de ese mundo de locos de Los Ángeles.

—¿Sus padres viven aquí, entonces?

Se levantó una ráfaga de viento, pero, aparte de sujetarse el pelo con una mano y la taza con la otra, Sadie se resistió a la tentación de mostrar alguna reacción al frío. Tras obligarle a sacarlo todo al porche, no iba a sugerir que entraran en la casa.

—No, ya no —dejó la taza sobre la mesita—. Mi madre sufría una rara enfermedad renal. Ese fue uno de los motivos para mudarnos aquí, aunque por aquel entonces yo no lo sabía. La perdimos cuando yo tenía catorce años. Mi padre me crio desde entonces, pero murió de un infarto mientras corría, cuando yo llevaba un año casada.

—Siento que perdiera a sus padres siendo tan joven.

—Supongo que todos tenemos nuestros problemas —nada más pronunciar las palabras, Sadie se sintió estúpida.

Sin duda los problemas de él habían sido infinitamente peores. Al menos a ella nunca la habían acusado de matar a sus padres.

—¿Hermanos? —Dawson tomó un sorbo de café.

—No. Fui hija única.

Cuando él alzó la mano que tenía libre, Sadie se encogió, hasta que se dio cuenta de que su anfitrión no pretendía otra cosa que espantar a una mosca. Las mejillas se le colorearon de la vergüenza que sintió cuando Dawson apartó su silla un poco más de ella. Era evidente que se había dado cuenta de que no se sentía cómoda con él. Esperaba que al menos no se hubiera dado cuenta de que ni siquiera había probado el café.

—De modo que está casada.

Ella tomó la taza y la acunó entre las manos en un intento de robarle un poco de calor.

—Ya no. Bueno, el divorcio aún no es efectivo, pero es una mera formalidad. Llevamos separados más de un año —Sadie elaboró lo que esperaba fuera una sonrisa agradable, sorprendida ante su propia capacidad para condensar en una frase tan moderada el infierno al que Sly la había sometido, al que todavía la sometía—. Aún estamos perfilando los detalles, ya me entiende.

Él la observó detenidamente, al parecer concentrado en intentar averiguar lo que pensaba y sentía. ¿Eso hacían los asesinos?

—Eso puede llevar tiempo.

—¿Lo dice por experiencia o...? —Sadie no recordaba haber leído nada acerca de una esposa.

—No.

—¿Niños tampoco?

—Yo no. ¿Y usted?

—Un chico. Se llama Jayden. Tiene cinco años —ella no pudo contener una tímida sonrisa al pensar en su hijo.

—¿Vive con usted?

La sonrisa palideció ligeramente.

—Sí, está conmigo. Su padre tiene derechos de visita cada dos fines de semana, pero... Sly es agente de policía y tiene jornadas de trabajo muy largas —cuando no estaba en el gimnasio—. Jayden está conmigo la mayor parte del tiempo.

Y por eso no tenía demasiado sentido que Sly la llevara a juicio para reclamar la custodia. En realidad no quería esa custodia. Estaba utilizando a Jayden, junto con cualquier otra cosa que le sirviera, como arma contra ella.

—De modo que ahí está la conexión —Dawson frunció los labios.

—¿A qué se refiere? —ella lo miró sorprendida.

—Pensé que quizás fuera la hermana del agente Harris, o algo así. Pero no, está casada con él.

Sadie se tensó ante la mención del apellido de su exmarido.

—Estuve casada con él, ya no lo estoy. ¿Por qué? ¿Lo conoce?

—Personalmente no —él se inclinó hacia delante y echó un poco de crema en el café, añadió un terrón de azúcar, al igual que había hecho ella, y le pasó la taza—. Ya me ha visto beber de esta taza, aparte del riesgo de tragarse unos cuántos gérmenes, debería poder fiarse.

Sorprendida ante su franqueza, ella rebuscó en su mente algo que contestar.

—No es por eso. Es que yo... ya estoy bastante nerviosa sin haber tomado cafeína.

Dawson no contestó, pero era evidente que no se había tragado la mentira.

—¿Y cómo es que ha oído hablar de mi exmarido? —preguntó Sadie cambiando rápidamente de tema—. Él no tuvo nada que ver con... con la investigación.

—No. A mí me detuvo un detective de homicidios. El agente Harris no participó en el caso. Pero anoche se dejó caer por aquí.

La sorpresa de Sadie superó a su aprensión, incluso le hizo olvidar el aire frío que parecía traspasar su blusa como si la tela fuera un colador.

—¿Vino aquí? ¿Por qué?

—Para dejarme claro que me iba a estar vigilando —contestó él mientras la lluvia comenzaba a repiquetear sobre el tejadillo.

—Por...

—Por si hago algo que a él no le parezca bien, supongo. Parecía encantado ante el reto de mantenerme vigilado.

Sadie no debería haberse sorprendido de que Sly hubiera intentado acosar a Dawson. Él era el policía grande y duro, y era muy capaz de acosar a cualquiera. Y por supuesto se iba a crecer ante el paria del pueblo.

—¿Iba de uniforme?

—Su aspecto no habría ejercido el mismo impacto sin él —una sonrisa cargada de amargura tiró de los labios de Dawson hacia arriba.

Sadie se clavó las uñas en las palmas de las manos mientras la ira y la amargura con la que había tenido que convivir tanto tiempo surgió de nuevo en su interior, quemándole la garganta como si fuera bilis.

—Por favor, dígame que no habló de mí.

—Desde luego no la nombró. Pero sí me advirtió de que iba a venir una mujer para entrevistarse conmigo por la mañana. Y que no era la persona que yo buscaba.

—¿Lo amenazó? —ella lo miró boquiabierta.

—Si considera una amenaza la frase «Ya has tenido bastantes problemas, no sería muy inteligente crearte más», entonces sí.

Era la primera vez que alguien tenía el valor de admitir que Sly había intentado acabar con sus posibilidades de conseguir un empleo.

Demasiado alterada para quedarse sentada, Sadie se levantó de la silla.

—Eso... eso... —no estaba segura de si quería decir que aquello no era justo, o que aquello la cabreaba seriamente, porque ambas frases surgieron simultáneamente en su cabeza.

Cuando Sadie se enfadaba no era raro que se echara a llorar, sobre todo si estaba implicado su exmarido. Ese hombre le hacía sentirse desvalida, fácilmente dominada, y además estaba decidido a recuperarla o hacerle pagar por no volver, siempre confiado en que al final iba a salir vencedor.

¿No iba a poder librarse de él jamás?

Optó por mantenerse callada, por miedo a que se le rompiera la voz, y se volvió para contemplar la lluvia, para que Dawson Reed no le viera la cara.

Por suerte él no insistió en que terminara la frase. Permaneció en silencio detrás de ella, dándole tiempo para recomponerse.

–Lo siento –se disculpó Sadie cuando por fin fue capaz de hablar sin que en su voz se notaran las lágrimas–. Sé que ha sufrido mucho y yo... yo me quitaré de en medio.

Ya había empezado a bajar los escalones del porche cuando Dawson habló por fin.

–Señora Harris...

–Por favor, llámeme cualquier cosa menos eso –ojalá pudiera utilizar su apellido de soltera, pero sabía que Sly lo tomaría como una provocación, que se sentiría humillado.

Algún día lo haría. Era una promesa hecha a sí misma. Pero en ese momento había batallas más importantes en las que luchar, y que ganar.

–Sadie.

La lluvia había empezado a caer con más fuerza, empapándole la blusa y la falda, pero a Sadie le daba igual mojarse. Cerró los ojos y volvió el rostro hacia el cielo, permitiendo que el agua le arrancara el maquillaje e hiciera correr el rímel. De todos modos, ¿qué más daba ya?

–No te marches –Dawson la había seguido.

Por su voz, debía estar justo detrás de ella, pero no la tocó. Sadie deseó que, si era ese asesino perturbado decidido a matar de nuevo, se diera prisa y acabara con ello, porque ya no le quedaba más energía. Sly le hacía sentirse así de acorralada, así de desesperada.

Pero al pensar en Jayden, atrapado con Sly como única persona para guiarlo en la vida, la verdad se impuso de nuevo: no podía rendirse. Si aquello no funcionaba tendría que pensar en otro modo de construirse una nueva vida.

Sadie abandonó a Dawson en el patio y casi había llegado a su vehículo cuando él la alcanzó y la agarró del brazo. El viento y la lluvia le habían impedido oírle llegar. Estuvo a punto de gritar, pero él la soltó en cuanto se dio la vuelta y alzó las manos como si solo hubiese intentado llamar su atención y no tuviera ninguna intención de hacerle daño.

—Quédate un poco más, por favor —insistió—. Aún no hemos hablado del empleo.

Y porque era incapaz de reprimir el llanto, ella dejó que las lágrimas rodaran por las mejillas, mezclándose con la lluvia.

—No puedes contratarme —le explicó Sadie, tuteándole también—. No tienes ni idea de lo que él es capaz de hacer. Hará que tu vida sea tan miserable que desearás estar de vuelta en la cárcel.

Dawson se secó la lluvia de su propio rostro con una mano.

—Estoy dispuesto a correr el riesgo.
—¿Por qué?
—Porque te necesito.
—¿Para prepararte la comida? ¿Para limpiar la casa? Eres muy capaz de hacerlo tú mismo, y de paso te ahorrarías un montón de dinero.

—No se trata de eso. No me dejarán sacar a mi hermana de la institución en la que se encuentra recluida si no tengo a nadie que la vigile mientras yo trabajo en la granja. Tiene una discapacidad mental y podría intentar cocinar y quemar la casa. O salir fuera y perderse. En la parte trasera hay un estanque. Sería un peligro que se acercara al borde.

¡Se había olvidado por completo de Angela Reed! Los medios de comunicación no habían vuelto a mencionarla desde el hallazgo de los cadáveres de Lonnie y Larry. Pero tras salir su nombre nuevamente a relucir, Sadie recordó haber leído, al principio, que la hija de los Reed había tenido que ser internada en una institución tras la muerte de sus padres y la detención de Dawson. También recordó haber leído que Angela se encontraba en la casa mientras sus padres eran asesinados, pero que no había sufrido ningún daño, lo cual no era precisamente un punto a favor de Dawson. La policía había insistido en que era una prueba de que su hermano estaba detrás de las muertes, ya que únicamente habían sufrido daño las personas que debían ser eliminadas para que él heredara la propiedad.

—¿Quieres traértela aquí? —preguntó ella mientras señalaba la granja invadida por las malas hierbas.

—Voy a traerla aquí —la corrigió Dawson como si nada en el mundo pudiera impedírselo—. Este es su hogar. Aquí es donde prefiere estar. Y ya ha esperado bastante para regresar. Los dos hemos esperado bastante.

—¿Y cuál se supone que sería mi cometido exactamente? —preguntó Sadie mientras se ajustaba la correa del bolso—. Nunca he cuidado de alguien incapaz de manejarse en los aspectos más elementales. Quizás deberías poner un anuncio buscando una enfermera o…

—Angela no está medicada. Y se maneja a un nivel muy básico. Es como una niña de unos cinco años. Como tu hijo. Solo necesita que la orienten un poco, que le den seguridad y que la supervisen.

—¿Y no puedes hacerlo tú?

—¿Qué pasaría si se aturdiera en el cuarto de baño y no fuera capaz de salir sola? ¿Y si necesitara ayuda en la ducha? Yo no podría entrar, pero tú sí.

—Lo dices como si buscaras… una señorita de compañía. Una niñera.

—Eso es. Tú te asegurarías de que se bañara cada mañana. Que se pusiera ropa limpia, se cambiara de ropa interior. Que tomara un desayuno sano y que pudiera ver sus programas de televisión preferidos. Le leerías, jugarías con ella, la sacarías de paseo. Y le prepararías la comida y la cena, puesto que yo no habré terminado de trabajar hasta la puesta de sol, o más tarde. También harías la colada y limpiarías la casa para que yo no tuviera que hacerlo por la noche. Más o menos lo mismo que haces por tu hijo. Y, si quieres, podrías traértelo contigo y cuidar de los dos al mismo tiempo. Eso te ahorraría a la canguro, suponiendo que estés pagando a una en estos momentos. Y a Angela le encantaría que hubiera un niño pequeño por aquí. Siempre le han gustado los críos. Es buena y dulce. No hay razón para que te preocupes por si ella fuera a hacerle daño.

A Sadie le encantó la idea de poder pasar más tiempo con su hijo. Y el hecho de que, en efecto, se ahorraría a la canguro, que se llevaba una gran parte de su presupuesto mensual, aumentaba el atractivo de la oferta, por no mencionar lo mucho que iba a echar de menos a Jayden si tenía que trabajar más horas.

Pero lo que le preocupaba no era que Angela lastimara a su hijo...

Además, Sly jamás le permitiría llevar a Jayden a esa granja. Aseguraría que estaba poniendo a su hijo en peligro y utilizaría ese comportamiento tan «descuidado» en su contra si alguna vez la demandaba por la custodia.

—Ya está en buenas manos.

Pagaba a Petra Smart, madre de tres hijos, y que vivía en su misma calle, para que lo cuidara. De modo que consideraba que estaba en buenas manos. Pero el dinero... nunca había bastante dinero.

—Eso, por supuesto, depende de ti.

—De modo que —Sadie se frotó los brazos helados mientras abordaba el tema—, mientras yo me ocupo de tu hermana, tú... ¿qué harás? ¿Vas a volver a poner la granja en marcha?

–Sí. Tengo que volver a ponerla en pie y en funcionamiento, que vuelva a ser productiva. Te seré sincero, es la única manera de mantenernos a mi hermana y a mí, y de poder pagarte, una vez pasado el verano.

Ella suspiró y se retorció las manos. Iba a correr un gran riesgo pasando tanto tiempo a solas con alguien como Dawson. Iba a abandonar un trabajo para apostarlo todo a la posibilidad de que le fuera bien como cuidadora de su hermana. Nunca había hecho nada parecido, y no tenía ni idea de si iba a llevarse bien con Angela.

Pero necesitaba un cambio. No podía continuar así. Cada vez se iba quedando más atrás y eso no la beneficiaba a la hora de conseguir que confiaran en ella.

–¿No vas a investigarme antes de darme el empleo?

–Soy bastante bueno juzgando la personalidad de la gente.

–¿En serio?

–Tardé unos cinco segundos en darme cuenta de que tu exmarido es un gilipollas.

Sadie no pudo reprimir una carcajada.

–Estoy convencido de que no me voy a equivocar –añadió él–. ¿Tengo razón?

–Sí, pero no deberías confiar en mi palabra.

–Los mendigos no pueden elegir, Sadie. ¿Cuántas personas habrá en Silver Springs dispuestas a trabajar para mí?

Ahí tenía razón. Toda la ciudad estaba resentida. Los Reed habían sido muy queridos y los que los habían conocido querían que alguien pagara por sus muertes. Y la mayoría deseaba que fuera él quien pagara.

–¿Has recibido alguna otra llamada por el anuncio? –preguntó ella.

–Unas cuantas. Todos colgaron en cuanto supieron que era yo quien buscaba ayuda –Dawson hundió las manos en los bolsillos de unos vaqueros desgastados, que se le ajustaban tan bien que Sadie no pudo evitar fijarse en ello–. ¿Y bien, qué dices? ¿Lo vas a intentar? Te prometo que te pagaré, al menos durante los próximos seis meses. Aunque no tengo gran cosa, bastará para mantenernos hasta agosto.

¿Y luego qué? Tenía un niño del que ocuparse. Si Dawson no la pagaba, su única posibilidad sería regresar con Sly. Pero, si no se arriesgaba, tendría que volver con él incluso antes.

–¿Cuándo quieres que empiece?

–¿Mañana te parece demasiado pronto? –los finos rasgos de Dawson se suavizaron ante el alivio que sintió.

Sadie estaba empapada y tenía tanto frío que empezaba a temblar.

–Soy camarera en Lolita's Country Kitchen. No tenía ni idea de que iba a conseguir este trabajo, y tengo que dar un preaviso de dos semanas.

–De acuerdo, pero... ¿podrías venir aquí cuando no estés allí? Tenía la esperanza de que me ayudaras a preparar la casa para demostrar que dispongo de un lugar limpio y seguro para Angela. Lo van a comprobar antes de permitirme traerla conmigo.

Aquello iba mucho más deprisa de lo que ella había esperado.

–Claro. De acuerdo. Mañana termino a mediodía. Vendré aquí directamente.

–Gracias.

Tras asentir con la cabeza y agitar la mano en el aire, Sadie se encaminó hasta el coche. Iba a ganar tres mil dólares al mes, casi el doble de lo que estaba ganando en esos momentos, y eso le permitiría llegar a fin de mes, mantenerse por sí misma.

La perspectiva de conservar su libertad le generaba una profunda sensación de alivio y regocijo. Por fin tenía un motivo de alegría. Había llegado a un acuerdo con

Dawson a pesar de Sly, y ese sencillo acto de desafío le hacía sentir bien, como si estuviera dando otro paso hacia la recuperación del control de su vida.

Al mismo tiempo sabía que su exmarido no estaría contento. No tenía ni idea de lo mal que Sly podría reaccionar. Y, sobre todo, iba a trabajar, casi aislada, para un hombre que acababa de ser absuelto de un brutal doble homicidio.

Sadie rezó para que la desesperación no la hubiera empujado a cometer un terrible error.

Capítulo 2

—Has vuelto temprano. No debía haber mucha gente en Lolita's esta mañana.

Con la llave en la cerradura Sadie se volvió hacia su dinámica, aunque anciana, casera, que la miraba desde la zona cubierta de su patio privado. Maude vivía con Vern, su marido, también jubilado, en la elegantemente restaurada parte delantera de la casa de huéspedes en la que Sadie vivía alquilada. Sin embargo, Maude pasaba mucho tiempo arreglando el jardín, formando estatuas con piedras o añadiendo un ocasional gnomo, rana de cerámica o cualquier otro ornamento al patio. Le encantaba enseñarle a Jayden su último descubrimiento o tesoro.

—Hoy no he ido a Lolita's —le explicó ella—. No me tocaba.

—Siento oír eso. Sé lo bien que te vendrían esas horas.

Maude estaba al tanto de su situación financiera porque, en los últimos meses, Sadie le había tenido que pedir que le dejara pagar el alquiler en dos plazos.

—No pasa nada. He tenido una entrevista de trabajo en otro lugar —añadió—. He vuelto a casa para cambiarme porque le prometí a Jayden que le llevaría al parque.

—¿Dónde está Jayden? —la mujer miró a su alrededor como si le sorprendiera no verlo.

—Con Petra Smart, calle abajo. Voy a buscarlo ahora.

—Pensé que quizás se lo había llevado su padre...

Maude sentía una evidente curiosidad por su relación con Sly, y a menudo hacía preguntas destinadas a animarla a hablar, preguntas que Sadie contestaba lo mejor que podía sin revelar demasiado.

—No.

—¿Está trabajando?

—No sabría decirlo. Cuando hablé con él anoche no me mencionó su horario de trabajo —¿y para qué iba a quererlo saber?

Aunque hubiera estado libre no iba a ayudarla. Sly nunca cumplía con su parte como padre, pero Sadie debía tener cuidado con no quejarse demasiado. No podía arriesgarse a que su exmarido oyera por ahí que hablaba mal de él. Era una persona muy orgullosa y reservada, y ya era bastante difícil tratar con él cuando no tenía ningún motivo legítimo para estar enfadado con ella.

Las joyas que lucía Maude en las manos lanzaron destellos cuando el sol logró abrirse paso entre las nubes.

—¿Y bien? ¿Qué tal la entrevista?

Sadie tenía las llaves del coche preparadas en la mano. Aunque estaba ansiosa por marcharse, se detuvo para terminar la conversación. De vez en cuando Maude se aburría y le entraban ganas de cotillear. Pero en el fondo era una buena persona y el que le hubiera permitido a Sadie instalarse allí sin pagar una fianza había sido fundamental para poder marcharse de la casa que había compartido con Sly. Siempre le estaría agradecida por ello.

—Bien. Conseguí el trabajo.

—¡Qué bien! —la mujer palmoteó entusiasmada—. Pero me sorprende que no mencionaras antes que tenías la posibilidad de...

¿Y para qué iba a mencionarlo? Ni siquiera había estado convencida de ir a la entrevista. Y era muy consciente de que todo el mundo habría intentado disuadirla, como había hecho Sly. De no haber insistido tanto en que no podía permitirse vivir sola y que debería regresar a su casa, ni siquiera se lo habría mencionado. Sly incluso le había propuesto vivir con él como compañera de piso una temporada, hasta que aclararan las cosas. Pero Sadie no quería ni pensar en cuánto tiempo podría ser eso.

–No se lo dije a nadie, por si acaso… por si acaso no salía bien –explicó.

–Pues al parecer no tenías motivo para estar preocupada. ¡Te dieron el empleo!

–Sí.

Sadie iba a poder cubrir gastos sin tener que ceder a las exigencias de Sly. Y eso la animaba mucho, le hacía sentir más esperanzas de las que había sentido en mucho tiempo.

Las pulseras que llevaba Maude entrechocaron cuando alzó el colorido caftán para evitar que arrastrara por el suelo mientras se acercaba a ella. Ya no llovía, pero el suelo seguía mojado.

–¿Y dónde vas a trabajar?

Explicar esa parte no iba a resultar tan emocionante como lo anterior. Pero en el mundo de Sadie hacía mucho tiempo que nada era perfecto. Decidió que lo mejor sería mantener la cabeza alta y aceptar la desaprobación con la que iba a encontrarse por estar dispuesta a trabajar para Dawson Reed. Al final iba a saberse de todos modos, resultaba imposible mantenerlo en secreto. La ciudad era demasiado pequeña para eso.

–En la granja Reed.

Maude abrió la boca y la cerró dos veces antes de conseguir elaborar una frase.

–¿Te refieres al lugar en que Lonnie y Larry fueron… asesinados?

–Eso es. Su hijo tiene idea de volver a poner la granja en funcionamiento. Ha regresado a casa.

—¿El hijo adoptado que podría ser quien los mató?

Sadie sintió que su sonrisa empezaba a tensarse.

—Dawson fue absuelto, por si no lo sabe.

—Eso he oído. Salió en las noticias. Pero tú nunca has trabajado en una granja, ¿verdad? ¿Qué harás allí?

—Voy a cuidar de su hermana.

—Angela.

—¿La conoces?

—Personalmente no. Los Reed pertenecían a la iglesia de mi hermana. Chelsea los veía cada domingo y trabajaba con Lonnie en varios proyectos de caridad. Me contó que Angela estaba allí la noche de los asesinatos.

Por lo que se había dicho en las noticias, Angela dormía profundamente y no había podido proporcionar ningún detalle de lo sucedido. Primero dijo que había sido su hermano. Luego que no.

—La va a sacar del centro en el que la internaron cuando... cuando lo arrestaron.

—¿Por qué?

La llave del coche de Sadie se le clavaba en la palma de la mano, urgiéndola a aflojar un poco.

—Porque es su hogar.

—¿Y no resultará traumático para ella regresar al lugar en el que mataron a sus padres?

—Según él, ella quiere volver.

Maude empezó a juguetear con el colgante de ámbar que llevaba al cuello, algo que siempre hacía cuando se ponía nerviosa.

—Supongo que serás consciente de que, aunque lo absolvieran, quizás sea de todos modos... Quiero decir que, ¿seguro que allí estarás a salvo?

—Eso espero —temerosa de que Maude empezara a hablar sobre Jayden y su deber como madre, ella basculó el peso del cuerpo de un pie al otro.

Por su hijo tenía la obligación de actuar con inteligencia y responsabilidad. Cierto. Pero también debía cubrir sus necesidades, sobre todo porque Sly ofrecía muy poca ayuda. Si una de las responsabilidades chocaba frontalmente con la otra, ¿qué podía hacer? No iba a regresar con su ex.

—Dawson me pareció bastante agradable.

—La mayoría de los asesinos no muestran sus intenciones a la primera ocasión, Sadie.

Parte de la ilusión que había sentido hasta entonces se disipó, como siempre supo que sucedería en cuanto empezara a explicar a todo el mundo lo que iba a hacer.

—Lo sé, pero una tiene que hacer lo que tiene que hacer.

—Te sientes un poco... desesperada. Pero has tomado una decisión muy drástica, cielo.

Demasiado drástica, ese era el problema. ¿Se estaba comportando alocadamente?

—Era la única opción que tenía, Maude.

La otra mujer continuó acariciando el colgante de ámbar.

—¿Sabe Sly que has aceptado trabajar para Dawson Reed?

—Todavía no —Sadie ni se molestó en explicarle que solo con mencionarle que había contestado al anuncio, él ya había intentado anular sus posibilidades.

—Supongo que no se mostrará precisamente encantado.

Desde luego que no, porque el trabajo le iba a asegurar autonomía, al menos durante un tiempo. Iba a poder terminar con los trámites del divorcio, aunque él no le pasara la pensión de manutención. Si quería alargar el proceso, iba a tener que demandarla por la custodia de Jayden. Ya le había amenazado con hacerlo, pero le iba a salir muy caro en abogados, y en realidad no quería la custodia, de lo contrario habría sido más estricto en lo que a sus derechos de visita se refería.

–No.

–Pasa por aquí con el coche casi todas las noches –observó Maude.

–Lo sé –Sadie no necesitaba que se lo recordara. Ella misma lo había visto.

–Sigue enamorado de ti, y muy preocupado por tu seguridad.

En realidad, lo que ese hombre sentía tenía más que ver con posesión y control que con amor. Su seguridad no le importaba tanto como le preocupaba que pudiera estar saliendo con alguien. La vigilaba constantemente, en el trabajo y en casa, en el colegio de Jayden, y todo bajo el disfraz de amante esposo y padre, de eficiente policía. Pero todo era mentira. Por lo que a ella respectaba, ese hombre la estaba acosando.

–Sí. Bueno, seguro que estaré bien –insistió ella–. Me mantendré atenta a cualquier cosa que pueda resultar… preocupante.

–¿Acaso no es ya bastante preocupante lo que sucedió? –preguntó Maude.

Pero Sadie se negó a escuchar. Si Sly era la otra opción que tenía, estaba dispuesta a correr el riesgo, incluso uno tan grande como ese.

–Tengo que irme. Jayden me espera.

Le había prometido una celebración con helado y una o dos horas en el parque. Se moría de ganas de pasar un buen rato con el niño sin sentir todo el tiempo el peso de la presión a la que había estado sometida. El nuevo empleo le iba a obligar a trabajar más horas, y no iba a poder verlo tanto como le gustaría durante las siguientes dos semanas, y eso también tenía que tenerlo en cuenta.

Pero la reacción de Maude le había robado parte del entusiasmo. Su casera no aprobaba la decisión que había tomado. En realidad, Sadie dudaba que alguien lo hiciera.

Y una vez confesados sus planes, pronto se extendería la noticia.

Antes de medianoche, Sly estaría aporreando su puerta.

Pero Sly contactó con ella antes de lo esperado. El corazón de Sadie falló un latido cuando, estando en el parque con Jayden, oyó sonar el móvil y vio un mensaje escrito en la pantalla.

¿Y bien? ¿Fuiste esta mañana?

Sadie contempló el mensaje, deseando que ese hombre simplemente desapareciera del planeta. Quizás fuera un pensamiento más bien egoísta, pero llevaba tanto tiempo sintiéndose asfixiada que había empezado a fantasear con la idea de un mundo en el que él no existiera.

—¡Mami! ¡Mira!

Sadie hizo visera con la mano para ver a su hijo bajar por el tobogán. Por suerte había salido el sol y la arena ya no estaba empapada por la lluvia caída. Llevaba dos horas jugando con Jayden. Deberían marcharse ya para que pudiera ocuparse de algunas facturas, compras y otras tareas. Pero Jayden se estaba divirtiendo tanto que decidió dejarle unos minutos más.

—¡Vaya! ¡Mírate! —exclamó ella—. Te estás convirtiendo en un chico muy mayor.

—¡Voy a bajar otra vez! —anunció el pequeño, aunque enseguida desvió su atención hacia un cubo y una pala que manejaba una pequeña, de unos seis años, junto a los columpios.

En cuanto Sadie comprobó que la nueva amiguita de su hijo estaba dispuesta a compartir sus juguetes, y que a la madre tampoco le importaba, devolvió su atención al mensaje de texto de Sly. Si no respondía solo conseguiría una llamada o una visita suya.

Sadie: Sí, he ido.
Sly: ¿Estás de coña?
Ella palideció ante la expresión empleada. Era muy capaz de imaginárselo gritándole esas palabras.
Sly: Por favor, dime que no aceptaste el puesto.
Sadie: Necesito el trabajo.
Sly: ¿Eso ha sido un «sí»?
El teléfono sonó. Por supuesto era Sly, ansioso por gritarle. Escribir palabras malsonantes no resultaba ni la mitad de satisfactorio, lo que a él le gustaba de verdad era el ataque verbal completo.
Sadie rechazó la llamada, pero casi al instante le llegó otro mensaje.
¡Contesta, maldita sea!
Ella no respondió y él empezó a llamar de nuevo.
Al fin soltó un suspiro y contestó la llamada. Lo mejor sería acabar con eso mientras Jayden estuviera distraído jugando. No había ninguna razón para someter a su sensible hijo a una nueva bronca entre mamá y papá si podía evitarlo.
—Sly, lo que haga con mi vida es cosa mía —le espetó ella a modo de saludo.
—Y una mierda. No permitas que Dawson Reed te engañe. Es peligroso. No consentiré que mi esposa se acerque a ese tipo, sobre todo en esa granja aislada. ¿Sabes en cuántos lugares podría esconder tu cuerpo?
Sadie agachó la cabeza para que nadie pudiera oírla.
—Ya no soy tu esposa.
—Sí, lo eres. La sentencia de divorcio todavía no es firme.
—Una pura formalidad.
—¿Y qué? Eres la madre de mi hijo. Y eso me da derecho a opinar al respecto.
—¡De eso nada! Jayden está bien atendido conmigo. Si lo que te preocupa es que pase demasiado tiempo en casa

de Petra, puedes cuidar de él tú mismo cuando no estés trabajando. Sería una manera estupenda de asegurarte de que no sufra ningún daño.

Sin embargo, Sadie no estaba nada convencida de que pasar tanto tiempo con Sly fuera bueno para Jayden. No le apetecía nada someterlo a la desaprobación de su padre. Sly se sentía tan decepcionado con su hijo por no ser un tipo duro, el matoncillo que había esperado que fuera, que no podía evitar hacer comentarios maliciosos. «¿Qué quieres decir con que no quieres ver un partido de baloncesto conmigo? A todos los chicos, chicos de verdad, les encantan los deportes. ¿Por qué no le dejas que se pinte con tu carmín de labios? ¿Intentas convertirlo en un maricón?». Y así continuamente. En una ocasión en que Sly se había llevado a Jayden durante unas horas, al ir a recogerlo, lo había encontrado castigado por decirle a su padre que prefería las clases de danza a la liga infantil de béisbol.

—Lo que quieres es utilizarme de canguro, ¿verdad? —continuó él.

En realidad no era así, pero tenía que ofrecérselo. No había ni un solo juez que fuera a negarle a Sly sus derechos de visita. ¡A un agente de policía! Y ella no tenía ninguna base para acusarlo de maltratos físicos.

—Solo te digo que es una posibilidad.

—¿Y que así tú puedas ganar el dinero que necesitas para mantener a nuestra familia separada? ¡Y una mierda! ¿Por qué iba yo a ayudarte cuando no he hecho nada para merecerme lo que me estás haciendo?

—¿Insinúas que nunca has hecho nada para provocar el divorcio? —gritó ella, espantada ante la afirmación de Sly—. ¿Y qué me dices del día ese en que casi me atropellas con el coche patrulla?

—Por enésima vez, yo no estuve a punto de atropellarte. No te vi.

Eso había asegurado, pero ella estaba bastante segura de que sí la había visto.

—Además, ya te pedí disculpas por asustarte.

—¿Y eso lo arregla todo?

—¿Qué más puedo hacer? No sabía que estabas ahí, pero de todos modos me disculpé. Eso fue un detalle, ¿no? Haré lo que sea para compensarte. Te he dicho que lo haría, ¡pero no me das la oportunidad de hacerlo!

—Porque estoy harta, Sly. Ya no puedo más.

—Esta vez será diferente. Te lo prometo. Serás feliz. Yo te haré feliz. ¡No necesitas trabajar para un asesino!

Era imposible que ese hombre le hiciera feliz. Cualquier posibilidad de que eso sucediera se había extinguido hacía mucho tiempo.

—No sabemos si es un asesino.

—¿Y quién si no mató a esas personas? ¿El misterioso autoestopista que asegura haberse encontrado aquella noche? ¿Ese del que asegura que se comportaba de manera extraña?

—A lo mejor. ¿Alguien comprobó esa historia?

—¡Esa historia era ridícula! ¿Qué probabilidades hay de que un forastero, un drogadicto con el que tuvo un altercado, fuera capaz de localizar la granja Reed y matar a los Reed antes de que Dawson regresara a casa?

Lo cierto era que la historia parecía bastante rebuscada.

—No lo sé. Pero su abogado asegura que el detective de homicidios se decidió de inmediato por Dawson, que ni se molestó en buscar a otro sospechoso.

—¿Eso te contó Dawson?

Jayden se reía con la niña que compartía el cubo. No parecía haberse dado cuenta de que Sadie hablaba por teléfono, mucho menos que mantenía una discusión, lo cual supuso un pequeño alivio a pesar de la frustración que sentía.

—No, lo vi en las noticias, como todo el mundo —contestó—. Pero a lo mejor tiene razón. A lo mejor se centraron en él demasiado pronto.

—¡No, no lo hicieron! Formo parte del cuerpo policial, Sadie. ¿Estás diciendo que no sabemos hacer nuestro trabajo?

—Tú no estuviste implicado en la investigación, Sly —Sadie sabía que su exmarido aspiraba a convertirse en detective, pero sus superiores aún no lo habían promocionado. Cada vez que otro agente era ascendido en su lugar, se ponía furioso—. De manera que mi comentario no iba destinado a ti.

—Pero estás hablando de mis amigos y mis compañeros de trabajo.

—Lo que estoy haciendo es decirte la verdad. ¡No lo sabemos!

—¿Y acaso importa eso? —gritó él—. ¿Hace falta saberlo con seguridad? ¿Por qué arriesgarnos?

¡Por la libertad! Sadie estaba dispuesta casi a cualquier cosa para escapar de él. Se había liado con Sly estando aún en el instituto. No era justo que una decisión tomada a tan temprana edad, siendo tan ingenua, tuviera unas consecuencias tan prolongadas.

—Estaré bien, Dawson parece agradable.

—¿Eres imbécil o qué? Ted Bundy, el famoso asesino en serie, también parecía agradable.

Sadie se puso tensa. Cada vez que se mostraba en desacuerdo con él, ese hombre la trataba como si fuera estúpida.

—No tiene ningún sentido discutir sobre esto. He aceptado el trabajo. Voy a trabajar allí y tú no tienes nada que decir al respecto —Sadie consideró la posibilidad de sacar a colación que sabía que había intentado sabotearla al acudir a la granja Reed y prácticamente amenazar a Dawson, pero eso solo conseguiría que la discusión se volviera más fuerte, más desagradable. Su intento de intimidar a Dawson no había tenido éxito. Era mejor dejarlo estar para proteger a Reed de cualquier venganza perpetrada contra él por habérselo contado.

—Prefieres trabajar para un asesino antes que volver conmigo —observó Sly.

—Lo que prefiero es aceptar un empleo que me permitirá ser independiente.

—¡Por Dios, qué zorra egoísta eres!

Pero nunca podría llegar a ser más egoísta que él. De eso estaba segura.

—No tengo por qué escuchar estas cosas, Sly.

—Alguien tiene que meterte un poco de sentido común en la cabeza.

—¿Quién? —Sadie cerró los ojos con fuerza y respiró hondo—. ¿Tú?

—Algún día recibirás tu merecido.

Reconoció el tono, asociándolo con aquella tarde en que casi la había atropellado. Su exmarido tenía tendencia a la violencia. Lo sentía, y le asustaba tanto o más como le asustaba trabajar para un hombre sospechoso de haber asesinado a sus padres, quizás incluso más porque esa violencia iba dirigida contra ella.

—Tengo que irme —anunció.

—¡No me cuelgues! Aún no hemos terminado.

—Ya no tengo por qué aguantar tu maltrato.

Vio a su hijo acercarse y pulsó la tecla roja para colgar la llamada. Sabía que lo que acababa de decir era mentira. Porque sí tenía que seguir aguantando su maltrato. No había manera de evitarlo. Llevaba años librando esa batalla.

Y era él quien tenía todo el poder de su parte.

Cuando terminó de trabajar en el campo, Dawson Reed estaba tan cansado que se saltó la cena. A pesar del hambre, la idea de preparar algo de comer lo superaba. Apenas era capaz de subir las escaleras que conducían al dormitorio. En conclusión, necesitaba dormir más que comer. Su cuerpo ya no estaba acostumbrado a largos días de trabajo físico, no tras pasar más de un año sentado en una celda. Intentar recuperar las plantas de alcachofa que había estado cultivando con sus padres antes de que fueran asesinados, y preparar una buena sección de tierra para plantas nuevas, que iban a tener que estar plantadas antes de la primavera, ya que las alcachofas necesitaban un período de vernalización para desarrollarse, era más de lo que un hombre solo era capaz de abarcar. Pero si quería llevarse a Angela a casa no podía permitirse contratar mano de obra. Todo el dinero que tenía, el que los abogados defensores no se habían llevado, y lo que quedaba del crédito que había pedido poniendo la granja como aval, lo iba a destinar a Sadie Harris, la cuidadora que había contratado esa misma mañana para cuidar de su hermana.

Esperaba haber hecho lo correcto. Tras la visita del agente Harris, casi había decidido esperar a poner la granja en marcha y obtener beneficios antes de llevarse a Angela a casa. Suponía que para entonces quizás la gente ya se habría calmado, no estaría tan enfadada y decidida a acosarlo. Pero Angela no era feliz en ese centro y no podía esperar más. Además, era demasiado testarudo para permitir que el arrogante gilipollas que lo había amenazado le dijera lo que tenía que hacer.

En cuanto terminó de subir las escaleras se detuvo, como hacía siempre, para contemplar la puerta cerrada que lo miraba amenazante desde el final del pasillo. Las dos personas a las que más había amado en el mundo habían sido asesinadas detrás de esa puerta. Cada vez que pensaba en sus padres, en lo que se había encontrado la noche en que los mataron, sentía tal ira y dolor que no sabía qué hacer. Intentaba canalizarlo todo en el trabajo, en las promesas que se había hecho a sí mismo sobre el futuro, sobre obtener finalmente justicia. Pero en ocasiones la pérdida aún lo golpeaba como una ola, le hacía desear pelearse con alguien, con cualquiera. Otras veces debía luchar contra una debilitante tristeza que lo inundaba como la niebla, dejándolo helado hasta los huesos.

Alargó la mano hacia el pomo de la puerta, solo para asegurarse de que siguiera cerrada, y la dejó caer. Aiyana Turner, la administradora de New Horizons, el internado masculino de la ciudad, donde había ido al instituto, había hecho todo lo que estaba en su mano para adecentar la casa en cuanto la policía le permitió entrar. También se había ofrecido a limpiar la sangre. Al parecer, era la única persona que seguía teniendo una palabra amable para él, que lo creía inocente. Pero él le había pedido que lo dejara todo tal y como estaba. Tenía la sensación de que allí aún podría encontrarse alguna pista, alguna prueba que la policía no había visto, y que él podría utilizar para encontrar al hombre que los había matado, y no descansaría hasta conseguirlo. Después de todo lo que había perdido, todo lo que había tenido que soportar, estaba decidido a obtener justicia.

El móvil sonó. La llamada era del Stanley DeWitt Assisted Living Center de Los Ángeles, el lugar al que habían llevado a su hermana. Desde su regreso a casa había hablado con algún empleado del centro casi todos los días.

Antes de poder acostarse necesitaba quitarse la ropa sucia y ducharse, de modo que siguió avanzando hasta el dormitorio y se dejó caer en la silla de madera situada junto al escritorio desde el que había solicitado el crédito para la granja, donde cumplimentaba el papeleo para asumir la tutela de Angela y elaboraba las hojas de cálculo en las que anotaba la extensión de la granja, tiempos de cultivo, ganancias estimadas y la liquidez.

—¿Hola?
—¿Señor Reed?
A los quince años había sido legalmente adoptado por Lonnie y Larry, y había utilizado su apellido desde entonces. Desde luego no pensaba utilizar el que le habían dado al nacer. Los Reed eran las únicas personas a las que les había importado algo.
—Sí.
—Soy Megan. De Stanley DeWitt.
No era la primera vez que llamaba, Dawson reconoció su nombre.
—¿Qué hay, Megan?
—Siento molestarlo de nuevo, pero se me ocurrió que quizás podría hablar con su hermana para que ella coopere un poco.
Luchando contra el agotamiento que le agarrotaba los brazos y las piernas como si llevara enganchadas unas pesas en los tobillos y las muñecas, Dawson disimuló un bostezo.
—¿Qué está haciendo?
—Lleva levantada desde las seis de la mañana, pero se niega a ponerse el pijama y meterse en la cama. Insiste en que va a venir a buscarla esta noche.
—Esta noche.
—Sí. Está esperándolo junto a la puerta, con el bolso colgado del brazo y el abrigo abotonado hasta el cuello a pesar de que aquí dentro hace demasiado calor para llevarlo puesto.
Dawson suspiró mientras se imaginaba a su hermana resistiéndose taciturna a las súplicas de Megan. Y esa imagen le rompió el corazón. No poder ayudar a Angela durante todo ese tiempo había sido lo peor de todo.
—Pásemela.
—Sí, señor. Un segundo.
Dawson esperó.

—Es tu hermano –le oyó decir mientras pasaba el teléfono a su hermana.

Angela se puso casi de inmediato y habló con una voz cargada de ansiedad.

—¿Dawson? ¿Dónde estás?

—Estoy en casa, cielo. Esta noche no podré ir. Ya te dije que, para que me dejen traerte conmigo, primero tengo que limpiar la casa.

—¡Pues ponte a limpiar! ¿Por qué no estás limpiando?

—Sí que estoy limpiando. Y estoy haciendo un montón de cosas más, cosas que llevan su tiempo. Tienes que tener paciencia. Iré a buscarte en cuanto pueda. Te lo prometo.

—De acuerdo. Te esperaré aquí –Angela le devolvió el teléfono a Megan.

Había sido demasiado fácil, tanto que Dawson supo que su hermana seguía sin comprenderlo. Le pidió a Megan que le volviera a pasar con ella.

—Esta noche no podré ir –le explicó de nuevo–. No voy a ir ahora. Puede que tarde una semana. Estas cosas llevan tiempo.

—¿Cuánto dura una semana?

—Siete días.

—¡Siete días! –gruñó la joven como si le hubiera dicho que tardaría siete años–. ¡Eso es una eternidad!

—No hay más remedio. Para trasladarte hay que hacer un montón de papeleo, y es lo que más tiempo lleva. No me dejarán ir a buscarte hasta que todo esté hecho.

—Pero es que ha pasado tanto tiempo... –ella empezó a llorar–. No me gusta esto, Dawson. Ven a buscarme ya.

—Iré en cuanto pueda, cielo. Pero necesito que hagas caso a Megan y te vayas a la cama. Si cooperas, el tiempo pasará más deprisa para todos. Y antes de que te des cuenta, estarás en casa.

Angela gimoteó.

—¿Podré ver a papá y a mamá o siguen muertos?

Dawson se pasó una mano por el rostro. Su hermana no tenía ningún concepto de la muerte, ni de la eternidad. Solo sabía que echaba de menos a las personas que siempre habían estado a su lado. Él también las echaba de menos.

—Siguen muertos. Siempre estarán muertos. Pero te llevaré a visitar sus tumbas e intentaré ayudarte a comprenderlo cuando estés en casa.

—Van a volver —insistió ella con mucha seguridad—. Sé que lo harán.

—Angela, no pueden.

—¡Sí que pueden!

—Ya hablaremos de eso. De momento, haz caso a Megan, por favor. Ponte el pijama y métete en la cama. Megan no se merece que le compliques la noche.

—¿Estarás aquí por la mañana?

—¿Qué te he dicho? —preguntó él.

—No lo sé —contestó ella, gritando más fuerte.

—Tienes que esperar una semana. Estaré allí dentro de siete días. Pídele a Megan que los cuente con los dedos.

Dawson no estaba seguro de poder estar allí exactamente en siete días, y por eso había evitado citar esa fecha hasta el momento. Pero después de lo que habían sufrido desde hacía un año, responder con un «pronto», ya no le servía a su hermana. Angela necesitaba una fecha precisa, una que Megan pudiera marcar en el calendario para que ella pudiera anticiparla de manera más concreta.

No soportaría tener que decepcionarla al final de la semana debido a circunstancias que escaparían a su control, pero era mejor que decepcionarla cada noche, como estaba haciendo en esos momentos.

—Una semana —repitió ella mientras sorbía por la nariz.

—Siete días.

—¿Megan? ¿Cuándo es dentro de una semana? —le oyó preguntar.

Se oyeron unos ruidos de fondo y Megan empezó a contar.

—Uno, dos, tres...

—Se tarda mucho para siete —se quejó Angela de nuevo cuando Megan hubo terminado.

—No es tanto tiempo. Pídele a Megan que te lleve un calendario y te enseñe cuánto falta para Navidad. Verás que una semana es pronto. Muy pronto.

Después de que Megan hubiera repasado con ella los meses y los muchos, muchos días que faltaban para Navidad, su hermana al fin cedió.

—De acuerdo. Me voy a la cama. Mañana será un día, ¿verdad?

—Sí —Dawson volvió a disimular un bostezo mientras Megan le daba las gracias y colgaba la llamada.

Después, intentó levantarse de la silla para quitarse las botas, desnudarse y ducharse, pero acabó durmiéndose con la cabeza apoyada sobre el escritorio.

Capítulo 3

Sadie pasó mala noche. No había vuelto a saber nada de Sly después de la conversación en el parque, pero sabía que no iba a cejar en su empeño en entrometerse. En cualquier momento la sorprendería con algo, y por eso no dejaba de mirar por la ventana, buscando el coche patrulla con la mirada. Si estaba trabajando, nada le impediría hacer una pausa en medio de la noche y sacarla a rastras de la cama para continuar con la discusión, sin importarle que ella tuviera que levantarse pronto al día siguiente. Y aunque no estuviera trabajando, era muy capaz de aparecer a altas horas de la noche. No sería la primera vez que lo hicieran.

Por suerte, no tuvo noticias de él. Pero aunque no estuviera asomada a la ventana o asegurándose de que el cerrojo de la puerta estuviera echado, estaba tumbada en el colchón que compartía con Jayden, preguntándose cómo iba a arreglárselas durante un par de semanas con dos trabajos. Iba a tener que trabajar muchas horas, y no sería fácil.

No paraba de asegurarse a sí misma que sería capaz, pero cuanto menos faltaba para que se hiciera de día, más nerviosa se ponía. Su turno en Lolita's iba a pasar muy deprisa. Hacía tres años que trabajaba allí, desde que Jayden había aprendido a usar el orinal, requisito impuesto por Sly para cuidarlo, y era como su casa. Esperaba que lo que tuviera que hacer por la tarde no le resultara demasiado complicado o inquietante. Dawson quería que limpiara la casa. Pero de ninguna manera estaba dispuesta a hacerlo en el dormitorio de los Reed. Con suerte alguien ya se habría encargado de limpiar la sangre derramada allí.

Se apresuró a concentrarse en otra cosa antes de perder el valor para acudir a esa cita. ¿Tendría Dawson productos de limpieza? ¿Debería llevar ella algunos?

Decidió averiguarlo en cuanto se levantó de la cama por la mañana, antes de llevar a Jayden a casa de Petra.

—¿Hola?

La voz, grave y ligeramente ronca, que contestó al teléfono resultó fácilmente reconocible tras los minutos pasados con ese hombre durante la entrevista.

—Soy Sadie Harris.

Tras una larga pausa, él habló.

—Por favor, no me digas que llamas para renunciar al trabajo.

Sadie agarró el teléfono con más fuerza. ¿Debería hacerlo? Era lo que Maude y Sly querían que hiciera y, de estar vivos sus padres, apostaría a que ellos también lo querrían, que insistirían en que se mantuviera lejos de allí. Pero a pesar de la aprensión, su respuesta fue otra.

—No. Llamo para saber si necesitas que compre algo camino de la granja.

—¿Te refieres a algo así como comida?

—Si hace falta, sí.

—Sería estupendo. Tenía pensado ir a la tienda, pero no he tenido tiempo.

Sadie se imaginó lo incómodo que debía resultarle hacer la compra. En cuanto entrara por la puerta del supermercado local, todo el mundo se detendría para mirarlo. Incluso podría darse el caso de que la cajera se negara a atenderlo. Tal era la hostilidad que sentía Silver Springs contra él.

—¿Qué quieres que compre?

—Tengo copos de avena y huevos. Eso es prácticamente todo.

—Entonces, quizás podría llevar pan, carne, fruta, cosas así...

—Claro. Y cualquier otra cosa que te guste comer a ti. No quiero que te mueras de hambre mientras trabajas aquí. Algo para cenar estaría bien.

¿De qué se estaba alimentando ese hombre? ¿De copos de avena y huevos, incluso para cenar?

—De acuerdo, me pasaré por la tienda. ¿También hacen falta productos de limpieza?

—Será mejor que traigas de eso también.

—¿Qué necesitarás que limpie?

—Toda la casa.

—¿Toda?

Sadie supo que Dawson había captado su inquietud, y que había comprendido el motivo, pues su respuesta llegó rápidamente.

—Todo lo que no esté cerrado con llave. Quiero decir, la zona que yo utilizo. El salón, el comedor, la cocina, dos cuartos de baño, mi dormitorio y el de Angela. Me ocuparé del dormitorio principal... cuando pueda.

Comprender que ese dormitorio no había sido limpiado, que iba a trabajar en una casa donde habían sido asesinadas dos personas y cuya sangre ni siquiera había sido limpiada de las paredes y la alfombra, le hizo sentir náuseas. Pero no creía que eso debiera hacerle cambiar de idea. Ya sabía lo de los asesinatos antes de acudir a la entrevista de trabajo.

Aun así, no tenía ninguna gana de ver esa habitación, mucho menos tocar algo. Quizás él sintiera lo mismo. Quizás por eso la había cerrado con llave.

–¿Qué productos tienes?

–Poca cosa. Para serte sincero, no he pensado mucho en ello. Hasta ahora he estado trabajando fuera de la casa.

–Entonces habrá que llevar limpiador para los muebles, desinfectante, lavavajillas, detergente para el baño, limpia hornos, detergente en polvo, algunos paños. ¿Tienes escobilla para el baño?

–No, trae eso también. Casi todo fue robado o destrozado mientras yo estuve... fuera, de manera que tiré todos los pedazos rotos al montón de basura de la parte delantera. No tuve tiempo de hacer una selección. Necesitaba espacio para vivir y dedicarme a la tierra.

–¿Y qué vas a hacer con ese montón de desperdicios?

–Deshacerme de él. He contratado a una persona para que se lo lleve este fin de semana.

–Entiendo.

Si era la persona inocente que aseguraba ser, ver lo que otros habían hecho con su casa no debía haberle resultado fácil de soportar. No se imaginaba cómo reaccionaría ella si llegara a casa y la encontrara destrozada, con la sangre de sus padres todavía en el dormitorio. ¿Cómo era capaz ese hombre de vivir allí, y mucho menos trabajar allí?

¿Y si resultaba que no era inocente?

Sadie se negaba a considerar esa posibilidad. Había decidido confiar en el veredicto del jurado, ¿no?

–¿Qué me dices de una aspiradora? –preguntó mientras se cambiaba el teléfono de mano.

–No tengo. Alguien... da igual. La tiré junto con las otras cosas. ¿Cuánto crees que podría costar una nueva?

Más de lo que ella podría pagar, y él tampoco daba la impresión de nadar en la abundancia.

–Llevaré una. De momento nos las apañaremos con la mía.

–Eso es muy amable por tu parte. ¿Dispones de tarjeta de crédito o algo con lo que pagar la compra hasta que te lo pueda reembolsar? Si no es así, puedes pasarte antes por aquí y llevarte algo de dinero en metálico.

—Aún me queda algo en la tarjeta —suficiente para comprar unas cuantas cosas, al menos suficiente para poder trabajar aquella tarde.

—De acuerdo. Gracias.

—¿Mami? —Jayden salió del dormitorio, vestido con su pijama de Spiderman y frotándose los ojos—. ¿Por qué estás despierta si aún es de noche?

Sadie cubrió el teléfono con la mano.

—Porque ya casi es por la mañana, guapetón. Hay que vestirte para que pueda llevarte a casa de Petra. ¿Querrías ir primero al baño?

Con un asentimiento cargado de sueño, el pequeño se dirigió al cuarto de baño. Sadie volvió a centrarse en la conversación telefónica.

—Iré en cuanto termine en la cafetería.

—Estaré en el prado norte. Ven a buscarme y te abriré la casa.

—De acuerdo.

—¿Mami? —Jayden la llamó con cierto nerviosismo—. El váter no se traga el agua.

—Ya voy, cariño —Sadie temió que su hijo hubiera vuelto a llenar la taza de papel higiénico. No sabía por qué, pero Jayden había desarrollado una fascinación por atascar el inodoro. Ojalá se hubiera acordado de ello y le hubiera acompañado al baño para proteger las cañerías—. Tengo que irme —le anunció a Dawson.

—Sabes que puedes traerte a tu hijo aquí —le recordó él—. Estará a salvo.

—De acuerdo. Antes habrá que ver si sobrevivo al primer día.

Sadie soltó una carcajada, como si se hubiera tratado de una broma, pero al comprobar que él no contestaba se censuró a sí misma por ser tan insensible. Había intentado sentirse más segura aligerando el ambiente, pero lo que había conseguido era echar sal sobre lo que sin duda era una dolorosa herida.

—Lo siento —se disculpó—. Eso no ha tenido gracia.

—Te veré cuando llegues —fue la única respuesta de Dawson.

—Será hacia la una.

—Entendido.

A punto de colgar, ella oyó su voz de nuevo.

—¿Sadie?

—¿Sí?

—No tienes nada de qué preocuparte aquí.

¿Podía confiar en él? Parecía sincero, pero en una ocasión se había enamorado de un hombre al que ya no podía soportar. Y eso demostraba con qué facilidad se dejaba engañar, ¿no?

—Me alegra saberlo. Gracias por intentar tranquilizarme.

—¿No vas a preguntarme si los maté yo? —preguntó Dawson tras otra pausa.

Se refería a sus padres, por supuesto. ¿A quién si no podría estarse refiriendo?

—¿Me lo dirías si lo hubieras hecho?

—No, supongo que no —admitió él—. Ha sido una tontería haberlo preguntado.

Dawson colgó la llamada, pero por inquietante que hubiera resultado la conversación, Sadie no tuvo ocasión de meditar sobre su metedura de pata, o la reacción de Dawson.

—¡Mami, el váter se va a desbordar! —gritó Jayden.

Sadie soltó el teléfono y corrió al cuarto de baño.

—¡Deja de tirar de la cadena!

La cafetería estaba abarrotada, pero a Sadie no le importó estar tan ocupada. El jaleo le impedía pensar. Por algún motivo, el comentario que había hecho al final de la conversación con Dawson seguía flotando en su mente, junto con el embarazoso silencio que le había seguido, y no dejaba de abofetearse mentalmente a sí misma. Debía ser más sensible, en caso de que él fuera inocente. Mejor equivocarse al pensar lo mejor, siendo amable, que unirse al resto de la gente, ¿verdad? Dawson ya tenía bastantes detractores a los que enfrentarse. La única persona que estaba de su parte, y que lo había estado desde el principio, era Aiyana Turner, la mujer que regentaba New Horizons. Aiyana había insistido en que el hombre que ella conocía jamás sería capaz de hacerle algo así a los Reed.

Normalmente, la opinión de Aiyana tenía cierto peso en Silver Springs. Era muy activa en la comunidad, se la respetaba, pero siempre salía en defensa de sus «chicos», y había adoptado a ocho de los que habían pasado por New Horizons. Algunos de esos chicos seguramente también apoyaban a Dawson. A fin de cuentas habían estudiado juntos. Pero todo el mundo desoía la versión de los Turner, precisamente por su cercanía con Dawson y el hecho de que, si era el responsable de esos asesinatos, diría muy poco en favor de Aiyana y la escuela, por llevarlo a esa ciudad.

Desde que Sadie se había decidido a trabajar para él, rezaba con todas sus fuerzas para que la directora de New Horizons estuviera en lo cierto. El hombre que Sadie había conocido no le había parecido trastornado o codicioso. Le había parecido perfectamente normal.

Pero ¿qué sabía ella? Apenas lo conocía. A lo mejor había permitido que su hermoso rostro y cuerpo de escándalo le nublara el juicio.

Sadie estaba tomando nota de un pedido de tortilla de patatas cuando dos de los mejores amigos policías de Sly entraron en la cafetería. Se quedaron de pie en la puerta y recorrieron el restaurante con la mirada hasta encontrarla a ella. Y entonces se dirigieron directamente hacia donde estaba, junto a la barra del desayuno.

—Hola, Pete, hola, George —ella les entregó sendos menús—. ¿Qué tal estáis?

Joven, de unos veintiocho años quizás, corpulento, con los oscuros cabellos muy cortos, Pete miró a su compañero, mucho más mayor y grueso.

—Pues estaríamos condenadamente mejor si no acabásemos de oír lo que hemos oído —contestó.

Sadie se adelantó a otra camarera para alcanzar la cafetera y llenarles las tazas. Sabía que les gustaba el café, pues se lo había servido numerosas veces desde hacía tres años.

—¿Qué habéis oído?

—Sly nos ha dicho que vas a trabajar para el hombre que mató a Lonnie y a Larry Reed. ¿Es eso cierto?

Sadie estuvo a punto de dejar caer el café. Sabía que la noticia iba a extenderse, pero no había esperado tener que enfrentarse a esos dos tipos. Aunque a lo largo de los años había compartido unas cuantas barbacoas con ellos, no tenía la sensación de que estuvieran lo bastante unidos a ella como para plantearle esas cuestiones.

—Voy a trabajar para su hijo, Dawson.

—Es lo que acabo de decir —Pete frunció el ceño—. El hombre que asesinó a Lonnie y a Larry.

—Dawson ya ha sido juzgado, Pete. Se le declaró no culpable. De modo que por lo que a mí respecta, no estoy segura de quién mató a los Reed. Por lo que he oído y leído, nadie está seguro.

—Cuando trabajas en la policía —él añadió un chorrito de crema al café—, percibes esas cosas, Sadie. Sabes cuándo alguien miente. Dawson Reed es culpable como el demonio. No dejes que él, o cualquier otra persona, te convenzan de lo contrario.

Ella dejó la cafetera sobre la placa eléctrica para que las otras camareras pudieran usarla.

—Incluso los policías se equivocan de vez en cuando. De lo contrario no habría tanta gente inocente en prisión.

La expresión de Pete sugería que no le había gustado nada que Sadie discutiera esos temas con él, toda una autoridad en la materia. Ya había visto esa mirada con anterioridad, en numerosas ocasiones, en el rostro de Sly.

Era normal que fueran amigos.

Reclinándose en la silla, Pete posó una mano en la culata de la pistola mientras la miraba a ella de arriba abajo.

—Si crees que hay mucha gente inocente en prisión, estás más loca de lo que yo creía.

—¿Loca, Pete? —contestó ella sin poderse creer que ese hombre hubiera ido tan lejos.

—Yo solo digo —él se encogió de hombros—, que esta vez te equivocas, cariño. Y vas a pagarlo muy caro si no tienes cuidado.

—No puedes saber a ciencia cierta si estoy equivocada —por la manera en que la trataba Pete, era evidente que Sly se había ido de la lengua, hablando mal de ella, a pesar de que ella procuraba no desacreditarlo a él pues, al fin y al cabo, era el padre de su hijo—. Y ahora que hemos dejado zanjado ese tema, ¿qué os apetece tomar? —preguntó mientras sacaba la libreta del bolsillo de su delantal.

—Yo tomaré unos bollos con salsa de carne —contestó George.

En cuanto a Pete, era evidente que le apetecía seguir con la discusión. Sin embargo, cerró la carta y se la devolvió.

—Yo tomaré el cerdo empanado.

—Estupendo. Os traeré la comida en unos minutos.

Sadie ya se había dado media vuelta cuando George intentó detenerla.

—Sadie...

La ventana de comunicación con la cocina estaba justo detrás de ella, de modo que pinchó la comanda en la rueda para el cocinero.

—¿Sí?

—Escucha, Pete y tú habéis empezado con mal pie. No intentamos ser unos imbéciles. Entendemos que las cosas han sido un poco... complicadas económicamente desde que Sly y tú os separasteis. Un divorcio nunca es sencillo. Pero ¿de verdad crees que trabajar para Dawson Reed es la mejor solución? Quiero decir que te lo pienses bien. Si nosotros tenemos razón y tú no... podría suceder algo terrible.

—Agradezco tu preocupación —contestó ella, aunque en realidad no creía que su actitud tuviera nada que ver con la preocupación.

Estaban apoyando a Sly y, al mismo tiempo, intentando aislar a Dawson para asegurarse de que fuera denigrado por su «crimen», a pesar de que un jurado de doce personas había escuchado todas las evidencias y determinado que no podía ser culpado por lo sucedido a los Reed.

—Pero espero no haberme equivocado al depositar mi confianza en nuestro sistema judicial.

—No tienes ninguna intención de escucharnos —insistió George, con expresión incrédula.

Ella recordó el terror que había sentido cuando Dawson la había agarrado del brazo al abandonar la granja el día anterior, y cómo había reculado él al instante al volverse ella. El gesto le había hecho parecer digno de confianza, pero eso no quería decir que no pudiera lastimarla más tarde. Sadie no soportaba que todos los demás se mostraran tan seguros cuando lo cierto era que no sabían más que ella acerca de la culpabilidad de ese hombre.

—Estoy segura de que todo va a salir bien.

Pete chasqueó la lengua.

—Eso espero. En cualquier caso, se te ha advertido sobradamente.

—Y eso significa...

—Significa —el agente abrió los ojos desmesuradamente ante el desafío— que, si te metes en un lío, vas a tener que llamar a otros.

Aunque Sadie tenía algunos platos vacíos que recoger, pospuso la tarea.

—¿Qué?

—Ya me has oído —contestó Pete.

—¡Eres un agente de policía! —exclamó ella boquiabierta—. No me digas que, si llamo para pedir ayuda desde la granja Reed, nadie acudirá a la llamada...

—Por supuesto que alguien acudirá —intervino George.

Pete le propinó un codazo a su compañero.

—Pero no podemos asegurarte que la persona encargada logre llegar a tiempo —añadió con una carcajada.

—Eres un bastardo hipócrita, Pete Montgomery. Ahora entiendo por qué te llevas tan bien con Sly.

—¡Eh! —la carcajada se cortó en seco—. ¡Me parece que cualquier cosa que te pase te lo tendrás merecido!

—Y a mí me parece que te has nombrado juez, jurado y verdugo, y no solo en el caso de Dawson Reed, sino en el mío también.

—Tú eres la que se está colocando en una situación difícil —Pete apartó la taza de café y se inclinó hacia delante—. La cuestión es, ¿por qué? ¿Hay algo entre tú y Dawson? ¿Te ha estado calentando la cama desde que salió de prisión?

—Eres repugnante —Sadie sacudió la cabeza.

—¿Qué? —él gesticuló como si no hubiera hecho nada malo—. No serías la primera dispuesta a abrirse de piernas para él. Deberías haber visto a las mujeres de ese jurado, pavoneándose y poniéndole ojitos cada vez que entraba en la sala. De no ser por ellas, ahora mismo estaría en la cárcel a la espera de una fecha de ejecución. De modo que la próxima vez que pienses que es inocente porque ese maldito jurado entregó un veredicto de «no culpable», deberías pensar en las siete mujeres que formaban parte de él.

—Las mujeres son tan capaces como los hombres de valorar las evidencias —le espetó ella.

Pete casi derramó el café de George cuando vertió en él su vaso de agua.

—¡No me vengas con esa mierda feminista!

—Pete, ya basta —murmuró George, mirando a su alrededor—, te has pasado.

La gente empezaba a mirar, pero a Pete no parecía importarle.

—¡Es ella la que se niega a escuchar! —protestó.

—Gracias por tu preocupación, pero dile a Sly que yo tomo mis propias decisiones —le explicó Sadie.

En el otro extremo del bar, Glenn Swank empezaba a impacientarse por su falta de atención.

—¡Eh, Sadie! ¿Vas a traerme la cuenta o qué? —gritó—. ¡Tengo que irme a trabajar!

—Ya voy —ella asintió en su dirección.

—No olvides que estás corriendo un riesgo —gruñó Pete mientras ella se marchaba—. ¿Seguro que ese tipo lo merece?

Sadie seguía lívida cuando llegó al supermercado. Cada vez que pensaba en la visita de Pete y George a la cafetería, le entraban ganas de lanzarse a pegar tiros. ¿Cómo se habían atrevido a hacer lo que habían hecho? No tenían ningún derecho. No hacían más que interceder por Sly. Era él quien había enviado a sus amigos porque ella se negaba a escucharlo.

—¡Gilipollas! —murmuró.

—¿Qué has dicho, querida?

Sadie se volvió para ver a la organista de la iglesia de pie, justo detrás de ella, y se sonrojó por la palabrota.

—Nada —murmuró.

—Lo siento, pensaba que hablabas conmigo.

Por suerte, la señora Handley estaba casi sorda.

—No. Yo solo… murmuraba para mis adentros.

—Hoy en día una nunca sabe qué están haciendo los demás —la mujer sacudió la cabeza, aparentemente exasperada—. Con todos esos artilugios, blu-no-sé-cuántos, que llevan en las orejas.

—Bluetooth —le aclaró ella—. La gente habla a través de Bluetooth.

—Eso.

—¿Qué tal está?

—Bien, ¿y tú?

—Ocupada.

—¿Te veré el domingo en la iglesia?

Suponiendo que Dawson no la asesinara antes. La idea de que podría ser peligroso siempre planeaba por encima de ella. Pero, además, se añadía el reciente descubrimiento de que la policía podría tomarse su tiempo si ella llamaba en busca de ayuda. Pete, George y Sly le habían advertido que no aceptara el empleo, y se sentían justificados para abandonarla. Su intención, sin duda, era darle una lección, aunque tuviera graves consecuencias.

Había estado a punto de admitir que había aceptado el trabajo porque Sly era un tacaño con su hijo. Mantener a Jayden requería más de los doscientos cincuenta dólares que Sly le pasaba. ¡Ni siquiera cubría su parte de la pensión! Pero Sadie sabía que si lo confesaba abiertamente no haría más que causarle más problemas. Sly la llamaría para acusarla de intentar dejarlo mal delante de sus amigos, y con ello comenzaría otra terrible discusión.

—Sí. Allí estaré –contestó a la señora Handley.

—Me alegro. Te veré entonces. Que tengas un buen día, querida.

—Usted también –Sadie empujó el carrito de la compra hasta el siguiente pasillo, y luego al siguiente, recorriendo el supermercado como una bala mientras echaba al carro todo lo que tenía anotado en la lista. Tenía prisa por ponerse a limpiar la casa de Dawson para lograr hacer algo de provecho antes de regresar a su casa.

Una vez comprada la comida y demás artículos, guardó la cuenta en el monedero y metió la compra en el coche. Dawson le debía ciento ochenta y nueve dólares y tres céntimos. Esperaba que no pusiera ninguna pega. Y también esperaba que lo que había comprado resultara de su agrado. Llevaba carne y verdura para hacer en la olla de cocción lenta que tenía que recoger de su casa camino de la granja, y en la que no había pensado al recoger el aspirador antes. Después de un duro día de trabajo en la granja, a Dawson sin duda le iría bien un buen guiso de carne con patatas.

Sadie acababa de cargar en el coche la olla, junto con otras cosas que pensó serían de utilidad, y se dirigía al asiento delantero cuando Maude la llamó desde el mismo sitio en que había estado el día anterior.

—¿Te vas a la granja Reed?

—Sí, me marcho –contestó ella mientras se despedía con la mano.

No pudo evitar pensar que Maude podría ser la última persona en verla viva. Estuvo a punto de implorarle que cuidara de Jayden si algo le sucedía, pero sabía que, si acababa asesinada, la madre de Sly se haría cargo del niño. Marliss no esperaba gran cosa de su amado hijo.

—Buena suerte –la despidió Maude–. Espero que todo salga bien.

Vadear tanta desaprobación empezaba a minar la determinación de Sadie. Tenía la sensación de necesitar una buena siesta, y seguramente era así, dado que no había podido dormir la noche anterior, y aun así tenía por delante toda una tarde de trabajo de limpieza.

–Yo también –contestó mientras se sentaba al volante.

Capítulo 4

Dawson no las tenía todas consigo de que Sadie apareciera. A las dos menos veinte seguía sin tener noticias suyas. Cada dos por tres se detenía y miraba hacia la autopista con la esperanza de ver el característico coche verde y marrón. Pero no había ninguna señal de la mujer.

¿Se había metido su exmarido por medio? ¿La había convencido para que no trabajara para un «asesino»?

El recuerdo de cómo el agente Harris había intentado intimidarlo ante su propia casa hizo que Dawson sintiera ganas de partirle la cara. Ese imbécil se lo merecía. En su opinión, Harris no sería un gran rival. Se escondía detrás de la placa y la pistola, pero no tendría ni idea de cómo manejarse en una pelea en la que esos artilugios no estuvieran permitidos y su posición como agente policial no valiera ni una mierda. Pero, si Dawson quería llevar a su hermana a la granja y reconstruir su vida, debía andar con cuidado. No podía meterse en ningún lío, sobre todo con un policía de Silver Springs. Todos los policías estaban seguros de que era culpable, y las consecuencias serían terribles, y Dawson no podía permitirse el lujo de convertirse en una víctima de acoso policial. La ley ya había hecho bastante para destruirlo.

A las dos menos cuarto, consultó el móvil por enésima vez. Tenía activado el volumen por si ella intentaba llamarlo. Y ya había consultado el historial de llamadas. Pero quizás había sucedido algo y la llamada había sido transferida directamente al buzón de voz...

Nada. No había llamadas perdidas. Ningún mensaje de texto. Dawson ya estaba marcando su número, decidido a enterarse cuanto antes de las malas noticias si las hubiera, cuando oyó el ruido del motor del coche de Sadie y levantó la vista para ver acercarse El Camino.

—Aleluya —murmuró él, y colgó antes de que ella contestara la llamada.

Para cuando llegó a su encuentro, Sadie ya se había bajado del coche y sacaba cuatro bolsas de la compra al mismo tiempo.

—Hola —saludó él.

—Hola —contestó Sadie mirando por encima del hombro—. Siento llegar tarde. La cafetería estaba más llena de lo habitual y me hicieron quedarme media hora más. Y la compra también me llevó un poco más de lo esperado.

—No estoy enfadado —Dawson sencillamente se alegraba de que hubiera acudido.

Intentó desembarazarle de las bolsas, pero ella no se lo permitió.

—Las tengo bien agarradas. ¿Por qué no sacas el aspirador de la parte trasera? Y también la olla que encontrarás a su lado —añadió mientras se dirigía ya hacia la casa.

—Entendido.

El aspirador no parecía gran cosa, ni la olla. Y ya puestos, ni el coche. Incluso ella tenía un aspecto algo atribulado. Ya se había fijado el día anterior en las oscuras ojeras que subrayaban sus ojos color avellana, pero en esos momentos las encontró más pronunciadas, pues no llevaba maquillaje y los rubios cabellos estaban recogidos en una coleta. Llevaba puestos unos vaqueros y una camiseta con el logotipo de Lolita's Country Kitchen, nada que ver con la blusa y la falda de la entrevista, y eso le permitió darse cuenta también de su delgadez, mayor de la que había calculado al principio.

Aunque sabía que seguramente había muchos tíos que encontrarían atractivo ese aire endeble, él no se contaba entre ellos. A él le gustaban las mujeres con muchas curvas. Pero a fin de cuentas no la había contratado por su aspecto. Lo único que necesitaba de ella era que fuera de fiar.

Sadie hizo hueco en la encimera para amontonar los platos sucios que había en el fregadero mientras Dawson dejaba el aspirador en el salón y la olla sobre la mesa.

—Siento que tengas que empezar en tan precarias condiciones —se excusó tras fijarse más atentamente en el desorden que había ido creando durante los últimos días.

Había tirado todo lo que estaba roto, las latas de cerveza, colillas y demás basura que los adolescentes, y algunos vándalos, habían dejado allí. Pero tampoco se había tomado demasiadas molestias en limpiar lo suyo.

—Las horas de luz son esenciales para mí y no he querido desperdiciarlas con tareas domésticas.

—Lo comprendo —contestó ella mientras abría el grifo del agua caliente tras haber vaciado el fregadero.

—¿Y bien? —Dawson apoyó las manos en las caderas y miró a su alrededor—. ¿Vas a empezar por esta parte de la casa?

—En mi opinión, la cocina es siempre el mejor lugar por donde empezar. Es el corazón de un hogar, como dicen. La limpiaré y ordenaré para que podamos preparar comidas y movernos a gusto por aquí. Me va a llevar un tiempo. Puede que hasta mañana no pueda empezar con el resto de la casa.

—No hay problema —Dawson estaba hambriento y empezó a revolver entre las bolsas de la compra en busca de algo que comer—. ¿Cuánto te debo por todo esto?

Ella se secó las manos antes de entregarle el ticket de la compra.

Él se limitó a leer el total y sacó doscientos dólares de la cartera. Sadie intentó devolverle el cambio, pero Dawson lo rechazó. Tenía la sensación de que su empleada tampoco nadaba en la abundancia.

—Considéralo una bonificación. ¿Has comido?

—Me calenté algunas sobras mientras me cambiaba de ropa —contestó ella mientras le observaba abrir el paquete de pan—. ¿Por qué? ¿Tú no has comido?

—Al mediodía no.

Sadie lo sorprendió arrancándole de las manos el paquete de jamón que acababa de sacar de una bolsa y haciéndole un gesto con la mano para que saliera de la cocina.

—Te preparo algo y te lo llevo.

No parecía de las que perdían el tiempo mano sobre mano, y eso le gustó.

—¿Seguro que no tienes ninguna pregunta o no quieres que te explique nada?

—He limpiado unas cuantas cocinas —contestó ella con una sonrisa cargada de amargura.

—Claro. Gracias —Dawson suspiró aliviado al salir de la casa. No había tenido mucho donde elegir al contratarla a ella, pero empezaba a pensar que había acertado con la persona.

Después de preparar un sándwich, Sadie lo acompañó con unas tiras de zanahoria y de apio, que dispuso en el plato junto con un poco de aderezo ranchero, y lo llevó al exterior junto con un termo de café. La granja se extendía a lo largo de unas cuarenta hectáreas, era lo bastante grande como para que le llevara varios minutos encontrar a Dawson, pero al fin vio a un hombre solo arrancando hierbas y cortando plantas de alcachofa en el cuadrante más lejano y se imaginó que debía ser él.

Cuando casi había llegado a su altura, él se quitó la gorra y se secó el sudor de la frente. Quizás fuera un asesino, pero nadie podría decir que no fuera trabajador, pensó Sadie. Una ojeada al campo reveló lo mucho que había hecho para limpiarlo, una tarea hercúlea para un hombre solo.

—Gracias —le dijo al tomar el plato.

—Encantada de poder ayudar. ¿Bastará con esto o...?

—De sobra. No puedo comer demasiado. Demasiada comida me volvería más lento.

—Tengo la impresión de que necesitas comer mucho más de lo que has estado haciendo. ¿Cómo si no vas a conservar las fuerzas?

Concentrado en el sándwich, él ni siquiera levantó la mirada.

—La ira y la determinación proporcionan el combustible suficiente.

—Pero ni siquiera eso permanece eternamente.

—No —Dawson la miró a los ojos.

—Pues menos mal que estoy yo aquí.

Él no contestó, limitándose a darle otro mordisco al bocadillo.

—¿Tienes la intención de llevar la granja tú solo? —preguntó Sadie.

—Este año sí —contestó él cuando hubo tragado—. Hasta que empiece a obtener beneficios, no tengo otra elección.

—En cuanto tenga la casa limpia, yo podría ayudarte.

—¿Aquí fuera? —en esa ocasión él habló con la boca llena—. ¿Estarías dispuesta a hacer algo así?

—Hasta que llegue tu hermana y me tenga que dedicar a vigilarla, ¿por qué no?

—Con todos los obstáculos que tengo que sortear, puede que se dé esa circunstancia durante unos días —admitió él.

—Yo no tengo tu fuerza, pero haré lo que pueda —Sadie levantó el termo en el aire—. Aquí hay café, por cierto. Supuse que agua ya tendrías.

—Sí, ahí tengo una jarra —Dawson señaló hacia un extremo del campo—. Pero —tomó el termo— ¿de dónde has sacado esto? No recuerdo haberlo visto en la casa. Y estuve buscando.

Orgullosa de haberse anticipado a sus necesidades, ella sonrió. Era muy poca cosa, desde luego, pero le gustaba sentir que era buena en su trabajo, sobre todo porque era el primer día, tradicionalmente el más duro.

—Lo traje de casa. No sabía qué tenías aquí ni qué podrías necesitar, de modo que metí unas cuantas cosas en el coche, por si acaso.

—¿Qué más has traído?

—Algunas especias y utensilios. Y un cuchillo. Soy muy especial para los cuchillos. Me gustan muy afilados.

Dawson la ponía tan nerviosa que había hablado sin pensar. Únicamente cuando las palabras hubieron salido de su boca comprendió que hablaba de un objeto que podría ser empleado como arma por un hombre acusado de matar a sus padres.

Él se detuvo con un palito de zanahoria en la boca, como si le estuviera leyendo el pensamiento, pero lo dejó estar.

—Entiendo. Eso ha sido muy considerado por tu parte.

Sadie intentó no fijarse en cómo se ceñía la camiseta a su fornido torso. Podría muy bien ejercer como modelo de calendarios. Sly también tenía un buen cuerpo, pasaba muchas horas en el gimnasio para asegurarse de ello, pero no tenía la cara de Dawson. La piel de su exmarido estaba marcada de viruela y sus rasgos resultaban demasiado angulosos y duros. Hacía mucho tiempo que no se sentía atraída por nadie y le resultaba algo desconcertante, considerando lo que se suponía que había hecho Dawson.

Avergonzada por su propia reacción, señaló el campo que les rodeaba, esperando desviar la atención de ese hombre antes de que se diera cuenta del interés romántico que había despertado en ella.

—Estás haciendo un gran trabajo.

—Tendría que ir más deprisa.

—¿Cuánto tiempo hace que empezaste?

Él tironeó de la visera de la gorra y la volvió a colocar sobre la cabeza.

—Desde el día que volví a casa, hace casi dos semanas.

Eso explicaba el tono dorado de su piel.

—Pues ahora sí que estoy impresionada. Has hecho muchos progresos en muy poco tiempo.

—A mí no me lo parece —él contempló el terreno con los ojos entornados—. Queda muchísimo por hacer todavía.

—Supongo que al menos habrás desayunado.

—Me tomé un cuenco de copos de avena —el comentario de Sadie hizo que Dawson volviera la cabeza.

—¿Cuándo?

—A las seis o así.

—Demasiadas horas entre comidas —ella frunció el ceño—, sobre todo con un trabajo tan duro.

—Tenía intención de volver a casa y comer algo, pero estaba demasiado ocupado. Y demasiado nervioso.

—¿Nervioso por qué? —la afirmación le había pillado por sorpresa.

Dawson sonrió tímidamente. Sus dientes estaban algo torcidos. Uno a la derecha empujaba los dos de al lado, pero el que no hubiera llevado aparato, que su sonrisa fuera natural, le sentaba bien.

—Tenía miedo de que no aparecieras. Le prometí a Angela que en una semana la traería a casa. Y eso jamás sería posible si aún estuviera buscando a alguien que me ayudara a preparar la casa y a cuidarla.

—¿Por qué tanta prisa? —Sadie se agachó para atarse los zapatos—. Está en buenas manos, ¿no?

—Por supuesto que está en buenas manos —él la miró con el ceño fruncido—. De lo contrario ya no estaría allí, aunque tuviera que sacarla a la fuerza.

Sadie carraspeó. Quizás su afirmación había resultado demasiado displicente, pero no había sido su intención insultar su habilidad para ocuparse de sus seres queridos.

—Claro. No pretendía insinuar que permitirías que alguien la maltratara —se ajustó la coleta—. Bueno, será mejor que me marche. Te veré más tarde.

Mientras regresaba a la casa, Sadie suspiró aliviada por alejarse de la presencia de su jefe. Dawson le hacía sentirse incómoda por varios motivos. Soportaba una gran carga sobre sus hombros, estaba demasiado motivado, era demasiado intenso. Y tan condenadamente atractivo que podría pasarse horas contemplándolo. Y todo ello le hacía sentirse muy cohibida. No paraba de fastidiarla diciendo algo equivocado, algo que no debería decirle a un hombre que había pasado por lo que él había pasado.

—Limítate a hacer tu trabajo e ignora todo lo demás. Necesitas el dinero —murmuró en voz alta.

En cuanto llegó a la cocina, enchufó la olla y añadió la carne y las verduras junto con algo de agua y la salsa. Después se dispuso a limpiar a fondo, sacando todo de los armarios y los cajones, lavando los cacharros y reorganizándolos. También limpió la nevera y el horno, y frotó el fregadero, la encimera y la mesa para poder sentirse más cómoda guisando allí.

Mientras trabajaba, se mantuvo atenta a cualquier ruido que indicara que Dawson regresaba, para devolver el plato o tomarse un breve descanso. Pero dos horas más tarde se figuró que no iba a detenerse hasta la puesta del sol. Tenía una fijación, de eso no había duda. Puso algo de música en el móvil e intentó no pensar en que estaba en una casa en cuya planta superior se había producido un crimen. Aunque las inquietantes imágenes que había visto en televisión aparecían de vez en cuando en su mente, siempre que oía un sonido, que seguramente no era más que un ruido, lo ignoraba testarudamente. Ya tenía más que suficiente para mantenerse ocupada allí donde estaba, no le hacía falta subir arriba. Ya se enfrentaría a la abrumadora perspectiva al día siguiente.

Aunque la cena ya estuvo preparada a las seis, Sadie seguía sin ver ninguna señal de Dawson. En lugar de meterla en la nevera para que él se la calentara más tarde, decidió llevarle otro plato. Debía estar famélico. Ya se había dado cuenta de cómo había engullido el sándwich al mediodía, y de eso habían pasado ya unas cuantas horas.

Lo encontró en el mismo campo. En cuanto la vio aproximarse, Dawson clavó la pala en la tierra recién removida y se apoyó en ella como si ya no pudiera tenerse de pie.

—Te va a dar un infarto de tanto trabajar —le aseguró ella—. Supongo que lo sabes.

—Sí, bueno, no creo que haya mucha gente que llore mi muerte, ¿y tú?

Por su manera de hablar daba la sensación de que era a él a quien no le importaba si vivía o moría, y Sadie comprendió la suerte que había tenido al ser amada y deseada de niña, a pesar de lo que les había sucedido después a sus padres. Al menos le habían dado una base sólida, antes de que ella se fastidiara la vida al casarse con Sly. Se preguntó cuál habría sido la situación con los padres biológicos de Dawson, si alguna vez había tenido contacto con ellos, o si había sido huérfano de nacimiento.

—¿Tienes familia por la zona?

—No tengo familia en absoluto, salvo Angela —él se secó el sudor de la frente.

Sadie era incapaz de imaginarse a un hombre tan preocupado por su hermana, asesinando a sus padres, aunque eso le supusiera heredar una propiedad. La idea le produjo cierto consuelo, pero también le hizo cuestionarse sus propios pensamientos y sentimientos, le hizo preguntarse si no estaría buscando motivos para su inocencia porque prefería creer que no era culpable.

—¿Y amigos? Quiero decir que si fuiste al colegio aquí...

—Me mantengo en contacto con unos cuantos tíos. Pero los chicos de New Horizons suelen ser trasladados a otros lugares. La mayoría se marcha cuando se gradúa. Aparte de los chicos Turner, ninguno de mis amigos se quedó por aquí. Yo mismo me marché. Fui a Santa Barbara, a la universidad, y luego trabajé hasta que mis padres necesitaron que regresara.

—¿Cuándo regresaste?

—Hace tres años.

El que apenas fuera conocido en la comunidad no le había ayudado cuando fue acusado de la muerte de sus padres. Siempre era más fácil pensar lo peor de un forastero, o de alguien con mala reputación.

—¿Carne? —Dawson desvió su atención hacia la comida—. ¡Vaya! Qué bien huele.

Sadie intentó pasarle el plato, pero él agitó una mano en el aire.

—Llévalo adentro, ¿de acuerdo? Empieza a oscurecer y me gustaría lavarme las manos y comer sentado, para variar.

—De acuerdo —a ella le alegró saber que ya había decidido dejar de trabajar.

Aunque él procuraba ocultar su agotamiento tras una sonrisa que pretendía fingir que todo iba bien, Sadie había visto el cansancio en su mirada.

—Tengo que guardar las herramientas. Tardaré unos minutos.

—Te mantendré la cena caliente.

Sadie recogió el plato vacío del mediodía y se dirigió de vuelta a la casa. Echó de nuevo la comida en la olla y puso la mesa para él.

El golpe de la puerta trasera le indicó que había llegado. Le oyó entrar en el cuarto de baño situado junto al patio trasero y reconoció el ruido de la puerta corredera al cerrarse. Cuando salió aún tenía las manos ligeramente húmedas. Con una de esas manos señaló hacia la mesa.

—¿No vas a comer conmigo?

—Comí mientras esperaba a que volvieras. Voy a fregar el suelo y me marcho.

—Son más de las seis y media. Estoy seguro de que tendrás ganas de ver a tu hijo. Adelante, márchate. Ya fregarás el suelo mañana.

Viéndolo a la luz, y no en la penumbra, se notaba aún más lo agotado que estaba. Sadie se preguntó si estaría bien cuando ella se marchara.

—Hace un rato he llamado para preguntar por Jayden. Está viendo una película con los críos de la canguro. Me gustaría limpiar el suelo para poder irme a casa sabiendo que he limpiado del todo una habitación, si a ti no te importa.

—Por mí bien —él miró a su alrededor—. Ya has hecho grandes progresos.

—Solo en la cocina. Limpiar los armarios y los cajones lleva su tiempo, sobre todo porque he tenido que fregar todo lo que había dentro antes de volver a colocarlo en su sitio. A lo mejor cuando hayas terminado de comer puedo enseñarte lo que he hecho —concluyó mientras le volvía a servir el plato.

—Seguro que estará bien —contestó él.

Dawson no tenía fuerzas para levantarse de la silla por

algo tan trivial, comprendió ella. Sin embargo, pareció agradecer la comida.

Antes de poder llenar el cubo que iba a utilizar para fregar el suelo, el teléfono sonó. No le había quitado el volumen por si Petra la necesitaba. Pero al mirar la pantalla, y ver que se trataba de Sly, dio un respingo.

–¿Es tu hijo? –preguntó Dawson.

Sadie titubeó. Su nuevo jefe había estado tan concentrado en la cena que le pilló por sorpresa que le hubiera estado prestando atención, sonara el teléfono o no.

–Ya te he dicho que puedes marcharte –insistió.

–No. No es mi hijo.

–Pues no pareces contenta, sea quien sea.

–Y no lo estoy. Es mi ex.

–¿Sabe que te ofrecí el trabajo, y que lo aceptaste? –preguntó él mientras masticaba más lentamente.

–Sí.

–¿Y qué le pareció?

–Se ocupó de dejarme claro su... desagrado.

Y de paso enviar a la cafetería a dos amigos policías para reforzar su postura. Pensó en contarle el incidente a Dawson, pensó que quizás debería saber que Sly tenía muchos amigos en el cuerpo, de modo que entendiera sus prejuicios si alguna vez se encontraban. Pero Sadie tampoco podía estar del todo segura de que ese hombre fuera tan inocente como quería pensar, y no sería inteligente por su parte desvelarle que estaba perdiendo el apoyo de la policía. Además, no quería estropearle el día, sobre todo cuando había sido tan amable como para contratarla a pesar de las amenazas de Sly. La policía ya había mostrado bastantes prejuicios contra él antes de que ella hubiera empezado a trabajar en la granja. Con suerte, se mantendría apartado de todos ellos.

–¿De eso va la llamada? –preguntó él–. ¿Más desagrado?

—Seguramente.

Ella se mordisqueó el labio inferior mientras intentaba pensar en el mejor modo de manejar a Sly. No quería que su falta de respuesta a la llamada provocara otra disputa y aun así... consideraba que él no tenía derecho a seguir acosándola por su nuevo empleo, sobre todo delante del jefe.

Tras rechazar la llamada y poner el móvil en silencio, se dispuso a fregar el suelo.

Comprobó con alivio que Sly no insistía en llamar, como solía hacer a menudo, y pensó que le había concedido un respiro. Pero eso solo duró hasta que oyó un golpe de nudillos en la puerta unos quince minutos después.

—¡Oh, no! —exclamó mientras la adrenalina le encogía el estómago.

—Es él, ¿verdad? —Dawson ya había terminado de cenar y apuraba un vaso del vino barato que ella había comprado en la tienda.

—No estoy segura, pero puede que sí. Quiero decir que, ¿quién más puede ser?

—No tengo ni idea. No espero a nadie.

—Ya voy yo —contestó Sadie, pero Dawson alzó una mano para detenerla.

—No, déjame a mí.

Él suspiró y empujó la silla hacia atrás mientras parecía reunir todas las fuerzas que le quedaban para levantarse.

Sadie esperó en la cocina y rezó para estar equivocada sobre la identidad del visitante mientras aguzaba el oído.

—Agente Harris, menuda sorpresa.

El sarcasmo en el recibimiento de Dawson era evidente y Sadie supo que a Sly tampoco se le escaparía. Su nuevo jefe no tenía ni idea de en qué se estaba metiendo. Si no tenía cuidado, Sly y el resto del cuerpo convertirían su existencia en un infierno, y ella no quería ser la responsable.

—¿Todo bien por aquí? —preguntó su exmarido.

—¿Ha recibido un aviso o algo que le haga pensar lo contrario? —preguntó Dawson a modo de respuesta.

Los riesgos inherentes en provocar a un egomaniaco como Sly hicieron que Sadie contuviera la respiración.

—Una llamada exactamente no. Pero debo admitir que mi intuición de policía me ha enviado una advertencia.

—Bueno, pues por aquí no sucede nada malo. Puede seguir su camino —insistió Dawson.

—No tan deprisa —respondió Sly.

Sadie entró de puntillas en el salón y se asomó con cuidado. Su exmarido sujetaba la puerta para que Dawson no pudiera cerrarla.

—Supongo que decidiste no seguir mi consejo, ¿eh?

—¿Consejo? —repitió Dawson en el mismo tono de antes.

—Ya sabes a qué me refiero. ¿No fui bastante claro?

—Sí, completamente. ¿Por qué?

—Puede que aún no lo sepas —la expresión de Sly se endureció—, pero no es buena idea frotarme del revés.

—Su ex necesitaba un empleo, y yo tenía uno que ofrecerle. Me pareció una coincidencia perfecta. En realidad, no estoy seguro de que sea de su incumbencia.

—Por supuesto que es de mi incumbencia —contestó Sly—. Todo lo que tenga que ver con ella lo es. Y te repito que ella no debe estar aquí.

—Pues ahora mismo está. Técnicamente es usted el que no tiene motivos para estar en mi propiedad.

Sadie se agarró al quicio de la puerta con tanta fuerza que pensó que iba a dejar huella en la madera.

«No le hagas estallar. No le hagas estallar», imploró en silencio. No quería que llegaran a las manos, sobre todo porque no estaba segura de que, en su estado de agotamiento, Dawson pudiera superar a Sly. Y en caso de que pudiera, temía que su ex inventara una falsa agresión y pidiera refuerzos, que terminarían con Dawson de nuevo en la cárcel.

—Qué curioso —contestó Sly—. Un asesino con sentido del humor. Me gusta.

—Estupendo. Me alegra saberlo. Y ahora, estoy cansado y con ganas de irme a la cama. No me interesa ninguna mierda doméstica. De modo que, ¿por qué no regreso a mis asuntos y le dejo que regrese a los suyos?

—Me temo que eso no será posible —contestó Sly—. No hasta que vea a Sadie. Intenté llamarla, pero no contestó. Y, cuando sucede algo así, yo me preocupo.

—Tenía las manos mojadas —Dawson ni siquiera miró en su dirección—. Está fregando el suelo. Estoy seguro de que llamará en cuanto termine.

—Quiero hablar con ella ahora mismo. De modo que te sugiero que nos facilites a ambos las cosas y vayas a buscarla.

Antes de que Dawson pudiera negarse y provocar aún más a Sly, Sadie decidió aparecer.

—Sly, ¿qué estás haciendo aquí? —preguntó ella.

—Son más de las siete —su ex la miró, pero su expresión no se suavizó.

—¿Y eso qué significa?

—Significa que se está haciendo tarde, y me pregunto por qué no estás en casa con nuestro hijo.

Sadie se situó delante de Dawson para bloquearle a Sly su visión.

—No he terminado aún. Enseguida me marcho.

—¿Cuándo?

—En unos quince minutos.

—De acuerdo. Esperaré aquí y te escoltaré hasta casa.

Ella quiso decirle que se marchara, que no necesitaba escolta, pero temía que eso no haría más que tentar a

Dawson para reforzar sus deseos, lo cual no sería bueno ni para él ni para ella.

—De acuerdo —asintió antes de cerrar la puerta—. Por favor, intenta mantenerte al margen si puedes —le susurró a Dawson cuando se volvió y descubrió que no se había movido del sitio.

—Y lo dices porque…

—Podría ser peligroso que no lo hicieras.

Él parecía mucho más alerta que antes. Sin duda la actitud de Sly y el enfado que había provocado le había disparado la adrenalina.

—¿Cómo de peligroso? ¿Alguna vez te ha hecho daño?

Sadie pensó en todas la rabietas y demás enfados de los que había sido testigo a lo largo de los años. Sly, que atravesaba una pared de un puñetazo. Sly, que arrojaba algún objeto y lo rompía. Sly, que arrancaba el coche a toda velocidad y estaba a punto de estrellarse, o cuando la gritaba de tal modo que terminaba por acorralarla contra una esquina con los brazos por encima de la cabeza, convencida de que en esa ocasión sí iba a pegarla.

—Todavía no.

—Pero…

—A ti sin duda te lo hará, del modo que pueda, y no quiero ser responsable de ello. Ya has visto un ejemplo de cómo es. Puede que desees cambiar de idea sobre contratarme.

—Te refieres a plegarme a sus exigencias —contestó él con la mandíbula encajada.

—Sé que no suena bien. Créeme, yo odiaría tener que hacerlo tanto como tú, pero es la única manera de aplacarlo.

—¿Es lo que sueles hacer tú?

—Es lo único que puedo hacer —de repente, Sadie apreció todo el peso del cansancio que sentía y se apartó un mechón de cabellos que se empeñaba en caer sobre sus ojos–. En cualquier caso, voy a marcharme para que él también se vaya y así tú puedas dormir. Si decides que ya tienes problemas de sobra, y que prefieres que no vuelva mañana, házmelo saber –debería haberse imaginado que aquello nunca funcionaría–. Lo entenderé –le aseguró antes de ir en busca del bolso.

Capítulo 5

La ira se acumuló en su interior cuando la nueva «cuidadora» se marchó seguida de cerca por su exmarido, y Dawson sintió ganas de golpear algo. Odiaba ver cómo Sadie cedía ante el agente Harris, cómo le permitía controlarla y manipularla. El mero hecho de ser testigo de ello le hizo revivir la horrible sensación de impotencia que había experimentado durante el último año, y sintió una familiar ira. Había aguantado un montón de mierdas y había sido incapaz de evitarlo. Tras el asesinato de sus padres se había visto arrastrado a un torbellino de dolor, pérdida, confusión, acusaciones, desconfianza y resistencia a la verdad, que casi había destruido toda su vida, no solo a sus padres, sino también todo lo que habían dejado atrás, incluyendo el trabajo de toda una vida, su hogar y a su pobre hija.

A menudo había permanecido despierto sobre ese camastro de cemento de la cárcel, sintiéndose como si acabara de caerse por la madriguera del proverbial conejo. Así de retorcida se había vuelto su vida, totalmente distinta de lo que era justo, correcto y verdadero. Y lo más desquiciante era que, por mucho que peleara, por mucho que proclamara su inocencia, no había tenido escapatoria. Permanecía a merced de los extraños, totalmente sometido al razonamiento, juicio y voluntad de unas personas que no tenían ni idea de cómo era en realidad, o qué había sucedido aquella horrible noche. Lo habían despojado de la libertad y condenado en la prensa, señalando a la ira y confusión que había mostrado siendo un niño no deseado, como el motivo por el que se había alzado para destruir a las únicas personas que lo amaban de verdad.

De no ser por un estrechísimo margen, en ese mismo instante estaría sentado en el corredor de la muerte. Pero no lo estaba. Estaba allí. En casa. Cierto que volvía a empezar con muy poco, pero al menos tenía la posibilidad de reclamar a su hermana, salvar la granja y encontrar al hombre que de verdad había matado a sus padres. Incluso podría tener la posibilidad de llevar a ese hombre ante la justicia.

Si no la cagaba.

En un esfuerzo por calmarse, se acercó a la mesa y se sirvió un poco más de vino. Mientras bebía, de pie, no pudo evitar sentir cierto alivio al contemplar la transformación que se había producido a su alrededor. La cocina había recuperado su antigua dignidad, gracias a Sadie. Cierto que no era más que un pequeño paso, pero al menos le hacía sentir que algo al fin se había corregido, y eso le proporcionaba una hebra de normalidad a la que aferrarse. Y luego estaba el sentido práctico de Sadie, que había llevado comida y otros artículos necesarios, su flexibilidad a la hora de adelantar el dinero para que la compra no le supusiera a él una molestia, y su diligencia en asegurarse de que se alimentara bien. Había trabajado duro todo el día. Y le gustaba, pensaba que podría ser una buena empleada.

Pero también había tenido razón al advertirle que ya tenía bastantes problemas. La había contratado el día anterior a pesar de las amenazas del agente Harris, quizás, al menos en parte, por culpa de ellas. Contraatacar le hacía sentirse bien. Pero lo cierto era que no quería verse metido en una batalla que no tenía nada que ver con él cuando ya tenía problemas de sobra de los que ocuparse.

No. Y por eso iba a tener que renunciar a la idea de sacar a Angela de Stanley DeWitt. No le gustaba la idea de decepcionar a su hermana, pero podía seguir poniendo anuncios para contratar a una cuidadora, en Santa Barbara mejor, con la esperanza de que alguien estuviera dispuesto a trasladarse todos los días allí. Santa Barbara no estaba lejos. Sin duda, si se tomaba más tiempo encontraría una alternativa a contratar a una mujer ligada a un exmarido abusador que también era un egocéntrico policía.

Pero, si elegía esa opción, si dejaba marchar a Sadie, ¿qué le sucedería a ella?

Recordó las lágrimas que había visto rodar por sus mejillas el día anterior, cómo había vuelto el rostro hacia el cielo, esperando que la lluvia las lavara. Parecía bastante desesperada. Aunque no la conocía bien, no le gustaba la idea de dejarla tirada, convertirla en una víctima. No soportaba pensar que estaría experimentando las mismas sensaciones de impotencia que lo habían marcado profundamente a él. Si Sadie deseaba alejarse del tipo con el que se había casado, estaba en su derecho. Si quería trabajar para un hombre sospechoso de haber matado a sus padres, estaba en su derecho también. Era adulta. ¿Por qué tenía que decidir Sly Harris lo que podía hacer, ella o cualquiera?

«No puedes contratarme. No tienes ni idea de lo que él es capaz. Hará que tu vida resulte tan miserable que desearás estar de vuelta en la cárcel».

La creía, sobre todo desde la última visita de Sly. Su ex no iba a dar marcha atrás por el hecho de que ella hubiera decidido seguir adelante a pesar de su desaprobación. Ante ellos se planteaba una disputa en toda regla, disputa en la que Dawson tenía todas las de perder dada su situación. Pero achantarse solo serviría para hacerle sentir igual que se había sentido en la cárcel, totalmente sometido a otros. Además, él nunca rehuía una pelea. Quizás con ello se cargaría su única posibilidad para recuperar su vida, pero al menos se hundiría siendo fiel a sus principios.

–Al infierno con el agente Harris –murmuró antes de enviarle a Sadie un mensaje de texto.

Sadie se negó a hablar con Sly. El teléfono sonó mientras iba conduciendo, pero ignoró la llamada, ni siquiera se molestó en sacar el móvil del bolso. Si quería seguirla hasta su casa, que lo hiciera. No podía impedirle utilizar la misma autopista. Pero eso no significaba que tuviera que mantener una conversación con él mientras conducía.

Pero, cuando se detuvo frente a la casa de Petra, él se bajó de su coche e intentó interceptarla.

–Tenemos que hablar –le dijo–. No puedes seguir trabajando para ese bastardo.

–No estoy incumpliendo ninguna ley –contestó ella.

Petra debía haber oído las voces, o estaría pendiente de la llegada de Sadie, pues enseguida salió de la casa.

–Hola –saludó antes de desviar la mirada hacia Sly.

Si había alguien capaz de comprender la naturaleza de su relación con Sly, esa era Petra. Aunque Sadie había sido muy discreta, la mujer sabía que deseaba deshacerse de él, y que él se negaba a dejarla en paz.

Aprovechando la distracción creada por la canguro de Jayden, Sadie rodeó a Sly y continuó hacia la puerta.

–Siento llegar más tarde de lo que tenía previsto.

–Ya me advertiste de que llegarías sobre las siete o las ocho. Y de todos modos, Jayden está bien. ¿Qué tal te fue? –Petra abrió la puerta para que entrara Sadie, pero no invitó a Sly a hacer lo propio.

Sly ni se dirigió a Petra. Se limitó a permanecer en la acera como si esperara a que Sadie volviera a salir con Jayden.

–Estuvo bien –admitió Sadie mientras entraba en la casa.

Petra titubeó, como si no estuviera segura de qué hacer con la puerta, dado que Sly seguía allí fuera. Al final decidió dejarla entreabierta, sugiriendo con ello que solo tardarían un momento.

–¿Qué hiciste?

–¡Mami! –Jayden corrió a su encuentro en cuanto la vio.

Sadie lo tomó en brazos y lo abrazó con fuerza mientras contestaba a Petra.

–Limpié la cocina mientras Dawson Reed trabajaba en la granja.

–Entonces... –la otra mujer redujo el tono de voz–, ¿por eso está Sly contigo? No pasó nada, nada malo, ¿verdad?

Sadie hizo todo lo posible por mantener una actitud amable.

–No. Se preocupó al ver que seguía allí tan tarde. Eso es todo.

–Entiendo. Y ahora se está asegurando de que llegues a casa sana y salva, ¿es eso?

–Aparentemente.

Petra frunció el ceño como si hubiera comprendido que las palabras de Sadie ocultaban más de lo que decían.

–Un divorcio es algo muy complicado. Espero no tener que vivir nunca algo así.

–No tienes ni idea –admitió Sadie.

–¿Durante cuánto tiempo vas a necesitarme mañana? –preguntó la mujer mientras le apretaba el brazo para darle ánimos.

—El mismo tiempo, si te va bien. Tengo que estar en Lolita's a las siete.

—Sin problema. Los chicos tienen colegio y me levanto temprano.

—Gracias. No te haces idea de lo mucho que aprecio tu flexibilidad.

—Aquí adoramos a Jayden, y lo sabes —Petra recogió un juguete que había quedado tirado en el suelo—. Parece que mañana vas a tener otro día largo. ¿Irás a la granja después de salir del restaurante?

Sadie dejó a su hijo en el suelo. Empezaba a pesar demasiado para tenerlo en brazos todo el rato.

—Pues, la verdad es que no estoy segura.

—¿Dawson no te necesita mañana? —la otra mujer ladeó la cabeza.

Si ese hombre era listo se buscaría a otra persona. Pero no tenía ni idea de qué decisión iría a tomar. Habían dejado la cosa abierta.

—Me dijo que me lo haría saber.

—De acuerdo, pues envíame un mensaje cuando lo sepas. Me gustaría llevar a los niños de excursión, pero, si Jayden no está, esperaremos para que pueda acompañarnos.

La gratitud que Sadie sentía por Petra hizo que se le formara un nudo en la garganta.

—Gracias. Gracias de todo corazón.

—¡No hay por qué darlas!

Jayden volvió a aparecer con la mochila que siempre llevaba cuando se quedaba con la canguro, pero antes de que pudieran marcharse, Petra agarró a Sadie por la muñeca.

—Sé que Sly espera ahí fuera, pero me muero de curiosidad. ¿Cómo es Dawson?

Sadie reflexionó un instante antes de contestar.

—Un hombre decidido.

Sí, desde luego era una respuesta inocua, sobre todo al recordar cómo había aguantado el duro trabajo en el campo.

—No sé por qué, pero esa no era la respuesta que había esperado obtener —protestó Petra con una carcajada.

Por supuesto que no lo era. Todo el mundo quería saber si era el asesino que habían dibujado. Esperaban cualquier dato que les pudiera revelar más sobre ese hombre de lo que habían visto en televisión. «Me mira de una manera estremecedora... Se queda sentado toda la tarde afilando su cuchillo... Se ríe sobre lo sucedido...».

Chismorreos jugosos como esos. Los buenos ciudadanos de Silver Springs se sorprenderían si supieran que lo único que hacía ese hombre era trabajar duro.

—Yo creo que es inocente.

Los labios de Petra dibujaron una «O» de sorpresa. La propia Sadie estaba sorprendida, sobre todo ante el empeño que sentía en creerlo. En realidad no disponía de más datos que cualquier otro para elaborar un juicio. Solo había trabajado un día para Dawson, y apenas lo había visto. Pero había algo en él que rezumaba una integridad que no poseería un asesino. Quizás fuera la devoción que demostraba sentir hacia su hermana. Quizás el coraje que había necesitado para regresar a ese lugar. Podría haber vendido la granja para trasladarse a otro lugar más amistoso, podría haber desaparecido en Los Ángeles o alguna otra gran ciudad donde no tuviera que enfrentarse a las recriminaciones de los vecinos.

Aunque quizás Sadie lo creyera inocente porque había demostrado tener las agallas, después de todo lo que había pasado, de contratarla a pesar de Sly. También le había hecho frente a su ex plantado ante la puerta y seguramente habría hecho algo más si ella no hubiera intervenido.

Lo admiraba, y no solo por su físico.

Y eso sí que no se lo había esperado.

—¿Qué te hace pensar así? —preguntó Petra, ansiosa por conocer más detalles.

—Es un hombre fuerte —fue toda la respuesta que recibió.

—No me digas —la otra mujer sonrió y empezó a abanicarse—. Lo he visto en televisión. ¡Es muy sexy!

—Tiene un buen cuerpo, pero a lo que me refiero es a que es fuerte de cabeza y corazón. No le hace falta matar a dos personas mayores para obtener lo que desea, ni parece ser de los que atacan a alguien más débil.

—¿Estás segura?

Sadie se dio cuenta de que hablaba como Aiyana, que había proclamado la inocencia de Dawson a los cuatro vientos.

—No, es solo mi opinión.

—Bueno, pues yo diría que ha conseguido impresionarte.

—Y eso que ni siquiera lo ha intentado —ella asintió.

—Reconozco que espero que sea culpable, o al menos lo esperaba antes de que tú trabajaras para él. No me gusta pensar en que alguien ha pasado por lo que ha pasado él sin merecérselo —Petra la abrazó—. Buena suerte con Sly. ¿Quieres que te acompañe hasta el coche?

—No, ya me las apañaré sola, y me ocuparé de él cuando haya llegado a casa.

—De acuerdo. Te veo mañana.

Sadie se colgó la mochila de Jayden al hombro y lo condujo fuera de la casa. Descubrió que Sly había regresado al coche patrulla. Jayden también vio el coche y por fuerza tenía que saber que se trataba de su padre, y aun así no corrió a su encuentro.

—¿Quieres que te lleve a dar un paseo, colega? —preguntó Sly tras bajar la ventanilla del coche.

El niño levantó la mirada hacia su madre en busca

de alguna pista que le indicara lo que debía hacer. Sadie sabía que se resistía a apartarse de ella después de haber estado separados todo el día.

—No será mucho rato —le susurró al oído—. Vivimos a unas pocas casas de aquí.

—De acuerdo —contestó el niño en un tono tan bajo que era imposible que su padre lo oyera, pero al mismo tiempo soltó la mano de su madre y se dirigió hacia el coche.

—¿De verdad es necesario llevarlo a casa en coche cuando vivo a media manzana de aquí? —murmuró ella en voz baja mientras sacaba la silla de seguridad de Jayden de su coche.

—Será más que media manzana —contestó él a voz en grito—. ¡Vamos a tomarnos un helado!

«Estupendo. El helado compensa el hecho de que no has cumplido con tus obligaciones de padre desde el día en que nació», pensó Sadie, aunque no dijo nada.

Sly le tocó la mano mientras tomaba la sillita.

—¿Quieres acompañarnos?

Sadie contuvo el impulso de recular.

—¡Ven con nosotros, mami! —gritó Jayden.

Sin embargo, Sadie no se sentía capaz. No podía sentarse junto a su exmarido y charlar de naderías mientras estaba furiosa con él. Había aparecido en su trabajo, podría ser que le hubiera hecho perder ese trabajo, y de repente quería llevarlos a Jayden y a ella a tomar un helado como si no hubiese hecho nada malo. Era lo que hacía siempre, después de pasarse de la raya fingía que no lo había hecho.

—Lo siento, cielo —ella consiguió apartar la mano de la de Sly—. Mami está agotada. Hoy he trabajado mucho.

Por suerte, Jayden no protestó. La perspectiva del helado lo había convencido.

—Te espero en casa —añadió ella.

—No te pongas a rumiar —gritó Sly a su espalda—. ¡No

tienes ningún motivo para estar enfadada! Solo intentaba cuidar de ti.

Sadie se dio media vuelta y estuvo a punto de explicarle lo que pensaba, allí mismo, en el jardín delantero de Petra. La necesidad de liberarse era tan fuerte que apenas podía controlarse. Pero por experiencia sabía que provocar una escena solo lo empeoraría todo. Y tenía que pensar en Jayden y en Petra y su familia.

—Te veré cuando volváis —contestó con la suficiente firmeza para hacerle entender que no estaba dispuesta a hablar de ello. Mientras padre e hijo se alejaban, despidió al niño con la mano.

No vio el mensaje de texto de Dawson hasta que llegó a su casa y sacó el móvil del bolso.

Intenta estar aquí a la una, si es posible. Y esta vez, ¿podrías traer un pack de latas de cerveza? Ese vino que compraste es horrible.

Sadie no pudo reprimir una carcajada ante el comentario sobre el vino. Nunca había probado esa marca, pero el precio se ajustaba a lo que podía pagar. Y lo cierto era que estaba malísimo.

Sadie: eso te pasa por masoquista.

Al ver que no recibía ninguna respuesta, supuso que Dawson ya se habría quedado dormido.

Para cuando Sadie por fin terminó de bañar a Jayden, estaba demasiado cansada para leerle un cuento. Prometiendo que le compensaría por ello al día siguiente, lo apartó un poco para poder acostarse a su lado, le besó la frente y apagó la luz. Pero mucho después de que el niño se hubiera dormido, ella no lo había conseguido, era incapaz de relajarse. A su mente acudía una pregunta tras otra. ¿Por qué había decidido Dawson Reed conservarla como su empleada? ¿No ponía con ello en riesgo su propio bienestar? Había sufrido una barbaridad y aun así insistía en ponerse de su parte frente a Sly, cuando muchos otros habían decidido proteger sus propios intereses.

Entendía que tuviera prisa en conseguir una cuidadora para llevarse a su hermana a casa, y que en Silver Springs no había muchas personas dispuestas a aceptar el trabajo que ofrecía, pero había otros lugares a los que acudir. Su hermana llevaba más de un año internada. ¿Por qué no se tomaba una o dos semanas más para ampliar la búsqueda y así no tener que enfrentarse a Sly?

¿Era tan buen tipo como ella pensaba? ¿O había algo más?

Cuando Sly había llevado al niño a casa, ella había compartido con él su convicción de que Dawson no podría haberles hecho daño a sus padres y, a cambio, él había intentado convencerla de que Dawson no hacía más que intentar engatusarla para conseguir que llegara a confiar en él hasta el punto de que pudiera manipularla. En opinión de Sly los narcisistas y los psicópatas eran expertos en crear experiencias positivas diseñadas para que sus víctimas conectaran con ellos. Antes de marcharse, incluso intentó convencerla para que acudiera a comisaría al día siguiente para que él y los detectives de homicidios que habían investigado el crimen pudieran repasar los detalles con ella.

Sadie no estaba segura de que fuera a convencerse de nada. Si los datos de la investigación apuntaban claramente a la culpabilidad de Dawson, ¿por qué no había sido condenado? Tenía que haber alguna duda.

Al fin renunció a poder dormir, salió de la cama y se dirigió al salón donde descansaba el portátil. Había prestado bastante atención al asesinato de los Reed, había escuchado y leído las noticias a medida que se sabían. Como a casi todo el mundo en Silver Springs, le costaba creer que algo tan horrible hubiera sucedido en su pequeño pueblo.

Pero tras un día trabajando para Dawson, se había despertado en ella la necesidad de contemplar lo sucedido desde un punto de vista más objetivo, sin tener a un montón de policías pegados a ella y empeñados en hacerle cambiar de opinión. También esperaba poder determinar si los medios de comunicación, en su obsesión por los grandes titulares, habían ayudado a crear unos prejuicios que no deberían haber existido, tal y como habían asegurado los abogados de Dawson.

Apoyó el ordenador sobre sus piernas y la espalda contra un cojín mientras se conectaba a Internet.

La búsqueda «Dawson Reed», produjo varios resultados. Sadie abrió un enlace tras otro y leyó, con una nueva mirada, lo que anteriormente solo había merecido un vistazo superficial.

En varias de las noticias figuraba el titular *El hombre de Silver Springs niega haber matado a la pareja que lo adoptó*, atribuido a Dawson. «*Jamás habría lastimado a mis padres. Los quería*», había asegurado. Y también, «*No me hacía falta matar a nadie para heredar la granja. El tiempo se habría encargado de ello, quisiera o no*».

Aquello tenía sentido. El asesinato parecía una solución demasiado drástica para un hijo que, de todos modos, iba a heredarlo todo. Pero la policía aseguró que no estaba dispuesto a esperar. Afirmaron que tras cursar un máster en ciencias y gestión del medio ambiente en la universidad UC de Santa Barbara, todo un logro teniendo en cuenta que procedía de un internado para chicos conflictivos, había empezado a trabajar para una empresa de mantenimiento eléctrico, también en Santa Barbara, hasta que tuvo un desencuentro con el dueño y fue despedido ocho meses después. Desanimado, viendo que no podría ganarse la vida ni siquiera con un título, regresó a Silver Springs para trabajar para sus padres.

Aunque a Sadie le sonó bastante plausible, Dawson relataba su historia personal desde una luz diferente. Por lo que había sido capaz de comprender, había discutido con el dueño de la empresa de electricidad porque ese tipo estaba estafando a la administración local miles de dólares en descuentos de programas estatales. Y no regresó a Silver Springs porque no fuera capaz de encontrar trabajo. Había empezado a buscar trabajo cuando supo que sus padres ya no eran capaces de llevar la granja ellos solos. De modo que renunció a la vida que había pensado vivir para ayudarlos.

¿Santo o demonio?

Sadie frunció el ceño y abrió un documento de Word donde empezó a anotar los diversos puntos para tenerlos claros. La noche en cuestión, la policía informó de que Dawson había acudido a The Blue Suede Shoe, un bar local que ofrecía actuaciones en vivo los fines de semana. Allí vio un partido de los Lakers en la pantalla gigante y jugó al billar con los dos hijos mayores de Aiyana, Elijah y Gavin Turner. Se marchó a las once y media de la noche y se detuvo en la gasolinera para llenar el depósito antes de regresar a su casa. La policía admitió que no sabían si había planeado los asesinatos de antemano, o si había decidido matar a sus padres impulsivamente. Pero mientras todos dormían, agarró un hacha de la leñera de la parte trasera de la casa, atacó a sus padres en la cama y luego llamó al 911 para informar de que había habido un allanamiento de morada y que necesitaba una ambulancia.

Tanto Lonnie como Larry ya estaban muertos para cuando la policía llegó y encontró a Dawson acunando a su madre en sus brazos. «*Aunque podría interpretarse como un acto conmovedor, no había lágrimas en sus ojos*», había declarado el detective John Garbo, a quien

Sadie había conocido en un picnic. «*Sus emociones me parecieron falsas*».

¿Les había mentido Dawson o era la policía la que se equivocaba? Cada persona reaccionaba al dolor a su manera. Quizás se encontraba en estado de shock tras contemplar una escena tan horrible.

Dawson estuvo de acuerdo con el relato policial de los sucesos de aquella noche, hasta el momento en que abandonó la gasolinera. En ese punto declaró que lo había abordado un hombre alto y enjuto de ojos marrones, pelo oscuro y barba desaliñada, que le había pedido que lo llevara hasta Santa Barbara. Dawson le había contestado que no iba tan lejos. El tipo le señaló que tenía un amigo que vivía mucho más cerca y se subió al coche, pero mientras iban de camino, el pasajero empezó a comportarse de un modo cada vez más irracional y se negaba a indicar el nombre del lugar al que quería dirigirse, salvo Santa Barbara. Dawson también afirmó que el autoestopista no paraba de mostrarle en la pantalla de su móvil el mapa del lugar al que quería ir, asegurando que tenía que reunirse allí con su amigo. Entonces Dawson le sugirió que llamara a su amigo y le pidiera que fuera a buscarlo, pero el autoestopista se negó. Estaban ya a la salida del pueblo cuando Dawson le pidió que se bajara del coche. El otro hombre se negó y comenzó una acalorada discusión, seguida por una pequeña refriega durante la cual Dawson consiguió sacar a ese hombre de la camioneta y se marchó.

Dada la dificultad que entrañaba arrastrar a un adulto desde el asiento del copiloto hasta sacarlo por la puerta del conductor, la policía encontró esa parte del relato bastante sospechosa, pero a Sadie le parecía que Dawson podría ser lo bastante fuerte para haberlo hecho. De hecho le parecía mucho más lógico el argumento de la policía en el sentido de que era demasiada coincidencia que un autoestopista fuera capaz de encontrar la casa de Dawson. Pero Dawson también tenía respuesta para eso. Según él, había varios documentos en la camioneta, un par de órdenes de trabajo, incluso una petición para instalar energía solar en la casa. Uno de esos documentos debía haberse caído durante la refriega. Sospechaba que, tras marcharse, el autoestopista simplemente se dirigió a la dirección que había visto para encontrar su casa.

Sadie supuso que era posible que hubiera sucedido así. Dawson conducía una camioneta que utilizaba en su trabajo y que seguramente llevaría distintos objetos, en los asientos o el salpicadero, que podría necesitar, así como papeles sueltos que podrían salir volando fácilmente o salirse del coche en medio de una refriega.

En cualquier caso, se había mantenido fiel a su versión, y a Sadie eso le pareció importante, aunque la policía no le concediera demasiado crédito. En cuanto al resto de la coartada de Dawson sobre los sucesos de aquella noche, aseguró que la pelea había tenido lugar cerca de su casa. En cuanto consiguió echar a ese tipo del vehículo, y para evitar guiarlo en dirección a la granja, y porque no se había dado cuenta de que el autoestopista ya había tenido acceso a su dirección, regresó a la ciudad donde condujo un rato mientras escuchaba música y le daba tiempo al forastero para que se largara a otra parte. Incluso se detuvo en casa de Gavin, pero su amigo aún no había regresado del bar.

Cuando Dawson al fin condujo de regreso a su casa, no se cruzó en ningún momento con el autoestopista y eso le tranquilizó, hasta que entró en la casa y vio que la puerta trasera estaba abierta. En cuanto vio el bolso de su madre tirado en el suelo de la cocina, corrió escaleras arriba y encontró a Angela dormida en su cama, y a sus padres desangrándose en la suya. Aunque tuvo la sensación de que su padre ya estaba muerto, su madre emitía unos sonidos gorjeantes. La estaba acunando en sus brazos, intentando consolarla y animarla, cuando murió.

–Absolutamente desgarrador –murmuró Sadie mientras se frotaba los ojos.

Tenía ganas de continuar con la búsqueda, pues aún le quedaban muchas cosas por leer. Pero ya era la una de la madrugada y había tenido un día muy largo, y el siguiente no lo sería menos.

Tras guardar el documento, dejó el ordenador sobre la mesa de café y regresó al dormitorio. Sin embargo, no consiguió descansar. Unas terroríficas imágenes de ella abriendo la puerta de la planta superior de la granja y encontrando dos cuerpos descuartizados monopolizaron sus sueños, junto con el sonido de las carcajadas de Sly.

Justo antes de que sonara el despertador, se despertó sobresaltada por sí misma. En esos instantes estaba sufriendo una pesadilla distinta, una en la que Dawson se inclinaba sobre ella mientras dormía, blandiendo un hacha.

Capítulo 6

La jornada en la cafetería transcurrió sin incidentes y mucho más lentamente que el día anterior, de modo que Sadie pudo marcharse pronto, ir a la tienda para comprar las cervezas que Dawson le había pedido y luego acercarse a la ferretería para adquirir algunos artículos. Con todo, llegó a la granja a la hora prevista. Encontró a Dawson trabajando en el mismo campo que el día anterior y él le entregó la llave de la casa para que pudiera entrar. Una vez allí empezó por preparar una mezcla para hacer galletas de pepitas de chocolate. Dawson le había asegurado que no necesitaba comer nada, se había preparado un sándwich con algunas sobras de la cena y se lo había llevado con él. Parecía apreciar mucho el asado de carne. Sin embargo, Sadie supuso que a no mucho tardar iba a necesitar un tentempié. Dado que había optado por conservarla como empleada en lugar de contratar a otra persona, quería que estuviera contento, y a todo el mundo le encantaban sus galletas. Sly todavía le pedía que las preparara de vez en cuando. En cualquier caso, las galletas eran lo mejor que se le había ocurrido para agradecerle a Dawson su gesto, en parte porque era lo más que podía permitirse.

Tras fregar los platos que había dejado sobre la encimera la noche anterior, y limpiar el lío que había organizado con la batidora y los cuencos, decidió pasar el aspirador y quitar el polvo de la planta inferior y limpiar las ventanas. Además, toda la casa necesitaba una operación de exterminio de telarañas. A tal efecto había comprado un cepillo de mango largo en la ferretería, para poder alcanzar los rincones más altos.

Por toda la casa, pero sobre todo en el salón, se fijó en que se habían retirado varias fotografías. El papel de las paredes conservaba las huellas menos descoloridas donde una vez habían estado colgadas. Sadie supuso que habían sido destrozadas por los vándalos y que se encontrarían entre los restos de basura que Dawson había amontonado en el exterior, y sintió una profunda tristeza al saber que la gente era capaz de hacer algo así. Destrozar la casa y el mobiliario no estaba bien, ni siquiera aunque Dawson fuera un asesino. El allanamiento de morada era un delito. Y también lo era la destrucción de la propiedad privada. ¿Por qué estaban tan seguros de lo que había sucedido allí? ¿Y si ese hombre resultaba ser inocente? ¿Y qué pasaba si los objetos destrozados eran reliquias de familia? Esos objetos también habían pertenecido a Angela que, nadie dudaba, era completamente inocente.

Al menos Dawson aún contaba con la mayor parte de los muebles de sus padres. La palabra «asesino» había sido grabada en la mesa de café, y pintada en la fachada, pero ella se ocuparía de ambas cosas. En la ferretería, junto con el cepillo para quitar telarañas, también había comprado pintura. Le parecía especialmente importante borrar la pintada de la fachada antes de concluir ese día. Verla desaparecer haría que le resultara más cómodo ir a trabajar a la granja. Además, supuso que la visión de esas letras no produciría una impresión favorable a nadie que acudiera a la casa para asegurarse de que estuviera acondicionada para la llegada de Angela.

La primera hornada de galletas estuvo lista mientras terminaba de lijar la mesa de café. Había tenido que eliminar la capa de barniz, pero la madera desnuda era mejor que lo que había habido antes. ¿A quién le gustaría tener un recuerdo permanente del juicio de los demás, de gente que en el fondo no tenía ni idea de lo sucedido?

En la ferretería también había comprado pintura para cubrir los daños. Aunque no funcionara a la perfección, al menos había hecho desaparecer la palabra. Sin duda a Dawson no le importaría.

Dejó de trabajar con la mesa el tiempo suficiente para colocar unas galletas en un plato, llenar un vaso de leche fría y dirigirse al campo.

La expresión de sorpresa dibujada en el rostro de Dawson al verla llegar fue evidente. Seguramente no había esperado volver a verla hasta la hora de la cena. Sin embargo, el momento pareció oportuno. Lo encontró respirando agitadamente, y sudando. En su opinión, ese hombre se estaba machacando.

—¿Qué es eso? —preguntó él cuando casi lo había alcanzado.

—He hecho unas galletas —Sadie le ofreció la bandeja, pero sostuvo la leche para que Dawson tuviera una mano libre con la que comer—. Espero que no te parezca mal tomarte algo dulce de vez en cuando.

—Yo jamás despreciaría unas galletas caseras. No las había comido desde...

La frase quedó inacabada y ella adivinó lo que había estado a punto de decir. «Desde que mi madre murió», lo cual le daba la impresión de que realmente echaba de menos a Lonnie. Un motivo más para pensar que no la había matado, ni a su padre tampoco. Aunque se mostraba contenido a la hora de revelar sus emociones, su amor por ellos parecía sincero, parecía echarlos de menos.

—Sly insistió en que las presentara en la feria del condado –explicó ella mientras él le daba el primer mordisco a la galleta.

–¿Y? –preguntó tras tragar el bocado.

Sadie lamentó haber mencionado la feria local. El que le diera tanta importancia a algo tan intrascendente le hacía sentirse como una paleta, sobre todo considerando el hecho de que él había recibido una educación más esmerada que ella. Lo cierto era que se sentía nerviosa. Ese hombre era muy atractivo, y le hacía sentirse cohibida. Tenía unos ojos...

No era de extrañar que las mujeres del jurado hubieran sido culpadas de su exculpación.

–Gané –contestó ella tras carraspear.

–No me sorprende –Dawson asintió tras dar otro mordisco.

Quizás no le había parecido un comentario estúpido, aunque no había manera de saberlo.

–Me alegra que te gusten –ella sonrió.

–¿Qué tal por la casa?

–Bien. Estoy trabajando en la planta inferior. Debería terminar la mayor parte hoy, pero...

Ante la pausa, él levantó la vista del plato de galletas.

–¿Qué?

–Me he fijado en que tienes una lavadora y una secadora nuevas.

–Alguien llenó las que había con tierra y a saber qué más. No merecía la pena intentar limpiarlo todo.

–Eso no estuvo bien. Lo siento.

–Ya estaban viejas, de todos modos necesitaban ser sustituidas.

–Aun así.

–Todos tenemos nuestros problemas, ¿recuerdas? –Dawson tomó el vaso de leche y bebió un trago.

–Eso fue bastante estúpido por mi parte.

Él enarcó las cejas.

—Estaba nerviosa cuando hice ese comentario. Me sentía fatal por todo lo que habías tenido que aguantar.

—Gracias —contestó él tras estudiarla durante unos segundos, como si estuviera sopesando su sinceridad.

Sadie le sujetó el vaso de leche para que pudiera terminarse las galletas.

—El caso es que me preguntaba si podría hacer mi colada mientras trabajo aquí. En mi casa tengo una lavadora pequeña, pero no funciona bien y la ropa no sale limpia.

—Por supuesto. Utilízala siempre que quieras.

—Te lo agradezco —por si acaso, había llevado su ropa sucia, y la de Jayden, a la espera de obtener permiso para sacar la bolsa del coche—. ¿Dónde está tu cesto de la ropa sucia? Pondré tu colada con la mía.

—Hay un montón de ropa sucia en un rincón de mi dormitorio. Tengo intención de comprar un cesto, pero aún no he encontrado el momento.

—Yo puedo comprarte uno en la ciudad, si quieres.

—Claro, eso sería estupendo —terminadas las galletas, Dawson apuró el vaso de leche y se lo devolvió junto con el plato vacío—. Estaban riquísimas.

—Me alegro.

Sería una tontería, pero a Sadie le gustó haberle agradado.

Se dirigía de nuevo hacia la casa cuando él la llamó.

—¿Qué tal te fue con tu ex anoche?

—Mejor de lo esperado —Sadie se volvió e hizo visera con la mano sobre los ojos—. Sabía muy bien que no tenía por qué haber venido, que yo estaba enfadada con él por haberlo hecho, de modo que intentó mostrarse encantador.

—Eso significa que tiene esperanzas.

—¿Disculpa?

—Que intenta recuperarte.

—Sí.

—¿Existe alguna posibilidad?

—No si yo puedo evitarlo. Por eso estoy aquí.

—¿No te dio la lata por trabajar para mí? —él se rascó la cabeza bajo la gorra.

Desde el instante en que le había hablado de la entrevista, pero era incapaz de repetir la mayor parte de las palabras que Sly le había dirigido.

—Un poco. Me pidió que lo acompañara a comisaría y hablara con el detective encargado de tu caso.

—¿Y? —un músculo se tensó visiblemente en la mandíbula de Dawson—. ¿Accediste?

—No.

—Porque...

—Ya sabía lo que me iban a contar.

Sadie no estaba en la casa, pero Dawson percibió el olor de la cena proveniente de esa vieja olla que había llevado con ella. Sin embargo, no contestó cuando la llamó. Sobre el mostrador de la cocina encontró un ticket de compra de la ferretería por un importe de setenta y ocho dólares con ocho céntimos. Sin titubear siquiera, dejó un billete de cien dólares junto con la factura. No encontró ninguna nota en la que le indicara que se había marchado. No había nada más.

Se asomó a la ventana y vio que El Camino seguía allí aparcado en la entrada. Se dirigió al cuarto de la lavadora y descubrió un pequeño montón de ropa de niño pulcramente doblada sobre la secadora.

¿Dónde podía estar?

—¿Sadie? —Dawson regresó a la parte delantera de la casa.

Nada.

De vuelta a la cocina, levantó la tapa de la olla para ver qué había preparado para cenar y encontró unas enormes albóndigas con salsa de tomate. Sobre la encimera descansaba un cuenco de pasta cocida, tapado con papel de aluminio. Y al lado un pan de ajo que parecía, y olía, como si estuviera recién salido del horno.

En la cárcel había comido montones de espaguetis, pero la comida que tenía ante él no se parecía en nada a la plasta insípida que solía comer allí.

Arrancó un pellizco de albóndiga para probarla.

—¡Qué bueno! —murmuró.

Pensando que quizás hubiera decidido limpiar su dormitorio o el de Angela, subió a la planta superior. En la planta baja los progresos eran evidentes. Le gustaba el olor a limón del abrillantador de muebles, y el más punzante del desinfectante, pero por lo que pudo comprobar, lo único que había hecho arriba era su colada. Su ropa, tan pulcramente doblada como la de su hijo, descansaba sobre la cama.

Se dirigió de nuevo a la planta baja, pero antes se detuvo frente al dormitorio de sus padres. Dudaba que ella hubiera entrado allí, esperaba que no lo hubiera hecho, y respiró aliviado al intentar mover el picaporte. Estaba cerrado, como de costumbre. Tampoco la localizó en los cuartos de baño. No aparecía por ninguna parte de la casa.

¿Habría salido fuera para buscarlo?

—¿Sadie? —Dawson dejó que la mosquitera se cerrara de un portazo al salir—. ¿Sadie, dónde estás?

—¡Aquí!

Al fin había obtenido respuesta. Siguió la voz hasta la parte delantera de la casa, y la encontró subida al tejado, tapando el grafiti con pintura.

—¿Cómo has subido ahí? —Dawson tuvo que forzar la vista para poder verla con la poca luz que quedaba.

—Trepé —ella señaló hacia el extremo del porche.

Se había ayudado de la barandilla y luego el tejadillo.

Quienquiera que hubiera escrito esa palabra seguramente había subido del mismo modo. Siendo estudiante en el instituto, él solía utilizar esa misma escalera improvisada para salir de la casa, de modo que no debería haberle sorprendido.

—Baja de ahí antes de que te caigas y te rompas una pierna, o peor. El musgo de las tejas resbala más de lo que crees.

—Tengo cuidado.

—Yo puedo pintarlo. Pero no tenía pintura.

—No es del mismo tono, pero anoche me llevé un pedacito de pintura desprendida del dintel de la puerta trasera, y no está mal del todo. Mejor que dejarlo como estaba.

—Yo lo terminaré —insistió él.

—No me hagas quedarme a la mitad. Casi he terminado. ¿Por qué no te vas a cenar? La cena está en la cocina. No permitas que se enfríe.

Todavía un poco preocupado por si se resbalaba y caía del porche, y aterrizaba sobre la espalda o la cabeza, Dawson frunció el ceño y siguió parado donde estaba.

—Ya he visto la cena, pero me voy a quedar aquí por si necesitas que te ayude a bajar.

—No te preocupes, lo tengo controlado.

—Te aseguro que subir es mucho más fácil que bajar.

Él mismo había estado a punto de romperse el cuello en alguna ocasión, camino de la fiesta a la que se dirigía, por tanto sin siquiera haber bebido aún. Algunas noches había sido un auténtico milagro que consiguiera trepar hasta la ventana a su regreso.

Sus padres habían sufrido mucho por su causa y se sentía muy mal por su comportamiento. Había sentido la necesidad de ponerlos a prueba, de asegurarse de que permanecerían a su lado y lo querrían pasara lo que pasara. Al menos esa había sido la interpretación de su madre. Aún no estaba seguro de qué lo había movido a comportarse de ese modo extremo. Suponía que la ira, la juventud, el descuido, el egoísmo. Y aun así sus padres se habían mantenido firmes, incondicionales. No habían abandonado a Angela, a pesar de que no era perfecta, y no lo habían abandonado a él. Quienquiera que los matara seguramente los vio como dos ancianos insignificantes, gente que no podría defenderse, ni a ellos mismos ni sus bienes. Pero Dawson sabía que eran mejores de lo que la mayoría de la gente podría aspirar a ser jamás. Lo habían convertido en un adulto, ayudado a encontrar un poco de paz, a orientarse...

–Supongo que si me ayudaras sí que podría bajar la pintura sin salpicar –admitió Sadie, interrumpiendo sus pensamientos–. Dame un minuto.

Dawson sintió que, a medida que las letras, toscamente dibujadas, desaparecían bajo la brocha de Sadie, una extraña sensación de alivio crecía en su interior. Ese sencillo acto contribuyó a calmar una parte del dolor y la ira que lo impulsaban como si estuviera bajo la influencia de una picana eléctrica. Pero jamás iba a poder olvidar lo que había iniciado su rápido descenso a los infiernos. Iba a encontrar a la persona responsable del brutal ataque contra su madre y su padre, y pedirle cuentas, aunque le llevara el resto de su vida.

–¿Qué tal ha quedado? –preguntó Sadie–. ¿Lo he tapado?

Dawson alzó los brazos, preparado por si ella se caía.

–¡Hagas lo que hagas, no des un paso atrás para comprobarlo tú misma!

–No soy tonta –ella lo miró contrariada–. Por eso te lo he preguntado a ti.

–Con esta luz no es fácil decirlo. Está demasiado oscuro. Siempre podré aplicar otra capa mañana por la mañana. Vamos. Me muero de hambre.

Tras pasarle la pintura y la brocha, Sadie consiguió bajar con bastante soltura por sí misma. Era más fuerte y ágil de lo que aparentaba. Su problema era la estatura. Era tan bajita que no tuvo otra opción que balancearse con los pies colgando en el aire hasta que él se los sujetó para que pudiera posarlos sobre la barandilla. No pudo evitar preguntarse qué habría hecho si él no hubiera estado allí para atraparla, pero optó por no decir nada.

Aunque seguramente no necesitaba su ayuda a partir de ahí, estaba tan cerca que Dawson la agarró en volandas y la depositó en el suelo sana y salva.

—No vuelvas a subirte a ese tejado —le advirtió con severidad.

—Es que tenía ganas de hacer desaparecer esa horrible palabra de la fachada de la casa —ella parpadeó con sus ojos color avellana—. ¡Se veía desde la autopista!

—A partir de ahora, yo me ocuparé de esas cosas — Dawson no podía permitir que ella resultara lastimada. Todo el mundo estaba convencido de que no estaría segura allí con él, sobre todo su exmarido.

—¿Y por qué no lo has hecho ya? —Sadie recogió la pintura y la brocha y se dirigió hacia la casa.

Él la miró aturdido. No estaba acostumbrado a que nadie lo desafiara.

—Ya te expliqué que no disponía de la pintura adecuada.

—Es una sencilla pintura blanca, nada exótico. Podrías haberla comprado con la misma facilidad con la que lo hice yo.

—Y esa era mi idea —Dawson le quitó la pintura y la brocha de la mano.

—Pero no encontrabas el momento.

—Todavía no.

—No estabas seguro de poder comprarla.

Él no contestó, con la esperanza de que ella dejara el tema. Pero no lo hizo.

—Regresaste hace dos semanas.

De nuevo, él no hizo ningún comentario.

—Pero no querías darle a nadie el gusto de saber que te molestaba —contestó la propia Sadie—. Esa es la respuesta, ¿verdad? Lo dejaste ahí para demostrar algo.

—¿En serio? —preguntó Dawson sin dejar de caminar delante de ella y sin volverse—. ¿Y qué se supone que quería demostrar?

Sadie se sacudió las manos para limpiarse la suciedad.

—Que te da igual lo que la gente piense de ti. Que no necesitas su aceptación, su aprobación, ni siquiera necesitas gustarles.

—Eres mi empleada, no mi loquera —gruñó él—. No intentes psicoanalizarme.

—No lo hago. Solo me preguntaba por qué no lo habías pintado de inmediato. Tenerlo ahí arriba debía resultar doloroso y vergonzoso, algo horrible que contemplar cada vez que te dirigías por el camino hacia tu casa. Y de repente, después de trabajar para ti durante dos días, creí comprender el motivo por el que lo habías dejado ahí. De modo que, ¿me podrías confirmar si estoy en lo cierto?

—No, no podría —contestó él—. Vamos a comer.

Dawson entró en el comedor mientras ella seguía ocupada en la cocina, sirviendo los platos. Se sentía inquieto. Algo de lo sucedido ahí fuera lo había agitado, pero Sadie no conseguía determinar qué era. Debería sentirse aliviado porque había tapado esa horrible acusación pintada con letras rojas, y él ya no tenía que hacerlo. Aunque no lo conociera bien, estaba convencida de que su razonamiento sobre la actitud de ese hombre había sido acertado, aunque él se negara a admitirlo. Era un hombre orgulloso al que no le gustaba que lo intimidaran, la clase de hombre capaz de sacrificarlo todo por un ideal.

El modo en que había reaccionado ante Sly, negándose a ceder, se lo confirmaba.

—¿Qué te pasa? —le preguntó tras colocar el plato sobre la mesa y observarlo atentamente.

Dawson hundió las manos en los bolsillos de los vaqueros y se balanceó de atrás hacia delante.

—No estoy seguro de que esto vaya a funcionar, Sadie.

—«Esto» —era evidente que no hablaba de la cena—. Te refieres al trabajo.

—Sí —él estiró el cuello.

—¿Por qué? —le habría preocupado si pensara que estaba a punto de despedirla.

La noche anterior sí había estado preocupada. Pero en esos momentos no tenía la sensación de que Dawson deseara realmente deshacerse de ella. Le gustaba, le gustaba lo que preparaba para comer y las mejoras que había hecho en la casa. Lo notaba. Sadie también sabía que no tenía ninguna gana de ponerse a buscar a alguien, era una molestia que no necesitaba. Quería trabajar y arreglar su vida. Entonces, ¿cuál era el problema?

—Es complicado —contestó él mientras se acercaba a la mesa y se sentaba.

Sadie lo miró atentamente, intentando descubrir algo en su lenguaje corporal. Vio remordimiento, reticencia, quizás incluso un poco de indecisión.

—Lo dices por Sly, mi ex.

—Sí, supongo —él se encogió de hombros.

Sadie llevó su propio plato a la mesa y se sentó frente a Dawson.

—Si no fuera porque ya te has enfrentado en dos ocasiones a Sly, haciendo caso omiso de su oposición a que yo trabaje aquí.

—Siempre cabe la posibilidad de que vuelva a visitarme —contestó él mientras hacía girar el tenedor en la mano.

—Cierto. Y ya te advertí de ello. Y me enviaste de inmediato un mensaje de texto para que siguiera trabajando para ti.

—Quizás debería habérmelo pensado un poco mejor.

—Porque...

Dawson no contestó. Se limitó a llenarse la boca de espaguetis.

—Estás disgustado porque tapé con pintura esa horrible pintada que algún gilipollas escribió sobre tu fachada. ¿Por qué?

—Podrías haberte caído del tejado.

—Pero no me caí. Y ya que ese tema está solucionado, no pienso volver a subirme ahí. De modo que, ¿podemos centrarnos en el problema real?

—Este no es un buen lugar para ti, eso es todo.

Era evidente que Dawson estaba luchando contra sí mismo por algo.

—Me dijiste que estaría a salvo.

—Y lo estás. A salvo de mí. El problema es que no puedo controlar a nadie más.

—¿Y a quién necesitas controlar?

Él no contestó.

Apartando el plato sin haber tocado la comida, Sadie esperó a que él engullera una albóndiga.

—Si no estoy yo por aquí, ¿cómo vas a traer a tu hermana? —preguntó ella al fin.

—Tendré que contratar a otra persona.

—Entonces todo esto tiene que ver con que pinté la fachada de la casa.

—No, no tiene que ver con eso. ¡Eso es ridículo!

—Te sientes incómodo porque te hice un favor, y ni siquiera fue para tanto. Estás tan acostumbrado a ser juzgado y vilipendiado que ya no sabes cómo gestionar la amabilidad humana.

Dawson tragó nerviosamente y su mirada al fin se posó sobre el rostro de Sadie.

—Sé muy bien qué hacer con la amabilidad. No estoy preocupado por mí, sino por ti.

—Por mí.

—¡Sí!

—¿Por qué?

—¿Cómo crees que reaccionará toda esa gente que te importa, amigos, vecinos, tu ex y su familia, si cree que te estás poniendo de mi parte? Si entablas amistad con un hombre que —dibujó unas comillas en el aire—, «mató a sus padres». Empezarán a tratarte como me tratan a mí. Serás una marginada. Puede que suceda en poco tiempo y, en cuanto pase, ya no podrás darle la vuelta, no en una ciudad tan pequeña.

—O sea, que lo mejor sería que buscara trabajo en otra parte —concluyó ella con los brazos cruzados.

—Sí.

—¿Estás seguro de que no hay nada más?

—¿Más en qué sentido? —Dawson mojó el pan en la salsa—. Si te refieres a Sly, ese tema ya está zanjado.

—No hablo de Sly. Se me ocurre que quizás te sientas más cómodo con alguien que mantenga las distancias, como haces tú. Supongo que lo que te ha sucedido te ha debido volver desconfiado. Y algo así te deja cicatrices, te vuelve receloso hacia los que te rodean. Pero solo intentaba hacerte un favor, intentando dar el siguiente paso. Quiero decir que tú también me has hecho un favor, y no hace falta que te conviertas en amigo mío ni nada de eso.

—Aconsejarte que busques otro trabajo no tiene nada que ver conmigo —él dejó el tenedor a un lado—. Tiene que ver con evitar que vivas lo que he vivido yo. ¿Cómo te crees que me sentiría si algún vándalo destroza tu casa como hicieron con la mía? Una mujer con un niño de cinco años a su cargo. Si te ven venir aquí a diario, prepararme la comida y arreglar la casa, supondrán que estás de mi parte, lo cual significa que no lo estás de la suya, y te convertirás tú también en un objetivo. Debería haberlo pensado antes.

Sadie se acordó de los amigos policías de Sly que habían ido a visitarla a la cafetería para advertirle de que se tomarían su tiempo en acudir si se metía en algún lío mientras trabajaba para Dawson. Le habían dejado bien claro que estaba confraternizando con el enemigo, que consideraban sus acciones un acto de deslealtad. Dawson tenía razón. Sly no era el único de quien debían preocuparse, aunque los problemas que le acarreaba su ex ya eran más que suficientes. Teniendo en cuenta lo desagradable que podía resultar, en esos momentos estaba siendo bastante amable, pero Sadie sabía que su paciencia no duraría eternamente. ¿Qué podría hacerle si se negaba a escucharle, si se negaba a dejar de trabajar para Dawson? ¿Qué podría hacerle si no solo seguía trabajando en la granja, sino que se convertía en amiga de Dawson, en su defensora?

Las posibilidades eran aterradoras. Nunca había que menospreciar a Sly.

Pero el problema era que ella ya creía en la inocencia de Dawson. Y eso significaba que no se sentía capaz de abandonarlo.

—Supongo que ambos estamos corriendo un riesgo, ¿verdad?

—Y eso significa que te quedas —observó él tras beber un trago de cerveza.

—Sí.

Dawson suspiró antes de volver a llenarse la boca de albóndigas.

—Bueno, por lo menos sabes cocinar.

Ella sonrió abiertamente, y soltó una carcajada cuando él intentó fruncir el ceño en lugar de devolverle la sonrisa.

Capítulo 7

Sadie se sentía feliz, como hacía tiempo que no se sentía, mientras fregaba los platos. No sabría señalar un motivo concreto. Simplemente se sentía... libre. También se sentía productiva y capaz de cuidar de sí misma, lo que le hacía ver el futuro bajo una luz más positiva. Y luego, por supuesto, estaba Dawson Reed. Le había preocupado mucho que fuera tan malo como decía todo el mundo, que se hubiera equivocado al responder a su anuncio. Pero ya no. Ese hombre le gustaba y lo creía un hombre honrado. Aunque podría equivocarse, pues no sería la primera persona engañada por un asesino, no se lo imaginaba haciendo daño a los Reed. No había pronunciado ni una palabra inapropiada. ¡Al revés! ¿Qué clase de asesino intentaba llevarse a casa a su hermana, que sufría un trastorno mental, para cuidar de ella porque pensaba que con él sería más feliz? ¿Qué podría obtener Dawson al asumir esa responsabilidad? ¡Nada! Estaba pagando a una cuidadora para Angela cuando podría gastarse ese dinero en un peón para la granja, para que le facilitara el trabajo diario.

Sadie, desde luego, no tenía la sensación de que ese hombre la hubiera engañado con algún propósito infame. Era menos probable que él la sorprendiera a que lo hiciera ella. Sadie solo lo veía cuando acudía a la casa para cenar.

Agotada, se encaminó hacia el coche para dirigirse a su casa. Al salir a la carretera, desde donde tenía una mejor perspectiva de la casa, se detuvo para echar un vistazo. Había hecho un buen trabajo cubriendo las letras dibujadas en la fachada. Y se alegraba de haberlas borrado.

Con ganas de ver a Jayden, puso música en el móvil, pues la radio del coche, al igual que el reloj, no funcionaba, y cruzó la cancela de la propiedad. Y entonces vio el coche patrulla detenido calle abajo, fuera de la vista desde la casa.

Sadie ralentizó la marcha y pasó delante. Como era de esperar, Sly estaba al volante.

¡Maldito fuera! ¿Cuánto tiempo llevaba allí vigilándola?

Decidida a ignorarlo, pisó el acelerador.

—Vete a casa y déjame en paz —murmuró.

Un vistazo al espejo retrovisor le confirmó que su exmarido se había puesto en marcha y la seguía. No le gustaba la idea de tenerlo allí, esperando cada noche, no le apetecía tener que verlo tan a menudo.

El móvil sonó, interrumpiendo la música, y su nombre apareció en pantalla. El coche era tan viejo que no disponía de instalación de Bluetooth, pero ella sí tenía un dispositivo Bluetooth conectado al mechero. Y de no haberse quedado sin batería, lo habría usado.

Detuvo el coche a un lado para que él no la siguiera una vez más hasta la casa de Petra. No quería que se llevara a Jayden a comer otro helado. Echaba de menos a su hijo, quería pasar algo de tiempo con él antes de irse a la cama, y no quería que Sly estuviera implicado de ninguna manera. Ese hombre la ponía tensa, de los nervios. Sus estados de ánimo eran de lo más fluctuantes y ella nunca sabía si iba a mostrarse agradable o comenzar una discusión en la que la culpara de «arruinar su vida».

Sly detuvo el coche y se acercó caminando al de ella.

—¿Qué haces? —preguntó Sadie, bajando la ventanilla con la manivela.

—Nada. Solo había salido a patrullar.

—De modo que el que estuvieras frente a la casa de Dawson era pura casualidad —ella hizo una mueca.

Los labios de Sly se curvaron en una sonrisa cargada de amargura.

—Puede que no del todo. Solo quería asegurarme de que estuvieras a salvo. ¿Qué te has creído? Encima que deberías darme las gracias...

—El problema es que no hace falta que pierdas el tiempo. Y es más de lo que me merezco, dado que ya no estamos juntos.

—Nuestra separación no es más que un distanciamiento temporal, Sadie. Te lo demostraré, te demostraré que puedo hacerte feliz.

Lo habían intentado durante diez años y, aun así, nada había cambiado. Sadie ya no estaba enamorada de él, llevaba al menos cinco años sin estarlo.

—Tu tenacidad me halaga. Pero creo que es importante saber cuándo hay que ceder. Los dos necesitamos pasar página.

—¿Y dejarte en manos de alguien como Dawson Reed? ¿En qué clase de hombre me convertiría eso?

—En la clase de hombre que respeta los límites. ¡Estoy bien! Dawson no mató a sus padres, Sly. No ha matado a nadie. No es capaz de algo así.

Sly la miraba con la boca abierta, como si estuviera a punto de decir algo. Estaba acostumbrado a dominar todas las conversaciones. Pero en esa ocasión se calló. Y, por su expresión, ella supo que había provocado uno de sus infames cambios de humor.

—Quiero decir que nadie está seguro de lo que ocurrió —añadió en un intento de dar marcha atrás.

—Es el único que podría haberlos matado, Sadie, el único que estuvo en las proximidades de la casa aquella noche. No se encontró ADN de otras personas en la casa. Si un autoestopista hubiera irrumpido en la granja y asesinado a Lonnie y a Larry, se habría encontrado algo.

Ella ya había leído sobre eso, pero aún no había añadido esa discrepancia a la lista que estaba elaborando, aunque tenía algo con que refutarlo. Fuera de la casa se había encontrado una huella de pie en el barro, de una talla menor a la de Dawson, y que la policía había adjudicado convenientemente a algún visitante a la granja, no al asesino. Estuvo a punto de decírselo a Sly, pero optó por morderse la lengua. No tenía ganas de discutir sobre el caso, sobre todo con Sly. Ese hombre tenía que ganar todas las discusiones, gritando y enfadándose, cuando no tenía una base sólida para lo que estaba diciendo.

—No necesariamente —contestó ella—. En muchos crímenes no se ha encontrado ADN. ¿Por qué no podemos concederle el beneficio de la duda? No ha hecho ningún movimiento en falso. Trabaja todo el día. Eso es todo.

—Y mientras tú...

—Yo también trabajo.

—Solos los dos, en este lugar apartado, y solos, cuando ese tipo seguramente no ha visto una mujer en más de un año.

Sadie sintió que se le erizaba el vello de la nuca.

—No me gusta lo que estás insinuando.

—Sé cómo son los hombres. Sé lo que piensa cuando te mira.

La imagen dibujada por las palabras de Sly hizo que ella se sintiera extrañamente acalorada, pero se dijo a sí misma que no tenía nada que ver con Dawson.

—Eso no es verdad. No se ha mostrado siquiera mínimamente interesado en... en mí.

—Aun así. Te aseguro que busca algo más que limpieza y guisos.

—¡Cállate ya! No hace falta que vigiles la casa. Estoy segura de que tienes cosas mejores que hacer.

Sly bajó la vista hasta los pulgares enganchados del cinturón. Estaba tan en forma como Dawson, se aseguraba de estarlo con sesiones de footing y pesas. Desde el día de su boda lo había visto subirse a la báscula cada día. No era muy atractivo de cara, sus rasgos eran más bien de tipo vulgar, pero nadie podría calificarlo de feo. No le costaría nada encontrar a otra mujer.

La parte de Sadie que ansiaba ser libre deseaba en ocasiones que encontrara a esa mujer, pero no estaba bien poner todo su corazón en ese deseo. Ella, mejor que nadie, sabía lo desagradable que era la convivencia con ese hombre.

—¿No crees que le encantaría tenerte debajo? Sentir cómo te cierras alrededor de su...

—¡No! —le interrumpió ella—. Quiero decir que él no piensa así. ¿Por qué me estás haciendo esto? ¿Por qué intentas retorcerlo todo?

—Porque necesitas ver la verdad. Eres demasiado ingenua para lo que te conviene.

—¡No soy ninguna ingenua! Sé muy bien cuando un hombre se interesa por mí. Me gusta Dawson. Somos amigos. Eso es todo.

La manera en que los ojos de Sly se entornaron la intranquilizó.

—¿Amigos? Solo llevas dos días trabajando aquí, ¿y ya sois amigos?

En cierto modo así lo sentía Sadie, pero no debería haberlo confesado, no debería haber permitido que Sly dominara la situación.

—Bueno, amigos exactamente no. Empleador y empleada. ¿Por qué no puedes aceptar que algo sea inocente?

—¡Porque no soy idiota!

—No hay motivo de preocupación —ella respiró hondo—. Es agradable. Nada más.

—Más agradable que yo...

—No he dicho eso. Simplemente intento hacerte comprender que no estoy en peligro.

—Y yo simplemente intento hacerte comprender que no tienes ni idea de si estás a salvo o no.

—Yo solo puedo juzgar por cómo me hace sentir, Sly. Y mi intuición me dice que estoy bien.

—Tu intuición.

—¡Sí!

—¿Estás segura de que no se trata de una sensación un poco más abajo? A lo mejor no es él el que busca un revolcón. A lo mejor eres tú. ¿Te pones húmeda al pensar en follarte a un tipo que podría ser peligroso?

—¡Cállate! —gritó ella de nuevo.

—No me callaré hasta que me escuches. Ya he visto cómo gusta ese tipo a las mujeres. El detective Garbo me contó que recibía un montón de cartas de niñatas estúpidas que le enviaban fotos de ellas desnudas y otras mierdas como esas mientras estuvo en la cárcel.

A pesar del frescor de la noche, Sadie empezó a sudar. Una tras otra las bolas caían de su lado.

—Yo no fui una de ellas. De manera que esto no tiene nada que ver conmigo. Tengo que irme, Sly.

—¿Ahora huyes? ¿Por qué no nos sentamos a hablar claro y dejamos este tema zanjado de una vez por todas? ¡Hace siglos que no practicamos sexo! Por mucho que suplico o me arrastro, a ti no te interesa.

No era cierto. Le había dado sexo mucho más recientemente de lo que le hubiera gustado. Se había visto obligada a ello poco después de marcharse de casa. Y había repetido unas cuantas veces después, y ella lo había aguantado, sufrido, porque no quería despertar a Jayden, que saliera del dormitorio y viera lo que estaba pasando. A Sly se le daba muy bien olvidar esos episodios y fingir que no solo había sido cosa suya, pero ella jamás lo podría olvidar. La idea de volver a acostarse con él le ponía la piel de gallina.

—¡Porque estamos separados! —exclamó Sadie en un intento de interrumpir a su ex.

Pero Sly continuó hablando como si no hubiese dicho nada.

—Incluso tú debes estar muriéndote por un hombre a estas alturas.

—¡Ya basta!

—¿Te crees que Dawson puede satisfacerte cuando yo no puedo?

—¡Trabajo para él! Nada más. Limpio la casa y cocino.

—No tendrías que hacerlo si volvieras conmigo. No éramos ricos, pero nos las apañábamos bien hasta que tú decidiste marcharte de casa y joder nuestras vidas.

«¿Nuestras vidas?» Por su parte, Sadie había sido mucho más feliz desde el día en que lo había abandonado, a pesar de los problemas que le había ocasionado desde entonces.

—¿Y de dónde te has sacado eso?

—Dime una sola cosa que no estuviera mejor entonces —la desafió Sly.

¿Solo una? Podría darle toda una lista.

—Tú eras el único que podías gastar dinero. Yo ni siquiera me podía comprar una camisa, ni siquiera después de empezar a trabajar en la cafetería.

—Eso no es cierto.

—Es absolutamente cierto.

—Tú no contribuías ni la mitad que yo, eso es todo. Pero he estado pensando en esas cosas. Me he dado cuenta de que no soy una persona fácil para vivir conmigo. Soy un perfeccionista muy exigente. Pero te prometo ser más generoso. Te lo prometo.

—No.

—¡Dame una oportunidad! —gritó Sly mientras golpeaba el coche con una mano.

El golpe reverberó por todo el coche como un disparo. Así empezaban los «incidentes» con Sly, y a medida que la intensidad aumentaba podía resultar más terrorífico aún.

—Necesito algún tiempo sola —contestó ella—. Y me gustaría que me lo respetaras.

—Pero no estás sola. Intentas vengarte de mí trabajando para un asesino.

—¡No intento vengarme de ti! —gritó Sadie, de repente incapaz de contenerse por más tiempo—. Lo único que te pido es que me dejes en paz. ¿No lo entiendes? ¡Ni siquiera soporto verte!

El color desapareció del rostro de Sly y Sadie supo, en cuanto las palabras salieron de sus labios, que había cometido un terrible error. Sly no permitía que nadie le hablara de ese modo, mucho menos ella. Las consecuencias iban a ser terribles.

—Tengo que recoger a Jayden —continuó ella con calma. Casi siempre conseguía calmarlo, pero esa noche estaba muy cansada, y él la había presionado demasiado—. Petra me está esperando. Ya lleva demasiado tiempo en su casa.

—Si crees que alguna vez te permitiré divorciarte de mí, estás lista —le advirtió él mientras rechinaba los dientes.

—Pues dispárame ahora mismo —ella alzó las manos—. ¡Porque ya no aguanto más!

—Cuidado con lo que deseas —le espetó Sly mientras se dirigía de vuelta hacia su coche.

Instantes después la adelantó a toda velocidad, con los neumáticos escupiendo grava. Sadie apoyó la cabeza sobre el volante e intentó calmarse. Pero todavía temblaba cuando tomó el móvil para llamar a Dawson.

—Yo... yo necesito advertirte de que estés alerta —le aconsejó en cuanto él contestó la llamada.

—¿Sadie?

—Sí, soy yo. Es que... —Sadie intentó recuperar el aliento—. Tengo que advertirte. Sly me estaba esperando en el camino. Ha estado vigilando la casa. Podría regresar. Ahora o más tarde esta noche. Nadie puede saberlo.

—¿Lo viste?

—Me estaba esperando. Acabo de hablar con él.

—Por el tono de tu voz, veo que la cosa no fue nada bien.

Sadie apretó los ojos y se echó hacia atrás, pero las lágrimas que había estado conteniendo rodaron de todos modos por sus mejillas.

—No. Cometí un terrible error.

—¿Qué clase de error?

—Le dije que nunca regresaría con él —tapó el teléfono con la mano para que no la oyera sorber por la nariz—. Me temo que va a echarte a ti la culpa. Como te acabo de decir, puede aparecer ahora mismo o esta noche para... no sé para qué. Intentar complicarte la vida. Lo siento.

—Estaré bien —contestó Dawson tras una prolongada pausa—. Pero tú vives sola, ¿verdad?

—Sí. En una vivienda de un dormitorio, con Jayden.

—¿Estarás segura? ¿Tienes a alguien con quien te puedas quedar? ¿O deberías regresar aquí?

—No puedo volver a la granja. Él ya me ha acusado de, de... —más lágrimas inundaron sus ojos y Sadie tuvo que dejar de hablar para recuperar el control de su voz—. Da igual. Será mejor que me marche. Tengo que ir a buscar a Jayden. Yo solo quería... quería advertirte de que le dije lo que no debía.

—Le dijiste que no volverías con él. ¿No es eso lo que le llevas diciendo desde que lo abandonaste?

—Sí, pero esta vez fui demasiado tajante. La única manera de calmarlo es distrayéndolo, dándole largas.

—A lo mejor esta vez ha captado el mensaje.

—No. Desafiarlo es peligroso. Se va a desatar el infierno. En cualquier caso, ¿me llamarás si... si necesitas ayuda?

—¿Llamarte yo a ti? —preguntó él, claramente perplejo.

Sadie no pudo contener el sollozo que surgió de sus labios antes de poder tapar el teléfono con la mano.

—No creo que la policía acuda a tu llamada —continuó ella entre lágrimas—. No creo que acudan por ninguno de los dos.

—Deberías recoger a tu hijo y volver aquí —insistió él tras otro prolongado silencio.

—No puedo. Sly lo interpretará como que me he liado contigo y solo haremos que las cosas empeoren para los dos —concluyó Sadie antes de colgar.

Capítulo 8

Sadie dio de cenar a Jayden, jugó un rato con él y le leyó un cuento. Después lo acostó y continuó con su estudio del caso de Dawson en el salón. Pero era incapaz de asimilar lo que leía. Estaba demasiado preocupada, se sentía demasiado ansiosa. No había oído nada de Sly desde su encuentro en la carretera, y sabía que no lo iba a dejar estar. Se había atrevido a enfrentarse a él y en esos momentos seguramente estaba planeando su venganza, pensando en cómo hacerle daño.

O quizás estuviera en la granja, causándole problemas a Dawson.

Estuvo a punto de llamarlo de nuevo, pero se estaba haciendo tarde y con suerte estaría durmiendo un poco. Si no descansaba no iba a poder seguir trabajando a ese ritmo, y ella sabía lo importante que era que la granja se pusiera de nuevo a producir.

Tras leer dos veces el mismo artículo, y sin dejar de tener la sensación de haberse perdido la mayor parte de la información que había esperado retener, Sadie dejó a un lado el ordenador y se levantó para dar vueltas por la habitación. Estaba harta de preocuparse por culpa de Sly. Casi no recordaba una época en la que ese hombre no hubiera planeado sobre todos los aspectos de su vida. ¿Por qué no la dejaba marchar? ¿De qué le servía que ella volviera con él si ya no lo amaba? ¿Y cómo podía asegurar él que la amaba? Un hombre no trataba a la mujer que amaba como Sly la trataba a ella. Y ese había sido el problema desde el principio.

¿Qué sería por tanto lo que la tenía reservado?

Sadie echó un vistazo entre las lamas de la persiana de la ventana que daba a la parte delantera. No veía el coche de Sly, ni vio ninguna luz de faros en la calle, ni movimiento en el patio. Pero eso no significaba nada. Escondida como estaba su casa, no vería nada. Era posible que Sly estuviera allí fuera.

Se preguntó si mantendrían otra discusión, una en la que tuviera que engatusar y calmar a Sly para que no despertara a Jayden.

Pasara lo que pasara, no iba a volver a acostarse con él. No podía. Cada vez que cedía perdía una parte de sí misma. Pero tampoco era justo que Jayden se despertara asustado ante los gritos que ya había tenido que oír en el pasado. Sadie no quería que su hijo, ni ella misma, viviera una vida tan agitada e inquieta. ¿Por qué era ella la única que se preocupaba de eso? Sly hacía lo que le apetecía, jugaba sucio si era necesario para ganar, mientras que ella estaba maniatada en su empeño por proteger al niño.

—¿Cuándo terminará todo esto? —gruñó.

Durante un breve instante, se permitió a sí misma fantasear con la posibilidad de hacer las maletas y marcharse en medio de la noche a alguna parte donde Sly jamás podría encontrarlos. Empezaría de nuevo, se forjaría una nueva vida e intentaría olvidar.

Pero ¿hasta dónde podría llevarles el destartalado Chevy El Camino? ¿Y si se averiaba en el primer pueblo por el que pasaran? ¿Y cómo iba a encontrar un lugar en el que vivir cuando no tenía dinero ni recursos? Además, si siempre vivía mirando temerosa hacia atrás, jamás podrían tener una vida de calidad. Si Sly la encontraba, tendría una razón de peso para reclamar la custodia, y sin duda ganaría.

Aunque ella atesorara el sueño de escapar, nunca sería más que eso, un sueño. Estaba condenada a vivir en Silver Springs, y no tenía otra elección salvo intentar aguantar a ese hombre por el que había llegado a sentir una inmensa animadversión.

Sadie suspiró y volvió a consultar el móvil. ¿Debería enviarle un mensaje de texto? Le gustaría saber hasta qué punto debería estar preocupada. Podría ser que se estuviera volviendo loca sin ningún motivo. A lo mejor Sly se había calmado, o le había surgido una intervención urgente, alguna emergencia. Si supiera que no corría ningún peligro, podría relajarse y dormir un poco para poder enfrentarse a lo que le deparara el nuevo día. Pero si le mandaba un mensaje también podría suceder que despertara de nuevo su ira.

De nuevo volvió a suspirar y arrojó el teléfono a un lado. Ojalá Maude estuviera despierta y en el patio para que pudieran charlar. En momentos como ese era cuando más echaba de menos a sus padres, sobre todo a su madre. Necesitaba oír la voz de otra persona. A medida que la noche se alargaba, se sentía cada vez más sola, cada vez más frágil.

Pero desear la compañía de Maude era una estupidez. Su casera no podía ayudarla. Ni siquiera era justo pedírselo.

Aunque Dawson se decía a sí mismo que no debía preocuparse por Sadie, un mal presentimiento planeó sobre su cabeza el resto de la noche. Le había parecido muy alterada, y dudaba que estuviera así sin un buen motivo.

Se duchó y telefoneó a Angela, como hacía casi todas

las noches. A continuación intentó dormir. Estaba agotado, pero cada crujido o sonido lo hacía levantarse de un salto para comprobar las ventanas, las puertas, el camino que conducía a la casa o su teléfono, por si Sadie le pedía ayuda. Conocía el rostro de la tragedia, sabía que lo peor podía, y en ocasiones, solía suceder, lo cual hacía que le resultara casi imposible dormir. La sangre de sus padres seguía en ese dormitorio, la escena que se había encontrado allí seguiría para siempre en su mente.

Al fin, a las dos de la mañana, envió un mensaje de texto a Sadie:

¿Estás bien?

No estaba seguro de qué hacer si ella no contestaba. El silencio podría significar que dormía, pero también que algo no iba bien...

Los minutos pasaron sin respuesta y Dawson decidió ir a la ciudad, dado que de todos modos era incapaz de dormir. Tenía su dirección, pues estaba en el currículum que le había enviado. Se acercaría hasta su casa para comprobar que todo estuviera bien. A lo mejor así conseguía relajarse un poco. Entendía que Sly lo considerara a él también un objetivo. Y al parecer Sadie creía que había muchas posibilidades de que así fuera. Pero Dawson tenía la sensación de que primero dirigiría su desagrado contra ella. Estaba acostumbrado a atormentarla, y se sentía con derecho a hacerlo porque, de algún modo, ella le «pertenecía». Sly también la consideraría un objetivo más fácil, más predecible.

Casi todos los músculos de su cuerpo protestaron mientras se vestía, tomaba las llaves de la cómoda y bajaba las escaleras. Desde su regreso a casa, desde que había empezado a trabajar de sol a sol, siempre le dolía alguna parte del cuerpo. Cada vez que un grupo de músculos dejaba de quejarse, cambiaba a otra actividad que afectaba a otro grupo. De día le iba bien, podía compensarlo, superarlo, mientras no se detuviera. Pero por la noche esos músculos se endurecían, le dolía la espalda y le ardían los muslos.

La luna llena colgaba baja en el cielo. Tras subirse a la camioneta, permaneció sentado al volante durante unos minutos, contemplándola antes de poner en marcha el motor. La noche que había recogido a ese autoestopista le recordaba mucho a esa. Recordó la luna, grande y poderosa, la misma brisa fresca soplando entre los árboles, llevando el fértil aroma de la tierra húmeda, y todo creciendo a su alrededor.

Pero las similitudes no significaban nada. Simplemente estaba permitiendo que sus miedos se apoderasen de él.

Desvió la mirada hacia la izquierda, en dirección a las tumbas de sus padres. Los había enterrado en la granja, en el rincón más lejano. Tenía la sensación de que era eso lo que desearían. Necesitaba llevar allí a Angela para mostrarle las lápidas, para que pudiera despedirse. Quizás entonces dejaría de preguntar por el regreso de sus padres, como había vuelto a hacer esa misma noche.

Poniendo la marcha atrás, salió del camino de acceso.

La autopista estaba vacía, tal y como esperaba. Incluso los dos bares de la ciudad deberían estar ya cerrados a esa hora. Se imaginó que habría algunos policías de servicio, y temió tener la mala suerte de tropezarse con Sly o algún otro miembro del cuerpo.

Por suerte no sucedió. Suspiró aliviado al girar por la calle en la que vivía Sadie, a unas pocas manzanas de la avenida principal, y avanzó lentamente por delante de la lujosa casa que tapaba la suya de un dormitorio.

Todo el barrio rezumaba tranquilidad, pero desde la calle no veía la casa de Sadie, de manera que «tranquilidad» no tenía por qué significar nada. Tras aparcar en una esquina, regresó caminando para asegurarse.

Una luz escapaba de un lado de la persiana de la ventana delantera. A lo mejor ella tampoco podía dormir. A lo mejor quería estar preparada por si sucediera algo, se había dormido mientras leía y por eso no había apagado la luz. Incluso podría ser que hubiera dejado la luz encendida por su hijo, para que pudiera encontrar el cuarto de baño o lo que fuera.

Dawson no vio ningún coche patrulla por ninguna parte, ni ningún otro vehículo aparcado detrás de El Camino. Si Sly estaba allí, discutiendo con ella, o haciendo otra cosa, le habría bloqueado la salida porque el camino de acceso era muy estrecho, o habría aparcado en la calle como había hecho Dawson, y no lo había visto.

Comprobó el teléfono, como llevaba haciendo los últimos minutos. Nada. Sadie no había contestado a su mensaje.

Brevemente consideró llamar a la puerta. Había llegado hasta allí y no le apetecía regresar a su casa sin conseguir tranquilizarse. Pero también era posible que lo único que lograra fuera despertar al niño o darle a ella un susto de muerte al aparecer inesperadamente en medio de la noche.

Convencido de haber hecho todo lo que podía se dio media vuelta para marcharse. Y entonces escuchó el sonido del móvil y leyó la pantalla.

Era ella.

Estoy bien, ¿y tú?

Se rascó la cabeza. Estaba bastante seguro de que tenía los cabellos de punta a un lado. No había prestado demasiada atención a su aspecto al salir de la granja.

Dawson: Estoy bien.

Sadie: ¿Por qué no estás durmiendo? Estabas agotado cuando me marché.

Últimamente siempre estaba agotado. Trabajaba demasiado como para no estarlo.

Dawson: Porque no estoy en la cama.
Sadie: ¡No me digas que estás trabajando!
Dawson: No, estoy delante de tu puerta.
Sadie: ¿Qué? ¿Por qué?
Dawson: Me pareciste tan alterada antes que me preocupaba que sucediera algo. No sabía cómo de mal podría ponerse la cosa. Pero ahora que sé que estás bien, me marcho. Te veré mañana.

La puerta se abrió antes de poder avanzar mucho y ella lo llamó en un susurro.

—¡Dawson!

Llevaba puesta una camiseta enorme que dejaba ver las piernas y los pies desnudos. Su rostro estaba desprovisto de maquillaje y los cabellos revueltos. Era evidente que ella tampoco había pensado en su aspecto. Pero a Dawson le gustaba así, más que si hubiera estado arreglada. Había algo sexy, íntimo, en su aspecto.

Dawson se acercó para que pudieran hablar sin despertar a la casera, ni a nadie más.

—Siento molestarte. Después de lo que les sucedió a mis padres, supongo que me imaginé lo peor. Siempre permito que la imaginación se apodere de mí.

—No me puedo creer que hayas venido a comprobar cómo estoy, sobre todo tan tarde. Eso ha sido realmente amable.

—No es para tanto. Te veré mañana.

—¡Espera! ¿Dónde está tu coche?

—Calle abajo.

—Menos mal —Sadie pareció aliviada—. Sly no deja de pasar por aquí continuamente y... bueno, da igual. En cualquier caso, ¿te apetece tomar algo antes de marcharte? Quiero decir que ya que estás aquí...

Dawson estuvo a punto de rechazar la invitación. Tenía que trabajar por la mañana y para él lo único que importaba era salvar la granja. Pero Sadie tenía razón, ya estaba allí, y sentía algo más que una simple curiosidad por ver cómo vivía ella, por no mencionar la curiosidad que le despertaba su atuendo, o más bien, la falta de atuendo.

—No sé tú, pero yo estoy demasiado nerviosa para dormir —Sadie soltó una carcajada nerviosa—. El menor ruido me hace saltar.

Dawson sabía perfectamente a qué se refería. Él sentía lo mismo. Esperar una represalia de un hombre como Sly le ponía a uno de los nervios. Después de lo que había vivido, tanto la muerte de sus padres como lo sufrido después a manos de la policía, se sentía especialmente sensible ante esa posibilidad.

—Estaría bien tener a alguien con quien charlar un rato —insistió Sadie al verlo dudar—. Un poco de conversación adulta quizás me permita serenarme.

Era evidente que necesitaba compañía, alguien a mano que le proporcionara cierta sensación de seguridad, al menos hasta que lograra calmarse.

Y por eso decidió quedarse. ¿Por qué no? Habiendo llegado hasta allí...

—De acuerdo. ¿Qué tienes para beber?

—Tengo una botella de Pinot Grigio —le explicó ella mientras sujetaba la puerta para que entrara—. Suena mucho mejor que ese vino que llevé a tu casa —añadió con una sonrisa autocrítica.

Dawson intentó no fijarse en las piernas desnudas, ni en la camiseta, dado que era evidente que no llevaba sujetador, pero sus ojos tenían otra opinión al respecto. Hacía muchísimo tiempo que no estaba con una mujer. Aunque al principio le había parecido que Sadie no sería su tipo, que no se sentía atraído hacia ella, cuanto más la conocía, más bonita se volvía a sus ojos. Tenía unas piernas estupendas, y los pechos, aunque pequeños, parecían del tamaño perfecto para encajar en la palma de su mano.

Haciendo un esfuerzo por mantener la cabeza, y su atención, donde deberían estar, recorrió la estancia inspeccionándolo todo. Lo tenía todo muy limpio y ordenado, pero muy parco en muebles, muebles que parecían todos de segunda mano.

–¿Qué sueles beber tú?

–No suelo beber nada. No puedo permitirme el alcohol –contestó ella con una risa cargada de amargura–. Esto lo estaba guardando.

Parándose junto a una mesa, Dawson tomó una foto en la que aparecía ella con su hijo. Estaban en una playa, envueltos ambos en la misma toalla mientras Sadie besaba a Jayden en la mejilla.

–¿Para qué?

–Para una celebración.

–De... –insistió él mientras dejaba la foto y miraba hacia atrás.

–Mi vecina me la regaló el mes pasado, por mi cumpleaños –Sadie se encogió de hombros.

–¿Y por qué no la abriste?

–Decidí guardarla para un momento mejor.

–¿Qué puede haber mejor que un cumpleaños? –preguntó él, aunque lo cierto era que ese año él tampoco había celebrado el suyo. Lo había pasado en la cárcel, preguntándose si iba a ser condenado a muerte.

–Mi divorcio. El día que reciba los papeles definitivos. El día en que todo esto termine.

–¿Por qué se está alargando?

–Por Sly, por supuesto –ella puso los ojos en blanco–. Está haciendo todo lo posible por sabotear el proceso.

–No me digas que el hecho de abrir esta botella significa que has decidido rendirte.

–No, pero me apetece tomarme una copa, sobre todo ahora que tengo a alguien con quien tomármela. ¿Te apuntas?

–Claro.

El tiempo que permaneciera allí con ella, no estaría sola.

Sadie se dirigió a la cocina y regresó con un vaso de agua lleno casi hasta la mitad.

—Eso es mucho vino —observó él mientras aceptaba el vaso.

—Lo siento, no tengo copas de vino.

Dawson probó un sorbo y lo encontró tan bueno como había esperado, mucho mejor que el que ella había comprado hacía un par de días.

—¿Qué pasó con tus cosas? Quiero decir que no creo que siempre hayas vivido en un ambiente tan... espartano.

—Tuve que dejar atrás la mayoría de mis cosas —le explicó ella—. Ya resultó bastante complicado salir de la casa con Jayden.

—De modo que ahora él vive allí solo, con los muebles buenos.

—No me llevé nada, sabía que solo complicaría mi marcha —Sadie asintió—. Intenté llevarme mi ropa, pero ni siquiera eso conseguí. Él tiró todo lo que no fui capaz de sacar en el primer viaje.

—Y dice que yo soy malo —gruñó Dawson.

—Siempre encuentra el modo de justificar o excusar hasta los actos más terribles —continuó ella mientras contemplaba fijamente el vino en su vaso—. ¿Te apetece sentarte? —preguntó mientras señalaba hacia el raído sofá.

Dawson aceptó la oferta para evitar revolotear alrededor de ella y se acomodó en el sofá. La estancia era demasiado pequeña y era la única manera de poner un poco de distancia entre ambos.

—¿Qué te hizo casarte con un tipo como ese?

—Ojalá lo supiera —contestó Sadie—. Al principio parecía... diferente a como se volvió después. Pero yo apenas tenía dieciocho años cuando nos casamos. ¿Qué sabía yo?

—¿Cuándo empezaron a ir mal las cosas? —Dawson tomó otro sorbo de vino.

Sadie se apoyó contra la pared, frente a Dawson.

—En realidad no puedo fijar una fecha concreta. Se fue volviendo cada vez más exigente e irritable conforme pasaban los años, sobre todo después de que tuviera que compartirme con Jayden. Solía enfurruñarse o encerrarse en sí mismo si no se salía con la suya, o recriminármelo hasta que yo cedía para aplacarlo. Se volvió tan controlador que en ocasiones, muchas ocasiones, tenía la sensación de no poder respirar. De no ser por mi hijo lo habría dejado mucho antes, y ni siquiera seguiría viviendo en Silver Springs, donde puede continuar acosándome. Puedes estar seguro de eso.

—¿Y por qué no te trasladas a otro sitio?

—¿Y apartar a Jayden de su padre? El juez jamás lo autorizaría.

La mirada de Dawson volvió a desviarse hacia las piernas de Sadie. Por lo que él se imaginaba, llevaba unos pantalones cortos debajo de esa vieja y suave camiseta. Pero en su mente no estaba viendo pantalones cortos. Lo único que veía eran una braguitas de raso blanco, e imaginarse la sensación de esos muslos si deslizaba las manos bajo la camiseta...

Entre ellos se instaló un incómodo silencio. Dawson fue consciente de que ella había sido la última en hablar y que debería decir algo para que la conversación no se estancara. En cuanto su mirada ascendió hasta los ojos de Sadie comprendió, por las mejillas sonrojadas, que se había dado cuenta de su fijación por las piernas desnudas.

Consciente de que su interés no debía resultarle nada cómodo, no después de lo que había sufrido y de las dudas que, sin duda, seguía albergando sobre él, Dawson se aclaró la garganta, dejó el vaso a un lado y se puso de pie.

—Siento haber mirado fijamente. Será mejor que me marche.

—¿Ya? —las cejas de Sadie se alzaron en una expresión de angustia.

La respuesta lo sorprendió pues lo había pillado descaradamente mirándola. ¿No quería que se fuera?

—¿Quieres que me quede a pesar de que...?

—No pasa nada —el rubor se hizo más intenso—. Sé que seguramente hace mucho tiempo que no... Y no pasa nada por mirar, ¿verdad?

—Sí pasa si te hace sentir incómoda. No era mi intención. Me distraje. En efecto, ha pasado mucho tiempo desde que... desde que he estado con alguien de ese modo. Pero nunca te tiraría los tejos, nunca te pondría en una situación comprometedora. Lo único que tienes que hacer por mí es cocinar, limpiar y cuidar de mi hermana —Dawson alzó las manos en el aire—. Te lo prometo.

—Gracias. Te agradezco la confianza. Y, sabiendo lo cansado que debes estar, no te pediría que siguieras levantado tan tarde. Salvo que resulta agradable compartir tiempo con alguien, ¿sabes? Me permite no tener que ser todo el rato tan diligente. A veces, cuando ya es tarde, tengo la sensación de que voy a volverme loca.

—Solo estás cansada.

—Sí. Pero no físicamente. Estoy harta de tener que mantenerme alerta. De estar preocupada. De nunca saber cuándo puede aparecer para provocarme de algún modo —ella hizo un gesto de negación con la mano—. Eso no es problema tuyo, por supuesto. No quiero arrastrarte a nada. Solo pensé que podríamos pasar unos minutos más charlando sobre nuestras vidas, o cualquier otra cosa, si prefieres. Ya sabes, aprovechar la oportunidad de relajarnos antes de enfrentarnos al resto de esta desquiciante noche.

Sadie no necesitaba charlar con nadie. Lo que necesitaba era que le dieran la oportunidad de recuperarse, de sentirse segura. Y necesitaba dormir más de lo que estaba durmiendo.

–Tráeme una manta y una almohada –le pidió Dawson–. Me quedaré unas horas, en el sofá, para que puedas descansar sin preocuparte.

–No hace falta que hagas eso –ella lo miró con ojos desorbitados.

–No pasa nada.

–Pero debes estar tan harto de tus batallas como yo de las mías.

Cierto que estaba harto, pero por terrible que hubiera sido su experiencia, solo había durado un año. Sin embargo, tenía la impresión de que Sadie llevaba soportando el infierno mucho más tiempo.

–Da igual dónde duerma, si aquí o en casa. Después de haber dormido tanto tiempo encima de un finísimo colchón en la cárcel, soy capaz de quedarme dormido en casi cualquier sitio.

–Eso sería estupendo, realmente estupendo –una expresión de alivio asomó al rostro de Sadie–. Siempre que estés seguro de que no te importa, claro. Normalmente no soy así, pero esta noche me encuentro algo perdida.

–Ya te he dicho que no es ninguna molestia.

–Bien –la tensión pareció abandonar su cuerpo–. Así no tendré que preocuparme por si Sly te molesta en la granja, ni pensar que sería por culpa mía.

–No te preocupes por mí. Vete a dormir. Yo me marcharé dentro de unas horas.

–De acuerdo –Sadie dejó el vino, salió del salón y regresó con una vieja manta y una almohada–. Te ofrecería la cama, ya que me estás haciendo un favor, pero mi hijo duerme en ella y trasladarlo podría hacer que se despertara.

–¿Compartes la cama con Jayden?

–En realidad, el colchón. Es lo único que tenemos.

Era normal que Sly estuviera tranquilo sabiendo que Jayden dormía con su madre. Así le resultaría casi imposible invitar a otro hombre a su cama.

Tras apurar el vaso de vino de un trago, Sadie sonrió agradecida y le deseó buenas noches.

Después de que se hubiera marchado, Dawson permaneció diez o quince minutos más sentado en el sofá y bebiendo el vino a sorbos. No conseguía desterrar de su mente la imagen de esas piernas desnudas. Ni siquiera después de haber vaciado el vaso y de haberse tumbado conseguía controlar el deseo que lo mantenía duro como una piedra. Después de haber vuelto a pensar en el sexo, ya no podía dejar de pensar en ello.

Y el hecho de que le hubiera prestado su almohada no ayudaba en nada. La funda estaba impregnada de su olor.

Capítulo 9

¿Qué acababa de suceder?

El corazón de Sadie golpeaba su pecho con fuerza mientras se metía en la cama con Jayden. Dawson nunca le había dado la impresión de encontrarla atractiva, y por tanto había asumido que no era el caso. En cuanto a ella, por supuesto se había fijado en ciertos detalles de él, como en el perfecto trasero, hecho que ponían de relieve los ajustados vaqueros, en cómo los músculos de los brazos y los hombros se contraían mientras trabajaba, o en cómo se movían sus labios cuando hablaba o sonreía. Tal y como había dicho Sly, la mayoría de las mujeres se fijaban en Dawson. Tendrían que estar ciegas para no hacerlo. Pero había parecido totalmente indiferente hacia ella.

Hasta hacía unos minutos.

Recordar el deseo reflejado en su mirada hacía que Sadie se quedara sin aliento. Era evidente que necesitaba una mujer, tanto que suponía que le daría igual una que otra. Tenerlo presente la tranquilizó un poco. No la deseaba a ella, seguramente le serviría cualquiera.

Aun así, hacía mucho tiempo que Sadie no se sentía joven o atractiva. Se había convertido en un cliché, caído en el poco atractivo estatus de «mamá atormentada, desesperada por escapar de un mal matrimonio», y se contentaba simplemente con dormir una hora más por la noche, o si recibía una propina generosa en la cafetería. El romance ni siquiera se había colado en su consciencia, de manera que despertar el interés de un hombre tan atractivo, aunque siguiera rodeado de tantas sospechas, le recordaba que no era demasiado vieja, ni estaba fuera de la circulación, para sentir esa especie de hormigueo que se describía en las películas. Por primera vez en años tenía ganas de hacer el amor. Y estaba tan poco acostumbrada a sentir la excitación inundar su cuerpo que no sabía cómo refrenarlo.

El que Dawson se quedara allí seguramente no era la mejor manera de lograrlo. De eso no había duda. Saber que estaba en la estancia de al lado despertaba en ella ganas de salir del dormitorio, pero... por Dios que resultaba agradable sentirse atractiva de nuevo.

Cerró los ojos y se permitió imaginar cómo sería que la besaran esos carnosos labios de aspecto aterciopelado, cómo se deslizarían las grandes manos bajo su camiseta hasta alcanzar sus pechos. Y de nuevo saltó de la cama.

«¡Para, para, para!». No podía permitir que su imaginación la llevara tan lejos. Fantasear sobre Dawson Reed no iba a mejorar su situación. ¿Y si decidía hacer realidad esas fantasías? Si lo hacía, y Sly descubría que habían estado juntos... bueno, ni siquiera era capaz de imaginarse qué sucedería si Sly lo descubría. Y eso no era todo. ¡Dawson era su jefe! Necesitaba el trabajo que le estaba proporcionando.

Arrodillada junto al colchón, se obligó a sí misma a concentrarse en el cuerpecito que se acurrucaba bajo las mantas. Jayden. Su hijo. Tenía que ser prudente por su bien. Trabajar para Dawson le ofrecía la oportunidad, la posibilidad, de escapar algún día del control de Sly, de construir una vida mejor para los dos. Y no podía permitirse hacer nada que lo fastidiara.

Dawson se despertó y descubrió un pequeño rostro mirándolo fijamente. Sobresaltado, sin saber muy bien dónde estaba, se sentó bruscamente y el chico dio un brinco.

—¡Mamá! —gritó—. ¡Hay un hombre en nuestra casa!

Los oídos de Dawson pitaron ante el inesperado ruido mientras miraba a su alrededor, intentando recomponerse. Se había dormido en casa de Sadie, tan profundamente que no se había levantado para marcharse tal y como había sido su intención. Y ya era... ¿por la mañana? Con las persianas bajadas no era fácil saberlo.

—Calla, no pasa nada —le susurró a Jayden—. No despiertes a tu mamá. Yo ya me iba —echando a un lado la manta, se levantó del sofá, pero de inmediato se detuvo en seco. Todavía adormilado, no había avisado a sus doloridos músculos que iban a tener que soportar su peso de golpe.

—¡Mami! Date prisa.

Dawson se revolvió los cabellos en un intento de disciplinarlos un poco. Apostaba a que su aspecto debía ser bastante espeluznante, sobre todo para un niño pequeño. Pero no estaba seguro de poder hacer nada al respecto. La casa era tan diminuta que ni siquiera había espacio para recular.

—No pasa nada. No voy a lastimar a nadie —insistió mientras empezaba a buscar las llaves, que no estaban en su bolsillo. Recordó haberlas sacado porque se le estaban clavando en la pierna mientras dormía, pero...

—¿Dawson?

La sorpresa de la voz de Sadie le hizo girarse. Estaba ante la puerta del dormitorio, y tenía un aspecto muy parecido al suyo.

—Siento seguir aquí —se excusó él—. No me desperté tal y como tenía planeado. Supongo que estaba más agotado de lo que creí. Pero ya me marcho, suponiendo que encuentre mis llaves.

—¿Quién es, mami? —susurró el pequeño a voz en grito.

—Jayden, no pasa nada. Este es Dawson Reed, el jefe de mami.

—¿Y por qué está durmiendo en nuestra casa? —el niño lo miró con escepticismo.

Dawson se estrujó el cerebro en busca de una respuesta lógica que pudiera convencer al chico. Se había quedado amablemente para que Sadie se calmara y pudiera dormirse, pero sabía que no iba a sonar muy bien en caso de que Jayden mencionara algo sobre él a su padre, a la casera, o a cualquier otra persona.

Por suerte, fue Sadie la que contestó.

—Anoche vino a ver a mamá y estaba demasiado cansado para volver conduciendo a su casa. No pasa nada por compartir nuestro sofá con él, ¿verdad?

Jayden no parecía muy convencido, pero parecía haberse tranquilizado un poco al ver que su madre no estaba asustada.

—Supongo —admitió al fin con cierta reticencia.

—¿Qué hora es? —preguntó Dawson.

—Casi las siete —Sadie se frotó la cara.

—¿A qué hora tienes que estar en el restaurante?

—Hoy entro a las ocho. Mi despertador empezará a sonar dentro de cinco minutos.

—De modo que estarás en la granja hacia la una.

—A no ser que termine antes en la cafetería —contestó ella mientras reprimía un bostezo.

—A la una estará bien. Hasta entonces.

Viendo las llaves en el suelo, se agachó para recogerlas, pero Sadie corrió tras él, todavía vestida con esa maldita camiseta que él le había arrancado en sus sueños, y lo interceptó ante la puerta.

—En realidad, estaba pensando que podrías quedarte a desayunar y luego... ya sabes —continuó en un susurro—, marcharte después que nosotros.

Dawson se detuvo con la mano posada en el picaporte. Una vez decidido a marcharse no quería que lo retuvieran. Tenía la sensación de que no debería haber ido allí. En la granja no había devorado a Sadie con los ojos, había sido capaz de controlar su mente y mantenerla donde debía estar por el bien de su hermana.

—Porque...

—Mi casera madruga y suele buscarme por las mañanas para charlar un rato antes de que yo me vaya al trabajo. Pero después nadie prestará atención a mi casa. No me gustaría que pensara, ya sabes, lo peor.

Al ver a un desconocido salir de su casa. Esa había sido la parte que ella no había añadido.

—Sí, de acuerdo —Dawson tenía muchas cosas que hacer y, de repente, se sentía condenadamente incómodo allí. Pero supuso que bien podría aguantar unos pocos minutos más.

Tras soltar un profundo suspiro, se dio media vuelta y regresó al sofá.

—¿Vives en una granja? —Jayden aún no le había quitado los ojos de encima.

Por la forma de decirlo era como si viviera en una nave espacial o la luna, o algún lugar realmente emocionante.

—Eso es.

—¿Qué clase de animales tienes? ¿Tienes cerdos?

—Ahora mismo no tengo ningún animal. Cultivo alcachofas.

El gesto de Jayden era la viva imagen de la decepción.

—¿Qué es una alca...? ¿Cómo has dicho que se llamaba?

—Las alcachofas son verduras. Tendré que darle una a tu mamá para que puedas probarla.

—No me gusta la verdura —sentenció el niño.

—Entonces me alegra no depender de ti para vivir —Dawson no pudo evitar reírse.

—¿Qué has dicho? —el pequeño arrugó la nariz.

—Nada. A tu edad a mí tampoco me gustaba la verdura.

—Jayden, ¿por qué no vas a hacer caca y luego te vistes? —sugirió Sadie—. Y, por favor, hoy no eches demasiado papel higiénico al interior de la taza. Si vuelves a atascar el váter, la señora Clevenger nos va a echar.

—Yo no he hecho eso —protestó Jayden, aunque le dedicó a Dawson una mirada lo bastante traviesa como para indicar que en realidad era culpable.

—Date prisa —lo animó Sadie—. Se nos va a hacer tarde.

—Ya voy —contestó el niño, aunque apenas se movió del sitio.

Era evidente que estaba más interesado en vigilar a Dawson.

—¡Vamos! —insistió su madre—. El desayuno estará listo enseguida.

—¿Qué vamos a comer? —preguntó él.

—¿Qué te parecen unas tostadas francesas? Las tostadas francesas te gustan.

El pequeño aplaudió entusiasmado.

—¡Sí! ¡Son mis favoritas! ¿A ti te gustan las tostadas francesas? —le preguntó a Dawson.

—Claro, las tostadas francesas son deliciosas —contestó Dawson mientras rezaba para que Sadie se pusiera algo más recatado para cocinar, y al mismo tiempo deseaba que no lo hiciera.

Sadie se quitó la camiseta y los pantalones cortos que llevaba para dormir y los arrojó al cesto de la ropa sucia.

Iba a darse una ducha rápida, pero desnudarse mientras Dawson estaba en su casa le pareció un gesto casi erótico, sobre todo después de lo que se había imaginado la noche anterior. Lo oía hablar con Jayden. Sonaba muy cerca...

Sin duda algo había cambiado entre ellos. La atracción, tan palpable la noche anterior, había desaparecido. Dawson la había descubierto de una manera sexual, y a ella le gustaba la atención.

–Tienes que tener cuidado –se recordó a sí misma con una mirada severa al espejo.

Después apartó esos sentimientos de emoción a un lado, esforzándose al máximo por ignorarlos y así poder arreglarse para no llegar tarde. No le gustaba tener que obligar a Dawson a quedarse hasta que Jayden y ella hubieran salido por la puerta, pero lo que la noche anterior había parecido tan inocente, tenerle allí unas horas porque necesitaba compañía, a la luz del día, y después de que ella hubiera pasado varias horas fantaseando con sentir su cuerpo desnudo contra el suyo, tomaba un cariz totalmente diferente.

–¿Ya estás lista, mami? –el niño se colgó del picaporte con una mano mientras que con la otra intentaba sujetar la mochila que se llevaba a casa de Petra, colgada sobre el hombro.

–Sí, vamos –ella se alisó el delantal que formaba parte del uniforme de Lolita's.

Dawson estaba viendo las noticias cuando regresaron al salón. No había podido afeitarse y una oscura sombra de barba había crecido en su barbilla. Eso, junto con la ropa arrugada le daba un aspecto algo desastrado, pero a Sadie le gustó. Estaba muy atractivo sentado en el sofá con sus pantalones vaqueros desteñidos y la camiseta de Tennessee Williams. Le había resultado atractivo desde el primer día, pero su sex-appeal parecía aumentar por momentos, y eso le preocupaba. Iban a pasar mucho tiempo a solas en la granja, y mucho más en cuanto dejara de trabajar en la cafetería.

—Que tengas un buen turno —le deseó él.

—¿Estarás aquí cuando volvamos a casa? —preguntó Jayden.

—No —Dawson se rio y sacudió la cabeza—. Tendrás el sofá todo para ti.

—Puedes usarlo. No pasa nada por compartirlo —contestó el pequeño, repitiendo lo que su madre había sugerido poco antes.

A Sadie le pareció que su hijo sonaba un poco decepcionado, y eso le sorprendió.

—Gracias, pero estaré bien en mi casa. Tendré cuidado de no volver a venir de visita estando tan cansado.

Jayden se ajustó la mochila sobre su pequeño hombro.

—A lo mejor algún día podría ir a ver esas cosas que cultivas.

—Ya le he dicho a tu madre que puede llevarte con ella cuando quiera.

—¿Puedo ir hoy? —Jayden se volvió de inmediato hacia su madre.

Últimamente se pasaba la vida en casa de Petra, y Sadie sabía que echaba de menos estar con su madre. Además, parte de sus temores iniciales parecían ser infundados, dado que Dawson podría haberlos asesinado a los dos mientras dormían y ni siquiera les había dedicado una mirada amenazadora. Pero seguía preocupada por la reacción de Sly. Curiosamente, tenía más miedo de su ex que de su nuevo jefe.

—¿Puedo, mami? ¿Por favor?

—Pensaré en ello mientras esté en la cafetería.

Estaba harta de permitir que Sly dictara su vida, lo que podía y no podía hacer. Pero, por otra parte, si no tenía cuidado intentaría quitarle la custodia.

Sadie tomó la mochila de su hijo y juntos salieron de

la casa. Maude Clevenger estaba regando las piedras que formaban el camino del jardín.

—¡Buenos días! —saludó la casera mientras cerraba la manguera para disponerse a celebrar su habitual charla.

Sadie respiró aliviada por haberle pedido a Dawson que se quedara en la casa hasta que ella se hubiera marchado. Maude se iría a desayunar en unos minutos. Después, nadie debería estar prestando atención a lo que sucediera en su casa.

—Buenos días —contestó dedicándole a Maude una sonrisa.

—Tengo algo que enseñarte —le dijo enseguida la mujer a Jayden, mirándolo con ojos brillantes de emoción.

—¿Qué es? —el pequeño corrió a su encuentro.

—El caracol más pequeño que he visto en mi vida —contestó ella.

—¿Un caracol? ¿Dónde?

Sadie dejó la mochila en la parte trasera de su coche y siguió a su hijo hasta una mesa en la que Maude había dejado el caracol en un cuenco de plástico. Mientras su hijo y Maude dedicaban exclamaciones admirativas al animal, ella sacó el móvil del bolso y envió un mensaje de texto a Dawson.

Sadie: Mi casera está, tal y como me temía, aquí fuera. Pero lo normal es que se vaya a desayunar en cuanto nosotros nos marchemos. ¿Podrías vigilarla y asegurarte de que ya no esté antes de salir de la casa?

Dawson: Hecho.

Tras ajustar el cinturón de seguridad de Jayden, salió marcha atrás del camino de acceso. Y solo entonces Sadie suspiró aliviada. De momento había logrado que la presencia de Dawson siguiera siendo un secreto. Jayden se había emocionado tanto con el caracol que no había mencionado nada sobre su visitante, y dada la rapidez con la que su mente saltaba de una cosa a la otra, no creía que fuera a soltarlo más adelante, a no ser que algo le refrescara la memoria. Con un poco de suerte no sucedería en absoluto. Debería estar a salvo.

Pero entonces vio un coche blanco y negro doblando la esquina y supuso que Sly estaría al volante. Acababa de pasar frente a su casa. Otra vez.

Buscó la camioneta aparcada de Dawson y dio un respingo al comprobar que estaba muy cerca de la esquina en la que Sly había girado. Allí, en medio de la calle.

¿La habría reconocido Sly?

Seguro que sí. Al igual que su coche, la camioneta era muy característica.

—¿Por qué no nos movemos, mami?

Jayden estaba tan acostumbrado a que ella saliera marcha atrás del camino tan rápido como le permitía la seguridad, para luego avanzar a toda prisa hasta la casa de Petra para no llegar tarde al trabajo, que se había dado cuenta del titubeo de su madre. Estaban parados en la calle y ella pisaba el freno mientras contemplaba boquiabierta la camioneta de Dawson. Intentaba convencerse de que lo que había visto momentos antes era solo producto de su imaginación, el miedo que se había apoderado de ella, y no el coche patrulla de su exmarido.

—Ya nos vamos —pisó el acelerador, pero en lugar de dirigirse directamente a casa de Petra, giró en la esquina y se encaminó al centro de la ciudad. Quería asegurarse de que había sido Sly.

—¿Puedo ir a la granja? —preguntó su hijo.

El corazón de Sadie seguía latiendo a lo loco, golpeándose contra el pecho y dificultándole la concentración.

—¿Qué has dicho, cielo?

—¿Puedo ir hoy a la granja?

—Ya te dije que me lo pensaría mientras estuviera trabajando en la cafetería. Y aún no estoy en la cafetería.

—¿Y por qué no puedo saberlo ahora?

Llegaron a la calle California, la vía principal de Silver Springs, y Sadie miró a ambos lado en busca de un coche patrulla, pero no vio nada.

—Te llamaré durante mi descanso y te lo diré.

—No puedo esperar tanto. ¡Quiero ir a la granja! —suplicó el pequeño—. Tú vas a ir, ¿verdad?

Circulando en la dirección contraria a la que debería haber tomado, ella decidió detenerse junto a la tienda.

—Sí, estaré allí.

—¿Y por qué no puedo ir yo también? ¡Dawson dijo que podía!

«Porque tu padre lo utilizaría en mi contra», quiso explicarle a su hijo, aunque se contuvo pues no quería socavar la relación de Jayden con su padre. Tal y como estaban las cosas ya era bastante con sobrellevar la situación.

—Puede que hoy no sea el mejor día, eso es todo. Habrá muchas más ocasiones.

Dado que la respuesta no le había gustado, Jayden continuó suplicando, y siguió haciéndolo cuando ya se había detenido para comprarle a él, y a los hijos de Petra, alguna chuche de fruta. Pero Sadie se mantuvo firme. Si Sly había reconocido el coche de Dawson iba a producirse un enfrentamiento, y no quería que Jayden estuviera presente.

Todavía nerviosa después de haberlo dejado en casa de Petra, y mientras se detenía frente a la cafetería, un mensaje de texto de Dawson le proporcionó un ligero alivio.

Todo bien. Tu casera se dio media vuelta para guardar la manguera y yo pasé por detrás de ella. Houdini no podría haber escapado más fácilmente.

Sadie sonrió ante la imagen que la descripción de la huida había formado en su mente. Ese hombre le hacía sentir bien, desde el momento en que se había enfrentado a Sly en la puerta de su casa hasta cuando la había ayudado a bajar del tejado, o había intentado despedirla por su propio bien, pero no lo consiguió por su gran corazón. Dawson no era lo que los demás creían. Era el secreto mejor guardado de toda la ciudad.

Pero tampoco podía permitirse emocionarse demasiado. Si podía, Sly sin duda arruinaría lo que tenía en esos momentos.

Capítulo 10

Desde su salida de la cárcel, Dawson solo había tenido un objetivo en mente, poner de nuevo en funcionamiento la granja para llevarse a Angela a casa, donde debía estar. Se lo debía a sus padres. Básicamente le habían salvado la vida al adoptarlo, le habían proporcionado un buen hogar y una sólida educación. Más que nada, le habían dado amor, lo que al final le había hecho ser una persona completa, al menos tan completa como iba a poder ser. No le gustaba pensar en su vida antes de ellos. Pero desde la noche anterior, cada vez que dejaba vagar su mente, no le daba vueltas a cuántas plantas podría añadir si cultivaba otras cinco hectáreas o cómo podría responder si el representante del estado que llegaría en cinco días para comprobar si podría proporcionarle a Angela un ambiente estable, le hacía una pregunta difícil.

Desde la noche anterior, cuando dejaba vagar su mente, pensaba en Sadie.

—¡Maldita sea, para! —se gritó a sí mismo.

No había nadie a su alrededor que pudiera oírlo. Podía decir y hacer lo que quisiera, pero ninguna censura habría podido modificar el patrón de sus pensamientos, no desde la noche anterior. Tenía que guardar su sexualidad en el armario. Para sobrevivir necesitaba centrarse en otras cosas. Sin embargo, una vez pasado el peligro, y viéndose obligado a recoger los pedazos, esa parte de él se estaba reafirmando a modo de venganza. Esas maravillosas piernas, y lo que podría haber encontrado de haber levantado la camiseta que Sadie llevaba, se había convertido en una obsesión para su mente, obsesión que afectaba también a otras partes de su cuerpo.

Debería haber contratado a otra persona. A un hombre.

Salvo que no podía contratar a un hombre para bañar a su hermana...

A medida que el sol ascendía hacia lo alto del cielo, se encontró a sí mismo mirando cada vez más a menudo hacia el camino de acceso a la granja. No dejaba de preguntarse por qué le preocupaba tanto a qué hora llegara Sadie. Iba a la granja a limpiar y no iban a tener mucha interacción. Pero, a pesar de todo, se moría de ganas de verla.

Poco después del mediodía apareció un coche, pero no era el de Sadie. Aunque no estaba seguro, porque estaba muy lejos, Dawson estuvo bastante seguro de que se trataba de los dos hijos mayores de Aiyana los que acababan de aparcar en el camino. Los había conocido en la escuela a la que asistía en New Horizons Boys Ranch, y desde entonces eran amigos. Al igual que Aiyana, ellos se habían mantenido a su lado a pesar de las dudas de casi todos los demás, pero desde su regreso a la granja no los había visto. Había estado demasiado centrado en su objetivo, demasiado ocupado para devolverles siquiera las llamadas.

—Pensamos que hacía falta aparecer sin avisar para conseguir hablar contigo —saludó Elijah cuando se encontraron a medio camino del campo en el que trabajaba Dawson y el lugar en el que habían aparcado los Turner.

—Lo siento —se disculpó Dawson—. No es nada personal.

—Ya lo suponíamos —contestó Elijah tras intercambiar una mirada con Gavin—. Has pasado por un infierno. No sé si yo me mostraría muy amigable tras un año en la cárcel.

—Lo mismo digo —intervino Gavin.

—Me figuré que aparecerías cuando estuvieses preparado, no queríamos atosigarte —continuó Elijah—. Pero ya conoces a mi madre.

Aiyana había intentado llamarlo. Y él tenía pendiente ponerse en contacto con ella.

—¿Os ha enviado Aiyana?

—Con un cargamento de artículos de limpieza —Elijah levantó un cubo en el aire.

—¿Os ha enviado aquí para que limpiéis? —Dawson se quitó la gorra y se secó el sudor de la frente.

—Solo, ya sabes, el dormitorio.

—El escenario del crimen —de repente lo comprendió.

—Nos preguntó si nos importaba hacerlo —añadió Gavin—. Y no nos importa.

—Mejor nosotros que tú —concluyó Elijah—. Nos dijo que la estabas conservando tal y como estaba para que un forense recogiera pruebas, de modo que nos abstuvimos de actuar para darte tiempo. Pero, si ya han venido a recoger esas pruebas, nos gustaría ocuparnos de la limpieza.

Gavin, de figura más oscura y robusta, con los brazos tatuados en jarras, volvió a intervenir.

—¿Ya ha estado aquí el forense?

—Un tipo llamado Ed Shuler vino el día después de que me soltaran —Dawson asintió.

—Estupendo —Elijah escupió en el suelo—. ¿Encontró algo que pudiera servir de ayuda?

—Aún no lo sé. Tomó toda clase de muestras, fibras, manchas en la pared y en el sumidero, muestras de sangre, de tela, y a saber qué más. Pero me dijo que llevaría meses procesarlo todo.

—Eso es de lo más desalentador —Elijah frunció el ceño.

—Como todo lo sucedido este año —contestó Dawson.

—¿Y ahora no puedes hacer otra cosa que esperar? —preguntó Gavin.

—Más o menos —Dawson hundió las manos en los bolsillos.

—Pero ya has terminado con el dormitorio, ¿verdad? —insistió Elijah—. ¿Lo has limpiado ya?

—Aún no —Dawson sabía que tendría que hacerlo, y antes de llevarse a Angela a casa.

Nadie en su sano juicio le concedería la custodia de su hermana si la sangre de sus padres seguía salpicando las paredes. Pero cada vez que se proponía limpiarlo, se sentía incapaz de hacerlo. Ni siquiera había podido entrar en esa habitación. El día de su regreso a la granja se había sentido físicamente enfermo, con náuseas, solo con subir las escaleras. Por eso había echado el cerrojo a la habitación e intentado olvidar lo que había tras la puerta. Aunque había permitido entrar a Ed Shuler, no lo había acompañado. Se había excusado diciendo que tenía que ocuparse de otra cosa, antes de alejarse todo lo posible.

—Entonces ¿nos dejas hacer eso por ti? —lo presionó Gavin.

Dawson estuvo a punto de acceder. Desde luego no quería hacerlo él mismo, pero limpiar se parecía mucho a pasar página, y pasar página le hacía sentirse desleal.

—No. No estoy preparado.

—No estás preparado —repitió Elijah.

—Es complicado —continuó él.

Elijah enarcó una ceja.

—Mi madre teme que vayas a permitir que lo sucedido te consuma. Caso de que te negaras a dejarnos limpiar, me dijo que te recordara que tus padres te amaban y querrían lo mejor para ti, y que eso podría ser precisamente pasar página. Dice que así pensaría sobre nosotros si estuviera en el lugar de tus padres.

—El asesino te ha robado un año de tu vida —Gavin apoyó a su hermano—. No le permitas robarte nada más.

—Voy a atrapar a ese bastardo —aseguró Dawson—. Tengo que hacerlo. No podré vivir conmigo mismo si no lo hago.

—¿Y eso qué significa? —Gavin dejó escapar el aire ruidosamente.

—Significa que tengo que hacer esto a mi manera. Limpiaré el dormitorio cuando esté preparado.

—Ojalá nos permitieras ocuparnos a nosotros —contestó Elijah—. Pero no quiero empeorar las cosas para ti. Le diré a mi madre que tendrá que venir ella misma y hablar contigo, si tiene fuerzas para ello.

—Dile que agradezco su apoyo. Y lo mismo a vosotros. Una persona en mi situación... tener a alguien como vosotros es muy importante.

—Te conocemos mejor que los demás —le explicó Elijah.

—Me siento fatal —Gavin pateó la grava—. Si hubiera estado en casa cuando viniste a buscarme tras echar a ese autoestopista de la camioneta, podría haber corroborado toda tu historia.

—Y yo podría haber regresado al bar para buscarte, pero no quería beber más, no quería verme obligado a quedarme. Estaba a quince o veinte minutos de casa, de la cama, y tenía que trabajar al día siguiente.

—Y no querías decepcionar a tus padres no siendo capaz de levantarte por la mañana.

—Qué ironía —Dawson se rio sin rastro de júbilo.

El ruido de un motor les hizo volverse. Sadie había llegado. Aparcó a un lado de manera que los Turner pudieran salir sin problema, y se bajó del coche con un bolsón blanco.

—Hola —Elijah sin duda la había reconocido y pareció alarmado al verla.

—Hola —saludó ella mirando de un hermano al otro.

—Sadie trabaja para mí —se apresuró a explicar Dawson para evitar cualquier malentendido—. En cuanto la casa esté limpia y pueda traer a Angela a casa, cuidará de ella.

—¿Has dejado la cafetería? —preguntó Gavin.

—Sigo allí, pero solo durante una semana más o así. Este trabajo es de más horas. Necesitaba algo que me reportara mayor sueldo.

—Entiendo —Elijah asintió.

Dawson sacó del bolsillo la llave de la casa. Sus padres nunca solían cerrar la puerta con llave durante el día. Y casi nunca lo hacían por la noche. Cuando fueron asesinados, la casa estaba abierta de par en par y Dawson sabía que ellos habían dado por hecho que él la cerraría cuando volviera. Se sentían a salvo. Pero después de lo sucedido no iba a permitir que nadie, incluyendo los vándalos que habían acudido después, tuviera la oportunidad de entrar en su casa nunca más.

—Toma. Puedes entrar y empezar a trabajar —le indicó.

—De acuerdo. Te veo dentro de un rato —tras ofrecerles a los tres una tímida sonrisa, Sadie se marchó.

—¿Sadie, Dawson? —susurró Elijah en cuanto ella se hubo alejado lo suficiente—. ¿Y qué pasa con Sly?

—¿Qué pasa con él? —preguntó Dawson.

—Pues para empezar es extremadamente posesivo. No creo que le parezca bien saber que ella está aquí, contigo, aunque tú no... —hizo una pausa en un intento de encontrar las palabras adecuadas—, aunque tú no fueras ahora mismo el enemigo público número uno.

—He sido juzgado. He sido declarado no culpable.

—Eso da igual —murmuró Gavin, mostrándose de acuerdo con su hermano—. A él le da igual.

—Ella contestó al anuncio —Dawson se rascó la nuca—. Estaba cualificada, vivía cerca y necesitaba el dinero. No veo qué puede tener su ex que decir al respecto.

—No te metas con Sly, tío —Elijah se mostró visiblemente incómodo—. Puede ser un auténtico gilipollas.

Dawson ya había empezado a darse cuenta.

—Él no va a decirme a quién puedo y no puedo contratar. No es justo para mí, ni para ella.

—Aplaudo tu espíritu luchador —aseguró Gavin tras aclararse la garganta—. Y entiendo que te sientas así. Yo estaría igual que tú. Pero ya he visto a ese tipo en acción. Como bien ha dicho Eli, es un auténtico gilipollas, un gilipollas que abusa de su poder.

—Como casi todos los policías —bromeó Dawson—. Al menos los que yo he conocido.

Eli asintió como si quisiera mostrar su acuerdo.

—Estoy seguro de que no has conocido a lo mejor de las fuerzas de seguridad. Todos los policías de Silver Springs están convencidos de tu culpabilidad. Pero creo que ya has sufrido bastante y no me gustaría verte metido de nuevo en un lío.

—¿Y qué sugieres que haga? —preguntó Dawson—. ¿La despido y permito que él la someta a un asedio hasta que se rinda? ¿Le permito obligarla a regresar a su lado porque no tiene otra manera de alimentar a su hijo?

—Jayden también es hijo suyo —le recordó Gavin—. Sly nunca permitiría que pasara hambre.

—No estoy tan seguro de eso —protestó él—. Parece más preocupado por sí mismo que por su hijo, o por su esposa desesperada por deshacerse de él.

Dawson recordó lo asustada que había parecido Sadie aquella mañana por si alguien lo veía salir de su casa. Cierto que le preocupaba lo que la casera pudiera pensar, pero tenía más miedo de que Sly lo descubriera.

—Ella no ha dicho nada —continuó—, pero por sus comentarios tengo la impresión de que su exmarido no juega limpio.

Eli se volvió para asegurarse de que Sadie hubiera entrado en la casa y que no estuviera agazapada en las sombras, escuchando.

–Lo cierto es que yo apenas lo conozco. Puede que estés en lo cierto, pero Sly es una víbora, una víbora celosa. Hace unas semanas, Sadie debía haber encontrado a alguien que cuidara del niño, porque la vi en el bar. Sly también estaba allí y fulminaba con la mirada a todo el que se atreviera a acercarse a ella. Dejó muy claro que la seguía considerando de su propiedad y que no estaba dispuesto a aguantar a ningún intruso. De modo que vigila tu espalda.

–No me interesa desde un punto de vista romántico –lo que Dawson sentía desde la noche anterior gritaba que era un mentiroso, pero su intención había sido desde el principio la de mantener una relación de jefe y empleada, y no iba a permitir que fuera más allá.

–Eso es lo de menos –insistió Eli–. Él te va a ver como una amenaza y te fastidiará siempre que pueda.

–Yo la invité a bailar esa noche de la que habla Eli –intervino Gavin–. Me daba pena verla ahí sentada, sola. Y solo por eso Sly casi comenzó una pelea conmigo allí mismo, en el bar.

–Sé qué me dices –Dawson se sacudió el polvo de las manos contra los vaqueros–. Ya he tenido una muestra de cómo se comporta.

–¿Ya? –Eli abrió los ojos desmesuradamente–. ¿Desde cuándo trabaja para ti?

–Desde hace unos pocos días. Pero los comienzos siempre son difíciles.

–Y tú piensas que se calmará y lo dejará estar –sugirió Gavin.

–En cuanto se haga a la idea –Dawson se colocó la

gorra sobre la cabeza y miró a los otros dos hombres–. ¿Qué otra cosa puede hacer?

–Se me están ocurriendo unas cuantas cosas que no me gustan nada –Eli chasqueó la lengua.

–Me refiero a legalmente –puntualizó él–. Es policía, ¿no?

–El hecho de que sea policía lo hace peor, no mejor –insistió Gavin.

–¿Quién va a mantenerlo a raya? –Eli estuvo de acuerdo con su hermano.

Dawson se volvió hacia los campos en los que tan duramente había trabajado. No soportaría ver que todos sus esfuerzos hubieran sido en vano. Debía centrarse en la granja. Pero... no podía abandonar a una mujer víctima de acoso.

–Supongo que, en caso de que sea necesario, lo haría yo –contestó volviéndose de nuevo hacia los Turner.

–No hagas nada –le advirtió Elijah con voz firme–. Si viene por aquí, llámanos. Es menos probable que actúe si hay testigos. No puedes confiar en tu palabra contra la suya.

–Eso es cierto –contestó Dawson, consciente de que si Sly aparecía no habría tiempo para invitar a los Turner.

Los despidió agitando una mano en el aire y al darse la vuelta descubrió a Sadie mirando por la ventana. Mirándolo a él. Sintió ganas de entrar en la casa y hablar con ella, ver qué tal le iba.

Y precisamente por eso desvió la mirada y regresó al campo en el que había estado trabajando.

Dado que no había habido mucho trabajo en la cafetería, la habían dejado marchar una hora antes, lo que le había dado a Sadie tiempo para acercarse a una pequeña tienda de ropa y comprarse una blusa nueva. Quizás no fuera muy buena idea gastar dinero, dada su situación financiera, y no le hacía falta otro top, pero ya no recordaba la última vez que había estrenado algo. En ese momento tenía dos empleos, y eso significaba que tenía más dinero que tras abandonar a Sly, y le divertía la sensación de que deseaba impresionar a alguien. Hacía siglos que no pensaba en esas cosas, apenas se había permitido a sí misma mirar a los hombres elegibles de la zona.

La brillante tela transparente que cubría el top de color crudo le hacía sentir bonita, incluso sexy, de una manera sutil. Pero Dawson apenas si la había mirado al llegar, y no había entrado en la casa después. Permaneció en la ventana, sumida en la decepción, mientras lo veía alejarse hasta desaparecer de su vista.

—¿Qué esperabas? —se preguntó en voz alta.

Había sido una idiota al comprarse una blusa nueva. Lo sucedido la noche anterior no había sido normal. Dawson no estaba interesado en ella y, de todos modos, sería una locura liarse con él aunque lo estuviera. No tenía más que las palabras de Dawson, y su propio instinto, en lo que apoyarse sobre la muerte de sus padres. Y Sly se volvería aún más insufrible si pensara que tenía competencia. Lo mejor sería mantener su relación con él en un plano profesional, cosa que sabía desde el principio. Por supuesto.

En un intento de sacudirse de encima una repentina sensación de melancolía, se dirigió al dormitorio de Dawson para tomarle prestada una vieja camiseta. Solo había llevado puesta la blusa nueva durante poco más de una hora. Si se la quitaba, antes de que se le manchara, seguramente podría devolverla. Y dado que era ella la que hacía la colada de Dawson, y él solo aparecía por la casa a la hora de comer, se cambiaría de nuevo antes de cenar y le lavaría la camiseta con la siguiente colada.

La camiseta estuvo a punto de engullirla. Nunca había

pesado mucho, pero cuanto más tiempo pasaba con Sly, más le costaba conservar un poco de carne sobre los huesos. Le generaba tal estado de ansiedad que ni se molestaba en comer. En ocasiones incluso vomitaba tras intentarlo, y el problema había continuado con la separación y las preocupaciones económicas, añadido a otros problemas de peso. Nunca sabía qué esperar de él, la mantenía constantemente en alerta, constantemente desconfiada.

Tras doblar la blusa nueva, Sadie la dejó sobre la cómoda y se puso a limpiar el dormitorio. Era la primera vez que subía a limpiar a la segunda planta y ya era hora de atacar esa parte de la casa. Aunque ya se había llevado la ropa sucia de la habitación de Dawson, encontró más, y la ropa limpia que le había dejado sobre la cama estaba tirada en el suelo porque, al parecer, no había tenido tiempo de guardarla.

—Menos mal que estoy yo —murmuró ella para sus adentros mientras le cambiaba la ropa de la cama, quitaba el polvo, pasaba el aspirador y limpiaba y ordenaba el armario y los cajones. También limpió los interruptores y el ventilador de techo antes de frotar bien la ventana que daba a la parte delantera y la autopista más allá.

Mientras se paraba un rato a descansar vio pasar un coche patrulla. Quienquiera que fuera al volante no ralentizó la marcha ni giró, pero la visión de un coche de policía le avivó el pánico que había sentido aquella mañana al sospechar que Sly había reconocido la camioneta de Dawson aparcada calle abajo. Llevaba todo el día sin tener noticias de su ex, ni durante su jornada de trabajo en la cafetería ni después, de manera que había empezado a relajarse. Pero a medida que los minutos pasaban sin que tuviera noticias empezó a tener un mal presentimiento. Sly siempre aparecía, hacía lo que fuera para estar presente en sus pensamientos y para intentar convencerla para verlo. A Sadie no le cabía duda que, si conseguía que ella regresara, y en cuanto se sintiera seguro en la relación, volvería a tratarla como siempre, a pesar de haberle jurado que eso jamás sucedería.

Sus cabellos se escapaban de la coleta que se había hecho tras ponerse la camiseta de Dawson y se la ajustó de nuevo. Después bajó a la primera planta para recoger el teléfono que había dejado sobre la encimera de la cocina.

Tenía un mensaje de texto de Petra.

Petra: Jayden se ha tomado bastante mal la noticia de que no podía ir a la granja.

Sadie: Lo siento, no pretendía que se hiciera ilusiones.

Ella, desde luego, no le había dado esperanzas. Había sido Dawson al acceder a que fuera de visita a la granja, dejándole a ella la responsabilidad de la decisión. No podía contarle a Petra cómo había surgido esa invitación, no quería sacar a Dawson a relucir. Y esperaba que Jayden tampoco lo hubiera mencionado.

Petra: Ya está bien. Es que me sorprendió cuánto deseaba ir. Normalmente supera las decepciones mucho más deprisa.

Sadie: Cuando pueda lo traeré.

Sin embargo, no tenía ni idea de cuándo podría hacerlo. Dependía de Sly y de cómo se comportara en los días que siguieran, de que se calmara o de que continuara ocasionando problemas.

Sadie comprobó la lista de llamadas perdidas y el buzón de voz. No había nada. ¿Dónde se había metido?

Aliviada de no haber tenido noticias suyas, y al mismo tiempo nerviosa por ello, puso algo de música y se sirvió una taza de café. Estaba a punto de llevarse el móvil a la planta superior para seguir escuchando música mientras limpiaba la habitación de Angela cuando el bolso que había llevado con ella, y que contenía la cafetera, le recordó que había comprado una ración de la tarta de manzana de Lolita's para Dawson.

Decidió que en una hora más o menos volvería a ponerse la blusa para llevarle la tarta, pero antes de volver a subir las escaleras, oyó un ruido justo detrás de ella y dio un salto.

—¡Eh!, tranquila, soy yo —intentó tranquilizarla Dawson cuando ella empezó a gritar dándose la vuelta como si estuviera a punto de ser atacada.

Sadie se llevó una mano al pecho en un intento de ralentizar el corazón que cabalgaba enloquecido.

—Lo siento, no te oí entrar.

—Seguramente por la música. No he sido muy silencioso y, desde luego, no pretendía sobresaltarte. Se me ha acabado el agua.

Dawson levantó el termo, pero de repente sus ojos descendieron hasta el pecho de Sadie y ella notó cómo registraba el hecho de que llevaba puesta su camiseta.

—Perdona por... por apropiarme de tu ropa. Yo... —no sabía qué decir. No se sentía cómoda explicándole que para trabajar se había puesto una blusa que no podía llevar puesta para trabajar.

—No pasa nada —contestó él antes de que a Sadie se le ocurriera una excusa.

—Gracias, por supuesto te la lavaré. Tenía idea de echarla al cesto de la colada. No pretendía... bueno...

—¿Cuánto pesas? —preguntó Dawson interrumpiéndola.

—Unos cincuenta y cuatro kilos —contestó ella, parpadeando perpleja.

Él ladeó la cabeza, mirándola de un modo que indicaba claramente que no se había creído nada.

—De acuerdo, casi cuarenta y nueve, puede que cerca de cuarenta y ocho. Pero intento comer lo bastante para recuperarme.

—¿Y por qué no está funcionando?

—Supongo que soy una persona muy nerviosa —Sadie se aclaró la garganta—. Resulta que la energía nerviosa acelera el metabolismo —añadió con una risita carente de humor.

—Pareces una adolescente.

Sadie sintió cómo la sonrisa desaparecía de su rostro. Se había comprado una blusa nueva con la esperanza de agradarle. Había creído que la noche anterior le había gustado lo que había visto. Pero acababa de comprobar que no era así, que no la encontraba atractiva. Lo percibía en la nota de censura de su voz.

—Sí, yo... llevo unos cuantos años peleándome con mi peso —Sadie se volvió para ocultar el hecho de que el comentario de Dawson la había herido, porque se trataba de una reacción irracional.

Estaba demasiado delgada. Y, de todos modos, no tenía ningún sentido fantasear con ese hombre.

Por suerte, posó la mirada en la bolsa que había llevado con ella y encontró el modo de desviar la atención de Dawson.

—Te he traído un trozo de tarta —murmuró mientras se la entregaba y salía huyendo de la cocina antes de que él reaccionara.

Capítulo 11

Dawson dejó caer la bolsa sin siquiera mirar en su interior y cerró los ojos mientras a su espalda oía las pisadas de Sadie escaleras arriba. ¿Cómo demonios se le había ocurrido decir algo así? Su intención no había sido herirla. Simplemente había intentado recordarse a sí mismo que no le resultaba atractiva, borrarla de su mente con la esperanza de que sus pensamientos permanecieran allí donde debían estar. Algo tenía que hacer para recuperar el control sobre su libido. Acababa de vaciar el termo de agua con la endeble excusa de que estaba demasiado caliente para beberla y así poder entrar en la casa para verla.

Recordó la expresión dibujada en su rostro al girarse para entregarle la bolsa con la tarta. Parecía alicaída, como si la hubiera golpeado sin ningún motivo.

¡Mierda! Todo había sido por verla vistiendo su camiseta, decidió. Después de la noche anterior, le gustaba esa imagen un poquito demasiado.

Pensó en seguirla al piso de arriba para disculparse. Con Sly formando parte de su vida seguramente ya había cubierto su cupo de hombres desagradables. Pero no podía explicarle por qué se había comportado así con ella, que la deseaba y simplemente buscaba, o incluso que intentaba inventarse alguna mentira en la que centrarse para desearla un poco menos.

Nada de disculpas, se dijo a sí mismo. Necesitaba mantenerse firme. Era mejor olvidarse de ese pequeño retazo de conversación y mostrarse más amable en el futuro. No le ayudó mucho el que la tarta estuviera deliciosa, una de las mejores que había probado jamás. ¿Por qué se le había ocurrido llevarle un trozo?

Esa mujer le gustaba. Parecía agradable y en su vida no sobraban precisamente las personas agradables.

—No recuerdo que Lolita sirviera una tarta como esta cuando yo vivía aquí antes —gritó Dawson hacia las escaleras.

Esperaba recibir una contestación de Sadie, comprobar que podían pasar páginas, pero ella no contestó.

Cuando terminó, dejó el plato vacío en el fregadero y subió para asegurarse de que ella no estuviera llorando. Su dormitorio estaba inmaculado. Asomó la cabeza al interior antes de descubrirla, llevando de nuevo su propia blusa, mientras limpiaba el dormitorio de Angela.

—No estoy seguro de que me hayas oído, pero he dicho que la tarta estaba deliciosa —se detuvo sin entrar en el dormitorio. Prefería quedarse en la entrada—. Gracias por traerla.

—De nada —Sadie evitó girar la cabeza y él no pudo hacerse la menor idea de cómo estaba.

—Parecía casera —insistió él apoyándose en el quicio de la puerta.

—Lo era.

Sadie seguía de espaldas, ocupada en poner sábanas limpias en la cama.

A Dawson no se le ocurría nada más que decir, y necesitaba volver al trabajo, pero se resistía a marcharse.

—¿Qué hay hoy para cenar?

—Estaba pensando en preparar ternera stroganoff. ¿Te gusta?

—No lo sé —al fin Dawson logró que lo mirara, pero no lo bastante para sostenerle la mirada—. Nunca lo he probado.

—Está bueno. Pasta, carne picada y champiñones con una salsa deliciosa.

—Suena muy bien. De todos modos confío en ti. Me ha encantado todo lo que has preparado hasta ahora.

Cuando la cama estuvo hecha, Sadie se irguió y, al fin, se volvió hacia él.

—¿Tienes hambre ya?

Al menos no había estado llorando, pero algo había cambiado. Ya no se mostraba tan abierta hacia él y volvía a tener la misma mirada de desconfianza que había visto en sus ojos el día que se habían conocido y ella estaba asustada por quién y qué podía resultar ser.

—Todavía no —contestó él—. Pero esa tarta estaba deliciosa.

—¿Te gustaría que te trajera más?

Era evidente que Sadie no entendía qué hacía allí, hablando con ella, en lugar de estar trabajando en el campo como era su costumbre. No tenía ni idea de lo mal que se sentía por haberla ofendido.

—Hoy no. Quizás en otra ocasión.

—De acuerdo.

—¿Cuánto te debo? —sin duda había tenido que comprar el trozo de tarta, ¿no?

—Nada —contestó ella mientras se agachaba para enchufar el aspirador—. No fue muy caro.

Como él no se marchaba, Sadie se detuvo, dubitativa.

—¿Algo más?

—No —resignado, Dawson se apartó del marco de la puerta para que ella pudiera salir, pero casi de inmediato se detuvo—. Solo para que lo sepas, no me importó que llevaras puesta mi camiseta. Tengo un montón de camisetas viejas. Puedes ponerte la que quieras cuando quieras.

—Está bien. Tengo la mía. Pero... no quería que se me ensuciara.

—Y lo entiendo. Es muy bonita.

—Gracias —contestó ella.

Lo hizo de un modo cortante y en un tono tan distante que Dawson comprendió que había tildado el cumplido de mentira. En cambio, creía a pies juntillas lo que le había dicho antes, que parecía una adolescente y que, por tanto, no le resultaba atractiva. Y por eso había cerrado la puerta a posibles señales que pudieran contradecir esa afirmación.

—En cuanto a lo que dije sobre tu peso hace unos momentos... fue una grosería —continuó él—. Y lo siento.

—No me siento ofendida —ella levantó una mano en el aire—. Ya sé que estoy demasiado delgada.

—Yo no diría tanto —Dawson le ofreció una sonrisa de arrepentimiento—. Estás delgada, pero tienes unas piernas estupendas.

—Gracias.

Lo había dicho en serio, pero su cumplido se encontró con la misma incredulidad que el anterior.

—¿Has tenido noticias de Sly? —preguntó.

Sadie sacó una buena cantidad de cable para disponerse a pasar el aspirador.

—Todavía no, pero estoy segura de que me llamará, o me enviará un mensaje, pronto. Nunca se aleja mucho tiempo. ¿Por qué?

—No quiero que te cause ningún problema.

—Es mi problema. Ya me ocuparé yo de lo que suceda.

Pero Dawson temía que no pudiera ocuparse de ello. ¿Cómo iba a poder una mujer que pesaba cuarenta y ocho kilos repeler a un hombre de la envergadura de Sly? La última vez que él había pesado cuarenta y ocho kilos estaba en la escuela primaria.

—Con suerte, no será tan malo como parece.

—Como casi todo el mundo, tiene sus cosas buenas.

Si le preguntaba cuáles eran esas cosas, a Sadie le iba a costar un triunfo enumerarlas. Por suerte, Dawson no preguntó.

—Supongo —contestó—. Bueno, será mejor que vuelva al trabajo.

—No olvides llevarte agua —le recordó ella antes de que pusiera en marcha el aspirador mientras él bajaba las escaleras.

Cuando llegó a la planta baja, permaneció allí varios minutos. Aún se sentía mal por haber sido tan grosero, y deseó poder dar marcha atrás y arreglar lo que había roto. Sadie había construido un muro para proteger la parte más blandita y vulnerable de su ser, esa parte que había empezado a mostrarle.

Quizás fuera mejor así. Ambos tenían ya bastantes problemas en sus vidas.

Sadie apenas habló mientras servía la cena, y tampoco comió.

—¿No me acompañas? —preguntó Dawson mientras la veía recoger sus cosas para marcharse.

—No, tranquilo. Tengo que ir a casa de la canguro a recoger a mi hijo.

—Deberías llevarte la cena, hay suficiente para Jayden y para ti.

—¿Por qué? Son tus víveres.

—Da igual. Hay de sobra.

—No hace falta que te lo comas todo esta noche. Así tendrás unas cuantas sobras para el fin de semana, ya que yo no volveré hasta el lunes.

Dawson había perdido la noción del tiempo. Dado que lo único que hacía era trabajar, cada día solía confundirse con el siguiente.

−¿Ya estamos a viernes?

−¿No te habías dado cuenta?

−No.

Al menos no hasta que reflexionó un poco. Robin Strauss, la funcionaria, iría el miércoles, y eso implicaba que tenía que haber un fin de semana por medio. Pero no quería que los primeros días como jefe de Sadie terminaran de una manera tan negativa.

−No olvides que tienes albóndigas y más comida en la nevera. Las albóndigas te pueden servir para prepararte un bocadillo.

−Entendido.

−Si necesitas algo, llámame. Quizás pueda acercarme un rato. El domingo por la mañana trabajo en la cafetería, pero mañana tengo el día libre. No dispondré de canguro, pero si no van a ser muchas horas, quizás pueda traer a Jayden si... bueno, ya veremos.

−Lo tendré en cuenta −contestó Dawson.

Sin embargo, su idea era no molestarla. Y a lo mejor, si no la veía durante un par de días, sus hormonas se calmarían y ella, por su parte, olvidaría el comentario que le había hecho hacía un rato.

−¿Qué sueles hacer para divertirte? −preguntó de improviso antes de que ella saliera por la puerta.

−Soy madre soltera.

−¿Y eso significa?

−Que me echo la siesta −contestó ella con una carcajada.

−Claro −Dawson también se rio−. Te veré el lunes.

−Que tengas un buen fin de semana −Sadie le dedicó una sonrisa tensa.

En cuanto terminó de cenar, Dawson se dirigió al campo y trabajó hasta la puesta de sol, cuando ya no fue capaz de distinguir entre un terrón de tierra y una piedra. Al regresar a la casa estaba agotado y decidió darse una ducha y meterse en la cama. Pero mientras estaba bajo el chorro del agua cometió el error de dejar vagar su mente, y su mente se dirigió directamente hacia donde él no quería que fuera. A Sadie.

Y después de eso fue incapaz de dormir. No dejaba de preguntarse qué estaría haciendo, si ya estaría en la cama o si Sly se habría puesto en contacto con ella. Movido por una reacción instintiva, estuvo a punto de enviarle un mensaje para averiguarlo, pero se negó a sucumbir a la tentación.

Tras dar vueltas por la casa durante dos horas, hasta casi las once de la noche, se rindió. Había evitado ir a la ciudad, odiaba ser objeto de dudas y sospechas. Nunca había sido una persona muy sociable, pero, si quería volver a formar parte de la comunidad, tenía que moverse por ahí, terminar por una vez con su regreso «oficial», para que el verlo no fuera un hecho extraordinario.

¿Y qué mejor lugar para empezar que el bar?

El Blue Suede Shoe no había cambiado durante el año que había estado fuera, pero Dawson sí. Antes de los asesinatos había sido capaz de descargar la mayor parte de la ira que lo había llevado a comportarse inadecuadamente durante su juventud. Pero las oscuras emociones que se habían colado bajo su piel en los viejos tiempos habían regresado.

Tras un año entre rejas sin duda sería normal. Y aunque no lo fuera, ya no podía cambiar nada, no hasta encontrar al hombre que había asesinado a sus padres. De todos modos nunca había sido muy inocente. Su fama era en parte lo que hacía que la gente de por allí lo culpara de los asesinatos. Hijo de una prostituta adicta al crack, a los ocho años ya había visto más que la mayoría de los adolescentes a los dieciocho. De no haberlos encontrado su abuela viviendo en aquel apartamento infestado de bichos, que compartían con varias personas a quienes apenas conocían, repleto de drogas y escaso en comida, a saber dónde estaría en esos momentos. Poco después de que la abuela Pat lo acogiera, su madre murió de una sobredosis accidental, y se habría quedado solo en esa situación, sin un adulto que lo cuidara, al menos sin un adulto al que conociera o al que consiguiera localizar a una edad tan temprana. Ni siquiera sabía quién era su padre, pues su madre nunca había sido capaz de decírselo. Al principio se había inventado varias versiones, pero cambiaban constantemente. En una, su padre era policía, en otra un adinerado empresario. Y eso fue lo que al fin convenció a Dawson de que ella no lo sabía, simplemente intentaba contarle lo que él quería oír.

Por bonito que sonara que su abuela hubiera aparecido y lo hubiera acogido en su seno, esa mujer tampoco era demasiado agradable, de lo contrario su madre no se habría escapado de casa. Dawson no se llevaba con la abuela Pat mucho mejor de como se había llevado su madre, y por eso, después de cinco años de lucha, ella lo envió a ese internado de chicos y permitió que fuera adoptado por los Reed. Aiyana, los profesores, y sus nuevos padres se suponía que debían convertirlo en un hombre decente. Había esperado odiar Silver Springs, había considerado New Horizons un castigo, casi un reformatorio, y allí habría acabado, sobre todo por sus peleas, de no haber sido aceptado en esa escuela. Pero si no hubiera acudido a New Horizons no habría conocido a los Reed, momento en que su vida al fin había cambiado para bien.

Durante años les había concedido a los Reed, y a los conocimientos adquiridos en la escuela, el mérito de salvarlo de caer en la clase de vida que había vivido su madre. Pero al final había aprendido a reconocer que la abuela Pat había hecho lo que había podido, dadas sus propias limitaciones emocionales y económicas. Al final de su vida, cuando el cáncer la devoraba, llegaron a estar bastante unidos. La había perdido nada más terminar la universidad. Y ese había sido, en parte, el motivo que lo había impulsado a regresar a Silver Springs cuando perdió el trabajo, en lugar de quedarse en Santa Barbara. Su muerte le había servido como recordatorio de que la vida no duraba para siempre. Quería cuidar de los Reed mientras pudiera. Aparte de Angela, ellos eran la única familia que le quedaba.

Pero en esos momentos desearía no haber tomado esa decisión. De no haber estado viviendo en Silver Springs, no habría recogido a ese autoestopista. Y si no hubiera recogido a ese autoestopista sus padres seguirían vivos.

Al menos había compartido con ellos sus últimos años e intentaba consolarse con ello. Tenía la sensación de, al menos, haber hecho algo por devolverles el amor que ellos le habían dado.

Y lo único que le quedaba era encontrar a su asesino.

Ignorando las miradas de curiosidad que recibió al entrar en el bar, encontró un asiento en el rincón más alejado.

—¡Mira, ese es el tipo que mató a sus padres! Ha salido de la cárcel.

El susurro, emitido en un tono lo bastante elevado como para que Dawson lo oyera, provenía de un hombre sentado a una mesa cercana. Los dos ocupantes de la mesa lo miraron descaradamente, como todos los demás, pero nadie se enfrentó a él. Lo tomaría como una buena señal. Tenía miedo de lo que sería capaz de hacer a quien intentara echarlo de allí.

Casi esperando que fuera el camarero el que se acercara para pedirle que se marchara, se sintió como un muelle a punto de saltar hasta que el hombre que limpiaba la barra con una bayeta levantó la vista y asintió.

—Enseguida estoy contigo —le aseguró y, fiel a su palabra, se acercó en cuanto hubo arrojado la bayeta al fregadero—. ¿Qué vas a tomar?

—Una Guinness —Dawson sintió la tensión abandonarlo.

—Ahora mismo.

El camarero parecía tener unos veintitantos años y Dawson pensó que, o bien no había prestado mucha atención a los asesinatos o le daba igual un crimen que no le afectaba directamente. Sin embargo, cuando regresó a la mesa con la cerveza, sí demostró más curiosidad.

—¿Ya has ido a ver a Aiyana?

Dawson enarcó una ceja. Ese tipo hablaba como si se conocieran, como si fueran amigos.

—No, pero Eli y Gavin vinieron hoy a la granja. ¿Por qué? ¿De qué conoces a los Turner?

—Yo también estudié en New Horizons.

—¿Cuándo?

—Me gradué hace siete años. Algo después que tú, pero, por supuesto, oí hablar de ti. Todo el mundo ha oído hablar de ti. Mi padre es abogado criminalista en Los Ángeles. Y de los buenos —añadió—. Aiyana me pidió que le organizara una reunión con él.

—¿Y lo hizo? —nunca se lo había mencionado a Dawson—. ¿Para qué?

—Esperaba que pudiera ayudar.

—¿Y? ¿Llegó a celebrarse esa reunión?

—Sí, aunque no surgió gran cosa de ella. Mi padre estudió todas las pruebas para ver si había algo que pudiera aconsejar a tus abogados. Pero le dijo a Aiyana que tu equipo estaba haciendo un buen trabajo, que seguramente saldrías libre, y así fue.

—Eso fue un detalle por parte de Aiyana —Dawson sorbió la espuma de la cerveza—. Y un detalle por parte de tu padre también.

—Tiene sus momentos —respondió el camarero—. No me habría enviado a ese internado de chicos si hubiésemos sido capaces de llevarnos bien. Pero... ahora las cosas están mejor.

—¿Qué problema tenías?

—Ojalá pudiera contestar que mi problema era él, pero lo cierto es que yo era un niñato malcriado, necesitaba madurar.

—¿Y ahora? —a Dawson le gustaba ese chico.

—Soy prácticamente perfecto. ¿No se me nota? —él sonrió y se marchó para rellenar los vasos de otros clientes.

Mientras Dawson se tomaba la cerveza, se fijó en algunas de las mujeres que había en el bar. Había acudido allí para encontrar un poco de diversión y, considerando la oferta desplegada ante él, decidió que estaba en el lugar indicado. Si había algo capaz de distraerlo, debería ser una de esas chicas. Había pasado mucho tiempo desde que había estado con una mujer, y cada uno de esos días empezaba a pesarle como una losa.

Aun así, no se sintió tan interesado como había esperado sentirse.

Se dijo a sí mismo que devorar con la mirada el escote de una chica era un acto desesperado y superficial y que él ya estaba por encima de esas cosas. Sin embargo, temía que fuera más que eso. Temía que ya hubiera alguien que se hubiera apoderado de su mente, alguien a quien al principio había encontrado demasiado delgada para resultarle atractiva. No eran tanto los pechos, sino esos grandes ojos y esos labios carnosos los que lo excitaban, por no mencionar las piernas...

—¿Quieres otra?

El camarero estaba de vuelta.

—No, gracias. Tengo que trabajar por la mañana.

—He oído que estás poniendo en marcha la granja.

Ese tipo era de lo más amistoso.

—¿Cómo te llamas?

—Gage. Gage Pond.

—¿Y quién te ha dicho que estoy poniendo la granja en marcha, Gage?

—¿Bromeas? Eres la comidilla de todo el pueblo.

—Llevo siendo la comidilla desde hace mucho tiempo.

—Cierto, pero con el veredicto y tu salida de la cárcel... bueno, la gente ha vuelto a animarse.

«La gente». Ese tipo no se consideraba parte de esa gente, estaba claro.

—La gente siempre hablará. No puedo hacer nada al respecto.

—Es verdad —el otro hombre dudó, como si tuviera algo más que decir. Luego sonrió y se marchó como si eso hubiera sido todo, pero enseguida regresó—. Escucha, supongo que tendrás ganas de olvidarte de todo aquello...

—Pero...

Era la clase de coletilla que solía preceder a toda una serie de preguntas incómodas, como «¿Lo hiciste tú?». No le apetecía enfrentarse a ello, pero Gage le gustaba lo suficiente como para concederle ese capricho, hasta cierto punto.

—Pero ¿ese autoestopista del que hablaste a la policía?

Dawson se irguió. No había esperado que Gage sacara a relucir al autoestopista. Nadie quería hablar del autoestopista porque la mayoría no creía que existiera, porque si existía ya no podían estar tan seguros de su culpabilidad.

—¿Sí?

—Unas semanas después del asesinato vino por aquí un tipo. Acababa de servirle una copa cuando en la televisión empezaron a hablar del caso, era un reportaje en el que tú describías al hombre que creías que había matado a tus padres. El tipo pareció sobresaltarse. Y entonces dijo que había visto a un vagabundo que encajaba con tu descripción en la misma gasolinera la noche antes de que tus padres fueran asesinados.

El corazón de Dawson empezó a latir con fuerza, golpeándose contra el pecho.

—¿Habló con ese hombre? ¿Proporcionó algún nombre o... dijo de dónde era?

—Dudo que llegaran a hablar siquiera. No me lo pareció.

Pero podría corroborar que el autoestopista existía. De momento, nadie había sido capaz de hacer algo ni remotamente parecido, claro que la policía tampoco se había desvivido por encontrar a la persona que, Dawson estaba seguro, era responsable de la muerte de sus padres. El detective Garbo se había mostrado demasiado entusiasta por conseguir una condena, por proclamar que había resuelto ese caso tan espantoso, y sus posibilidades de hacerlo eran mayores con Dawson que con un extraño que podría no haber tenido ningún motivo creíble.

—¿Sabes cómo se llama ese tipo que estuvo aquí?

—No creo que lo mencionara siquiera. Pero sé que vive en Santa Barbara. Recuerdo haber hablado de ello porque me gustaría algún día mudarme allí.

—¿Y qué estaba haciendo aquí?

—Dijo que trabajaba construyendo un búnker en la propiedad de Alex Hardy.

—Un búnker.

—Sí. Alex está un poco obsesionado con las catástrofes.

—Quizás Alex sepa cómo se llama.

—Sin duda lo tendrá anotado, o aparecerá entre el papeleo del búnker. Le dije a ese hombre que debería acudir a la policía y contarles lo que me había contado a mí. Cuando salió de aquí daba la impresión de que se dirigía a comisaría.

Pero para entonces Dawson ya había sido arrestado. Con la policía convencida de que habían atrapado al tipo responsable, ¿por qué iban a prestarle atención a un forastero de Santa Barbara? Estaba casi seguro de que ni siquiera se habían molestado en tomarle declaración.

Dawson sentía unas enormes ganas de ir directamente a casa de Alex. Por fin tenía algo, un pequeño hilo, para encontrar al forastero con el que se había peleado la noche en que todo cambió. Pero ya eran más de las once de la noche y, él, más que nadie, no debía acercarse a casa de un vecino a esas horas. La policía ya lo había calificado de psicópata. Iría al día siguiente, aunque no le iba a resultar fácil esperar.

Sadie no había oído nada de Sly en todo el día. Después de acostar a Jayden, se sirvió un poco del vino que había abierto para Dawson y encendió el televisor. El programa no logró despertar su interés. No tenía cable ni antena parabólica, de manera que sus posibilidades de elección eran muy limitadas. Cada dos por tres echaba un vistazo a la pantalla del móvil, preguntándose por qué Sly no se había interesado por lo que estuviera haciendo. Un viernes. Siempre se mostraba especialmente interesado en sus planes para el fin de semana, siempre temiendo que empezara a ver a otro hombre.

Volvió a repasar en su mente la última discusión mantenida con él. A Sly no le gustaba perder, le resultaba vergonzoso, humillante, la prueba de que no era todo lo que fingía ser. Y por eso nunca le permitía tener la última palabra.

«Si crees que alguna vez te permitiré divorciarte de

mí, estás lista». Las palabras de su ex, el modo en que las había pronunciado, le provocaban escalofríos porque le hacían plantearse aún más ese atípico silencio.

De no ser tan tarde habría telefoneado a su suegra para preguntarle si le gustaría ver a Jayden el fin de semana. Sadie procuraba llevárselo una vez a la semana, como prueba de buena fe, de que no impedía que Sly o su familia mantuvieran el contacto con la sangre de su sangre. Marliss siempre la había tratado con frialdad, y por eso sus encuentros siempre habían resultado incómodos. Pero la madre de Sly únicamente había escuchado la versión de su hijo sobre lo que había ido mal en su matrimonio, y Sly la culpaba a ella de todo. Sadie no creía poder esperar nada más, de manera que intentaba no alterarse por cómo se había deteriorado su relación. La mayoría de las madres estaban ciegas ante los fallos de sus hijos. Sabía que jamás lograría convencer a Marliss de que Sly era controlador y dominante, pero, si hablaba con ella, a lo mejor comentaba que Sly estaba enfermo, o algo que explicara su repentino y absoluto silencio.

¿Te gustaría ver a Jayden este fin de semana? Podría llevarlo a tu casa unas horas, si no trabajas.

Sadie escribió el mensaje a Sly y no a su madre, pero no fue capaz de enviarlo. Al niño no iba a gustarle la idea y no podía arrojarlo a las ruedas del carro porque se estuviera volviendo loca preguntándose qué estaría tramando su ex. Además, aunque por un lado estaba preocupada, por otro el silencio resultaba agradable y no tenía ninguna gana de interrumpirlo.

Estuvo viendo un par de programas, que la ayudaron a mantener la mente ocupada. Con la esperanza de poder dormir al fin, se levantó para apagar el televisor y llevar el vaso al fregadero. Y entonces fue cuando su mente regresó a Dawson, aunque de inmediato desechó los pensamientos. Las fantasías que había soñado la noche anterior eran una locura. No estaba interesada en su jefe. Solo se sentía sola, tanto que no tomaba buenas decisiones.

Había dejado encendida la luz del dormitorio para no tener que prepararse a oscuras para acostarse. No parecía molestar a Jayden, que era capaz de dormir con la luz encendida, y a veces lo hacía hasta que ella se acostaba también.

Tras ponerse un top y unos pantalones de chándal, leyó durante unos veinte minutos antes de apagar la luz. Empezaba a quedarse adormilada cuando oyó tres golpes sordos a un lado de la casa. Estaba tan cansada que intentó ignorar el ruido, pero volvió a oírlo, más fuerte e insistente.

Algo, o alguien, merodeaba fuera de la casa intentando despertarla. Un mapache o una ardilla no producían esos sonidos tan claramente deliberados.

Alarmada, salió de la cama y se acercó a la ventana, separando las lamas de la persiana para echar un vistazo. En el dormitorio solo había una ventana, que daba a un diminuto patio y una puerta que conducía al callejón que discurría por detrás de la casa. No esperaba ver nada y se limitaba a hacer lo que podía, y por eso se tapó la boca para evitar gritar cuando reculó al ver a un hombre. No supo decir quién podría ser, pues tenía el rostro tapado con la capucha de una sudadera negra, pero sí logró distinguir su silueta, incluso la sombra generada bajo la luz de la luna. Tras mirarla un instante, el hombre saltó la valla y salió corriendo por el callejón.

¿Quién era? ¿Sly? Apenas le había dado tiempo de verlo, ni siquiera podía estar segura de que la persona que había huido tenía su misma constitución. Además, iba vestido de un modo en que nunca había visto vestir a Sly, y todo había sucedido demasiado rápido. Pero ¿quién si no sería capaz de acercarse a su casa en medio de la noche?

Seguramente la había estado vigilando para comprobar si Dawson volvía a reunirse con ella y, aunque no había sucedido tal cosa, seguro que estaba lo suficientemente enfadado como para darle un pequeño susto.

Tras desconectar el móvil del cargador, Sadie salió al salón para poder mirar por las demás ventanas, pero ninguna daba a ese patio lateral. No estaba segura de qué había estado haciendo el intruso, y no iba a arriesgarse a salir afuera, no cuando ese hombre podría regresar en cualquier momento. Hasta donde ella sabía, incluso podría tratarse del autoestopista que había asesinado a los Reed.

Pensó en llamar a Sly. A fin de cuentas, era agente de policía. Él sabía cómo ocuparse de lo sucedido, suponiendo que no fuera él el intruso. Pero lo cierto era que podría ser él, lo cual significaba que no podía llamar al 911, ni a nadie que trabajara para la policía. Quienquiera que fuera a comprobar lo sucedido informaría de inmediato a Sly, o se lo contaría después, y él iba a querer saber por qué no lo había llamado a él, seguramente la intención que había tenido desde el principio suponiendo que fuera el intruso.

Sin reflexionar mucho al respecto, envió un mensaje de texto a Dawson. Aún se sentía un poco incómoda tras descubrir que se había equivocado al pensar que ese hombre se había interesado por ella, cuando lo cierto era que no. Pero, de momento, se había mostrado agradable con ella, y ella necesitaba un amigo, sobre todo alguien que no se pusiera de parte de Sly bajo ninguna circunstancia, ni revelara nada de lo que ella le contara.

¿Estás despierto?

No quería molestarlo y por eso había decidido no llamar. Si estaba durmiendo ni siquiera se daría cuenta de la llegada de un mensaje. Una llamada era más invasiva. Por eso le sorprendió tanto recibir la respuesta de inmediato.

Dawson: Sí. ¿Qué haces levantada tan tarde?

Sadie: Para serte sincera, estoy algo nerviosa. Hace un minuto había alguien merodeando junto a mi casa. Un hombre.

Dawson: ¿Qué quiere decir junto a tu casa?

Sadie: Fuera, haciendo algo. Alguien dio un golpe en un lado de la fachada, luego rodeó la casa y lo vi por la ventana. Creo que era Sly, pero no estoy segura.

Dawson: ¿Y no tienes ni idea de lo que estaba haciendo?

Sadie: Ni idea. ¿Crees que solo intentaba asustarme? Cuanto menos segura me sienta, mayores son las probabilidades de que regrese con él, aunque solo sea esta noche.

Dawson: Hagas lo que hagas, no vayas allí.

Sadie: Entonces ¿no crees que tenga importancia? ¿Debería volver a la cama?

Quienquiera que hubiera sido se había mantenido a un lado de la casa, no en un lugar desde el que hubiera podido vigilarla.

Pero tampoco sabía cuánto tiempo había estado allí. Antes de eso podría haber estado junto a la ventana, mirando entre el hueco que había entre el muro y la persiana, viéndola desnudarse. ¿Un mirón?

Dawson: ¿Tienes las persianas bajadas?

Sadie: Sí. Sé que viene con frecuencia por aquí, de modo que siempre las tengo bajadas. Pero no encajan muy bien en la ventana. Hay un hueco de unos cinco centímetros por el que se puede ver el interior si se quiere.

Sadie se sentía violada solo con pensarlo, aunque se tratara en efecto de Sly. ¿La había visto antes? Ya no estaban juntos. Tenía derecho a su intimidad.

Dawson: Voy para allá.

A Sadie no le sorprendió la reacción.

Sadie: ¡No! No hace falta que vengas a la ciudad. Yo

solo necesitaba hablar con alguien, supongo. Necesitaba oír a alguien decirme que soy tonta y que no hay nada que temer.

De inmediato supo hacia dónde se habrían dirigido los pensamientos de Dawson, al mismo lugar que los suyos propios. Y la respuesta se lo confirmó.

Dawson: Yo nunca te diré algo así, no después de lo que les sucedió a mis padres.

Sadie: Admito que no dejo de pensar en ese autoestopista. Supongo que por eso te envié el mensaje. ¿Crees que podría haber vuelto?

Dawson: No puedo decir que sea imposible.

Sadie: Pensar que pueda ser él me produce escalofríos.

Dawson: Tranquila. Ya estoy casi.

Sadie: ¿Qué?

Hacían falta más de los dos o tres minutos que llevaban hablando para llegar a su casa.

Dawson: No estoy en la granja. Estaba en el bar, a unas manzanas de tu casa. Me pasaré y echaré un vistazo para asegurarme de que todo está bien.

El que estuviera tan cerca hizo que Sadie se sintiera mucho mejor. Todo el mundo se equivocaba sobre Dawson, y a ella no solo no le daba miedo, sino que le hacía sentirse segura. A fin de cuentas, la noche anterior podría haberles hecho lo que hubiera querido, pero ni siquiera se había levantado del sofá.

Respiró aliviada mientras colgaba la llamada. Y entonces empezó a oler a humo...

Capítulo 12

Dawson giraba por la esquina de la calle de Sadie cuando el móvil sonó.

—¡No vengas! ¡Dios mío, hagas lo que hagas, no te acerques! —gritó Sadie antes de colgar.

El pánico que había en su voz hizo que Dawson pisara el freno. Tenía que haber un motivo por el que intentara alejarlo de allí. Pero ¿cuál? ¿Qué estaba pasando?

Intentó volver a contactar con ella, pero no recibió ninguna respuesta, de manera que optó por no hacerle caso. Sabía lo dulce que era. ¿Y si intentaba proteger a su hijo? ¿Y si Sly estaba allí, causándole problemas y por eso había llamado para pedirle que se fuera, para impedir un enfrentamiento entre ambos hombres?

Dawson ni se molestó en aparcar calle abajo. Tenía demasiada prisa y detuvo el vehículo frente a la casa de la casera de Sadie, se bajó y corrió hasta la parte trasera. Olió a quemado antes de oír una voz femenina desorientada.

—¿Qué sucede, Sadie? —y antes de que Sadie pudiera contestar, la mujer pareció comprender de qué se trataba, porque su voz se volvió repentinamente estridente—. ¡Fuego! ¡Vern! La cabaña se está quemando. ¡Llama al 911!

La puerta de la casa que daba a la de Sadie se cerró de golpe mientras, quienquiera que hubiera hablado, seguramente la casera, regresaba al interior, sin duda para asegurarse de que sus órdenes se estuvieran cumpliendo.

Por suerte, Sadie parecía estar bien. Dawson la vio de pie sobre el césped, con la misma camiseta que había llevado la noche anterior y unos pantalones de chándal. Sujetaba en brazos a su hijo, que ya era casi la mitad de grande que su madre y que no paraba de intentar bajarse. Sin embargo, Sadie se negaba a soltarlo y se aferraba a él como si su vida dependiera de ello... hasta que vio a Dawson. En cuanto él la llamó, se dirigió en su dirección y, durante un breve instante, le pareció ver asomar una expresión de alivio en su mirada, que desapareció en cuanto llegó junto a él.

—Tienes que marcharte —insistió ella—. ¡Deprisa! No debería haberte llamado.

—¿Qué está pasando aquí?

—¡Alguien ha incendiado mi casa!

—¿A propósito? —Dawson oía el crujido de las llamas anaranjadas que saltaban por la ventana delantera.

—¡Sí!

—¿Aún no has llamado a emergencias? —él recordó haber oído a la mujer mayor mencionarlo.

—No he podido. En cuanto colgué después de enviarte el último mensaje y olí a humo, agarré a Jayden y salí de la cabaña. Maude está llamando a los bomberos.

—Maude —debía ser la casera que había entrado a toda prisa en su casa—. ¿Quién puede haber sido? —preguntó Dawson.

Sadie sacudió la cabeza como si no tuviera ni idea, pero él se preguntó si no habría algo más que se negaba a compartir. Seguramente no quería que Jayden la oyera acusar a su padre, pero Dawson supuso que eso era precisamente lo que la mujer tenía en mente. Ya había mencionado que podría ser Sly el que había golpeado la fachada de la casa, y también podría haberla incendiado.

–Dame al niño, pesa mucho para ti –sugirió mientras alargaba los brazos hacia Jayden.

–No, tienes que marcharte –Sadie se apartó para que no pudiera quitarle al niño de los brazos.

–¿Por qué? ¿Qué tiene que ver esto conmigo?

–¿Es que no lo ves? –ella frunció el ceño–. Quienquiera que lo hiciera tiene que echarle la culpa a alguien, y qué mejor candidato que tú. Si estás aquí, si todos te ven, será más fácil –comenzó a temblar– que el que lo hiciera te eche la culpa a ti. Por favor, márchate a casa.

–¿Quién es este hombre? –la mujer mayor había reaparecido, acompañada de un hombre de cabellos plateados que parecía de la misma edad que ella.

–Es mi... mi jefe –balbuceó Sadie, tanto por el frío como por la conmoción que sufría–. Lo... lo llamé cuando oí que había alguien fuera y él... él vino para asegurarse de que todo estuviera bien.

El marido de la mujer corrió hacia la manguera y la desenrolló lo más deprisa que pudo, pero la mujer titubeó un segundo.

–Eres Dawson Reed –afirmó.

Dawson se dio perfecta cuenta de que la mujer no estaba precisamente encantada de conocerlo. Por suerte, y dada la situación, no había tiempo para charlar. Él asintió para admitir su identidad y se volvió hacia Sadie mientras Maude acudía junto a su esposo para ayudarlo.

–Déjame a Jayden –insistió.

Sadie daba la sensación de que las rodillas estuvieran a punto de fallarle. Y quizás fuera así, porque al fin le permitió tomar a su hijo en brazos para sorpresa de Dawson que no se lo había esperado.

–Dime que él no lo hizo –susurró Sadie mientras el niño pasaba de los brazos del uno al otro.

Dawson frunció el ceño al contemplar la casa ardiendo. Las llamas parecían a punto de hacerse con el dominio de la situación, provocando un horrible hedor mientras consumían pintura y plástico y otros materiales. El olor lo sorprendió, pues era mucho peor que el de la madera ardiendo. Sabía que los vapores de una casa en llamas podían resultar tóxicos, de modo que apartó a Sadie de la dirección del viento.

–Tú deberías saber de qué es capaz, mejor que yo – murmuró.

–¿Quién, mami? –preguntó Jayden–. ¿Papi? ¿Fue papi el que prendió fuego a la casa?

¿Qué crío preguntaba si era su padre el que había intentado quemar su hogar... con ellos dentro?

–No, papi no. Fue un... autoestopista –contestó ella en tono titubeante.

–¿Qué es un autoestopista? –preguntó el pequeño.

–Es este caso, es un hombre malo –contestó ella.

Dawson temía que el niño intentara regresar a los brazos de su madre, o bajarse, dado que ya lo había intentado cuando era ella la que lo sujetaba, pero parecía sorprendentemente a gusto con él. Incluso rodeó su cuello con su bracito, como si estuviera muy cómodo.

–Yo me ocupo de Jayden. Tú tienes que marcharte – insistió ella mientras lo miraba con gesto contraído.

Dawson ni se imaginaba lo duro que debía ser saber que alguien le había intentado hacer daño a propósito, en su propia casa, donde debería sentirse a salvo, y que la persona responsable podría ser el padre de su hijo. Saber que podría perder todas sus pertenencias, ya de por sí escasísimas, debía ser igual de duro.

–No pienso irme, a no ser que Jayden y tú vengáis conmigo. No os hará ningún bien a ninguno de los dos quedaros aquí fuera con este frío, respirando este aire tóxico y ver –«ver arder lo poco que tenéis»–... esto.

—No podemos irnos —protestó Sadie—. Tendré que responder a algunas preguntas.

—Entonces esperaré yo también para asegurarme de que todo vaya bien —respondió él.

—Esa no es una buena idea —ella sacudió la cabeza.

El sonido de las sirenas se hacía cada vez más fuerte a medida que los vehículos de emergencia se acercaban.

—Sly va a venir —continuó ella—. Alguien lo llamará. E, independientemente de cómo empezó todo esto, no se alegrará de verte. Dará por hecho que... dará por hecho lo que no es.

Solo con oír el nombre de Sly, Dawson encajó la mandíbula.

—A lo mejor resulta que da por hecho lo que sí es.

Ella lo miró con una expresión que indicaba que no entendía qué podía querer decir.

—A lo mejor comprende que ya no puede seguir acosándote —le aclaró Dawson—. Ya estoy harto. No pienso permitirlo más.

La boca de Sadie formó una perfecta «O».

—No quiero meterte en esto, no hasta ese extremo. Solo necesitaba hablar con alguien que no estuviera... que no estuviera asociado a mi antigua vida, alguien a quien sintiera como amigo exclusivamente mío, no suyo.

—Pues entonces has elegido a la persona adecuada —Dawson vio cómo crecían las llamas—, porque desde luego no soy amigo suyo.

La temperatura no había bajado de los diez grados, de modo que no podía decirse que estuviera helando. Pero la impresión y el disgusto de lo que estaba sucediendo, añadido a la fresca brisa, hicieron que Sadie comenzara a temblar incontroladamente. Cuando llegaron los camiones de bomberos y apagaron las sirenas, cuyo ruido se había vuelto prácticamente ensordecedor, Dawson se quitó el abrigo e insistió en que se lo pusiera ella.

Sadie percibía el olor de la colonia de Dawson, mucho más agradable que el punzante hedor del fuego. Podría haberle pedido una cazadora o una manta a Maude, pero la mujer estaba ocupada indicándole a su esposo hacia dónde debía dirigir el chorro de la manguera, y Sadie no quería interrumpir. Aunque la pareja había empezado a rociar con agua la casa en la que vivía Sadie, con la esperanza de salvar lo que pudieran, el chorro que salía de la manguera resultaba patético en comparación con lo que hacía falta para que sus esfuerzos sirvieran de algo. Dawson les aconsejó que mojaran los arbustos que rodeaban la casa en un intento de que no se extendiera el fuego, en lugar de intentar apagarlo.

Los primeros bomberos que llegaron empezaron a gritar a la gente que se apartara, pero el patio era tan pequeño que no había lugar adonde ir. Dawson, todavía con Jayden en brazos, la condujo hasta la parte delantera de la casa e insistió en que Jayden y ella se subieran a la camioneta. Él también se subió y puso en marcha el motor para aparcar calle abajo y así dejar más sitio para los vehículos de emergencias que se agrupaban en masa, y también para encender la calefacción.

—¿Estás bastante caliente? —le preguntó a Jayden.

—Sí —el niño, que estaba sentado entre ambos, se sentó sobre las rodillas de Dawson para poder mirar por la ventanilla—. ¿Puedo ir a ver a los bomberos?

—¡No! —exclamó Sadie—. Podrías resultar herido. Debemos quedarnos aquí. Ya les has oído.

Varios vecinos salieron de sus casas para ver lo que sucedía. Sadie los vio reunirse, asustados y curiosos, al otro lado de la calle.

—¿Ese es papá? —Jayden señaló hacia el primer coche de policía que apareció.

El corazón de Sadie dio un vuelco y se atascó en su garganta mientras se esforzaba por ver entre las luces de los faros. Sin embargo, el hombre que se bajó del coche patrulla no era Sly, sino Leland Pinter.

—No, no es él —ella suspiró aliviada, aunque no pasaron más de diez o quince minutos hasta que Sly apareció finalmente.

Sadie encogió los dedos de las manos mientras lo veía bajarse del coche. Tenía la sensación de que iba a provocar problemas. No corrió hacia la parte trasera como todos los que habían llegado antes que él. No parecía preocuparle mucho el fuego, al menos no tanto como el hecho de que la camioneta de Dawson estuviera aparcada tan cerca de la casa, y que ella estuviera sentada en el interior.

¿Cómo los había visto? Si acababa de recibir el aviso del incendio de su casa, ¿no sería lógico que corriera hacia la parte trasera para averiguar si Jayden y ella estaban bien?

Al parecer, no. En él no resultaba extraño. Ni siquiera parecía preocupado mientras se acercaba por el lado del vehículo donde estaba ella. La expresión dura, la mirada pétrea. Parecía más bien furioso.

Sadie miró a Dawson en una silenciosa súplica para que le permitiera a ella encargarse de Sly y bajó la ventanilla.

Los ojos de Sly se entornaron aún más al mirar a Dawson. Y ni siquiera saludó a Jayden cuando el niño lo llamó.

—Hola, papi.

—¿Qué sucede aquí? —exigió saber sin más preámbulo.

Por suerte, Dawson no contestó. Dado el carácter volátil de Sly, Sadie se sintió agradecida por su paciencia.

—Alguien ha prendido fuego a mi casa —Sadie estaba

tan alterada que le costaba contener el tono acusatorio de su voz.

—Alguien —repitió Sly, evidentemente comprendiendo que ella lo consideraba culpable.

—Sí. Tú no sabrás quién puede haber sido, ¿verdad?

Dado que Sly ya había comprendido cuáles eran sus sospechas, Sadie no pudo evitar enarcar las cejas en un gesto de desafío.

—¿Y cómo iba yo a saberlo? —un músculo se contrajo en la mejilla de su ex.

—Quienquiera que fuera, golpeó el lateral de la casa, y luego se dirigió a la parte trasera. Lo vi un segundo, antes de que huyera.

—¿Y qué aspecto tenía? —Sly inclinó la cabeza hacia Dawson—. ¿Igualito que este tipo?

Sadie sintió crecer la tensión entre ambos hombres, pero Dawson consiguió no responder.

—Tenía el aspecto de un hombre vestido de negro. Llevaba una capucha que le cubría el rostro, de modo que no pude verlo.

De nuevo, Sly señaló a Dawson.

—¿Y de repente este va y aparece? ¿No te parece sospechoso?

Sadie ya no sentía frío. De hecho, empezaba a sudar. Pero seguía temblando. Sabía cómo iba a sonarle la respuesta a Sly, sabía cómo iba a interpretarla.

—No, porque no apareció. Yo lo llamé.

—¡Tú lo llamaste! —repitió él.

—Tenía miedo —explicó ella.

Sly sacó el móvil de su bolsillo y lo consultó.

—No veo ninguna llamada perdida tuya.

—Porque no te llamé. ¿Por qué iba a hacerlo? Estamos divorciados, Sly.

—Todavía no. Y sigo siendo el padre de Jayden, además de un agente de policía. La mayoría de la gente pensaría que lo normal sería llamar a un policía. Pero supongo que a ti no te lo pareció. Eres tan estúpida que llamas a un sospechoso de asesinato.

Dawson pareció haber llegado a su límite de paciencia.

—Tu hijo está aquí sentado —rugió en tono de advertencia.

Esperando salvar a Dawson de la reacción de Sly, Sadie se bajó de la camioneta.

—Escucha, ¿por qué no vamos a algún sitio donde podamos hablar tranquilamente? —tomó a su exmarido del brazo e intentó llevárselo de allí, pero él se sacudió su mano sin apartar la mirada del abrigo de Dawson.

—¿Dónde demonios has conseguido eso? —gruñó.

—¿Acaso importa? —preguntó ella—. ¡Por favor! Esta noche ya he tenido bastante. No nos peleemos. Dawson tampoco quiere pelearse contigo. Simplemente intentamos superar lo sucedido.

—Acurrucaditos aquí los dos.

—¿Acurrucaditos? ¿No te importa que alguien haya incendiado mi casa, Sly? ¿No te importa que podríamos haber muerto abrasados mientras dormíamos? ¡Cualquiera diría que te preocupa más el hecho de que lleve puesto el abrigo de otro hombre que el que haya un pirómano suelto por ahí!

—Saca a Jayden —Sly empujó a Sadie contra la camioneta.

Pero Sadie, desde luego, no estaba dispuesta a hacerlo, no en medio de una discusión.

—No. Los dos estamos agotados y alterados. Puede que hayamos perdido lo poco que nos quedaba, y eso que apenas teníamos nada.

—Ya hablaremos de eso. Saca a Jayden. Te voy a llevar a casa.

—¿A casa?

—A la casa que compramos juntos. Sigue siendo tu casa, Sadie. ¿Adónde si no pensabas ir?

¡Mierda! Esa había sido su intención desde el principio. Pensaba que así volvería a casa con él. Pensaba que, sin la casa de alquiler, no tendría ninguna elección.

—¡Oh, Dios mío! —susurró.

—¿Qué? —le espetó él.

—¡Lo hiciste tú! Quemaste mi casa para que no tuviera a donde ir, para que no tuviera otra opción que volver contigo.

—Te has vuelto loca —gruñó él—. Soy agente de policía. Ten cuidado a quién acusas de incendio provocado.

—¿Y qué otra persona podría querer hacerme algo así?

—¡Podría ser cualquiera! Ya te dije que no anduvieras con un asesino. Por lo que sabemos, podría haber sido él. ¡El hombre al que llamaste!

—No fue él —insistió Sadie—. Si hubiera querido hacerme daño, ya habría tenido un montón de oportunidades. Tú eres el único que ha hecho que mi vida sea miserable.

—¿Qué te he hecho yo? —gritó Sly—. Eres una inmadura. Pero ya hablaremos de esto después. Trae a Jayden.

Ese hombre no tenía ninguna conciencia. Haría lo que fuera por controlarla. No era la primera vez que se lo advertía, y esa noche lo había demostrado.

—¿Y qué me dices de los daños colaterales, Sly? ¿Eres consciente de lo que les has hecho a Maude y a Vern? No se lo merecen.

—Si no traes a Jayden, lo haré yo.

Sly se encaminó hacia la camioneta, pero ella lo agarró del brazo.

—¡Ni te atrevas! No lo sacaré de esa camioneta solo porque tú no soportes verme en compañía de otro hombre. Dawson es mi jefe, Sly y, además, un amigo. Yo no le gusto como tú estás pensando. Me lo ha dejado bien claro.

La repentina furia que había esperado ver cuando lo había acusado del incendio apareció en esos momentos.

—¿En serio? ¿Eso ha hecho? ¿Habéis hablado de ello? ¿Vosotros dos?

—¡No tergiverses mis palabras!

—No voy a permitir que ese bastardo inútil se interponga entre nosotros, Sadie.

—¡Él no intenta interponerse entre nosotros! —gritaban tanto que sin duda Dawson estaría captando alguna que otra palabra, si no todas—. Está siendo amable, me está ayudando.

—¡Es un asesino! —rugió Sly de nuevo, empujándola con la fuerza suficiente como para hacer que ella se trastabillara.

La puerta del conductor se abrió y Dawson se bajó del coche.

—Vuelve a la camioneta, Sadie —sugirió en un tono cordial mientras se acercaba a ellos.

Sin embargo, a Sadie no le pasó desapercibido el hecho más que evidente de que Dawson había llegado al límite. Estaba harto, y ella quiso seguir sus indicaciones, escapar de Sly en cuanto pudiera, pero no podía. Debía permanecer entre ambos hombres. Tenía miedo de lo que podría suceder si no lo hacía.

—Por favor, déjame ir con él —le suplicó a Sly—. No volvería contigo aunque Dawson no estuviera en mi vida. Era infeliz. ¿Es que no lo entiendes? Era tan infeliz que apenas era capaz de levantarme por las mañanas. Ya no te quiero. ¡Lo único que quiero es que me dejes marchar!

Visto y no visto, Sly la agarró del brazo, hundiendo los dedos con tanta fuerza que sin duda iba a dejarle marca. Pero el dolor no fue lo que más la alarmó. Casi a la misma velocidad, Dawson agarró a Sly del brazo dejando claro quién mandaba allí.

—Suéltala. Ahora —masculló entre dientes.

Sadie vio un destello de sorpresa brillar en los ojos de Sly. Estaba tan acostumbrado a hacer lo que quería, y a salirse con la suya casi sin ninguna oposición por parte de nadie en esa ciudad, que no se había esperado que Dawson fuera tan lejos para defenderla. Frunció los labios y deslizó la mano que tenía libre hacia la pistola con tal determinación que Sadie estuvo segura de que iba a disparar a Dawson. Abrió la boca para gritar, pero en ese momento alguien llamó a Sly.

–¿Qué sucede aquí, Harris?

El jefe de la policía había llegado en medio de la discusión y en esos momentos se bajaba del coche. Seguramente pensaba que Sly estaba a punto de detener a Dawson, pero el sonido de la voz de su jefe hizo que Sly soltara a Sadie, reculara un paso, y dejara el arma en la funda.

–Nada –murmuró.

–Entonces, ¿qué haces aquí cuando todos los demás están en la parte de atrás? –exigió saber Thomas.

El pecho de Sly subía y bajaba con rapidez, pero consiguió controlar la voz para que sonara relativamente normal.

–Yo... yo estaba comprobando si mi mujer y mi hijo estaban bien.

–¿Y? –el jefe Thomas se acercó a ellos.

–Estoy bien –intervino Sadie, aunque su corazón latía con tanta fuerza que estaba segura de que iba a desmayarse.

El jefe de policía devolvió su atención a Dawson, e hizo una mueca al reconocerlo.

–¿Y tú qué haces aquí?

–Es mi jefe –se apresuró a contestar Sadie–. Oí a alguien merodear por fuera de mi casa y lo llamé. Ha sido muy amable al acercarse.

Unos gritos provenientes de la parte trasera llamaron

la atención del jefe. Sadie supuso que eran los mismos gritos que llevaban oyendo un buen rato. Los bomberos seguían luchando contra las llamas. Los había visto en acción antes de que hubiera aparecido Sly, pero, de algún modo, se había sentido tan atrapada en lo que sucedía junto a ella que no se había fijado en el ruido.

—¿Están consiguiendo controlar las llamas? —preguntó Thomas.

—Aún no he ido a echar un vistazo a la parte trasera —admitió Sly a regañadientes.

—Estoy en buenas manos —le aseguró Sadie a Sly—. Puedes... puedes marcharte tranquilamente a cumplir con tu trabajo.

A Sadie le sorprendió que el jefe de policía no hiciera ninguna objeción a la presencia de Dawson, dado lo que pensaba de él. Al parecer, le preocupaba más el fuego que intentar controlar las compañías de Sadie, tal y como debería haber hecho Sly también. El que su ex se hubiera centrado tan rápidamente en ella, a pesar del hecho de que su casa estuviera en llamas, era una prueba más de que la noticia del incendio no le había pillado por sorpresa, y de que le daba igual. Lo único que le preocupaba era el hecho de que ella huía en la dirección equivocada.

Mientras Sly se alejaba con su jefe, Sadie se tapó la boca con una mano y respiró lentamente, intentando calmarse. Pensó que iba a darse la vuelta para fulminarlos con la mirada, pero no lo hizo. Quizás se hubiera asustado, tanto como ella, por haber estado a punto de hacer algo aún más imprudente que prenderle fuego a su casa.

—No me puedo creer lo que acaba de suceder —murmuró mientras bajaba la mano—. Ni lo que podría haber sucedido si el jefe Thomas no hubiera llegado cuando lo hizo.

—Estuvo a punto de sacar el arma —afirmó Dawson, que sí miraba furioso la espalda de Sly.

Su voz estaba cargada de la misma ira y espanto que sentía ella.

Sadie comprobó que Jayden seguía en la camioneta y lo vio de pie en el asiento, con las manos sobre el salpicadero y la nariz pegada al cristal.

—Sly no está bien de la cabeza —susurró ella—. Está obsesionado con... con asegurarse de que no me pueda marchar.

Dawson, que tenía apretado el puño, abrió lentamente la mano.

—Fue él quien provocó el incendio.

—Sí —Sadie asintió—. No parecía en absoluto sorprendido de que la casa estuviera ardiendo. ¿Te fijaste?

—Pensó que así no te quedaría más remedio que trasladarte a vivir con él.

En la mente de Sadie surgió la pregunta de adónde ir. Y de repente comprendió todas las implicaciones de haberse quedado sin su pequeña cabaña. Aunque preocupada, también había tenido esperanzas de que pudiera salvarse la casa y la mayoría de las cosas que había en el interior. Y aún conservaba algunas esperanzas. Pero aunque pudieran salvarse sus pertenencias, el fuego sin duda habría provocado tantos daños que iba a tener que vivir en otro lugar mientras se arreglaba o reconstruía la cabaña. Pero ¿dónde? No tenía familiares con los que se pudiera alojar. Y Petra no tenía sitio para ella en su casa. De todos modos, no se veía capaz de mudarse con su hijo a casa de Petra y su familia. Tampoco se veía alojándose en la casa grande con Maude y Vern. Eran agradables, pero dudaba que se lo ofrecieran siquiera.

Iba a tener que pedirle el favor a alguna de las camareras con las que trabajaba, pagándole la mitad del alquiler, pero sabía que iba a estar incómoda, sobre todo porque no se podía permitir mucho. El dinero que ganaba lo iba a tener que invertir básicamente en comprar ropa y otros artículos básicos que había perdido en el incendio.

—Qué cansada estoy —murmuró mientras miraba a la personita cuya vida dependía de ella.

—Todo saldrá bien —contestó Dawson—. Vayamos a la granja.

—¿No te importa que me quede allí esta noche?

—Pues claro que no. Puedes quedarte en mi casa hasta que encuentres algo mejor.

Se lo ponía tan fácil... La amabilidad de ese hombre hizo que se le formara un nudo en la garganta. Él mismo había sufrido un infierno y aun así no dudaba en dar un paso al frente para ayudarla, a pesar de que ya lo había hecho solo con el trabajo que le había proporcionado y que le permitiría sobrevivir. Todo el mundo esperaba que se mostrara escéptica ante tanta ayuda, pero cada vez tenía más claro que Dawson no tenía ningún otro motivo. Era lo que le había parecido desde el principio, un tipo agradable.

—¿Estás seguro? —Sadie parpadeó muy deprisa en un intento de bloquear las lágrimas que amenazaban con asomar a sus ojos ante todo ese drama, miedo, ira y disgusto.

No sería la primera vez que llorara delante de él. Pero no quería volver a hacerlo, no quería darle más motivos para arrepentirse de haber entablado amistad con ella.

—De todos modos trabajas allí. Si te hace sentir mejor, considéralo parte de tu salario.

—Pero tú ya me estás pagando un buen sueldo.

—Te alojes o no en mi casa, tengo una hipoteca que pagar. Tenerte conmigo en la granja no va a aumentar mis gastos.

De haber sido la situación al revés, ¿se habría mostrado ella igual de generosa con ese hombre? Al igual que el resto de Silver Springs, había sentido muchos prejuicios contra él, se había sentido condicionada a creer que había un monstruo oculto detrás de ese atractivo rostro.

—Es que me siento mal por apoyarme en ti. Ya tienes suficiente carga tú solo.

—En la granja hay sitio de sobra —él se encogió de hombros como si su amabilidad no fuera para tanto.

Pero para ella era muchísimo. Sin pensárselo dos veces lo abrazó con fuerza, en parte para que no viera las lágrimas que ya empezaban a anegar sus ojos.

—Gracias —susurró—. No tienes ni idea de lo agradecida que estoy por tu ayuda.

Ante el abrazo, Dawson se había puesto tenso. El contacto había sido, al parecer, inesperado. Pero de repente Sadie sintió sus manos deslizarse por su espalda y fue muy consciente de ese cuerpo grande y firme. Llegados a ese punto el abrazo se convirtió en algo un poco más íntimo de lo que había pretendido que fuera, pero la sensación era tan agradable que era incapaz de soltarse y se aferró a él, incluso se permitió cerrar los ojos y deslizar los dedos brevemente entre los cabellos de la nuca.

—Será mejor que durmamos un poco —fue Dawson quien se soltó y, tras apartarla delicadamente, regresó a la camioneta como si el abrazo jamás se hubiera producido.

Sadie apenas podía respirar por culpa del aire viciado de humo. Sly seguía en la parte de atrás, seguramente para mantener a los curiosos vecinos a una distancia prudente. Sabía que si entraba en la camioneta con Dawson abriría una brecha entre ella y su exmarido, sus amigos del cuerpo, y casi todos los habitantes de esa ciudad. No le costaría mucho convertirse en una paria como el propio Dawson. De hecho, él ya se lo había advertido. ¿Estaba cometiendo un error?

Temió que así fuera. Solo conocía a Dawson desde hacía cuatro días, pero en ese breve período de tiempo se había convertido en su mejor amigo, sin comparación con ninguna otra persona de Silver Springs.

Se cuadró de hombros y decidió darle la espalda a todo lo que hasta entonces había sido su vida. Y se subió a la camioneta.

—¿Preferirías ir a algún motel? —preguntó Dawson mientras ella se colocaba el cinturón.

Ya había asegurado a Jayden. La sillita del coche de su hijo estaba en la parte trasera de su coche, junto a la casa en llamas. Imposible de alcanzar.

Sadie intentó imaginarse en uno de los tres moteles de la ciudad. El Mission Inn era el más barato, pero incluso ese costaría más de cien dólares la noche. Aunque durmiera allí esa noche, no podría prolongar su estancia mucho más.

—No.

—¿Estás segura? —insistió él.

—Estoy segura —contestó ella.

Capítulo 13

Sadie se alegró de haber limpiado la habitación de Angela, pues así Jayden y ella pudieron acostarse en una cama limpia. Pero a pesar del agotamiento que sentía, tanto emocional como físico, era incapaz de dormirse. No paraba de preguntarse si todas sus pertenencias habrían sido destruidas y se preocupaba por lo que iba a costarle reemplazar su ropa, objetos de tocador, por no mencionar los juguetes de Jayden. Ni siquiera era capaz de pensar en reemplazar los muebles de segunda mano que con tanto esfuerzo había conseguido reunir. ¿Y qué decir de los objetos con valor sentimental que jamás volvería a ver? Por ejemplo, las fotografías profesionales que le habían tomado a su hijo cuando era un bebé. ¡Las únicas fotos de sus padres estaban en esa casa!

¿Podía realmente haberle hecho Sly algo tan terrible? Él aseguraba que la amaba, que había cambiado. Le juraba que, si regresaba con él, la trataría como a una reina. Pero el recuerdo de su encuentro en la carretera, a la salida de la granja, unos días atrás le había atormentado desde entonces. La determinación y el odio que había visto reflejados en los ojos de su ex contradecían sus declaraciones de amor y le hacía creer que había sido él quien había iniciado el fuego para vengarse de ella por avergonzarlo al abandonarlo, y para obligarla a regresar a su lado. En realidad ella no le importaba, pero se negaba a dejarla marchar, no soportaba ser el abandonado.

Mientras reflexionaba sobre cómo estaría avanzando el fuego en su casa en esos momentos, oyó a Dawson moverse por la planta baja. Sin duda él también tenía que estar cansado. ¿Por qué no estaba en la cama, durmiendo?

En cuanto pudo salir de la cama sin despertar a Jayden, Sadie se levantó. La ropa que había llevado puesta apestaba a humo y la había metido en la lavadora en cuanto había llegado a casa de Dawson, tras pedirle prestada una camiseta y unos pantalones de chándal. Aunque se sentía engullida por los pantalones, y tenía que sujetárselos con el cordón bien apretado a la cintura, no estaba dispuesta a salir llevando únicamente la camiseta, a pesar de que fuera medianoche.

—¿Qué pasa? —preguntó cuando lo encontró de pie en el salón, mirando por el gran ventanal.

Las luces de la casa estaban apagadas y era evidente que Dawson intentaba ver lo que pudiera suceder en la parte delantera del jardín y, seguramente, en la autopista más allá.

—Nada —contestó él.

—Entonces, ¿qué haces aún levantado? Tienes que estar todavía más cansado que yo.

—La noche aún no ha terminado.

—¿Qué quieres decir?

—La policía va a venir. Necesitan tomarte declaración.

—Ya le conté a Sly lo que vi y oí.

—Supongo que no será él el agente a cargo de la investigación, ¿no? —él hizo una mueca de desagrado.

—¿Quién sabe? Si fue él quien provocó el incendio, sin duda intentará que se lo asignen. Sería tonto si no lo hiciera.

—En ese caso, tendrás que quejarte, intentar que se ocupe otro. No puedes permitir que sea él quien lo investigue.

Sugerir alguna duda sobre su integridad iba a enfadar muchísimo a Sly, tanto que Sadie dudaba que fueran capaces de dirigirse una palabra civilizada nunca más. Pero ¿qué se esperaba su ex? Se había pasado, la había acorralado, y a ella no le había quedado más remedio que contraatacar. Además, no podía decirse que hubiera permitido que continuara el proceso de divorcio.

—Lo haré —y lo haría, aunque con ello su vida se hiciera más complicada. Sin duda, Sly pediría la custodia de Jayden—. Espero que quien sea que investigue el caso espere hasta mañana por la mañana para tomarme declaración. No estoy segura de poder con ello ahora mismo.

—De todos modos, Sly vendrá aquí esta noche, aunque solo sea para confirmar que estás aquí y no en algún motel o algún otro lugar.

Por supuesto que iba a hacerlo. De no sentirse tan desesperada, conmocionada y alterada, ella también lo estaría esperando.

—Por eso estás aquí, esperando —comprendió ella.

—¿Y tú no? —preguntó Dawson sorprendido.

—Estaba demasiado angustiada para pensar en ello siquiera —Sadie suspiró—. Pero ahora que lo dices, me lo imagino viniendo. Jamás dejaría escapar la oportunidad de complicarme la vida, y estoy segura de que estás en la misma lista que yo.

Dawson se revolvió los cabellos, que se mantuvieron de punta como si ya lo hubiera hecho unas cuantas veces esa noche.

—¿No has sabido nada de él?

Sadie no había consultado el móvil. Se había sentido tan agradecida por poder alejarse de ese lío y poder disponer de algo de tranquilidad para recuperarse que había metido el teléfono en el bolso y allí lo había dejado. Se moría de ganas de saber si iban a poder salvarse algunas de sus pertenencias, pero, al mismo tiempo, temía averiguar lo contrario, que los bomberos no habían podido recuperar nada.

Y no estaba segura de poder soportar recibir una noticia como esa.

—Un momento.

Sadie entró en la cocina en busca del bolso que había dejado sobre la encimera.

—Nada —contestó tras consultar el móvil.

No había ninguna llamada perdida, ningún mensaje de texto. ¿Significaba eso que las llamas se habían descontrolado? ¿Seguían allí Sly y todos los demás, atrapados en la emergencia? ¿Estaba en peligro la casa de Maude?

—Esto no es bueno —murmuró mientras regresaba al salón con el teléfono en la mano.

—¿Qué no es bueno? —Dawson se volvió hacia ella.

—Que no haya intentado contactar conmigo. Me pregunto si mi casa ha quedado reducida a cenizas, con todo lo que tengo.

—Es normal estar preocupado, pero intenta no llegar a ninguna conclusión precipitada.

¿Cómo iba a poder evitarlo?

—Me siento mal por... por alterar tu vida —continuó ella—. Sé que estás sometido a mucha presión por tu deseo de sacar a Angela de esa institución, y para volver a poner en marcha la granja y...

—Esto no me va a detener —la interrumpió Dawson.

—Pero es que yo ni siquiera quiero que te retrase. Mañana te ayudaré en el campo.

—¿No trabajas en la cafetería mañana?

—No. El sábado es mi día libre, ¿recuerdas?

—¿Y cómo pueden prescindir de ti? ¿No es un día de mucho jaleo?

—El más ajetreado, pero Petra no puede quedarse con

Jayden. Los sábados hace voluntariado en su iglesia, de manera que siempre libro los sábados.

—¿Y no puede cuidarlo su padre? Mañana no, claro está. Sly trabajará hoy hasta tarde, pero debería poder ocuparse de su hijo algún sábado.

Sadie se mordisqueó el labio mientras intentaba decidir cuánto podía contar sobre el compromiso de su ex hacia el niño.

—Debería.

—¿Alguna vez has intentado organizarlo con él?

—No.

—¿No, porque no quieres hablar con él?

—No solo eso. No es muy bueno con Jayden —admitió ella al fin.

Un coche pasó por la autopista y Dawson se volvió para observarlo, pero enseguida regresó a la conversación al ver que pasaba de largo.

—Jayden es hijo de Sly, ¿no? No lo tuviste de otra relación.

—Nunca he estado con otro.

—¿Cuántos años tiene Sly? ¿Es de tu edad?

—No, de la tuya. Dos años mayor que yo.

Dawson apoyó un hombro contra la pared, sin dejar de vigilar la carretera mientras hablaba.

—¿Por qué no fuiste a la universidad? ¿Por qué no te diste un poco de tiempo antes de sentar la cabeza?

—En parte quería hacerlo. Pero Sly no quería que me marchara, y estábamos tan enamorados... No vi ninguna razón para aplazar la boda. Él ya era policía, tenía un buen trabajo y yo pensé que, juntos, tendríamos una vida perfecta. Y al principio así fue —concluyó ella.

—¿Fue su manera de tratar a Jayden lo que motivó en parte vuestra separación?

—Desde luego —Sadie se acercó al ventanal para poder contemplar la autopista.

—Ese crío solo tiene cinco años y parece un buen chico. ¿Cuál puede ser el problema?

Sadie estaba lo bastante cerca de Dawson para poder oler su colonia. El olor le llamó la atención porque normalmente no usaba colonia. Al menos, ella no se había dado cuenta nunca, lo cual tenía mucho sentido. ¿Para qué iba a echarse colonia si iba a trabajar en el campo?

Pero esa noche había ido al bar.

¿Con la esperanza de encontrar una mujer?

Con su aspecto, no debía resultarle muy difícil, a pesar de su reputación.

—¿Sadie?

—¿Eh? —ella parpadeó.

—¿Cuál es el problema entre Sly y Jayden?

Lo había estado mirando fijamente, imaginándoselo en el bar, bailando con... a saber quién, y le había hecho sentir... ¿cómo? ¿Era envidia eso?

—Lo siento, estoy cansada —contestó mientras desviaba la mirada hacia la ventana—. Puede que no te hayas dado cuenta, pero Jayden es bastante... sensible. Le gusta el arte, el baile, pero no le entusiasman los deportes.

—Aún es pequeño —contestó Dawson.

A Sadie le gustó que no descalificara a su hijo por sus aficiones, que no pareciera pensar que el hecho de que a un niño no le gustaran las cosas típicas de niño no significaba que fuera el fin del mundo. Ser diferente no hacía que Jayden fuera inferior a cualquier otro niño, y ella tuvo la impresión de que Dawson pensaba igual.

—Sí, pero dudo que vaya a cambiar de gustos. Sly me culpa continuamente por convertirlo en un blando.

—¿Un blando? —repitió Dawson.

—Sí. No para de decir que deje de tratarlo como a un bebé. Pero no creo que sea yo la culpable de que a Jayden no le guste lo que Sly quiere que le guste. Ya nació así.

Aunque no lo estaba mirando, Sadie sintió el peso de la mirada de Dawson.

—En algún momento tendrá que aceptar a su hijo tal y como es —opinó él—. Y no sería buena idea machacar al muchacho en exceso antes de que eso ocurra.

—Estoy de acuerdo. Pero Sly no lo entiende. Él cree que puede «endurecerlo».

—¿Y cómo lo hace?

—Con comentarios ofensivos que hacen que Jayden se sienta inferior —ella se pasó una mano por el rostro—. «¡Venga ya, tú no quieres ser bailarín! Los bailarines son unas nenas». Esa clase de cosas. No soporto las constantes humillaciones. De no ser por eso seguramente seguiría con Sly. Estaba tan abatida, tan convencida de no poder deshacer el error de haberme casado con él, sobre todo dado que tenía un hijo a mi cargo y carecía de estudios, que no me habría marchado si solo se tratara de mí. Para mí «en lo bueno y en lo malo» significaba exactamente eso. Pero la necesidad de proteger a Jayden me empujó a hacerlo. No soporto que Sly se avergüence de su propio hijo, que quiera que sea de otra manera. Resulta muy dañino para los dos.

—Si Sly es tan duro con Jayden, ¿cómo es que tenéis la custodia compartida?

—Sly no ha ejercido maltrato físico.

Al menos no con Jayden. En cuanto a ella, la había presionado para que mantuviera relaciones con él cuando ni siquiera soportaba que la tocara, y eso era sin duda cruzar la raya. Pero se sentía demasiado avergonzada para contárselo a nadie. La gente seguramente pensaría que no era para tanto considerando que se había acostado con él innumerables veces en el pasado.

—¿Le hablaste al juez de las humillaciones?

—Lo intenté, pero no me dejó. Los detalles que he compartido contigo no bastaron para que ejerciera ninguna acción contra Sly. El juez considera a Sly un agente de la ley ejemplar.

—¡Vaya! —Dawson se frotó la barbilla—. Por si ya no odiaba lo bastante a tu ex antes de esta conversación...

—Es emocionalmente tóxico —admitió ella—. No hay otra manera de describirlo.

Dawson no tuvo oportunidad de responder. Un par de faros iluminaron el jardín, devolviendo su atención al ventanal.

—Ya está aquí —anunció.

Capítulo 14

Dawson enseguida comprobó que Sly no iba solo, pues del coche patrulla bajó también el jefe de policía. Su contacto con el jefe Thomas había sido limitado, pero por norma desconfiaba de todos los policías de Silver Springs. Tras el asesinato de sus padres, se habían centrado inmediatamente en él, negándose a creer en nada de lo que les había contado. Jamás en su vida lo habían tratado tan mal, sobre todo en unos momentos tan terribles.

«¿Cuándo los mataste? ¿Qué clase de hombre ataca a sus padres con un hacha? Nadie les obligó a acoger a un inútil como tú. Lo hicieron por su bondad de corazón, ¿y así les pagas?». El detective a cargo del caso lo había mantenido encerrado en una fría e incómoda sala de interrogatorios, acribillándole a preguntas, él y unos cuantos más, durante doce horas, hasta que estuvo tan cansado de defenderse de las acusaciones que intentaban coaccionarlo para que se incriminara a sí mismo que había pedido un abogado. Lo había solicitado poco antes de la hora de cenar del día después del asesinato de sus padres. Había pasado todo el día en la comisaría, sin dormir, pero tanto daba que hubiera colaborado con ellos durante todo ese tiempo. A sus ojos, el que pidiera un abogado no hacía más que confirmar su culpabilidad. Y mientras tanto el verdadero culpable se escapaba.

—Gracias a Dios —murmuró Sadie.

—¿Gracias a Dios? —repitió él mientras los dos hombres se acercaban a la casa. ¿Qué tenía que agradecerle a Dios en esos momentos?

—El jefe Thomas viene con él —le explicó.

Al parecer, Sadie tenía todavía más miedo de Sly, y de lo que pudiera hacer, de lo que Dawson había supuesto. Y lo cierto era que no podía culparla por ello. Ambos estaban convencidos de que había sido su ex quien había provocado el incendio que seguramente había destruido todas las pertenencias de Sadie. ¿Qué clase de pirómano haría todo el ruido del mundo y esperaría a comprobar que ella estaba despierta para poder ponerse a salvo junto con Jayden, antes de iniciar el fuego y huir?

El cómo había sido capaz de algo así era otra cuestión. ¿Y si Sadie no hubiera olido el humo? ¿Y si se hubiera vuelto a la cama o intentado sacar primero sus cosas? ¿Y si el incendio hubiera provocado una explosión inesperada? ¿Cómo había podido Sly arriesgarse a matar a la mujer a la que supuestamente amaba, junto con su propio hijo?

Pues sencillamente había sido capaz de ello porque prefería verla morir, ver morir a Sadie y a Jayden, antes que permitirle continuar con el proceso de divorcio, lo cual revelaba lo orgulloso, arrogante y obcecado que era. El uniforme que llevaba puesto no significaba nada. Él no era uno de los chicos buenos. Claro que después de lo que había vivido Dawson, no le resultaba fácil mirar a un agente de la ley desde un punto de vista positivo. Había visto, y sufrido, el sistema de cerca, había aprendido que la justicia no siempre prevalecía y que incluso unos agentes entrenados eran capaces de retorcer la ley para demostrar lo que deseaban demostrar. Esos hombres podían ser tan estrechos de mente, tan llenos de prejuicios, como cualquier persona, incluso más.

El golpe de nudillos en la puerta sonó enérgico y decidido. Sadie echó a andar hacia la puerta, pues sabía que la buscaban a ella, pero Dawson la agarró del brazo y la detuvo con un gesto que pretendía indicar que ya se ocupaba él. Estaban en su casa. Necesitaba dejar claro que allí no sucedería nada sin que él lo permitiera. Estaba en su derecho como propietario de la casa. Demostrar quién estaba al mando, hacer que Sly y sus compañeros comprendieran que no iba a tolerar ningún abuso de poder, podría ser la única manera de conservar un mínimo control sobre lo que estaba sucediendo.

Se tomó su tiempo en encender las luces para que pensaran que lo habían levantado de la cama, y que no llevaba horas esperando su llegada.

Abrió la puerta, pero no los saludó ni los invitó a pasar. No le veía ningún sentido a las fórmulas de cortesía. Con Sly y el departamento de policía de Silver Springs estaba muy por encima de esa clase de cosas. Jamás se llevarían bien.

—Buscamos a Sadie Harris —anunció el jefe Thomas mientras un gélido viento le revolvía los cabellos y la ropa, y luego entraba en la casa—. Supongo que no sabrás dónde está.

Sly lo miraba furioso, de modo que Dawson le devolvió la mirada con la misma intensidad. Quería asegurarse de que ese tipo supiera que no iba a olvidar lo sucedido en la calle frente a la casa de Sadie.

—Sí lo sé —contestó al jefe de policía, pero no antes de dejarle claro a Sly que no iba a dejarse intimidar—. Jayden y ella están aquí.

Sly abrió la boca para decir algo, pero el jefe Thomas levantó una mano para indicarle que no se metiera.

—¿Podrías por favor decirle que estamos aquí? Nos gustaría hablar con ella.

—Por supuesto —dejándolos en la entrada, bajo el gélido viento, Dawson cerró la puerta—. ¿Estás preparada? —susurró hacia Sadie.

—¿Tengo alguna elección? —contestó ella.

—Puedo pedirles que se marchen, que regresen mañana.

—No. Aunque me da miedo oírlo, quiero saber qué ha pasado con el fuego, si lo han apagado, si se ha salvado algo. Y, si tengo que hablar con Sly, será mejor acabar con ello mientras el jefe Thomas esté delante para mantenerlo a raya.

—Solo te pido que tengas presente que el jefe Thomas no está necesariamente de tu parte.

—¿Qué quieres decir?

—Su primer impulso será el de proteger a su agente. Cualquier mal comportamiento por parte de Sly lo salpicará a él y al resto del departamento. De modo que tómate tu tiempo para recordar lo sucedido y cuéntalo exactamente como sucedió. No te compliques y no te desvíes de tu historia te pregunten lo que te pregunten. De lo contrario esto podría terminar siendo un caso archivado. No quiero que establezcan ninguna duda o que intenten hacerte meter la pata.

A Sadie se le retorcía el estómago de ansiedad y se frotó las manos contra los pantalones de chándal prestados.

—¿Cómo iban a poder hacer eso si estoy contando la verdad?

—Sin ningún problema —él frunció el ceño—. Yo también decía la verdad.

Con un rápido movimiento de asentimiento, Sadie indicó que lo había comprendido y Dawson abrió la puerta, haciéndose a un lado para que ella quedara expuesta.

—Sadie, me alegro mucho de que estés a salvo —saludó el jefe Thomas.

—Gracias —ella se rodeó la cintura con los brazos y miró a su exmarido. La expresión de su rostro pareció ponerle más nerviosa—. Espero que traigáis buenas noticias. ¿Han... han apagado el fuego?

—Sí.

—¿Y?

—Me temo que el salón y el dormitorio han sufrido daños considerables. Lo que el fuego no destruyó ha resultado dañado por culpa del agua de las mangueras, de modo que no estoy seguro de que vayas a poder recuperar nada de esas dos habitaciones. Pero la cocina, el cuarto de baño y el cuarto de la lavadora están intactos.

—¿Cuándo podré regresar?

—Hasta dentro de unos días no. Todo está hecho un amasijo tóxico, pero, si me das una lista, puedo hacer que alguien te traiga lo que necesites, suponiendo que se pueda utilizar. En cuanto terminemos de revisarlo todo, alguien te lo hará saber para que puedas regresar y rebuscar entre lo que haya quedado.

Dawson no quería ni imaginarse lo duro que debía ser para ella estar oyendo esas palabras. Jamás olvidaría la noche en que lo habían soltado y había podido regresar a casa, encontrándose con los daños que se habían producido en ella. Como si volver al lugar en el que habían sido asesinados sus padres no fuera ya suficientemente malo, había sido recibido por una pintada de una sola palabra: «Asesino». Verlo allí había sido como recibir una patada en el estómago. Y después había tenido que recorrer la casa, llena de basura arrojada al interior por la gente, y encontrar los daños que habían provocado en los muebles y las fotografías de sus padres.

—¿Y la casa de Maude? —preguntó Sadie.

—Está bien —contestó Thomas—. El fuego no llegó tan lejos.

—Me alegro. ¿Nadie ha resultado herido?

—Físicamente no. Maude tendrá que avisar al seguro de la casa, y llevará algún tiempo reconstruir la cabaña. No es una buena noticia ni para ella ni para ti. Pero podría haber sido peor. Me siento orgulloso de nuestro cuerpo de bomberos por haber apagado el fuego tan rápidamente. Hicieron un gran trabajo.

Lástima que hubieran tenido que arriesgar sus vidas siquiera.

—Me alegra que llegaran tan pronto —continuó Sadie—. Quizás eso signifique que aún he podido salvar alguna pertenencia.

Fuera el viento aullaba lanzando ramas de árboles contra las ventanas y provocando un espeluznante sonido.

—Espero que así sea —Thomas se ajustó el cinturón.

—Gracias —Sadie suspiró—. Os agradezco las noticias.

—No hay de qué —contestó el jefe—. Y ahora, si no te importa, me gustaría saber un poco más de cómo se inició el fuego. Sé que es tarde, y que debes estar cansada y alterada, pero preferiría acabar con esto cuanto antes, mientras los detalles sigan frescos en tu mente.

—Lo entiendo —ella asintió.

—Aquí fuera hace demasiado viento —se quejó Thomas—. ¿Por qué no vienes al coche con nosotros?

Dawson temió que ella accediera, pero Sadie ni siquiera se movió.

—Dado que telefoneé a Dawson cuando todo empezó, quizás él también pueda añadir algún detalle —ella se volvió hacia Dawson—. ¿Te parece bien?

En opinión de Dawson, había sido el movimiento más inteligente que había podido hacer para que los dos policías no pudieran aislarla y presionarla como habían hecho con él un año antes. Ella no era sospechosa de ningún crimen, y él sí lo había sido, pero, si había sido Sly el que había prendido fuego a la casa, tendría un interés fundado en que ella declarara algunas cosas y otras no, o intentaría desacreditar su versión en varios puntos.

Con un silencioso aplauso, Dawson se apartó para que los policías pudieran entrar en su casa.

–Por supuesto.

Sly estaba visiblemente molesto con la respuesta de su exmujer. Permaneció en la entrada tanto tiempo que Dawson empezó a preguntarse si no quería entrar. Pero no habría ido allí para luego permitir que lo dejaran fuera. Al rato pareció darse cuenta de que, si no iba con los demás, la conversación procedería sin él. El jefe Thomas parecía bastante indiferente a su incomodidad, o al menos no se dejó intimidar por ella. Dado que el jefe ya había entrado, Sly lo siguió justo antes de que Dawson cerrara la puerta.

–Sentaos, por favor –Sadie adoptó el papel de anfitriona.

Dawson se negaba a hacerles la menor concesión, pero verla tan aparentemente cómoda en su casa, o quizás por verla llevando su ropa, enfureció aún más a su inminente exmarido. Al pasar a su lado, Sly golpeó el hombro de Dawson con el suyo, lo bastante fuerte como para hacerle dar un traspié, de manera que Dawson lo empujó contra la pared. El intercambio habría terminado en una pelea si el jefe de policía no se hubiera dado la vuelta para agarrar a Sly del brazo, apartándolo y colocándose él mismo entre los otros dos hombres.

–¡No voy a consentir nada de esto! –espetó.

–Esto es ridículo –murmuró Sly–. ¿Qué hacemos aquí? Saquemos a Sadie de esta casa y llevémosla a la mía donde podremos averiguar lo sucedido, sin que esté presente este bastardo.

—Eso depende de Sadie —el jefe Thomas la miró—. Dada la relación de Dawson con esta ciudad, y lo que mis agentes opinan de él, quizás sería mejor que nos...

—No —lo interrumpió ella—. No pienso marcharme de aquí. Jayden está dormido, y después de lo que hemos pasado, no veo ningún motivo para despertarlo.

El jefe Thomas se atusó los cabellos, todavía revueltos por culpa del viento.

—Eso es comprensible —se volvió hacia Sly y enarcó una ceja mientras señalaba el sofá—. Siéntate.

Sly obedeció la orden, aunque a regañadientes y sin dejar de fulminar a Sadie con la mirada, como si lo hubiera traicionado. A Dawson le pareció muy irónico, dado que creían que era el culpable de todo.

—¿Qué sucedió esta noche? —preguntó Thomas mientras sacaba una libretita de notas del bolsillo de la camisa—. Si te parece bien, tomaré algunas notas.

—Por supuesto que me parece bien —contestó Sadie—. No hay mucho que contar. Alguien prendió fuego a mi casa. Así de sencillo.

—¿Tienes alguna idea de quién puede haber sido?

Ante el titubeo de Sadie, Dawson pensó que podría atreverse a acusar a Sly, como había hecho anteriormente. Pero no fue así.

—No.

—¿No viste nada que pudiera ayudar a identificar al pirómano? —preguntó Thomas—. ¿No oíste nada?

Las sombras oscuras que Sadie tenía bajo los ojos parecieron intensificarse aún más. Aparte de la conmoción de haber escapado de una casa en llamas, eran casi las cuatro de la mañana y no había dormido nada.

—Oí unos ruidos fuera de la casa. Intenté convencerme de que no era nada. Las casas crujen a veces.

—¿Y cómo sabes que no eran crujidos de la estructura de la casa?

—Porque resultaron ser más que unos ruidos.

Dawson no podía evitar fijar la mirada en Sly mientras Sadie hablaba. Su ex no expresaba la menor preocupación. ¿Estaba demasiado enfadado? ¿Sabía ya lo que había sucedido, tal y como ellos sospechaban?

—¿Cómo eran esos ruidos?

—Alguien golpeaba la fachada lateral de mi casa. La ventana de mi dormitorio da a la parte trasera, no al lateral, pero cuando me levanté de la cama vi a un hombre en el patio. Me estaba mirando.

—¿Cómo de cerca estaba?

—A unos seis metros.

—¿Lo reconociste?

—No puedo asegurarlo —ella entrelazó los dedos de sus manos—. Era alto y delgado, eso sí lo sé.

—¿Cómo iba vestido?

—Con vaqueros y una sudadera negra.

—¿Le viste la cara?

—No, estaba demasiado oscuro y llevaba puesta la capucha de la sudadera.

—¿Y qué estaba haciendo?

Sadie agarró las perneras de los pantalones de Dawson para que no le arrastraran por el suelo mientras se dirigía hacia una silla y se sentaba en el borde.

—Solo estaba ahí de pie, mirándome —contestó.

—¿No se acercó más? ¿Gritó algo? ¿Hizo algún gesto?

—No. En cuanto vio que yo lo miraba se dio media vuelta, saltó la valla y salió corriendo por el callejón.

—¿Qué clase de calzado llevaba puesto?

—No me fijé —contestó Sadie—. Estaba tan asustada por haber encontrado a un hombre en mi patio en medio de la noche, un hombre con una capucha negra, que me entró el pánico y estuve a punto de gritar. Intentaba controlar los nervios un poco cuando olí a humo y comprendí que la casa se había incendiado.

—¿Estás segura de que fue el hombre que viste el que prendió fuego a tu casa?

—¿Y quién si no iba a ser? El fuego empezó en ese lado de la casa, el lado en el que poco antes había oído los ruidos y los golpes.

—Entiendo —el jefe anotó lo que Sadie acababa de declarar—. ¿Tienes algún enemigo? ¿Alguien que pudiera estar resentido contra ti o que pudiera desearte algún mal?

De nuevo, Dawson comprendió que Sadie se debatía entre verbalizar sus sospechas o callar, pero la costumbre, y el miedo, ganó la batalla.

—No tiene ningún enemigo —intervino Sly, hablando en su nombre—. Ya te lo he explicado cuando veníamos de camino. Si hubiera alguien con quien tuviera un problema, yo lo sabría. Quienquiera que prendió fuego a la casa no puede ser otro que ese de ahí —continuó mientras señalaba a Dawson—. Él es lo único que ha cambiado en esta ciudad desde hace un par de semanas. Y ya sabemos de qué es capaz.

A Dawson no le sorprendió la acusación, de hecho, la había estado esperando. Desde que había salido de la cárcel era el hombre del saco oficial de la ciudad. Incluso Sadie había intentado apartarlo de su casa en llamas, consciente de que lo más probable era que lo culparan a él si alguien lo veía allí.

—¿Y qué motivos podría tener? —preguntó con calma.

—A lo mejor ella te gusta. A lo mejor si consigues que se instale en tu casa con la excusa de ayudarla podrás meterla en tu cama.

Sadie empezó a decir algo, pero Dawson la interrumpió.

—Sadie es mi empleada —contestó—. No hay nada más entre nosotros.

—Dejémoslo claro —observó Sly—. No te gustó cómo

reaccioné cuando supe que iba a trabajar aquí, de modo que te propusiste fastidiarme.

Dawson soltó una risita.

—Buen intento. Reconozco que no me gustas, pero esta vez tengo una sólida coartada. Estaba en el bar cuando se inició el fuego y no me dirigí a casa de Sadie hasta que ella me llamó. Varias personas me vieron, una de ellas el camarero. Pagué la cuenta después de que ella me hubiera llamado. El fuego ya se había iniciado para entonces.

—Nadie te está acusando —intervino el jefe Thomas—. El agente Harris está siendo víctima de sus emociones, pero de aquí en adelante su comportamiento será más profesional, ¿verdad, agente Harris?

Las aletas de la nariz de Sly se hincharon, pero su jefe lo miró furioso hasta que obtuvo la respuesta deseada.

—Sí.

—Porque nosotros no saltamos a conclusiones precipitadas —continuó explicando Thomas, dirigiendo sus palabras sobre todo a Sly, como si hablara con un niño testarudo—. Somos agentes de policía, y eso significa que investigamos y luego seguimos las pistas que descubrimos.

—¿Y qué pasa si esas pistas os llevan a uno de los vuestros? —preguntó Dawson.

Sadie se puso rígida y Dawson percibió perfectamente su tensión. Pero no apartó la mirada de Sly. Si ese tipo podía lanzar acusaciones a diestro y siniestro, él también. A lo mejor así conseguían que Sly les contara lo que estaba haciendo en el momento en que se había desatado el incendio, suponiendo que tuviera una coartada sólida.

—¿Y eso qué se supone que quiere decir? —Sly se puso de pie de un salto.

—Yo no tenía ningún motivo para obligar a Sadie a abandonar su casa —contestó Dawson—. Tú, sin embargo, has estado intentando desesperadamente que ella volviera contigo.

—¡Cómo te atreves! —Sly se abalanzó sobre él, pero una vez más el jefe Thomas lo interceptó y lo agarró de la camisa.

—Si valoras en algo tu puesto de trabajo, ¡siéntate y cállate! —le espetó—. Si te he traído aquí ha sido únicamente por respeto a tu relación con Sadie. Pero, si no eres capaz de controlarte, te obligaré a regresar al coche donde esperarás a que yo me reúna contigo para comunicarte que estás despedido. ¿Lo has entendido?

El rostro de Sly adquirió un tono púrpura. Ser puesto en evidencia en público lo fastidiaba seriamente. Sabía lo impotente que le hacía parecer, cuando lo que más le gustaba en el mundo era ser visto como poderoso e importante, ser admirado. Dawson no lo conocía muy bien, pero estaba dispuesto a apostar por ello.

—No voy a permitir que tú, menos que nadie, me arruine la vida —rugió a Dawson mientras salía de la casa dando un portazo.

—Disculpad al agente Harris —se excusó el jefe Thomas—. Es una persona con tendencia a... exaltarse, pero sus intenciones son buenas.

—¿Lo son? —preguntó Dawson en tono desafiante.

—A él nunca lo han juzgado por asesinato —el jefe Thomas lo miró de arriba abajo.

—Bueno, pero, si hacen bien su trabajo, pronto será juzgado por incendio intencionado —insistió Dawson—. Incluso, y dado que había dos personas dentro de esa casa cuando comenzó el fuego, podría ser por intento de asesinato, lo cual no sería descabellado.

Thomas abandonó la fingida amabilidad que había estado desplegando hasta entonces.

—Ten cuidado, hijo —le advirtió—. No me tomo a la ligera las acusaciones contra mis agentes.

—Él no está acusándolo de nada —intervino Sadie—. Soy yo.

—Tú también deberías tener cuidado, Sadie —Thomas estudió el rostro de Sadie con atención—. Estás hablando de tu marido.

—Estoy hablando de mi exmarido —contestó ella tras respirar hondo—, de la persona que lleva meses acosándome.

Tras un momento de silencio, el jefe Thomas reanudó la conversación.

—Si lleva meses acosándote, ¿por qué no he sabido nada hasta ahora?

—Tenía miedo de lo que podría hacerme si lo denunciaba. El divorcio aún no es definitivo. Seguimos peleándonos por el dinero y temas de custodia. Sabía que si lo acusaba de algo no haría más que complicarlo todo, de modo que intenté convencerme de que podría mantener la paz el tiempo suficiente para concluir con el divorcio y que él se marchara. Lo que nunca imaginé fue que provocaría la reacción contraria. Nunca pensé que se obsesionaría aún más conmigo, que su comportamiento empeoraría. ¡Que llegaría hasta a prenderle fuego a mi casa!

—Esas acusaciones son muy graves —insistió Thomas—. ¿Estás segura de que quieres formularlas?

—Tengo que proteger a mi hijo, y puede que esta noche haya perdido todo lo que tenía. No necesito cargarme con más problemas, de manera que no hago esto a la ligera. Tengo miedo de Sly, jefe Thomas. Necesito que lo sepa. No voy a decir que sé que es culpable de incendiar mi casa. Lo que digo es que mi instinto me dice que es así, de manera que, por favor, no permita que sea él quien lleve la investigación.

—Esto me coloca en una posición muy difícil —respondió el jefe Thomas después de frotarse la barbilla durante unos segundos.

—¿Lo dice porque es su jefe?

—Por eso, y porque no me puedo creer que fuera tan lejos como para provocar un incendio. Cierto que esta noche se ha pasado un poco. Pero perderte lo está matando. Y está preocupado. En su opinión, su mujer y su hijo están aquí solos con un hombre que cortó a sus padres en pedazos. ¿Cómo esperas que reaccione?

Cuando Sadie contestó, parecía extremadamente cansada.

—Estoy harta de decirlo, soy su exmujer. Y eso significa que yo elijo dónde me quiero quedar. Y si de verdad le importara su hijo... —tras callarse unos segundos, prosiguió con una afirmación seguramente más ambigua de lo que había pretendido que fuera en un principio—, nos trataría de otro modo.

—Menuda nochecita —el jefe Thomas la miró atentamente.

—Por eso espero que respete mi petición —insistió ella.

—Dawson tiene un asunto personal con el departamento de policía —continuó Thomas—. Supongo que eres consciente de ello.

—Lo soy. Pero, por lo que he visto, tiene un buen motivo.

El jefe de policía se puso visiblemente tenso.

—Ponerte de parte de un sospechoso de asesinato, y en contra del resto de los ciudadanos respetuosos con la ley, no te ayudará. Lo que estás haciendo es darle credibilidad a Sly.

—Tengo derecho a tener mi opinión. Dawson fue declarado inocente y eso significa que, a ojos de la ley, tiene los mismos derechos que todos los demás. Creo que ya es hora de que lo consideremos inocente hasta que se demuestre lo contrario.

—De acuerdo. Pondré a otro en el caso —le espetó Thomas antes de salir a toda velocidad de la casa.

Dawson hundió las manos en los bolsillos mientras Sadie cerraba la puerta.

—¿Crees que el elegido para investigar el fuego será lo bastante imparcial para hacer un buen trabajo?

—Lo dudo. Sly es amigo de todos los policías de aquí. Hará todo lo posible por envenenar las mentes de quienes trabajen en el caso. Y seamos sinceros, aunque no fuera verdad, la policía preferiría convertirte a ti en el villano antes que a él.

Parecía tan derrotada que Dawson no pudo evitar sentir lástima por ella. Conocía bien ese agotamiento, él también lo había experimentado.

—No deberías haberte puesto de mi parte. ¿Por qué lo hiciste? —añadió Dawson al no recibir respuesta.

Sadie se acercó a la ventana y miró hacia fuera, teóricamente a los faros traseros del coche patrulla en el que se encontraban el jefe Thomas y Sly.

—Porque creo que eres inocente —contestó ella sin volverse—. Tuve que decirlo. ¿Qué clase de persona sería si no lo hiciera?

—No es un posicionamiento muy popular aquí en Silver Springs.

Sadie cerró los ojos y apoyó la frente contra el cristal.

—Bueno —contestó tras apartarse de la ventana—. A veces la verdad es la verdad, sin más.

Dawson deseó poder tocarla. Había tenido muchos pensamientos de carácter sexual con respecto a ella, pero eso tenía mucho más que ver con el consuelo.

—Si fue Sly quien inició ese fuego, quiere decir que podría ser capaz de casi cualquier cosa. No sé si servirá de algo, pero creo que hiciste bien en contárselo al jefe Thomas.

—Lo malo es que podría empujarlo a ir más lejos.

—O podría ser lo único que lo mantuviera bajo control.

—Espero que sea lo segundo —Sadie suspiró—, pero no

lo creo. Estoy bastante segura de haber provocado la Tercera Guerra Mundial.

Y tenía un hijo al que proteger. Todas las probabilidades estaban en su contra. Pero Dawson no iba a permitir que Sly la derrotara, no si podía evitarlo.

—Sabes que puedes quedarte aquí todo el tiempo que necesites.

—Gracias —murmuró ella, aunque era evidente que sus pensamientos estaban a kilómetros de allí.

¿Se estaba preparando para la batalla que tenía por delante? ¿Estaba recordando ocasiones anteriores, cuando tomar partido no había hecho más que empeorar su situación?

Dawson le rodeó los hombros con un brazo y le dio un rápido apretón. No quería que pensara que intentaba aprovecharse de ella, pero tampoco quería que se sintiera tan sola. Sin embargo, no estuvo muy seguro de que ella se hubiera dado cuenta siquiera. Sadie no reaccionó a su abrazo, se limitó a quedarse allí, mirando al otro lado de la ventana.

Capítulo 15

Sadie se despertó y descubrió que Jayden no estaba con ella en la cama. Presa del pánico sintió una opresión en el pecho, se sentó y miró a su alrededor. ¿Cómo no lo había sentido levantarse? ¿Adónde había ido? Ya no estaban en la pequeña cabaña con su patio vallado y Maude siempre merodeando. Estaban en una extensa propiedad, sobre todo desde la perspectiva de un niño pequeño, y en esas tierras había muchos lugares en los que hacerse daño o perderse.

Incluso había un estanque.

El terror la impulsó a llamarlo a gritos, pero se contuvo por si Dawson aún estuviera durmiendo. Con lo tarde que se habían acostado, debería seguir durmiendo. El reloj de la mesilla indicaba que no eran más que las nueve y media de la mañana. Considerando que Sly y el jefe Thomas se habrían marchado sobre las cinco de la madrugada, no era tan tarde. Resultaba normal que no se hubiera dado cuenta de que su hijo se levantaba de la cama. El agotamiento se lo había impedido.

Sin pensar siquiera en su aspecto, saltó de la cama y pasó corriendo por delante del dormitorio de Dawson, parándose el tiempo justo para comprobar, al asomarse por la puerta que estaba abierta, que no se encontraba allí. Estaba a medio camino escaleras abajo cuando oyó a Dawson hablar en un susurro.

—¿Quieres más cereales?

—¡Más leche con cacao! —el entusiasmo del niño hacía que su voz surgiera más fuerte.

—¡Calla! —exclamó Dawson en un susurro—. Estamos intentando dejar que mami duerma, ¿recuerdas?

—No pasa nada —Sadie llegó a la planta baja mientras él le servía un poco más de leche con cacao al niño—. Ya estoy levantada.

—¡Mira, mami! ¡Hay cereales fríos! —gritó Jayden.

—¿Y de dónde han salido? —ella era la que, hasta entonces, había comprado la comida, y no había comprado cereales.

Dawson tampoco había mencionado que quisiera que los comprara, y Sadie casi nunca le permitía a su hijo comerlos. El envase de leche con cacao que Dawson guardó en la nevera también era nuevo.

—¡Hemos ido a la tienda! —Jayden mostró un chupa-chups—. Y tengo esto.

—Para después —intervino rápidamente Dawson—. Para después de comer o cenar. Ya lo hemos hablado, ¿recuerdas?

A Jayden la idea de tener que esperar no parecía agradarle, pero dejó el caramelo junto al plato.

—Sí.

Una sonrisa se formó en los labios de Dawson.

—Ojalá todo el mundo fuera tan fácil de agradar y que un chupa-chups fuera lo más importante del mundo —observó él discretamente—. Mi hermana también es así.

—Los niños son inocentes y, por lo que cuentas, ella también debe serlo. Ya tengo ganas de conocerla.

—Desde luego que es inocente —Dawson señaló una silla situada junto a la de Jayden—. ¿Te sientas y te tomas unos cereales?

Sadie estuvo a punto de rechazar la oferta. Dudaba que fuera capaz de comer algo, aunque lo intentara. Cada vez que recordaba lo sucedido la noche anterior, sentía una punzada de dolor en el estómago. Pero no podía dejar de pensar en el fuego, en el comportamiento de Sly cuando había acudido a la granja acompañado del jefe Thomas. No podía dejar de preguntarse si encontraría alguna pertenencia que se hubiera salvado, cuando la policía le permitiera regresar a su casa. Todo lo que había intentado evitar que sucediera con su ex parece estar sucediendo, a pesar de sus esfuerzos. Pero Dawson había convertido una mañana triste y confusa en un día feliz para Jayden, y no quería estropear la diversión de su hijo.

—Claro, tomaré un cuenco.

Dawson le acercó la caja de cereales y el envase de leche.

—¿Estás bien? —murmuró mientras Jayden jugaba a que su cuchara era un cohete espacial que despegaba desde su cuenco de cereales.

—Sí, creo que sí.

—No has dormido mucho.

—Tú tampoco —ella se tapó la boca antes de bostezar—. Y te has levantado para ocuparte de mi hijo. Lo siento, ni siquiera me di cuenta de que se había levantado de la cama.

—Esta mañana había quedado con esos tipos para que recogieran toda la basura y la llevaran al vertedero, de manera que tenía que madrugar de todos modos. No podía darles plantón.

—Entonces ¿el montón de basura del patio ha desaparecido?

—Eso es.

Sadie se acercó a la ventana para comprobarlo. Efectivamente, todos los muebles rotos y demás cosas que Dawson había tirado al montón ya no ocupaban todo el espacio. En cierto modo, el efecto resultaba beneficioso, una cosa más del pasado a la que no se había aferrado.

—El patio ha quedado genial. Ha sido una buena idea hacerlo desaparecer, pero siento que no hayas podido dormir hasta tarde como he hecho yo.

—Hicieron tanto ruido que me sorprende que no te despertaran. A Jayden le encantó verlo todo.

—Me siento mal por tenerte de canguro.

—No me ha importado, de modo que no te preocupes por ello. Espero que no te haya molestado que me lo llevara a la tienda. Te habría pedido permiso, pero no quería despertarte, y no quería dejarlo aquí solo mientras tú dormías. No lo conozco muy bien, en general no tengo práctica con los niños, y no sabía hasta dónde podría irse él solo.

—Te agradezco que hayas sido tan precavido, sobre todo habiendo un estanque ahí atrás. Pero, si vuelve a surgir algo así, despiértame. No puedo consentir que tengas que cuidar de mi hijo.

—No me importaría ayudarte con él de vez en cuando.

Sadie se metió una cucharada de cereales en la boca, pero ni siquiera pudo saborearlos.

—Me pregunto qué averiguará la policía sobre el incendio —reflexionó en voz alta tras tragarse los cereales.

—Yo de ti no esperaría gran cosa.

—¿Por qué no? —Sadie agarró la cuchara con más fuerza.

Él miró a Jayden, que seguía jugando a los cohetes, fingiendo lanzar su cuchara al espacio exterior.

—Si fue quien creemos que fue, estoy seguro de que tuvo cuidado de no dejar ninguna pista.

Ella removió los cereales del cuenco e intentó hacer acopio de más entusiasmo para tomar un poco más.

—Es listo —asintió—. Dudo que hubiera hecho algo así sin estar seguro de que no lo iban a pillar.

—A eso me refiero. Y luego hay otros factores, como que podría influir en la persona a cargo de la investigación, o alterar las pruebas. Yo de ti no me haría demasiadas ilusiones sobre esa investigación si no quieres sufrir una decepción. Pero lo que sí podemos esperar es que el fuego fuera extinguido antes de que perdieras demasiadas cosas. Lo que oí anoche me hace pensar que hay posibilidades.

—Sí. No sé cómo voy a sustituir lo que haya perdido y rezo para que no fuera mucho.

Dawson se fijó en el poco interés que despertaba en Sadie la comida.

—Intenta no preocuparte, ¿de acuerdo? No servirá de nada.

—Entonces, deberíamos mantenernos ocupados. ¿Vamos a trabajar hoy en el campo?

—¿Con Jayden?

—Él puede quedarse cerca. Yo lo mantendré vigilado.

—No, tú quédate en la casa. Podríais echaros una siesta más tarde. Yo me ocuparé del campo, pero no iré hasta esta tarde. Anoche, Gage Pond, el camarero del Blue Suede Shoe, me contó que un vagabundo que encaja con la descripción de mi autoestopista fue visto la misma noche por un hombre que estaba construyendo un búnker para Alex Hardy.

—¿Qué hombre?

—No le dijo su nombre, o si lo hizo no lo recuerda. ¿Conoces a Alex?

—Sí. Va mucho por la cafetería.

—¿Cómo es?

—Tendrá unos treinta y cinco años. Se afeita la cabeza y viste ropa de camuflaje. Colecciona armas. Siempre está hablando de comprar plata y hacer acopio de munición y comida. Presume de ser capaz de sobrevivir durante un año en su propiedad, aunque el resto de la civilización se fuera al garete en un santiamén.

—¿Está casado?

—Divorciado. Su esposa se marchó el año pasado, después de que rompieran, con los dos críos. A él no le supuso ningún problema.

Sadie había sentido envidia de Hannah Hardy por la facilidad con la que había conseguido abandonar a Alex. Ojalá ella hubiera podido hacer lo mismo.

—¿Crees que hablará conmigo?

—Podría ser. Es antigubernamental, y eso pone nerviosa a la policía. Sly hablaba de vez en cuando de él, decía que estaba reuniendo un arsenal y que el departamento de policía lo vigilaba con escepticismo. El hecho de que no se aprecien mutuamente podría ayudarte. Al menos no es probable que se ponga de su lado y en contra tuya.

—Eso está bien. No me gustaría que me disparara cuando me acerque a su casa —contestó él con una risa carente de humor.

—¿Por qué no voy contigo? Eso debería facilitar las cosas. Podría presentaros, explicarle lo que está pasando. A mí me conoce.

—¿Crees que será seguro? ¿Y llevarnos a Jayden?

—¡Quiero ir! —exclamó el crío, aunque era evidente que acababa de engancharse a la conversación y no tenía la menor idea de qué iba todo eso.

—Por supuesto —Sadie le revolvió los cabellos a su hijo—. Alex jamás ha hecho daño a nadie, al menos que yo sepa. Y me apetece sentirme útil. Podría ayudarme a no pensar en mis problemas.

—De acuerdo, entonces —Dawson cerró la caja de cereales y la guardó en el armario de la cocina—. Nos iremos en cuanto estés lista.

Lo cual no debería llevarle mucho tiempo. Solo tenía que cambiarse de ropa y ponerse la camiseta y el pantalón de chándal que había lavado la noche anterior. No podía maquillarse porque no tenía con qué.

Por suerte, Dawson le había comprado un cepillo de dientes.

Ayudó al niño a bajarse de la silla y le limpió la cara y las manos antes de vaciar el bol, que casi no había tocado, en el fregadero. Mientras metía el cuenco en el lavaplatos vio que Dawson la miraba con el ceño fruncido.

—He intentado no sacar el tema porque no quiero que pienses que estoy criticando otra vez tu aspecto. Me siento fatal por haberlo mencionado siquiera. Pero deberías comer más, por tu salud.

—Mi salud está bien —contestó ella—. Y en cuanto a tomármelo mal, da igual lo delgada que esté. Nadie me va a querer mientras Sly me siga a cada paso.

—Yo no diría tanto como «nadie» —contestó él.

Al menos eso fue lo que le pareció oír a Sadie, pero las palabras fueron pronunciadas en un murmullo apenas audible, como si en realidad Dawson no estuviera hablando con ella, y se marchó de la cocina antes de que pudiera pedirle que lo repitiera.

La valla de alambre de espino que rodeaba la propiedad de Alex Hardy llevaba colgada una docena de carteles que advertían de que se trataba de una propiedad privada y que estaba prohibido el paso. En cuanto lo vio, Dawson se alegró de haber ido allí acompañado de alguien que conocía al propietario. Dada la ira que sentía a flor de piel últimamente, no haría falta gran cosa para iniciar una pelea. En ocasiones casi deseaba tener una diana, algo que le permitiera descargar su desesperación y su frustración. Y el dueño de esas tierras daba la impresión de ser de los que interpretaban cualquier cosa como una amenaza.

—Alex Hardy tiene toda la pinta de ser un auténtico asocial —murmuró él mientras contemplaba la casa, construida como una cabaña, que se divisaba más allá de la valla.

—No es tan arisco como da la impresión —contestó Sadie—, pero le gusta hacerse el tipo duro.

Dawson sentía la pierna de Sadie que lo rozaba cada vez que se movía. Habían pasado por su casa para recoger la sillita del coche, pero ver el desastre ocasionado por el fuego le había dejado huella y apenas había abierto la boca desde entonces. Él había señalado que la otra mitad de la casa parecía estar bien, que sin duda debía haber algunas pertenencias que podría recuperar, pero ella apenas le había respondido. En realidad, se había limitado a darle la espalda a la casa, sentar a su hijo en la sillita y subirse al coche junto a él.

Por suerte, y sorprendentemente dadas las señales, la puerta que daba al camino de acceso de la propiedad de Alex Hardy estaba abierta. Dawson detuvo la camioneta detrás de una camioneta roja cuyos parachoques lucían varias pegatinas de la asociación del rifle, y otra más en la que aparecía una mujer con los pechos desnudos.

—¿Crees que deberíamos dejar a Jayden dentro del coche? —preguntó él—. Después de todo lo que se ha dicho de mí, en cuanto ese tipo me reconozca, a saber cómo va a reaccionar.

—No va a hacer nada —ella desabrochó el cinturón que sujetaba al niño y juntos se encaminaron hacia la puerta delantera.

No tuvieron necesidad de llamar al timbre, pues la puerta se abrió de golpe antes de que se acercaran siquiera.

—¡Vaya, Alex! Qué rapidez —exclamó Sadie—. No me digas que has colocado sensores de movimiento por la propiedad.

Un hombre corpulento con una barba larga y poblada, y un rifle tatuado en el brazo, los contempló.

—Todavía no, aunque puede que lo haga. Sería estupendo. Os vi por la ventana. ¿Quién es este? —preguntó mientras señalaba a Dawson.

Sadie se dispuso a contestar, pero Alex la interrumpió antes de que pudiera hacerlo.

—¡Espera un momento! ¡Te conozco! Te vi en televisión. Eres ese tipo que mató a sus padres hará un año o así.

Dawson sintió que se le tensaban todos los músculos del cuerpo. Por mucho que oyera la acusación, jamás se acostumbraría.

—Fueron asesinados, pero yo no lo hice —contestó—. Por eso he venido aquí.

Alex ignoró la respuesta y se centró en Sadie.

—¿Desde cuándo eres amiga suya?

—No somos amigos, no exactamente. Bueno, sí somos amigos. Pero sobre todo somos empleada y jefe.

—¿Trabajas para él? ¿Y qué pasa con la cafetería? Te vi allí hace unos días.

—Todavía seguiré una semana más en Lolita's, pero allí gano muy poco y tuve que buscar otro trabajo —le explicó—. Dawson me ha contratado para cuidar de su hermana.

—¡Vaya! Dejas Lolita's y trabajas para el hijo de los Reed, a pesar de que en realidad no sabemos... quiero decir, ¿qué opina Sly de todo esto?

—No es asunto de Sly.

—¿Y desde cuándo eso le ha impedido intervenir? —replicó el otro hombre con una carcajada.

—En eso tienes razón —contestó ella—. Se cree con derecho a meterse en todo, se cree el dueño de esta ciudad, se cree mi dueño. Pero ya me ocuparé yo de eso —Sadie impidió a Jayden entrar en la casa para acariciar a un gato que los observaba mientras movía el rabo negro de un lado a otro—. Escucha, Alex, Gage, del Blue Suede Shoe, mencionó que alguien estuvo construyendo un búnker para ti y que ese alguien vio a un vagabundo que encajaba con la descripción del autoestopista que Dawson recogió la noche que asesinaron a sus padres. ¿Recuerdas algo de eso?

—Era de Santa Barbara —añadió Dawson con la esperanza de estimular sus recuerdos.

—Necesitamos localizarlo —continuó ella—, por si pudiera contarnos algo más sobre ese tipo, si habló con él, cómo se llamaba, de dónde era, hacia dónde se dirigía, si llevaba algún tatuaje o cualquier otro rasgo distintivo. Ya sabes, cualquier cosa que pudiera ayudarnos a encontrarlo.

—¿En serio? —preguntó Alex.

—En serio —a Dawson le sorprendió la pregunta—. ¿Por qué? ¿Qué quieres decir?

—Tío, estás buscando una aguja en un pajar —Alex se tironeó de la barba—. Ni siquiera recuerdo el nombre del tipo que construyó mi búnker. Y aunque lograrais encontrarlo, ¿qué probabilidades hay de que él recuerde cualquier cosa sobre ese vagabundo que vio hace un año?

—Reconozco que no hay muchas posibilidades —Dawson asintió—. Pero por algún sitio tengo que empezar, y es lo único que tengo. Ya me preocuparé por todo lo demás en cuanto resuelva este primer problema. ¿No tienes un recibo o algo que pudiera llevar el nombre de ese tío? —preguntó.

—Lo siento. No guardo esa mierda. Pero la empresa se llamaba Safety First. Lo recuerdo porque por aquí no hay muchas empresas que construyan búnkeres, no sé si me entiendes. A lo mejor ellos pueden decirte el nombre del tipo que enviaron. Y, si tienes mucha suerte, puede que aún trabaje allí.

—Ya veremos lo que encontramos —Dawson tomó a Jayden en brazos para que Sadie no tuviera que estar sujetándolo todo el rato para impedirle acercarse al gato, y echó a andar hacia la camioneta.

—Gracias, Alex —la oyó decir.

Aunque Alex bajó la voz, Dawson consiguió oír sus palabras.

—Sé que Sly no es un tipo agradable, Sadie, yo mismo he tenido un par de encontronazos con él. Pero ¿estás segura de que no has saltado de la sartén al fuego liándote con este tío?

—No estamos juntos, Alex, solo trabajo para él —repitió ella.

—Pues a mí me parece que estás muy decidida a ayudarlo.

Incluso Dawson captó el escepticismo de su voz.

—Porque Dawson no ha matado a nadie —contestó Sadie, su voz adquirió una entonación defensiva—. Es un buen tipo.

—Entonces espero que Sly no lo mate.

Aunque Dawson estaba furioso con la policía, con Sly, con el vagabundo que había asesinado a sus padres, contra el mundo entero en esos momentos, casi deseó que el ex de Sadie fuera a por él. Se moría de ganas de machacar a Sly Harris. Se lo merecía.

Salvo que sabía que ese tipo no era de los que peleaban limpio.

Capítulo 16

En cuanto regresaron a la camioneta, Sadie tomó a su hijo en brazos y lo sentó en la sillita mientras Dawson utilizaba el móvil para buscar información sobre la empresa Safety First de Santa Barbara. Encontró un listado de teléfonos y miró a Sadie a los ojos con una expresión de «deséame suerte» antes de marcar un número. Siempre cabía la posibilidad de que la empresa ya no existiera.

En dos o tres ocasiones, ella rechazó las súplicas de su hijo para que le permitiera comerse la piruleta con un «ahora no» o un «después de comer» mientras intentaba oír la conversación que mantenía Dawson por teléfono. Pero al final cedió para que Jayden se callara. Una chuche a deshoras de vez en cuando tampoco le iba a provocar daños permanentes ni nada de eso.

Dawson ya se había presentado y había solicitado hablar con el dueño de la empresa.

–¿Y cuándo llegará? –lo oyó preguntar–. ¿Podría decirme si tienen acceso a trabajos realizados por la empresa hará unos trece meses o así? –fue la segunda pregunta que oyó Sadie.

Cuando colgó, ella enarcó las cejas.

–¿Y bien?

–La buena noticia es que tienen todas las órdenes de trabajo desde que la empresa abrió hace ocho años.

–¿Y la mala?

–La mujer no quiso darme más información. Dijo que tendría que hablar con el dueño, que no volverá hasta el lunes.

–¿Te dio algún nombre? –ella le había oído preguntárselo.

–Big Red.

–¿Nada más? ¿Big Red?

–Sí, eso fue todo lo que me dijo.

–Pues me temo que vas a tener que esperar hasta el lunes.

–No pasa nada. Al menos tengo esperanzas –contestó él mientras aguardaba a que Sadie se sentara en el asiento antes de colocarse al volante–. ¿Le has dado el caramelo? –preguntó mientras señalaba al crío, feliz como unas pascuas.

–Ya no podía esperar más.

–Querrás decir que te hartaste de decirle que no – Dawson se rio.

–Básicamente –ella asintió.

–Hoy es tu día de suerte, ¿eh, colega? –él se inclinó hacia delante para mirar al crío.

Y Jayden le recompensó con una pegajosa sonrisa que dejaba al descubierto todos sus dientes.

A Sadie le sorprendió que Dawson detuviera la furgoneta frente a The Mint Julep en lugar de continuar hacia la granja. En Silver Springs no había muchas tiendas de ropa. No había ningún centro comercial, Target o Walmart, solo unas pocas tiendas, todas muy caras, a las que acudían los turistas adinerados que aparecían por allí. Sadie había comprado la blusa en esa tienda, su preferida, pero la había encontrado en la zona de saldos. Normalmente, no podía permitirse comprar allí, aunque de vez en cuando entraba para echar un vistazo.

—¿Qué hacemos aquí? —preguntó mientras Dawson apagaba el motor.

—Necesitas ropa —contestó él sin dar más explicaciones.

—Puedo esperar. El jefe Thomas me dijo que podría hacerle llegar una lista con las cosas que necesito. Pensaba hacerlo hoy mismo.

—También dijo que el dormitorio era una de las zonas más afectadas de la casa. Dudo que haya quedado gran cosa y, mientras tanto, estoy seguro de que te gustaría tener algo que ponerte aparte de esa camiseta y los enormes pantalones.

Por suerte, Sadie había agarrado los zapatos antes de salir de la casa en llamas. De lo contrario, también hubiera necesitado comprarse unos. Lástima que no hubiera logrado salvar más pertenencias suyas y de Jayden. Había tenido mucho miedo de que el cuadro eléctrico o alguna otra cosa estallaran, o de quedarse atrapada allí dentro si se entretenía demasiado.

—Pero es que no llevo dinero encima. Y lo poco que me queda lo quiero guardar para Jayden.

—También le compraremos algunas cosas a él. Hay una tienda de ropa de segunda mano para niños a unas cuantas manzanas de la avenida principal.

—La conozco —allí compraba la mayoría de las cosas desde que había abandonado a Sly.

—Será la siguiente parada —Dawson levantó una mano—. Y no te preocupes por el dinero. Considéralo un anticipo de tu sueldo.

El problema era que Sadie necesitaba cada céntimo de ese sueldo para otras cosas, como el seguro del coche, la canguro, el alquiler y otras cosas que le permitieran marcharse de la granja y salir adelante por sí misma. No soportaba tener que depender de alguien a quien apenas conocía, alguien que ya tenía bastantes problemas.

Pero ¿qué otra cosa podía hacer? Jayden y ella llevaban la ropa con la que habían dormido. Por lo menos iban a necesitar ropa interior y calcetines. Y no le quedaba más remedio que comprarlo.

—De acuerdo. Gracias —ella bajó de la camioneta detrás de él.

Pero no tuvo necesidad de soltar a Jayden porque Dawson se le adelantó, y al niño no pareció importarle. No le alargó los bracitos ni una sola vez, ni siquiera la miró como hacía cuando era su padre quien lo llevaba en brazos. A Sadie le resultaba irónico que los dos confiaran más en ese hombre que en Sly, y todo por pura intuición, a pesar de lo que el resto de la gente pensaba de él.

Jessica Spitz, la dueña, estaba en la tienda cambiando la decoración. Al sonar el timbre de la puerta levantó la vista y se detuvo.

—¡Sadie! He leído en el periódico lo del fuego. Menos mal que estás bien.

Sadie consiguió sonreír, aunque se sentía extremadamente incómoda con su aspecto, dada la elegancia de la tienda, y lo arreglada que iba siempre Jessica, como si estuviera a punto de desfilar por la alfombra roja. Tampoco ayudaba el hecho de no tener apenas dinero con el que mejorar su situación, y que iba a tener que estudiar atentamente las etiquetas de los precios.

—Gracias. Desde luego ha sido un desastre.

—Pero tendrías seguro, ¿verdad?

No, no lo tenía. En el momento de alquilar la casa había estado tan arruinada que no había podido hacer frente a una factura más. Pero Jessica hablaba como si todos los inquilinos estuvieran asegurados, de modo que evitó contestar directamente.

—Estaré bien —dijo, dando a entender que estaba asegurada.

—¿Cómo crees que pudo empezar el incendio? —preguntó la otra mujer.

—¿Qué ponía en el periódico? —a Sadie ni siquiera se le había ocurrido mirarlo. Había estado demasiado distraída recuperándose y ayudando a Dawson a encontrar al vagabundo que creía había matado a sus padres.

—Poca cosa, solo que se desató un incendio en tu casa después de la medianoche de anoche y que destruyó la mitad antes de que los bomberos lograran apagarlo. Espero que no perdieras muchas cosas.

—Yo también —Sadie respiró hondo—. La policía todavía no me deja volver, por lo que hasta dentro de un par de días no sabré qué ha quedado.

—He leído que siguen investigando el origen del fuego.

—Sí, eso me han dicho a mí también —ella decidió no mencionar que creía que había sido provocado.

Cabía la posibilidad de que fuera pura coincidencia el que hubiera visto a un hombre en el patio poco antes de oler humo, pero, si lo era, era una coincidencia muy grande.

—Yo sospecho que podría ser un cortocircuito —sugirió Jessica—. Mi tía sufrió un incendio por ese motivo una vez, mientras estaba de vacaciones. La casa ardió hasta los cimientos.

—Vaya, lo siento —contestó ella.

—Fue hace años —la mirada de la otra mujer se desvió hasta posarse en Dawson—. Y tú eres... —de nuevo apareció el destello del reconocimiento en los ojos de la mujer antes de que ella pudiera presentarle a su nuevo jefe—. Dawson Reed.

Sadie sabía que a Dawson no le gustaba la notoriedad recién adquirida, pero a pesar de ello asintió amablemente.

—Encantado de conocerte.

Jessica le ofreció una sonrisa. Un tanto a su favor.

—Lo mismo digo. Y bien... ¿qué puedo hacer por vosotros? —preguntó mientras deslizaba la mirada por la ropa, cómoda aunque sin forma definida, de Sadie—. Sospecho que necesitas algo de ropa.

—Una blusa y unos vaqueros deberían bastar por ahora —Sadie no quería que a Jessica se le ocurrieran demasiadas ideas, no quería que Dawson se sintiera obligado a comprarle muchas cosas.

No solo era sensible al hecho de que no podía permitirse comprar en esa tienda, tampoco quería tener la sensación de estarse aprovechando de la amabilidad de Dawson al prestarle el dinero hasta que cobrara.

—He recibido una nueva marca de vaqueros que te quedarían genial con tu estilizada figura —anunció Jessica.

«Estilizada» sonaba mejor que delgada, pero la mención de su cuerpo le hizo sentirse cohibida delante de Dawson. Sabía lo que él opinaba sobre su peso.

—Estupendo, me probaré unos —contestó Sadie.

Si a Jessica le gustaban esos vaqueros sabía que a ella también le iban a gustar, pero no tenía muchas esperanzas de poder adquirir lo último y mejor, de modo que se detuvo frente a la zona de saldos donde encontró un jersey que le podría servir, junto con una camisa de manga larga.

Dawson jugaba con Jayden y Sadie vio a su hijo correr entre los percheros de ropa, intentando esconderse de él, oía los gritos de felicidad cada vez que Dawson lo encontraba. Él parecía ansioso hasta que Jessica apareció con los pantalones y sugirió que Sadie se dirigiera a los probadores. Después la miró, como si estuviera interesado en las prendas que ella había elegido.

—Claro —contestó Sadie mientras seguía a la otra mujer hasta los probadores situados en un rincón de la tienda.

—Sal cuando te hayas vestido para que podamos echar un vistazo —le pidió Jessica.

Lo primero que hizo Sadie fue comprobar el precio de los vaqueros, ciento veinticinco dólares. Ni siquiera iba a molestarse en probárselos, decidió.

Empezó por el jersey. Le gustaba, pero su precio era de cuarenta y cuatro dólares, mientras que la blusa solo costaba treinta y cinco.

—¿Vas a salir o no? —gritó Jessica.

No queriendo parecer descortés si se negaba, Sadie se puso los vaqueros a regañadientes y salió del probador.

—Me gusta la blusa, pero... no voy a quedarme los vaqueros.

El rostro de Jessica reflejó una profunda decepción.

—¿Por qué no? Te quedan geniales. ¡Mira ese culo! —exclamó mientras se volvía hacia Dawson en busca de apoyo, aunque él reanudó inmediatamente los juegos con Jayden—. Y no te preocupes por el precio —añadió la mujer—. Cualquier cosa que elijas te la dejo a mitad de precio. Será mi contribución para ayudarte a recuperarte del incendio.

—Eso es muy amable por tu parte —contestó Sadie—. Pero ¿estás segura?

—Totalmente.

—Gracias —aunque Sadie se sentía agradecida, no le gustaba aceptar caridad.

—Es lo menos que puedo hacer después de todo lo que has pasado —Jessica agitó una mano en el aire.

Sadie permitió que su mirada se posara en Dawson. Jayden había vuelto a esconderse y esperaba en silencio a que lo encontrara, pero Dawson no lo estaba buscando. Al principio ella había pensado que estaría al teléfono, pero lo cierto era que la estaba mirando a ella, y la expresión de su rostro la sorprendió.

—Creo que no soy la única a la que le gusta cómo te queda —bromeó Jessica, lo que consiguió que la situación resultara aún más incómoda.

Dawson se apresuró a disimular la expresión de admiración que había sido tan evidente un instante antes y fingió, al igual que Sadie, que ni siquiera había oído a Jessica. De inmediato se puso a mover las perchas de ropa como si no supiera de sobra que Jayden se escondía allí

—Deberías quedártelos —observó tras encontrar a Jayden.

Ella seguía reflexionando sobre ello ante el espejo. Junto con la blusa, iba a suponer un gasto de cien dólares, incluso con la rebaja. Y para ella era toda una fortuna. Llevaba mucho tiempo contando hasta el último céntimo, pero no podía quejarse, no cuando Jessica le ofrecía un precio tan bueno, y ella necesitaba la ropa inmediatamente. Había estado intentando elaborar una respuesta negativa que le diera la oportunidad de ir a una tienda de segunda mano, pues se había hecho toda una experta en encontrar verdaderas joyas que otras personas desechaban, pero, si Dawson apoyaba a Jessica en eso, se sentía acorralada. Reprimiendo la preocupación que le generaba el hecho de que necesitaba el dinero que iba a gastarse, sonrió.

—De acuerdo. Me los quedo.

Cuando volvió a salir del vestidor se encontró a Jayden sentado sobre los hombros de Dawson.

—¡Mira, mami! ¿Has visto qué alto soy?

Al menos el niño parecía estarse divirtiendo. Durante unos segundos se preguntó por qué su padre no era capaz de hacerle así de feliz.

—Será mejor que te compres también algo de ropa interior —observó Dawson antes de que ella pasara por caja—. Es lo que más necesitas, ¿no?

Sadie ni siquiera tuvo la ocasión de contestar antes de que interviniera Jessica.

—¡Tengo algo perfecto para ti!

La dueña de la tienda se dirigió a la sección de lencería donde eligió un conjunto de braguita y sujetador de encaje color champán.

Sadie jamás había visto nada tan hermoso y delicado, y precisamente eso le indicó que se salía de su presupuesto.

—¿No te parece ideal? —preguntó Jessica—. Además, lo tenemos en talla pequeña, la tuya.

Sadie abrió la boca con la intención de dirigir a Jessica hacia algo más asequible. No le hacía falta ver la etiqueta para saber que el conjunto no era para ella. Pero Dawson habló antes de que ella pudiera hacerlo.

—Nos llevamos eso también —afirmó.

Una ceja pulcramente depilada se elevó en el rostro de Jessica.

—¿Te encargas tú de la factura?

Él ni se molestó en contestar. Se limitó a entregarle la tarjeta de crédito, como si bastara con eso, mientras sonreía a Sadie. Dawson había estado cuidando de Jayden mientras su madre se probaba la ropa y en esos momentos pagaba las prendas elegidas, incluso la ropa interior. No hacía falta que nadie explicara lo que parecía aquello.

Mientras Jessica se tomaba su tiempo en envolver las prendas en un hermoso papel de seda, metiéndolo todo en una bolsa que cerró con una lazada rosa, Dawson se dirigió hacia la puerta y, no queriendo alejarse demasiado de su nuevo héroe, Jayden corrió tras él, lo que le permitió a Sadie un momento a solas con la dueña de la tienda.

—Solo somos amigos —le aclaró con la esperanza de que Jessica lo comprendiera.

Pero Jessica no se lo tragó.
—Un hombre no mira así a una amiga —contestó con una carcajada.

Mientras elegían unas cuantas cosas para Jayden en la tienda de segunda mano y se encaminaban hacia la granja, Dawson solo tenía en mente la imagen de Sadie con ese conjunto de lencería que acababa de comprarle. Intentó distraerse con la radio, pero no sirvió de nada, por lo que empezó a repasar todas las cosas que aún le quedaban por hacer ese día. Tampoco funcionó, de modo que empezó a pensar en las probabilidades que tenía de encontrar al hombre que había visto al autoestopista que había recogido la noche en que sus padres habían sido asesinados. Normalmente los asesinatos solían despertar en él la ira suficiente para ahogar cualquier otra emoción, incluso el deseo sexual, pero la imagen de Sadie con esos ajustados vaqueros había provocado tal torrente de testosterona que su cerebro estaba secuestrado. Y el sujetador y la braguita no habían hecho más que empeorarlo todo.

Estaba tan cansado de luchar contra una constante erección que le llevó un tiempo comprender que Sadie no había dicho ni una palabra desde que abandonaran la tienda de segunda mano.

—¿Estás bien? —preguntó mientras la miraba.
—Sí. Bien —contestó ella sin apartar la vista del frente—. Gracias por adelantar el dinero para los dos. Te lo agradezco sinceramente.
—Y sin embargo no pareces sentirte agradecida. Pareces disgustada.

Sadie miró a su hijo para comprobar si estaba escuchando, pero el niño estaba absorto jugando con la cinta métrica que había encontrado en la camioneta.

—No estoy disgustada, no exactamente. Es que... esa tienda a la que hemos ido es muy cara —le explicó—, y tengo muchas facturas que pagar.

Dawson estaba al corriente de la situación de Sadie cuando habían parado ante The Mint Julep, y eso era seguramente lo que le preocupaba.

—Necesitabas ropa —señaló él.

—Lo sé, pero hay otros lugares en donde comprar ropa. Podría haberla conseguido de segunda mano, como hemos hecho con Jayden.

—Aquí no hay ninguna tienda de esas para adultos.

—Hay una en Santa Barbara.

—¿Tenías pensado ir hoy a Santa Barbara?

—Podría haberlo hecho. Debería haberlo hecho. Pero Jessica fue tan amable al ofrecerme un descuento tan grande, y tú al prestarme el dinero, que pensé que sería muy grosero por mi parte negarme, y ahora me preocupa lo que he hecho.

Debido al espacio que ocupaba la sillita de seguridad de Jayden en la banqueta delantera de la camioneta, Sadie se sentaba pegada a él y Dawson sentía perfectamente el calor que emanaba de su cuerpo. Le gustaba sentirla tan cerca, pero no le ayudaba en nada a controlar su libido.

—Sadie, no tienes que devolvérmelo. De hecho, no quiero que lo hagas. Yo solo dije que salía de tu sueldo para que te tranquilizaras y, con suerte, lo disfrutaras. De lo contrario sabía que te negarías.

—Porque quiero devolverte el dinero. ¿No lo entiendes? Agradezco tu amabilidad y comprensión, pero no quiero tu piedad. Me encuentro en una mala situación, lo cual me coloca en una posición de desventaja, pero volveré a ponerme en pie.

—Y por eso te he comprado un par de cosas —insistió él encogiéndose de hombros—. ¿Qué más da?

—Sí que da, porque... —las palabras de Sadie se perdieron en un profundo suspiro.

—Te escucho —la animó Dawson.

—Importa porque me gustas —contestó ella a regañadientes sin apartar la mirada del frente—. Quiero que puedas respetarme.

—¡Yo te respeto! —Dawson esquivó un bache.

De lo contrario no se habría esforzado tanto por mantener la distancia, física y mental. No solo intentaba ayudarla, intentaba darle el tiempo y el espacio necesarios para que se recuperara de diez años de abusos emocionales, sin imponer sus propias necesidades y sus propios deseos.

—Entonces no puedes tratarme como si fuera una obra de caridad —insistió ella—. Me hace pensar que nunca me verás como... como un adulto responsable, respetable, apetecible. Alguien que podría, ya sabes, ser tu igual.

—Sadie —Dawson aminoró la marcha al girar por el camino de acceso a la granja—, comprarte esa ropa tuvo menos que ver contigo que conmigo, ¿lo entiendes? Claro que necesitas esas prendas, pero no fue más que la excusa que yo necesitaba.

—¿A qué te refieres? —ella parecía sorprendida.

—Me hizo mucho bien olvidarme de mi situación comprándote algo bonito. Algo que no tenías que rechazar por el precio. Algo que te quedaría muy bien. Y, de acuerdo, quizás también algo que resultara un poco extravagante. Ese era el atractivo. Quería sentirme de nuevo como un hombre, no como el sospechoso de asesinato o como alguien que, al igual que tú, tiene una vida por reconstruir. Yo solo dije que podrías devolverme el dinero para que no te negaras a entrar en esa tienda. Jamás pensé en quitártelo de tu sueldo. Sé que elegí cosas que tú jamás elegirías.

—¡Pero has gastado una barbaridad en... en lencería!

Dawson no pudo reprimir una sonrisa.
–Lo sé. Y esa fue la mejor parte.

Las palabras de Dawson quedaron grabadas en la mente de Sadie durante el resto del día. Ella insistió en ayudarlo en el campo, pero Jayden nunca permanecía lo bastante cerca de ellos como quería, de modo que tenía que parar a cada rato para atraparlo antes de que se alejara. No solo eso, Sadie no estaba acostumbrada al trabajo físico, y ya empezaba a notar la fatiga acumulada por haber permanecido levantada hasta tan tarde la noche anterior.

–Vete a casa y descansa –le aconsejó Dawson–. Pareces a punto de desmayarte.

–Estoy bien –ella se sacudió el polvo del pantalón de chándal. Sin embargo, la apreciación de Dawson había sido más precisa de lo que le gustaba admitir–. Si tú puedes aguantar, yo también.

–Aguantaría mucho más si regresaras a casa y prepararas algo para comer –le aseguró él.

Habían comido al regresar a la casa, bocadillos de albóndigas, y no eran más que las cuatro y media de la tarde.

–¿Tienes hambre otra vez?

–Yo siempre tengo hambre –bromeó Dawson.

Sadie soltó un suspiro de alivio y se quitó los guantes con los que se había protegido las manos mientras arrancaba malas hierbas.

–¿Qué te apetece comer?

–¿Por qué no calientas un poco de ese Stroganoff? De todo lo que has preparado hasta ahora es lo que más me ha gustado.

–Por supuesto –Sadie sospechaba que Dawson solo quería proporcionarle una excusa para dejar de trabajar, pero estaba tan cansada que se lo permitió–. Mañana puedo ayudarte un poco más, en cuanto vuelva del restaurante –propuso–. Estoy condenadamente cansada.

Los músculos de Dawson se tensaron mientras seguía tirando de la planta que intentaba arrancar.

–Deberías echarte una siesta después de comer.

–Si lo hago, esta noche no podré dormir. Las noches son muy duras, ¿sabes? Podré con ello. ¿Tú no estás cansado?

Sadie se sintió cohibida cuando él levantó la vista y la miró. Estaba cubierta de suciedad y sudor.

–Sí, pero le prometí a Angela que iría a visitarla mañana, y eso significa que no podré trabajar durante la mayor parte del día. Necesito adelantar algo este fin de semana.

–Me siento mal –reconoció Sadie–, porque soy yo quien te está retrasando, yo y mi mochila. Es como si me hubiera estampado en tu vida.

–No pasa nada. Además, lo de anoche fue culpa de Sly, no tuya.

–O de quienquiera que provocara el incendio –precisó ella.

–¿Ya no crees que fuera él? –Dawson se apoyó en el mango de la pala.

Sadie colocó la mano a modo de visera para buscar a Jayden. El niño al fin se había sentado y estaba cavando un hoyo lleno de barro junto al bancal en el que ellos trabajaban.

–Hablé con el jefe Thomas antes de venir a ayudarte. Tenía que darle la lista de lo que necesito, por si puede traerme las cosas.

–¿Y qué ha descubierto que te haga pensar que no ha sido Sly?

–Todavía nada. Pero sí me contó unas cuantas cosas que tenían mucho sentido.

—Déjame adivinar. Dijo que Sly jamás haría nada para lastimar a su hijo.

—Sí, pero tú ya sabes lo escéptica que soy al respecto.

—Entonces, ¿qué ha hecho que te lo estés replanteando? —él se irguió.

Sadie bajó la voz por si alguna de sus palabras pudiera llegar hasta Jayden.

—Dijo que nunca haría nada que arruinara su imagen o provocara que lo echaran del cuerpo, mucho menos enviarlo a prisión. Adora su placa. Lo convierte en alguien importante, le da poder en esta ciudad. Y el poder es lo que más ama en el mundo.

Dawson sacudió la cabeza y regresó al trabajo.

—¿No estás de acuerdo?

—No es asunto mío —contestó él.

—Te estoy pidiendo tu opinión.

—¿En serio? —Dawson se detuvo de nuevo—. Opino que lo hizo él. A lo mejor lo que dijo el jefe Thomas, lo de la placa y su ego, lo detendría si creyera que había algún peligro de que lo atraparan. Pero se cree demasiado listo para eso.

—La gente te culpó de algo horrible, porque parecías la elección más lógica, y se equivocaron. Yo también me inclino a pensar que lo hizo él, y lo sabes. Pero no soportaría cometer el mismo error con el padre de Jayden.

—No deseo que nadie pase por lo que yo pasé, ni siquiera Sly —contestó él—. Pero a mí me culparon, básicamente, por estar en el momento equivocado en el lugar equivocado. Nunca los había maltratado, no los acosaba, ni los amenazaba o abusaba de ellos, del modo en que Sly te ha acosado y amenazado. No había ningún patrón de agresión, aunque eso no consiguió que me dieran un respiro al respecto. Fui adoptado, tuve un pasado duro y los encontré. Bastó con eso —Dawson hundió la pala en el suelo—. En mi opinión, a Sly no le gustó que de repente tuvieras un aliado, otra manera de ganar dinero y sobrevivir. Tuvo la sensación de que estaba perdiendo el control sobre ti y necesitaba hacer algo para recuperarlo, algo que te obligara a ser de nuevo sometida a él, de una vez y para siempre.

Estaba pronunciando en voz alta lo que ella pensaba, lo que llevaba pensando desde antes de que el jefe Thomas se le metiera en la cabeza.

—Sí, tienes razón —asintió Sadie—. Es que me cuesta creer que... que haría una cosa así. Porque si es capaz de llegar tan lejos, ¿cuál podría ser su siguiente paso?

Buena pregunta —contestó Dawson—. Independientemente de lo que tenga que decir el jefe Thomas, tienes que mantener la guardia alta. Los dos tenemos que hacerlo.

Capítulo 17

Alguien merodeaba alrededor de su casa, una sombra oscura que Sadie veía desde la ventana, pero que no lograba identificar por completo. Llevaba una capucha oscura que le tapaba el rostro. «Ha vuelto», pensó ella. Pero, de repente, ya no se encontraba en su casa mirando por la ventana. Estaba en la granja, contemplando los campos, y volvía a oler a humo. Intentaba gritar, advertirle a Dawson para que saliera de la casa, cuando abrió los ojos y con el corazón acelerado, parpadeó en la penumbra.

No había humo. Todo olía como de costumbre, un poco mohoso dado lo vieja que era la casa. Las imágenes, los sonidos, todo había sido un sueño.

Debía de ser tarde, pero la luz seguía encendida en el pasillo y la televisión puesta en la planta baja. Lo había dejado todo así al subir al dormitorio para acostar a Jayden, porque su idea había sido regresar abajo y esperar a que Dawson terminara de trabajar. Quería estar segura de que ambos estuvieran en casa al caer la noche, pero se había quedado dormida con el niño.

¿Dónde estaba Dawson? Tras servirle las sobras del Stroganoff, él le había comunicado que seguiría trabajando un par de horas más. ¿Había regresado? ¿Estaba en la cama? Y en ese caso, ¿por qué había dejado las luces y la televisión encendidas?

A lo mejor se había sentido demasiado cansado para preocuparse siquiera de esas cosas, pensó Sadie, pero intuitivamente sabía que en un hombre como él resultaría extraño. Dawson era cuidadoso con las cosas. Y también lo era con las personas, ella era el ejemplo más obvio. De haber regresado a la casa habría cerrado la puerta y apagado todas las luces antes de irse a la cama.

Todavía bajo los efectos del sueño, y de la pesadilla, Sadie se apoyó sobre un codo y miró la hora. No era tan tarde como había pensado, solo las once de la noche. No sería de extrañar que Dawson estuviera viendo la televisión.

Jayden dormía acurrucado contra ella. Tras besarle la frente, lo empujó un poco para poder bajarse de la cama. De nuevo llevaba puesta la ropa de Dawson, pues había metido la suya en la lavadora después de regresar del campo.

Aunque en la cama estaba muy calentita, el suelo de madera estaba tan frío que en cuanto posó los pies echó de menos sus zapatillas. Qué fácil era ignorar las pequeñas cosas, hasta que desaparecían

De nuevo su mente empezó a llenarse de especulaciones sobre cómo iba a recuperarse del incendio. Antes de quedarse dormida había decidido que, dado el cariz que estaba tomando la situación, solo tenía una opción: ahorrar hasta el último céntimo y abandonar Silver Springs en cuanto pudiera. Dawson tenía razón, el hecho de que Sly fuera capaz de prenderle fuego a la casa era una señal de advertencia, y sería una estúpida si no hiciera caso. Su ex había ido demasiado lejos, tanto que ella sintió que estaba justificado que intentara escapar del modo que fuera, llevándose al niño con ella.

Pero también era consciente de que pasaría bastante

tiempo antes de que tuviera el dinero suficiente para marcharse, y mientras tanto no tenía muchas opciones salvo tener cuidado, de modo que apartó esa preocupación de su mente. El jefe Thomas había llamado poco antes de que ella acostara a Jayden para comunicarle que tenía a un agente en la casa buscando los artículos que le había pedido, al menos lo que se hubiera salvado, y que se lo llevaría al día siguiente. El agente le había comunicado que no había encontrado las fotos de Jayden ni las de sus padres, lo cual preocupó a Sadie, aunque eso no significaba que hubieran desaparecido. El agente no había dicho que hubieran quedado destruidas, solo que el contenedor de plástico en el que las guardaba no estaba en el armario del dormitorio donde ella le había indicado que buscara. Podría interpretarse como una noticia potencialmente buena. Si el contenedor no estaba allí, las fotos tampoco estarían, de modo que debía haberlas cambiado de sitio.

Con suerte, las había guardado en un lugar seguro. Con suerte. Pues no podría haber un lugar peor que el armario.

Se dijo a sí misma que, en general, debería sentirse agradecida y no aterrada. Quizás su situación no fuera tan mala como había creído al principio, al menos en cuanto a lo de recuperar sus cosas. Lo que le pasaba era que estaba agobiada por lo difícil que le iba a resultar huir de allí y empezar de nuevo, y no la ayudaba la sensación de desorientación e inquietud que tenía en esos momentos, sobre todo al pasar junto al dormitorio de Dawson y ver que la puerta estaba abierta y la cama hecha.

Comprobó el cuarto de baño. Sin duda Dawson se habría duchado antes de irse a la cama. Era muy estricto con respecto a la higiene. Pero en el baño no había rastro de humedad, ninguna señal de que alguien se hubiera duchado recientemente allí.

Debía estar abajo, decidió, sin duda se había quedado

dormido en el sofá. Pero al llegar al salón lo encontró vacío. Y lo mismo con la cocina y el cuarto de la lavadora.

—¿Dawson? —pese a su empeño en no asustarse, Sadie percibió un temblor en su propia voz.

Tras registrar toda la planta baja de nuevo y mirar por las ventanas, regresó al pie de las escaleras y miró hacia el dormitorio de sus padres. Imposible que estuviera allí. Pero ¿dónde si no? Tenía que estar en la casa. La camioneta estaba en la entrada.

Con el estómago encogido, volvió a subir las escaleras y, agarrando el picaporte, intentó hacerlo girar.

Gracias a Dios la puerta estaba cerrada. Lo malo era que no explicaba dónde podía estar Dawson. Fuera la noche era oscura. No podía estar trabajando...

«Tienes que mantener la guardia alta. Los dos tenemos que hacerlo». Las palabras le llegaron claramente mientras marcaba el número de su móvil. Se había referido a Sly.

Escuchó atentamente por si oía sonar o vibrar el móvil de Dawson, pero no oyó nada.

—Contesta, maldita sea —murmuró, pero él no lo hizo.

Marcó de nuevo el número y al segundo tono saltó el buzón de voz.

Soy Dawson Reed. Deja tu mensaje.

¿Se había ido con alguien a la ciudad? ¿Estaría en esos momentos en The Blue Suede Shoe? La noche anterior había ido allí. Y era sábado. A lo mejor había terminado de trabajar, comprobado que ella dormía, y se había marchado.

Pero Sadie estaba segura, por lo poco que conocía a Dawson, de que le habría dejado una nota o algo por si acaso se despertaba.

Temía que su exmarido se hubiera apostado cerca de la granja, esperado a que se hiciera de noche y atacado a Dawson mientras volvía del campo.

Ante la imagen que apareció en su mente se tapó la boca con una mano. Esa imagen decía mucho de lo que pensaba realmente de Sly y de qué lo creía capaz, ¿no?

—Mierda. Mierda, mierda, mierda —exclamó mientras volvía a bajar las escaleras y revolvía en el cajón de sastre que había dispuesto en la cocina. Había visto una linterna allí...

Por suerte, no le costó mucho encontrarla, y además funcionaba. La luz no era tan potente como le hubiera gustado, pero también contaba con la linterna de su móvil. Aunque no le gustaba la idea de dejar solo a Jayden después de lo sucedido la noche anterior, permanecería en las inmediaciones de la granja. En el interior de la casa no parecía haber nada fuera de lugar, salvo el hecho de que Dawson no estuviera allí. Cerraría la puerta y no perdería de vista la casa mientras echaba un vistazo por los campos. No podía dejar a Dawson solo ahí fuera en medio de la noche, podría necesitar ayuda.

—Más te vale no haber hecho nada —le advirtió a Sly a pesar de que no estaba allí.

¿Había acudido su ex a la granja para causar más problemas? ¿Qué otra cosa podría haber sucedido?

Sadie recordó la velocidad con la que Sly había posado la mano en su pistola mientras su casa ardía, ¡y todo en medio de la calle! De no haber aparecido el jefe Thomas quizás su exmarido habría empuñado el arma, y podría haberla utilizado.

Hacía bastante frío como para ponerse el abrigo que encontró colgado del perchero en la antecocina, el mismo abrigo que Dawson le había prestado el día anterior.

«Por favor, que estés bien». Tras el incendio y la actitud beligerante de Sly en plena calle, por no mencionar la pesadilla y lo sucedido en aquella granja un año atrás, a Sadie le resultaba muy difícil no imaginarse lo peor. ¿Y si encontraba a Dawson en medio de un charco de sangre?

O, peor aún, ¿y si ni siquiera lo encontraba? ¿Y si Sly lo había matado y arrastrado a algún lugar remoto para enterrarlo y que nadie lo encontrara jamás?

Se dijo a sí misma que Sly no haría algo así. Pero no sería la primera vez que veía suceder cosas de lo más descabelladas en los programas sobre crímenes reales que le gustaba ver.

El sonido de la puerta al cerrarse fue muy fuerte. Sadie temió que Sly saltara sobre ella en cualquier momento para estrangularla, o matarla de alguna otra manera. Si no lo pillaban conseguiría la plena custodia de Jayden sin siquiera tener que pelear por ella. Y así podría asegurarse de que su «niño» no fuera mimado, que fuera criado para convertirse en un «hombre», según el concepto de Sly. Y ni siquiera iba a tener que preocuparse por criar a Jayden él solo, pues su madre haría casi todo el trabajo.

Encendió la linterna e iluminó el patio. El vello de la nuca se le había puesto de punta. Lo que se veía en el pequeño haz de luz parecía inofensivo, pero lo que la asustaba verdaderamente era lo que no veía. ¿Qué se movía fuera del círculo de luz?

Rezó para que no fuera su exmarido.

Respiró hondo para armarse de valor y abandonó el porche trasero en dirección al campo en el que había estado trabajando con Dawson aquella tarde. Quizás se había quedado allí para arreglar el sistema de regadío o reparar el granero, y eso significaba que podría estar en casi cualquier parte. Sin embargo, su intención no había sido la de quedarse fuera mucho rato y no habría emprendido una nueva tarea antes de terminar la que ya tenía entre manos.

Pero cuando llegó al campo no vio señales de Dawson, únicamente la pala tirada, como si la hubiera arrojado o la hubiera dejado caer.

El corazón de Sadie empezó a latir alocadamente y lo sentía golpearle el pecho.

—¡Oh, Dios! —susurró—. No, por favor.

Dirigió la linterna hacia la tierra recién removida y empezó a buscar sangre o cualquier otra señal de que se hubiera perpetrado allí algún crimen. Si Sly había lastimado a Dawson no iba a escapar. Ya se ocuparía ella de que fuera castigado, costara lo que costara. Pero la idea de que Dawson pudiera estar herido era más de lo que ella se sentía capaz de soportar. Se sentiría mal si cualquiera resultara herido, pero sobre todo si era él. No lo conocía desde hacía mucho tiempo, pero sí había empezado a encariñarse con él.

Con los ojos llenos de lágrimas, lo cual le dificultaba la visión, movió la linterna en círculos cada vez más amplios con la esperanza de encontrar algo. Pero no fue así. Ya solo le quedaba volver a la casa y llamar a la policía. Sly formaba parte del cuerpo de policía, y casi todos estaban en contra de Dawson, pero no podía hacer otra cosa. El tiempo era esencial y eso significaba que tenía que moverse con rapidez. Solo le cabía esperar que hubiera alguien que pudiera responder con cierta integridad en el desempeño de sus funciones.

Y entonces vio algo. Allí, bajo el árbol.

Casi sin aliento levantó un poco más la linterna para ver mejor.

Tardó un segundo en comprender de qué se trataba. Era una bota. La bota de Dawson.

Tenía las manos de Sadie sobre su cuerpo, bajo la camiseta, sobre su pecho. Dawson quería que esas manos se deslizaran más abajo. Hacía por lo menos dieciocho meses que nadie lo tocaba íntimamente, aparte de ese compañero de celda que había intentado agarrarle el paquete en medio de la noche y que había perdido un diente en el intento.

Sintió reaccionar su cuerpo, sintió cómo se ponía duro antes de darse cuenta de que no estaban en la casa, mucho menos en la cama.

¿Qué demonios? ¿Qué hacían ahí fuera? ¿Se trataba de otra de sus muchas fantasías?

—¿Dawson? ¿Me oyes? —preguntó ella.

Dawson consiguió abrir los ojos con mucha dificultad para mirarla. Sadie estaba inclinada sobre él. Llevaba un enorme abrigo, su abrigo, comprendió de repente. Y estaba llorando. Una linterna descansaba en el suelo a su lado, con el haz de luz iluminando el campo.

—¿Qué ha pasado? —murmuró él.

—Eso intento averiguar. ¿Qué te ha hecho?

Dawson le sujetó las manos antes de que siguiera excitándolo.

—¿De qué hablas?

—¡De Sly!

—¿Ha estado aquí?

—Eso creo. ¿Te ha herido?

Dawson no recordaba haber visto a Sly. Tampoco sentía ningún dolor. Pero estaba tan aturdido por la falta de sueño que sufría desde que había salido de la cárcel... Y le resultaba tremendamente extraño encontrarse ahí fuera. ¿Cómo había llegado hasta allí?

De repente, la respuesta surgió clara ante sus ojos. Demasiado agotado para seguir trabajando, pero demasiado empecinado en no dejarlo, se había dicho a sí mismo que solo serían quince minutos de siesta bajo el árbol más cercano antes de terminar el bancal en el que estaba trabajando. Pero sin duda se había quedado profundamente dormido, tanto que habría podido pasar toda la noche bajo ese árbol si Sadie no lo hubiera despertado.

—Espera, Sadie, no pasa nada. Estoy bien. Me quedé dormido, eso es todo.

Estaba seguro de que ella se apartaría, pero no fue así.

La luz de la luna brillaba en sus ojos, que estaban fijos en él, el pecho le subía y le bajaba rápidamente por culpa del miedo y la conmoción.

–Me asustaste –susurró.

–Lo siento –la veía tan alterada que Dawson no pudo evitar deslizar sus propias manos dentro del voluminoso abrigo. Buscaba el suave tacto de su piel, que encontró en la cintura, pero también esperaba calmarla, hacerle saber que estaba allí, entero, y que no había motivo para tener miedo–. No ha pasado nada.

–Entonces, ¿Sly no ha estado aquí?

–No. Todo va bien –contestó él.

Y todo iba bien, salvo por el hecho de que se estaban tocando y que ninguno de los dos parecía dispuesto a apartar las manos del otro.

–¡Por Dios, qué agradable sensación! –exclamó Dawson con una ronca risotada, aunque se sentía demasiado culpable para seguir avanzando en sus caricias.

Esa mujer trabajaba para él y aún no había terminado con su anterior relación. Dawson no quería darle la impresión de que tenía que entregarse a él para asegurarse su amistad, su apoyo, ni siquiera su empleo.

–Lo siento, yo... yo no pretendía pasarme de la raya.

Se obligó a sí mismo a soltarla, aunque lo cierto era que ella no parecía molesta. Al contrario, Sadie le atrapó las manos y las deslizó más arriba. ¡Hasta sus pechos!

La testosterona que se liberó por su cuerpo le tensó cada músculo.

–Sadie...

Sin duda ella debió captar la desesperación de su voz, pues para él resultó evidente. Intentaba advertirle de que faltaba muy poco para sobrepasar el punto de no retorno. Desde hacía un año su vida no había sido normal y eso lo situaba en una posición de clara desventaja. Ella cubrió sus manos con las suyas y las mantuvo quietas.

–No hables. No pienso escucharte. No puedo escucharte, ahora mismo no. Solo necesito tocar y que me toquen. Me apetece sentir algo que no sea ira, remordimientos o miedo –Sadie bajó la voz hasta convertirla en un susurro–. Quiero hacerle el amor a un hombre al que desee. Ni siquiera logro imaginarme cómo será.

–Pero debes darte cuenta de lo mucho que esto podría complicar las cosas –contestó él, esforzándose por mantener la cabeza despejada–. Apenas nos conocemos, y los dos estamos metidos en un lío. El riesgo es demasiado grande.

–No me importa el riesgo –contestó ella–. Estoy harta de luchar por todo en mi vida. Necesito un respiro, la oportunidad de experimentar algo impresionante. Mientras los dos lo deseemos, ¿qué daño puede hacernos? Quiero decir que puede que no te resulte atractiva, pero el modo en que me miras a veces me hace pensar que...

–No digas eso –la interrumpió él antes de que pudiera terminar la frase–. Te equivocas. Yo te encuentro hermosa.

–Pues, si es así, ¿qué importancia puede tener una noche? ¿Por qué no podemos dejarnos llevar durante unas horas de placer entumecedor antes de regresar a las batallas en las que se han convertido nuestras vidas? Por la mañana fingiremos que jamás sucedió. Volveremos a mostrarnos responsables y prudentes. Pero ahora mismo no.

Dawson no estaba tan seguro de que pudieran fingir no haber cruzado la raya. Pero tampoco se le ocurrían más argumentos, no cuando ella se mostraba tan decidida. Y en el momento en que Sadie se sentó a horcajadas sobre él, supo que había perdido toda capacidad para rechazarla. La presión de su trasero contra su erección detonó una bomba atómica de energía sexual que le hizo querer arrancarle la ropa.

–De acuerdo. Bien. Una noche. Podremos olvidarlo todo mañana. Y ahora déjame saborearte.

Un segundo después se estaban besando apasionadamente, frenéticamente y manoseándose en busca de la piel desnuda.

A Dawson no le llevó demasiado tiempo encontrar el cierre del sujetador de encaje que le había comprado aquella mañana, y abrirlo con un solo movimiento. Sadie sintió cómo se aflojaba justo antes de que le arrancara el abrigo que llevaba, junto con la camiseta. Nunca había sentido las manos de otro hombre sobre sus pechos y mientras los dedos de Dawson se deslizaban sobre sus pezones buscando, explorando, disfrutando, ella jadeó y oyó un sonido gutural surgir de la garganta de Dawson.

–Será mejor que nos lo tomemos con calma o de lo contrario te voy a decepcionar –murmuró él.

Sadie sentía claramente el fuerte latido de su corazón, señal de que quería hacer cualquier cosa menos tomárselo con calma. Pero no le preocupaba en absoluto. Le daba igual cómo «rindiera» Dawson, tan solo necesitaba sentirse unida a alguien, siquiera durante unos minutos, a un hombre al que pudiera admirar. Y en ese aspecto y en muchos otros, lo que más deseaba era justamente lo que estaban a punto de hacer, aunque no llegara al clímax. En esos momentos ya no se sentía aislada, ya no estaba sola.

–Solo quiero sentir tu cuerpo y que tú sientas el mío – le dijo mientras se quitaba la camiseta–. Quiero emborracharme de deseo. Quiero fingir ser otra persona, alguien que no la haya cagado o se haya perdido todo lo bueno de la vida.

Sadie no quería presionarlo. Prefería que se dejase ir y disfrutara como hacía ella, quería que se perdiera en las sensaciones. Dawson se merecía un respiro tanto como ella.

Él la tumbó de espaldas sobre la tierra fría y húmeda. Sadie pensó durante un instante en lo sucia que estaría cuando acabaran, pero toda preocupación desapareció cuando él se quedó mirando fijamente lo que había quedado expuesto al quitarle el abrigo, las braguitas y el sujetador. Aunque no conseguía ver claramente la expresión de su rostro, era de noche y la luna creaba un halo de luz alrededor de su rostro, no le hacía falta. Se notaba que le gustaba lo que veía y le gustaría ver más, porque le arrancó los pantalones de chándal que le había prestado y deslizó un dedo por las braguitas nuevas, allí donde el delicado tejido cubría la parte más sensible de su cuerpo.

Sadie se estremeció ante el contacto.

—Sabía que estarías hermosa —afirmó Dawson—. Casi odio tener que quitártelas.

—Pues espero que eso no te detenga —contestó ella con una risita nerviosa.

—Desde luego que no —respondió él mientras las deslizaba por las caderas para que ella pudiera quitárselas de una patada.

Sadie literalmente temblaba con el deseo de sentirlo dentro de ella. ¿Alguna vez había sentido ese deseo por Sly? De haberlo hecho había sido años atrás. Por primera vez en siglos estaba eligiendo quién quería que la tocara. Y la sensación resultaba tan liberadora como embriagadora.

Dawson extendió el abrigo sobre el suelo para que ella se tumbara y Sadie alargó una mano hacia la cremallera de sus pantalones, aunque él la detuvo.

—Todavía no —murmuró él mientras agachaba la cabeza para besarle el cuello, la garganta y los pechos.

Sadie estaba tan excitada que casi no podía respirar. El olor de la tierra a su alrededor, el frescor del aire nocturno sobre la piel desnuda y la luna brillando sobre ellos habían convertido la experiencia en algo casi irreal.

Quizás estuviera soñando, se dijo a sí misma. Pero lo cierto era que los sueños nunca le habían resultado tan buenos.

—Esto es una maravilla —Sadie suspiró cuando Dawson introdujo uno de sus pezones en la boca. El húmedo calor de su lengua deslizándose sobre ella estuvo a punto de derretirle los huesos.

Él pasó al otro pecho, pero no se limitó a centrarse ahí. Con una mano continuó estimulando el pezón que acababa de abandonar mientras deslizaba la otra mano hacia abajo.

Sadie dio un respingo al sentir su caricia. No recordaba haberse sentido tan excitada nunca, y eso que apenas le había hecho nada aún.

—¿Te gusta? —murmuró Dawson.

—Nunca había deseado algo tanto como deseo esto —contestó ella.

Dawson levantó la cabeza y su sonrisa dejó al descubierto unos brillantes dientes bajo la luz de la luna mientras deslizaba un dedo dentro de ella.

Sadie lo agarró por la muñeca, aunque sin saber muy bien por qué. Lo que le estaba haciendo resultaba tan íntimo que sentía la necesidad de agarrarse a él, sobre todo cuando la tensión empezó a crecer en su interior. Iba a llegar enseguida al clímax, y con mucha facilidad, algo que no le sucedía desde hacía años. Sly no había sido precisamente un buen amante. Había insistido en hacerle llegar al orgasmo alguna que otra vez, pero esas ocasiones casi habían sido peores que cuando se limitaba a buscar su propio placer y no se preocupaba por ella. Sadie se veía obligada a esforzarse al máximo y él se enfadaba si ella no lograba hacerle lo que él demandaba. El esfuerzo y la energía requeridos por ambas partes a menudo lo enfurecía antes de que hubieran terminado. Y rara vez se sentía unida a él cuando todo había acabado.

Pero eso... eso que estaba viviendo era una experiencia totalmente diferente, algo fresco, nuevo y excitante. Le gustaba cómo trataba Dawson a su cuerpo. Se mostraba seguro de sí mismo, pero a la vez respetuoso con ella. Y aunque parecía tan excitado por ella como lo estaba ella por él, tan ansioso por alcanzar su propia liberación como lo estaría cualquier hombre, le hacía sentir que cuanto más disfrutara ella haciendo el amor con él, más disfrutaría él también.

Quizás el problema con Sly había sido ese. Incluso mientras practicaban sexo, Sadie se había sentido sola, un medio para que él alcanzara un fin. De vez en cuando incluso le había obligado a ver alguna película porno para que viera cómo había que hacerlo para excitarlo de verdad, lo cual le hacía sentirse como si no tuviera la capacidad para excitar a su marido siendo tal y como era ella, y así las cosas habían empeorado cada vez más entre ellos.

—Ojalá estuviéramos en casa para poder verte bien —susurró Dawson mientras ella sentía que las piernas empezaban a temblarle—. Me encanta verlo todo. Me encanta verte.

Sadie no necesitaba ningún estímulo más. Ya tenía fantasías de sobra que lo involucraban. Pero sus palabras no podían hacerle ningún mal. Segundos después, el más espectacular de los clímax jamás vividos estalló en su interior. Lanzando un gemido, ella se sintió ascender, se permitió abrazar el placer que le estaba proporcionando.

La liberación fue más que bien recibida, casi catártica.

Cerró los ojos para saborear el momento, y no los abrió hasta que él le mordisqueó el lóbulo de la oreja.

—Qué agradable ha sido —murmuró él.

—Es lo mejor que he sentido en mucho, mucho tiempo —admitió ella.

—Me alegro —la voz de Dawson destilaba satisfacción—. Me gustaría hacerte llegar de nuevo, conmigo dentro de ti, pero no te prometo nada. Me has excitado tanto que no estoy seguro de poder aguantar mucho más.

Dawson había elegido el atajo más seguro para que ella no se sintiera decepcionada. Sadie lo comprendió, y lo encontró de lo más entrañable.

—No olvides que estás tratando con un tipo que ha pasado un año en la cárcel —añadió él.

—No tienes nada de lo que preocuparte —lo tranquilizó Sadie—. Ya has superado todas mis expectativas. Yo solo quería estar con alguien y que resultara sencillo, gratuito y agradable para variar.

Aunque hizo que sonara como si casi cualquier hombre le serviría, no era el caso. Se había sentido atraída hacia él desde el momento en que se habían conocido, y esa atracción no había hecho más que crecer a medida que lo había ido conociendo. Pero no quería que pensara que se lo estaba tomando demasiado en serio cuando le había asegurado todo lo contrario. Y dado que en cuanto tuviera suficiente dinero ahorrado se marcharía de allí, no quería que Dawson se equivocara sobre el futuro.

—¿Volvemos a casa, a mi dormitorio? Es imposible que estés cómoda aquí.

Sadie consideró la invitación, pero sacudió la cabeza. Aquello era algo excepcional, y así debía permanecer, separado de sus vidas. De lo contrario podría cambiarlo todo, y ella no podía permitirse que sucediera algo así. Necesitaba el trabajo, y un lugar seguro en el que vivir, hasta que pudiera salir adelante por su cuenta.

—No, esa casa es la realidad —contestó—. Esto es otra

cosa, un sueño, y aún no estoy preparada para volver a la realidad.

—De acuerdo —Dawson pareció comprenderlo, porque no la presionó.

La besó, al principio lentamente y con dulzura, pero con más necesidad y premura cuando sus lenguas se encontraron y se entrelazaron. Después ya no hubo tiempo para hablar. De todos modos, Sadie no quería hablar. Estaba demasiado ocupada arrancándole los pantalones.

—¿Y qué hay de las medidas de protección? —preguntó él.

Era evidente que Dawson había estado retrasando la pregunta, no queriendo arruinar las sensaciones que habían experimentado obligándola a enfrentarse a la posibilidad de un embarazo.

—No llevo nada —admitió.

Sadie tomaba la píldora por culpa de Sly, por haber insistido en que practicara el sexo con él a pesar de estar separados. Desde luego no iba a permitir que su ex la dejara embarazada. Un hijo suyo ya era suficiente.

—Yo ya controlo ese tema.

Temió que Dawson fuera a hacerle alguna pregunta al respecto. Si su marido y ella llevaban un año separados, y ella no había estado con ningún otro hombre, ¿para qué seguir tomando precauciones? Cualquier otro se habría hecho la pregunta, pero Dawson estaba demasiado excitado para pensar en las ramificaciones. En esos momentos solo deseaba una cosa, y esa cosa anulaba cualquier razonamiento.

—Gracias a Dios —respondió mientras se hundía dentro de ella.

Capítulo 18

Estaba practicando sexo con la cuidadora de su hermana, en el suelo, en el campo, y ella llevaba menos de una semana trabajando para él. Hasta cierto punto, Dawson era consciente de lo patético que resultaba el que se hubiera rendido tan pronto a su libido. Desde el principio había fingido que no la había contratado por sentirse atraído hacia ella. Se había dicho a sí mismo que era demasiado delgada, que solo pretendía ayudarla, que tenía demasiados problemas en ese momento para preocuparse por satisfacer sus necesidades sexuales.

Pero en el fondo sabía que, al menos en parte, aquello era mentira. Había intentado mantener la cabeza donde debería estar, pero había demasiadas cosas de esa mujer que le gustaban. ¡Y qué piernas! Cada vez que la había visto después de aquella noche en su casa, había sentido un fuerte tirón en las entrañas. Había acudido al bar con la esperanza de encontrar a alguien con quien desahogar su frustración sexual, pero no había encontrado a nadie que le resultara ni remotamente atractiva. Sadie había sido lo único en lo que podía pensar.

En cualquier caso, no lamentaba haber sucumbido, no cuando la sensación de esa mujer debajo de él le había proporcionado tanto placer. Dado que ella ya se había saciado, pensó que quizás se volvería impasible. Había tenido un par de parejas así en el pasado, que reaccionaban mecánicamente. Pero lo que acababa de suceder no parecía haber cambiado a Sadie. Siguió mostrándose comprometida, receptiva, lo que lo excitaba aún más. Dawson disfrutó de cada instante con ella, adoraba cómo Sadie prescindía de todas sus reservas y ponía todas sus energías en hacer el amor con él. A pesar del hecho de que era la única persona con la que había estado aparte de su exmarido, no era una mujer tímida.

Había acertado al suponer que no iba a necesitar más que unos pocos minutos para alcanzar el clímax. El placer era demasiado intenso para poder controlarse. A medida que crecía la tensión deseó poder prolongar el momento aunque no pudiera esperar para alcanzar la cima. Para variar, se enfrentaba a un buen problema, la mejor clase de problema que existía.

Mientras se dejaba ir sintió las manos de Sadie en sus cabellos, sus labios en su cuello, y supo que una vez con ella no bastaría. Apenas había terminado y ya deseaba volver a empezar. Pero lo que no sabía era cómo iba a afectarle aquello, cómo se comportaría Sadie al día siguiente. Le preocupaba que sintiera algún remordimiento. Tal y como le había recordado él, apenas se conocían.

–Necesitamos una ducha –Dawson estaba tumbado sobre ella, intentando recuperar el aliento. No le había hecho falta esforzarse demasiado, la excitación había lanzado su corazón al galope–. He hecho muchas cosas en estos campos, pero nunca había hecho el amor en la tierra –concluyó mientras se echaba a un lado.

–Pues deberías hacerlo más a menudo –contestó ella–. Se te da muy bien.

El que Sadie se mostrara tan displicente con esa sugerencia hizo que Dawson se sintiera incómodo. A ella no parecía importarle lo más mínimo que lo volviera a hacer, con ella o con cualquier otra. Pero después de lo que había sufrido esa mujer, no podía culparla. Él tampoco querría iniciar una nueva relación si lo único que hubiera conocido fuera a Sly.

Tras intercambiar unos cuantos piquitos, Dawson se levantó del suelo y recogió la ropa esparcida y la linterna.

—Eh, parte de eso es mío —protestó ella al comprender que no iba a devolvérsela.

—Pero si te pones ahora esta ropa vas a tener que quitártela en cuanto llegues a casa para lavarla —contestó él—. Llevamos desnudos al menos quince minutos. Podemos aguantar un poco más. ¡Vamos!

Dawson la agarró de la mano y la ayudó a ponerse en pie para que, juntos, corrieran hacia la casa.

—¿Cerraste con llave? —preguntó Dawson al intentar abrir la puerta de atrás.

—¡Temía que te hubiera sucedido algo! No podía dejar a Jayden aquí, desprotegido, mientras lo comprobaba.

—Cierto. ¿Dónde está la llave?

—En uno de los bolsillos del pantalón de chándal que llevaba puesto.

Sadie sujetó la linterna mientras él rebuscaba entre la ropa hasta que al fin encontró la llave.

—¡Menos mal! Si no la hubiera encontrado tendríamos que aporrear la puerta con la esperanza de que nos oyera un crío de cinco años y bajara a abrirnos.

—Pues entonces íbamos a tener que vestirnos con esta ropa aunque estuviésemos sucios.

Abrieron la puerta y entraron en la casa, ambos riéndose ante la posibilidad de quedarse fuera, completamente desnudos. De repente, Dawson dejó caer la ropa en el suelo y tiró de Sadie hasta el cuarto de baño.

—¿Qué estamos haciendo? —preguntó ella.

—Ya te lo dije. Vamos a darnos una ducha —contestó él.

—¿Juntos?

—¿Por qué no? —quiso saber Dawson mientras abría el grifo—. No resultará más íntimo de lo que ya hemos hecho. Y aún no ha llegado mañana, ¿verdad?

Los ojos de Sadie brillaron con una travesura que él nunca había visto en ellos. Se estaba divirtiendo. Y él también.

—Así es.

Dawson comprobó la temperatura del agua mientras ella aguardaba y observaba el proceso.

—Creo que nunca me habían observado tan minuciosamente.

—Ahí fuera estaba demasiado oscuro para verte bien.

—De manera que te estás desquitando...

—¿Qué quieres que te diga? —una sonrisa juguetona curvó los labios de Sadie—. Nunca había visto a un hombre sin circuncidar.

—Me alegra haber sido yo quien te haya ampliado la educación.

—Tienes un cuerpo hermoso.

Se habían dado hasta el día siguiente para reanudar sus roles habituales. Y eso significaba que Dawson podía besarla. Y lo hizo. Le sujetó la barbilla y cubrió su boca con la suya como se moría por hacer desde aquella noche en la cabaña cuando se había visto obligado a tumbarse en el sofá. También la había besado en el campo, pero en ese momento todo era diferente, más emotivo, porque no había ninguna intención sexual detrás, al menos ninguna intención sexual inmediata.

Ella le rodeó el cuello con los brazos, y pegó su cuerpo desnudo contra el suyo. Dawson la sujetó con fuerza y la atrajo más hacia sí. La sensación era de lo más agradable, casi tan buena como el sexo mismo, pensó él.

—¿Te había comentado cómo me gusta el modo en que me tocas? —preguntó ella mientras levantaba la vista para mirarlo.

Dawson deslizó las manos por la espalda y el redondeado trasero.

—Vas a tener que darme otra oportunidad, ya sea esta misma noche o en algún otro momento.

—Otra oportunidad para...

—Para hacerte el amor —Dawson terminó la frase por ella—. En la cama, donde no me tenga que preocupar de si estás cómoda, y después de haber superado los dieciocho meses de celibato y tenga la energía para aguantar.

—Eres más franco de lo que esperaba —observó ella mientras se reía.

—Simplemente estamos siendo sinceros, ¿no?

—Estamos siendo sinceros —ella asintió y lo besó como si estuviera comprobando qué se sentía al llevar la iniciativa.

—Tengo una idea —susurró él contra los labios de Sadie.

Ella parecía reacia a apartarse.

—Y esa idea es...

—Después de acabar aquí, subamos al dormitorio.

—Creo que ese ha sido el plan desde el principio. En algún momento tendremos que irnos a dormir.

Dawson percibió claramente el tono burlón de la voz de Sadie.

—No estoy pensando en dormir. Quiero que vayas a mi cama, no a la tuya.

—No estoy segura de que sea una buena idea —contestó ella, aunque sin demasiada firmeza, lo cual le indicó a Dawson mucho más de lo que decían sus palabras.

—Aún es «esta noche» —le volvió a recordar él.

—Pero se suponía que íbamos a mantener lo sucedido ahí fuera separado de lo que sucede aquí dentro —le recordó ella a su vez—. Y no lo estamos haciendo demasiado bien.

De lo cual, por una parte, él se alegraba.

—Ya nos preocuparemos de mañana cuando llegue mañana. Esta noche quiero que seas tú la que tomes la iniciativa.

—¿Qué? —ella se apartó.

—Lo que oyes —Dawson se la llevó con él a la ducha—. Tú serás quien haga todos los movimientos. Haz lo que te apetezca, y yo te seguiré.

—Me estás cediendo a mí el mando.

—¿Y por qué no? —él la colocó bajo el chorro del agua y comenzó a deslizar el jabón por sus pechos.

—Seguramente se me dará fatal —contestó Sadie con la mirada puesta en las manos de Dawson—. Nunca he tenido la oportunidad de hacerlo.

Porque había vivido dominada por un fanático del control desde que estudiaba en el instituto.

—Ya me lo había figurado. Por eso quiero que lo hagas. Me gustaría ver qué harías si pudieras hacer cualquier cosa —insistió él.

Pero una hora más tarde, cuando estaban en la cama, tal y como había deseado él, Dawson empezó a dudar de lo acertado de su idea. El modo en que Sadie le había hecho el amor había sido tan dulce que supo que jamás podría olvidarlo.

Sly la estaba esperando a la mañana siguiente cuando llegó a Lolita's. Sadie lo vio sentado junto a la barra, con Pete, ambos de uniforme. Casi estuvo a punto de darse media vuelta y salir de allí. Estaba cumpliendo con su contrato en la cafetería porque había prometido hacerlo. Por supuesto que el dinero le iba bien, pero lo poco que iba a ganar ese día no compensaría el tener que enfrentarse a Sly. Ni tampoco supondría una gran diferencia en sus ahorros para poder abandonar la ciudad. El fuego la había hecho retroceder varios meses.

Después de lo vivido la noche anterior con Dawson, no tenía ninguna gana de ver a su ex. Todavía se estaba deleitando con las sensaciones postreras de haber estado en brazos de otro, de alguien cuyas caricias la excitaban.

Apenas se había dado media vuelta cuando Lolita, una enérgica pelirroja de generosas curvas, se acercó a ella.

—Vaya, cómo me alegro de verte. Missy llamó esta mañana para decirme que está enferma y andamos muy cortos de gente. ¿Podrías ocuparte de una mesa además de la barra del desayuno? Comprendo que te resultará un poco estresante, pero esta mañana todos estamos estresados. Estamos a tope y no tenemos otra opción.

Sadie abrió la boca para anunciar que ella tampoco se encontraba bien. Se moría de ganas de marcharse de allí, pero no podía mentir. Lolita había sido muy buena con ella y no podía dejarla en la estacada.

—Claro, sin problema. Si hace falta puedo ocuparme de dos mesas.

—Te lo agradezco —Lolita le dio un apretón en el brazo—. Siempre estás al rescate. Me da mucha pena que te vayas.

—Gracias.

Su jefa se fue corriendo a tomar nota de unos cuantos pedidos, o para ver cómo iban las cosas en la cocina y Sadie respiró hondo, se cuadró de hombros y se dijo a sí misma que era hora de ponerse a trabajar. Se limitaría a tratar a Sly como a cualquier otro cliente.

Sly no le habló cuando la vio, y ella tampoco le habló a él. Sacó el cuadernillo del bolsillo y anotó un par de pedidos en el bar, luego se los entregó al cocinero, y solo entonces se acercó a Sly y a Pete.

—¿Qué os apetece tomar hoy? —preguntó mientras se obligaba a dibujar una sonrisa amable, aunque distante, en su rostro.

Pete pidió. Sly no. Permaneció sentado, mirándola furioso, como si le hubiera hecho alguna faena.

Sadie conocía esa mirada, y la asociaba con la ira y las consecuencias que a menudo la acompañaban, pero se propuso comportarse con profesionalidad.

–Si eso es todo, pasaré el pedido a la cocina.

–Ni se te ocurra marcharte –rugió Sly.

Pete miró de Sly a Sadie y de vuelta a Sly.

–¡Eh! Tranquilo, amigo –murmuró a su compañero–. Ya has oído al jefe esta mañana.

–Te acuestas con él –Sly ignoró a Pete–. ¿A que sí?

–Sly, no –su compañero lo agarró del brazo, pero él se soltó.

–¿Estás bien? Dime que no lo estás. Intenta que resulte creíble. He oído que ayer te compró unas bragas. Y se gastó una buena cantidad en ellas. Toda la ciudad está hablando de ello. Por el modo en que te cuida, debes estarle dando algo a cambio.

En los labios de Sadie se formó una negativa. No quería que la avergonzara delante de los clientes. Conocía a casi todo el mundo, y eso empeoraba el hecho de airear los trapos sucios. Además, no estaba con Dawson del modo en que él creía. No eran pareja, simplemente dos almas desesperadas buscando refugiarse de la tormenta, y la noche anterior habían compartido unos momentos de placer. ¿Tan terrible era eso? Hacía tiempo que no tenía una relación formal con nadie, y no la tenía en esos momentos. A saber con cuántas mujeres se había acostado Sly durante el año anterior. Ella debería tener el mismo derecho.

–Sí –contestó al fin–. Anoche. Varias veces. Y nunca había disfrutado tanto.

Él la miró boquiabierto y la propia Sadie se sorprendió. No había esperado que algo así saliera de su boca. No sabía qué le había pasado por la cabeza.

—¿Y estás orgullosa? —Sly empujó el vaso y el plato hasta hacer que se estrellaran con gran estrépito en el suelo—. ¡Puta! No es de extrañar que no consiguiera llevarme bien contigo. Tú no buscas un hombre decente. Lo que quieres es un sucio asesino en tu cama.

Sadie encajó la mandíbula.

—Dawson no es un asesino. Y es mucho mejor hombre que tú. Tú fuiste quien provocó el incendio. ¡Te vi por la ventana! Sabías que no iba a volver contigo y por eso intentaste obligarme a hacerlo quemando mi casa. Para asegurarte de que no tuviera ningún otro sitio al que ir.

Sly se quedó callado. No estaba acostumbrado a que ella le plantara cara, mucho menos a que lo difamara en público. En el pasado siempre había intentado aplacarlo, mantener el nivel de emociones bajo, por el bien de Jayden, por el bien del público presente, por su propia seguridad. Sobre todo cuando había más gente. Pero ya estaba harta del vómito emocional de ese hombre. Si enfrentarse a Sly suponía la guerra, no tenía otra elección, porque no podía consentir que siguiera haciéndole lo que hacía.

—Será mejor que te despidas de ese hijo tuyo —anunció él—, porque voy a regresar al juzgado, y te lo voy a quitar.

—¿Ese hijo mío? —exclamó Sadie—. También es hijo tuyo, y eres aún peor de lo que yo pensaba si pretendes privar a Jayden de su madre solo porque fui terriblemente infeliz contigo.

Sly se lanzó contra ella y Sadie estuvo segura de que iba a golpearla. Dejó caer el cuaderno y el lápiz y levantó los brazos para protegerse la cara, pero Pete agarró a su compañero y tiró de él antes de que pudiera alcanzarla.

—Vamos. Nos marchamos de aquí. ¡Ahora! —anunció Pete mientras prácticamente arrastraba a Sly fuera del local.

Sadie se agachó para recoger lo que había dejado caer. Temblaba. Todo el mundo en la cafetería la estaba mirando, y con motivo. Acababa de pelearse con su ex, que casualmente era policía, tras admitir haberse acostado con el tipo al que todo el mundo creía responsable de haber matado a sus padres, con un hacha. Sería la comidilla del pueblo durante semanas.

–¡Oh, Dios mío! ¿Estás bien? –Lolita corrió hasta ella.

Sadie no estaba segura de poder ponerse de pie. En un mismo fin de semana había experimentado temor e ira por un lado, éxtasis por el otro. Y no estaba segura de poder soportar que sus emociones siguieran oscilando.

Por suerte, Lolita la ayudó a ponerse en pie.

–Agárrate a mí.

–Lo siento –Sadie sentía la conmoción y la sorpresa que se respiraba en el ambiente y se sintió mal ante tanta atención indeseada–. No pretendía montar una escena. No está bien, no en tu lugar de trabajo.

–Nunca habías ocasionado el menor problema. Ese exmarido tuyo estaba buscando pelea. Los celos pueden convertir a una persona en la versión más fea de sí misma.

Lolita suponía que era una excepción, que Sly era una persona normal y que las circunstancias extremas le habían llevado a un comportamiento extremo. No tenía ni idea de lo que Sadie había tenido que soportar a diario durante una década.

–Me temo que va a intentar llevarse a Jayden de casa de Petra para asustarme, o algo más. Tengo que irme. Sé que no es un buen momento, y espero que me perdones, pero... no tengo elección –se disculpó–. Y este ha sido mi último día. No pienso dejar a Jayden solo nunca más.

A Dawson le sorprendió ver llegar a Sadie. La había llevado hasta su coche aquella mañana para que pudiera regresar por su cuenta después del trabajo, y para que dispusiera de un medio de transporte después. No había esperado volver a verla hasta el mediodía o la una, pero apenas eran las diez de la mañana.

Abandonó el campo, en el que había estado arrancando malas hierbas, para ir a su encuentro. No se la había podido quitar de la cabeza en toda la mañana, no había podido olvidar su sabor, su tacto. A lo largo de los años había estado con bastantes mujeres, sobre todo en la facultad, pero el sexo con Sadie había sido, en cierto modo, diferente, más satisfactorio. Aunque había intentado convencerse a sí mismo de que estaba exagerando, que un año en la cárcel y ser el hombre más odiado de la ciudad lo había transformado en alguien más agradecido ante cualquier gesto de amabilidad, ante la menor caricia, temía sentir algo más que gratitud por la amistad de Sadie. De algún modo, Sadie lo había atrapado en su red, y estaba casi seguro de que ella sentía lo mismo por él. Al despertar por la mañana, ella ya no estaba en su cama, pero cada vez que sus miradas se cruzaban, ella había sonreído y se había sonrojado como si estuviera pensando en lo mismo que él. De camino al coche, se había sentado un poco más cerca de él en la banqueta delantera de la camioneta.

—¡Hola! —Jayden corrió a su encuentro—. ¡Me puedo quedar contigo! —gritó como si fuera la mejor noticia del mundo.

Dawson no pudo reprimir una sonrisa. Al menos contaba con un admirador.

Jayden chilló excitado cuando Dawson se lo subió a los hombros. Le encantaba sentarse tan alto, le encantaba cualquier gesto afectuoso. Era una criatura muy dócil y buena, y Dawson se preguntó cómo podía sentirse Sly decepcionado con él.

—¿Por qué habéis vuelto tan pronto?

—Mi mamá vino a buscarme —contestó el niño.

Aquello no respondía a la pregunta, pero era seguramente todo lo que Jayden sabía. Dawson sujetó al crío por los tobillos para que no se cayera y siguió avanzando en dirección a Sadie.

–¿Qué pasa? –preguntó.

Ella sacó una caja que apestaba a humo de la parte trasera de su vehículo.

–Recibí una llamada del jefe Thomas. Tenía mis cosas, de modo que me acerqué a la comisaría para recogerlas.

Dawson vio algo de ropa encima de un montón de a saber qué cosas.

–¿Has conseguido recuperar todo lo que pediste?

–Todo no, pero tengo mis artículos de aseo y algo de ropa, la que estaba en la cómoda al otro lado del armario. Todo lo que estaba dentro del armario se ha perdido, ya que fue ese lado de la casa el que se quemó.

–Qué mierda. Lo siento.

–Al menos he recuperado algo.

–Déjame a mí –él agarró a Jayden para dejarlo en el suelo y poder ayudar, pero ella pasó a su lado con la caja.

–No es necesario –le aseguró–. No pesa.

Algo no iba bien. Sadie no se comportaba con él como lo había hecho por la mañana. Y mucho menos como lo había hecho la noche anterior.

Dejando a Jayden sentado sobre sus hombros, Dawson la siguió hasta la casa.

–¿Cómo es que has terminado de trabajar tan pronto?

–Mi jefa no me necesitaba hoy –contestó ella tras un momentáneo titubeo.

Debería haber resultado creíble, pero no fue así. Sadie parecía alterada.

–¿No hay jaleo los domingos?

–Sí.

–Entonces, ¿qué ha pasado?

Ella dejó la caja sobre la mesa de la cocina y empezó a sacar la ropa con la aparente intención de lavarla antes de llevarla arriba.

—Nada —contestó.

No podía ser verdad. Se mostraba demasiado distante. ¿Había perdido las fotos que tanto había querido recuperar? ¿Había recibido malas noticias de Sly? ¿Se había peleado con la dueña de la cafetería? ¿Se habían metido con ella por relacionarse con él?

Dawson podría sacarle una respuesta más convincente, pero supuso que ella no quería hablar delante de Jayden.

—En cualquier caso, Jayden y yo estamos dispuestos a ayudarte en el campo —Sadie consiguió sonreír, pero fue una sonrisa demasiado frágil para resultar convincente.

—No estaré ahí fuera mucho tiempo —contestó él—. Voy a visitar a Angela, ¿recuerdas?

—¿Te marchas? —los ojos de Sadie, que habían mirado a cualquier parte menos a él desde que había regresado, se clavaron en los de Dawson.

—Tenía la esperanza de llevarte conmigo —contestó él—, para que conocieras a Angela.

—¿Está muy lejos de aquí?

—Está en Los Ángeles, de modo que tardaremos un poco en llegar, unas dos horas y otras tantas de regreso, eso suponiendo que el tráfico no esté muy mal. No debería estarlo un domingo.

Sadie posó la mirada sobre su hijo, que seguía felizmente sentado sobre los hombros de Dawson, con la cabeza casi rozando el techo.

—¿Y qué hacemos con Jayden?

—Nos lo llevamos con nosotros —anunció él mientras dejaba al niño en el suelo.

Parte de la tensión abandonó el cuerpo y la expresión del rostro de Sadie.

—Estupendo. Cuanto antes, mejor. ¿Cuándo podemos irnos?

—¿Cuánto antes mejor? —preguntó él extrañado, esperando alguna aclaración.

—Me apetece cambiar de paisaje —explicó ella—. Tomarnos un respiro de Silver Springs.

Jayden vio uno de sus juguetes en la caja y se subió a una silla para recuperarlo, ocasión que Dawson aprovechó para bajar la voz y continuar hablando.

—¿Te ha dicho algo el jefe Thomas sobre el incendio? ¿Algo que haya empeorado las cosas?

—No. Dijo que siguen investigando. Que pasarán unos días antes de que se sepa algo.

—Entonces, ¿vas a contarme qué ha pasado?

Ella apoyó una mano sobre la cabeza de su hijo, que rodaba el coche de juguete sobre la mesa de la cocina.

—No, no es tu problema. Eres mi jefe. Lo único que debería preocuparte es pagarme por mi trabajo.

Y, sin embargo, la noche anterior había sido mucho más que su jefe. Por la mañana también se había comportado como si nunca fuera a cansarse de su compañía. ¿Qué estaba pasando?

—Tu jefe, claro, desde luego. Pero yo creía que, al menos, éramos amigos.

Sus miradas se fundieron y, durante un instante, Dawson creyó que iba a desmoronarse, pero no lo hizo. Echó los hombros hacia atrás y alzó la barbilla.

—Lo siento. Solo hay una salida para mí.

—¿Podemos hablarlo?

—Eso no ayudará —contestó Sadie mientras apartaba la mirada.

—Déjame terminar ahí fuera y en una hora o así nos marchamos —Dawson suspiró y se revolvió los cabellos.

—Te ayudaré —insistió ella—. Jayden puede jugar cerca de nosotros.

La primera ocasión en que lo habían intentado no había funcionado. Sadie se había pasado casi todo el tiempo procurando mantener a su hijo cerca. Desde luego no le había importado, le gustaba tenerla a su lado. Pero lo cierto era que no sería necesario.

–No hace falta –le aseguró–. No forma parte de tu trabajo. Pero, si preparas algo, podríamos comer antes de irnos. Sería estupendo.

–De acuerdo.

Dawson titubeó unos segundos con la esperanza de poder averiguar qué había cambiado, pero ella ya se había puesto a la tarea de preparar la comida. Algo sucedido desde aquella mañana le había hecho apartarse de él. ¿Sería el remordimiento que había temido que ella sintiera? ¿Alguien había sembrado dudas en su mente sobre su autoría de la muerte de sus padres? ¿Qué?

Capítulo 19

Sadie sujetaba la mano de Jayden mientras Dawson firmaba en el libro de registro para poder ver a su hermana. Apenas habían cruzado palabra durante el largo trayecto. Ella le había leído a Jayden y había intentado mantenerlo ocupado hasta que se habían dormido, primero el pequeño y luego ella, acunados por el traqueteo de la camioneta. En cualquier caso, le parecía mejor mantener cierta distancia emocional entre ellos. La noche anterior se había permitido intimar demasiado con Dawson y, por mucho que hubiera disfrutado con sus caricias, por mucho que hubiera necesitado esas horas de intimidad, debía mantener cierta distancia. No podía permitirse una vinculación demasiado estrecha con él porque dificultaría mucho su marcha de Silver Springs. Y si había algo seguro era que tenía que marcharse de allí, por su seguridad y salud mental. Por su hijo. Sly ostentaba demasiado poder en la ciudad y no era de fiar. De no ser por Pete, sin duda la habría golpeado esa mañana y a lo mejor no habría parado hasta que estuviera seriamente herida. Lo había visto muy enfadado y le había dado mucho miedo.

Peor aún, había amenazado con quitarle a Jayden.

No iba a permitir que sucediera tal cosa. Jayden no era feliz con su padre, y su padre no tenía ni idea de lo dañino que resultaba para las personas de su alrededor, y si se daba cuenta no le importaba. Y nada presagiaba que algo fuera a cambiar. Después del incidente en la cafetería ya no estaba dispuesta a concederle a Sly el beneficio de la duda en lo concerniente al incendio. El jefe Thomas había hablado muy juiciosamente, pero él no entendía que esa lógica solo funcionaba para las mentes equilibradas, y la de Sly no lo era. El comportamiento de su ex había empeorado progresivamente desde el día de su boda, y sobre todo tras el nacimiento de Jayden. Se había sentido reemplazado por su hijo, celoso del amor de la madre por el niño, y cuanto más se apartaba Sadie de él, más tirano se volvía.

En cuanto Dawson hubo firmado los condujo a Jayden y a ella hasta una sala de espera de aspecto aséptico, muy parecida a la que uno podría encontrar en un hospital.

—¿Habías estado aquí alguna vez? —murmuró ella.

—Sí, un par de veces —contestó él.

—Muy considerado por tu parte.

Dawson no respondió a eso, dando por terminada la conversación al ponerse a hojear una revista. Sadie se preguntó si estaría enfadado con ella. No soportaría que fuera así, pero no había gran cosa que pudiera hacer para arreglar la situación. Solo podía mantenerse firme en el único camino que la sacaría del lío en que se había convertido su vida.

Un paso a cada vez. El primer paso consistía en ahorrar el dinero necesario para comenzar una nueva vida en otra parte. Por eso necesitaba el trabajo que le había proporcionado Dawson, y no podía hacer nada que diera al traste con su empleo.

Tras diez minutos de espera, una joven de largos cabellos marrones recogidos en una coleta se acercó a ellos.

—Te está esperando —le informó a Dawson con una sonrisa que sugería que su hermana era de armas tomar—.

Ha vuelto a hacer el equipaje, cree que te la vas a llevar a casa esta noche.

—No permitas que te engañe —él sacudió la cabeza—. Lo sabe de sobra. Se muestra así de cabezota para intentar forzar la situación.

La mujer miró algo sorprendida a Sadie y a Jayden que dieron un paso al frente, dejando claro que estaban allí con Dawson.

—Por lo que veo, has traído a unos amigos.

En un tono profesional, Dawson presentó a Sadie como la nueva cuidadora de Angela. Se había mostrado sorprendido, incluso algo dolido, por su retraimiento. La expectativa reflejada en su sonrisa al verla aparecer en la granja había sido reemplazada por cierto recelo, como si no estuviera seguro de poder volver a confiar en ella. Pero dado que habían recuperado sus roles de jefe y empleada, Dawson había optado por respetar esas fronteras. Aunque se había sentado a su lado en la camioneta, ya que la sillita del coche de Jayden estaba junto a la puerta del copiloto, no había intentado tocarla.

—Esta es Megan, la mujer que cuida de Angela por las noches —le explicó él terminando así con las presentaciones.

—Pues parece que te estás preparando en serio para llevártela a casa —observó Megan, refiriéndose al hecho de que ya había contratado a una cuidadora.

—Tengo una reunión el miércoles con la funcionaria de la administración, y todo depende de esa reunión —explicó Dawson.

—Respondí a la carta que mandaron aquí —informó ella en un tono que no dejaba lugar a dudas sobre la confianza que tenía en Dawson—. Ella te adora.

Megan marcó una clave que les permitió el acceso a un área reservada. Sadie oyó cerrarse la puerta a su espalda, el eco de sus pisadas y el sonido proveniente de los televisores encendidos en varias habitaciones junto a las que pasaban. Angela se alojaba al final del pasillo y había decorado la puerta de su habitación como si se tratara de una guardería. Sadie se tomó un momento para examinar las flores hechas con papel higiénico y los dibujos hechos a mano y pegados con cinta adhesiva. El dibujo que ocupaba el centro casi hizo que se le saltaran las lágrimas. Sin duda representaba a Angela con sus padres y Dawson, su hermano pequeño. Los cuatro se tomaban de la mano.

Dawson también lo vio y Sadie se fijó en cómo, al pararse para contemplar el dibujo, un músculo se tensaba en su mejilla, y no pudo evitar acariciarlo. Por mucho que se decía a sí misma que no era una buena idea, ese hombre había hecho tanto por ella... y se notaba que el dibujo le había despertado una dolorosa emoción.

Al sentir la mano de Sadie sobre su brazo, él se volvió sorprendido. Una expresión de confusión juntó las cejas antes de que el momento se desvaneciera cuando Angela se dio cuenta de su presencia.

–¡Mi hermano! Es mi hermano. Me dijo que vendría. Y aquí está –hablaba en un tono exageradamente alto y casi tiró a Megan de un empujón al abalanzarse sobre Dawson.

Se agarró a él como si fuera un salvavidas mientras que él, sonriendo con afecto, le permitió abrazarlo con fuerza.

De no fijarse en la presencia de Sadie, podría muy bien haber seguido aferrada a Dawson hasta el final de la visita. Así pues lo soltó, pero antes de que pudieran hacerse las presentaciones vio a Jayden y todo cambió. Con una exclamación de pura alegría, Angela estalló en lágrimas.

–¡Dawson! –exclamó–. ¿Me has traído un niño? ¡Sabes que siempre quise tener uno! Tú eres demasiado grande y nunca pude llevarte en brazos. Ni siquiera conseguí levantarte, pero de todos modos te quería –rápidamente añadió más explicaciones–. Eres un buen hermano, pero me alegro tanto de tener a un pequeñín...

Y con eso tomó a un sorprendido Jayden en brazos y lo hizo girar en el aire, riendo y llorando al mismo tiempo.

–No me lo puedo creer –continuó ella–. Me has traído un niño pequeño. Sabía que me traerías algo que me gustaría, pero... esto –concluyó como si ese niño fuera la culminación de todos sus sueños.

Por suerte, Jayden no objetó nada. Intentó apartarse un poco para verle la cara a Angela, pero ella lo abrazaba con demasiada fuerza.

–Voy a jugar contigo y a cantarte y a empujarte en el columpio –le explicó–. Y no te dejaré acercarte al estanque. El estanque no es un lugar seguro –durante unos instantes su voz adquirió el tono de una voz adulta mientras repetía lo que seguramente le habían dicho muchas veces a ella–. Te adoro –añadió.

Tras otro fuerte apretón, Jayden miró a su madre con una expresión suplicante para que lo liberara de aquello, pero Dawson dejó a un lado el regalo que había comprado, una cámara para niños, y decidió intervenir.

–Va a vivir una temporada con nosotros, pero no te lo puedes quedar –le explicó a su hermana–. Y tienes que dejar de abrazarlo con tanta fuerza o ya no querrá que lo vuelvas a tocar nunca más. ¿Recuerdas al cachorrito? ¿Recuerdas cómo te enseñé a sujetar al cachorrito?

–Ah, sí. Tendré cuidado, Dawson. Se me había olvidado, eso es todo –aunque se apartó de su hermano para que no pudiera quitarle a Jayden, sí que aflojó un poco el abrazo–. Nunca te haré daño –le explicó–. Tendré mucho cuidado, como con el cachorrito. Nunca le hice daño al cachorrito, pero mi mamá era alérgica, eso fue lo que pasó. Y por eso el cachorrito tuvo que irse a vivir a otra parte.

–Angela.

Estaba tan absorta con Jayden que Dawson tuvo que repetir su nombre dos veces antes de que levantara la vista.

–¿No quieres saber quién es ella? –preguntó mientras señalaba a Sadie.

–¿Es la señora que me va a permitir volver a casa?

–¿Te refieres a la de la administración? No. Robin Strauss vendrá a ver la casa el miércoles. Esta es la madre de Jayden, Sadie. Ella se quedará con nosotros y te cuidará, igual que hace Megan aquí.

–Oh, no –ella sacudió la cabeza–. No la necesito, Dawson. Megan se viene a casa conmigo. Ella cuidará de mí, y yo cuidaré de Jayden.

–Angela, yo tengo que quedarme aquí –intervino Megan–. Tengo más personas a las que cuidar, ¿recuerdas? ¿Qué pasaría con Scotty, del otro lado del pasillo? ¿Y Mary? ¿Qué harían sin mí? Ahora tú tienes a Sadie. Ella te querrá tanto como te quiero yo.

–Y, si ella no se queda, Jayden tampoco lo hará –señaló Dawson.

El argumento pareció convencerla.

–No, si yo no quería decir que no podía quedarse –se apresuró a aclarar Angela–. Puedes quedarte, Sadie, y yo te ayudaré a cuidar de tu hijo.

–Te lo agradezco –contestó Sadie–. Nos ayudaremos los unos a los otros.

–Entonces ¿no estás enfadada conmigo? –Angela la miró detenidamente.

–No –Sadie sonrió para tranquilizarla–. Claro que no.

A Angela le gustó mucho la cámara que le regalaron, aunque estaba demasiado entusiasmada con Jayden para hacerle mucho caso. Ni siquiera su adorado hermano consiguió llamar su atención. Tomó una foto tras otra del niño y luego le «leyó» un libro que, claramente, se había aprendido de memoria. Por último lo ayudó a hacer una pulsera con su colección de cuentas.

Unos diez minutos después, Megan tuvo que marcharse para continuar con su ronda y Sadie se quedó a solas con Dawson mientras Angela jugaba con Jayden.

–¿Qué opinas? –preguntó él en cuanto la puerta se cerró detrás de Megan.

–Sobre...

–Angela. ¿Podrás ocuparte de ella?

–No deberíamos tener problemas. Parece muy cariñosa.

–Puede resultar un poco... testaruda.

–No creo que sea muy difícil. Megan parece tenerle mucho cariño.

–Por suerte, conocerla es quererla, pero, como cualquier otra persona, tiene sus momentos.

–Igual que Jayden. Todo irá bien –Sadie desvió la mirada con la esperanza de encontrar algo con lo que distraerse, pero Angela y Jayden seguían felices elaborando sus joyas y cuando miró hacia atrás comprobó que Dawson seguía mirándola fijamente.

–Siento mucho que lamentes lo de anoche.

Los recuerdos que había intentado olvidar, o al menos arrinconar al fondo de su mente, regresaron ante esas sencillas palabras.

–No hablemos de eso. Fui yo la que empezó todo, y me avergüenzo por haberte asaltado tan violentamente.

–Te aseguro que no me importó.

Sadie sintió el calor en las mejillas ante el tono de voz de Dawson. El modo en que había pronunciado esas palabras significaba más que las palabras en sí mismas.

–Aun así, no hay motivo alguno para que te disculpes.

Aunque Angela y Jayden no les prestaban la menor atención, Dawson bajó el tono de voz.

—Pero el caso es que lo lamentas. ¿Verdad? ¿Por eso estás así? Espero que no, porque el hecho de que decidiéramos estar juntos no cambiará mi manera de tratarte, vivas o no en la granja, tengas o no el trabajo. El sexo no es una condición, y yo no soy como Sly. Puedes dejarme cuando quieras porque lo único que me interesa es lo que tú quieras darme voluntariamente. Lo demás no importa. Lo digo por si es ese el problema —concluyó él.

Estaba empezando a imaginarse lo que le estaba pasando, y lo que se imaginaba estaba todo equivocado. Sadie sabía de sobra que no era como Sly. Y no lamentaba lo sucedido la noche anterior, no del modo en que él estaba suponiendo.

—No es eso —le aclaró.

—¿Y qué es, entonces?

Miedo. Sadie empezaba a sentir algo por él, y no podía permitir que eso sucediera.

—No puedo permitirme construir una nueva relación aquí, Dawson, no puedo permitirme sentir algo por alguien, por algo. Sly nunca se marchará de aquí. Nació aquí. Su madre vive aquí. Adora su trabajo porque le hace sentirse importante. Y ya solo eso basta para que se quede en Silver Springs. Lo cual significa que soy yo la que tiene que irse.

—¡Eh! —él se echó hacia atrás—. ¿De qué estás hablando? ¿Te marchas?

—No tengo elección. Lo comprendí el día que Sly casi te apunta con el arma. Si me quedo, algo terrible acabará por suceder.

Angela no conseguía enhebrar una de las cuentas y se la acercó a Dawson, que interrumpió la conversación para ayudarla antes de reanudarla.

—Pero ¿adónde irás?

—A otro estado —contestó ella—. Quizás a la Costa Este. Lo más lejos que pueda. No quiero tenerlo siempre a mi espalda. Podría habernos matado a Jayden y a mí cuando provocó el incendio.

–Estoy de acuerdo con que está fuera de control, pero... ¿cuándo tienes pensado marcharte?

Sadie se sentía mal contándole esas cosas, dado lo amable que había sido al ayudarla, pero cuando había aceptado trabajar para Dawson jamás se le habría ocurrido pensar que Sly pudiera incendiar su casa.

–En cuanto ahorre el dinero suficiente.

Dawson observó a su hermana jugar con Jayden, pero se notaba que su mente estaba en otra parte.

–¿Y todo esto es por el fuego? ¿No ha sucedido nada que te haya puesto así? –preguntó al fin–. ¿No pasó nada cuando fuiste a la comisaría a recoger tus cosas?

Sadie no quería hablarle de la pelea en la cafetería. Tenía miedo de implicarlo más en sus problemas, temía que acabara por resultar herido.

–En realidad, no.

La expresión del rostro de Dawson dejaba bien claro que no se lo había tragado.

–¿Qué pasó?

Sadie empezó a morderse las cutículas, algo que hacía a menudo cuando estaba alterada o sentía ansiedad.

–Sadie...

–De acuerdo –respondió ella con un suspiro cargado de exasperación–. De todos modos vas a acabar enterándote, ya que he presentado una denuncia.

–¿Has presentado una denuncia? –Dawson se puso visiblemente tenso–. ¿Hoy?

Ella asintió.

–¿Por qué?

–No tuve elección.

Había intentado separarse de Sly de modo pacífico, se había esforzado al máximo por respetar sus necesidades y deseos, incluso le había proporcionado sexo mucho después de dejar de desear esa clase de intimidad con él. Pero nada de eso había servido. Él se negaba a dejarla marchar. Y dado que su relación se había ido deteriorando cada vez más, ya no le quedaba nada que salvar, no tenía ningún motivo para no acudir a la policía. Seguramente no serviría de nada, pero tenía que intentarlo.

—Sly vino a la cafetería esta mañana. Estaba furioso. Sabía que me habías comprado... —se interrumpió para comprobar que Angela y Jayden seguían enfrascados en su juego— ropa interior.

—¡Porque gracias a él no tenías nada que ponerte!

—Él no pensaba en eso, por supuesto. Me acusó de... —incapaz de mantener el contacto visual, ella bajó la mirada y contempló el estropicio que estaba ocasionando en sus dedos—, de hacer lo que hicimos anoche.

—¿Y qué le dijiste?

—Le dije que estaba en lo cierto, y que me había encantado.

—¿Bromeas? —Dawson soltó una carcajada ante la inesperada respuesta.

—No.

Eso hizo que se pusiera muy serio.

—¿Y qué hizo él?

—Se volvió loco y montó en cólera. Si Pete, su amigo y compañero policía, no hubiera estado allí para intervenir... —Sadie dejó la frase en el aire.

—¿Qué? —Dawson se acercó a ella—. No me digas que habría sido capaz de golpearte.

—Esa era su intención. Cuando alzó el puño vi el odio reflejado en su mirada, y supe que no estaba en sus cabales.

—Ese hijo de perra no sabe cuándo parar —todos los músculos de Dawson se tensaron.

—Tiene un serio problema —ella asintió—. Pero la situación es la que es. Necesito aceptar la realidad y hacer lo que pueda para protegerme a mí misma, y a mi hijo.

Dawson se levantó y empezó a caminar de la cama de Angela al armario.

—No quiero que te disgustes —le dijo Sadie—. Ya lo he dicho, la situación es la que es.

—¿Puedo hacerte una pregunta? —él se volvió para mirarla.

—Eso depende... —el tono severo de la voz de Dawson le hizo sentirse inquieta.

—Anoche, cuando me dijiste que tomabas la píldora...

Al parecer, sí había registrado su respuesta.

—No —ella alzó una mano en el aire—. Por favor, no lo preguntes.

—Es porque te has seguido acostando con él, ¿verdad? —Dawson se detuvo delante de ella.

Maldito fuera. Lo había preguntado. Y no podía culparle por ello. De ser al revés, Sadie habría adivinado lo mismo, y también se habría preguntado por el motivo.

—¡No! Quiero decir que últimamente no, y no como tú seguramente crees. Es que, desde que lo abandoné, ha venido muchas veces por casa, insistiendo en llevar una vida de familia con Jayden, por el bien de Jayden, para que las cosas se mantuvieran tan normales como fuera posible.

—Y la cosa se convirtió en algo más.

—Sí. Después de acostar a Jayden. Si me negaba, empezaba una pelea. Por eso en unas cuantas ocasiones, en tres para ser exacta, cedí para evitar la bronca y el acoso que sabía iba a provocar. Intentaba deshacerme de él sin despertar a mi hijo en medio de otra bronca a gritos —ella se frotó la cara con las manos—. A veces creo que sería capaz de hacer cualquier cosa por evitar una pelea. Al menos eso pensaba hasta la última vez. Llegó justo antes de Acción de Gracias, borracho y beligerante, y se negó a marcharse hasta que... bueno, hasta que eso, y la experiencia fue tan horrible que supe que jamás volvería a ceder, aunque provocara una pelea –cerró los ojos al recordar lo brusco y exigente que se había mostrado con ella.

–Pero seguiste tomando la píldora.

–Por si acaso... –Sadie se obligó a mirarlo a la cara.

–Por si volvía a forzarte –supuso Dawson.

Ella no se atrevía a ir tan lejos. En realidad, Sly nunca la había violado, no exactamente. Era más una cuestión de que le hacía sentirse acorralada, como si darle lo que le pedía fuera la única escapatoria, o al menos la mejor.

–Quizás, en el fondo, temía que se produjera algo así. Porque he sido absolutamente inflexible con la píldora. En cierto modo es como un acto de rebeldía. Le encantaría que volviera a quedarme embarazada. Así no me quedaría más remedio que regresar con él. Empezó a mostrarse así de controlador con mi embarazo, porque sabía que yo estaba en una situación de total desventaja.

–Ni te imaginas lo que me gustaría hacerle –Dawson sacudió la cabeza.

–¿Lo ves? –ella también se puso en pie–. Por eso no quería contártelo. No puedes hacer nada con Sly, nada que no te meta en un lío o haga que resultes herido. Tenemos las manos atadas. La única solución para mí es marcharme de la ciudad, y asegurarme de que nunca pueda encontrarme.

–Esa no es la única opción –protestó él–. Deberías poder vivir donde quisieras. Él es agente de policía, por el amor de Dios. Voy a hacerle una visita y dejarle bien claro que más le vale no volver a tocarte nunca más.

–¡No! –Sadie lo agarró del brazo–. Tienes que prometerme que te mantendrás lejos de él. No podría vivir conmigo misma si te ocurriera algo, o a alguna otra persona.

–¿Estás enfadada, Sadie? –la ansiedad de la voz de Sadie al fin llamó la atención de Angela–. ¿Dawson? ¿Has enfadado a Sadie?

–No –ella se aclaró la garganta–. Estoy enfadada con otra persona.

–¿Con quién? –insistió Angela.

–Con un tipo malo –contestó Dawson.

–¿Qué tipo malo?

–No lo conoces, cielo. Y no tienes que preocuparte por ello. Lo tengo todo bajo control.

Demasiado interesada en su juego para molestarse en hacer más preguntas sobre ese tipo malo, Angela devolvió su atención a las joyas que estaba haciendo con Jayden.

–Dawson, por favor –susurró Sadie–. Ya tengo bastantes preocupaciones. No puedes meterte en esto.

–Alguien tiene que detenerlo –insistió él.

–La policía lo hará. Ya te he dicho que he presentado una denuncia contra él esta mañana, y he pedido una orden de alejamiento.

–¿Y qué tal lo han recibido? –Dawson hundió las manos en los bolsillos.

El escepticismo del tono de voz de Dawson era más que evidente.

–El jefe Thomas se mostró un poco paternalista –admitió ella–. Sugirió que quizás estuviera exagerando, sobre todo después de llamar a Pete. Pete aseguró que lo había visto todo y que no había sido para tanto. Pero el jefe Thomas me prometió que hablaría también con Lolita. Ella sabe que la amenaza iba en serio. Ella me respaldará.

–Aunque lo haga, Sly en realidad no te golpeó, de manera que le quitarán importancia y lo esconderán todo debajo de la alfombra. Supongo que eres consciente de ello, ¿no? Según ellos, Sly no ha hecho nada para ser relevado, y no pueden tener a un agente de policía en activo paseándose por ahí con una orden de alejamiento.

De nuevo resultó evidente que Sadie no tenía adónde ir. Pero no podía permitir que Dawson hiciera más de lo que ya había hecho.

–Debería bastar con que Thomas lo amenace para que se mantenga alejado de mí. Solo necesito unos cuantos meses.

–Quizás ha llegado el momento de pasar al ataque.

–¿Al ataque, cómo?

–Sly está convencido de que te está pisando el cuello. Por eso tuvo el valor de provocar un incendio.

–Es que me está pisando el cuello –señaló ella con una risa carente de humor.

–Pues ha llegado el momento de que el poder cambie de manos –murmuró él como si en realidad no estuviera hablando con ella.

–¿Qué has dicho? –preguntó Sadie.

–Nada –contestó Dawson.

Y entonces Angela decidió que quería la atención de su hermano y le pidió que le hiciera un collar.

–Ya hablaremos de esto después.

Capítulo 20

Tras abandonar el centro Stanley DeWitt, Dawson estaba demasiado cansado para conducir de vuelta a la granja, tal y como había pensado hacer, y no estaría cómodo sentado en el centro de la banqueta para que condujera Sadie porque era demasiado corpulento. De modo que sugirió que cenaran algo y pasaran la noche en un motel para regresar a su casa a la mañana siguiente.

Pensó que Sadie se resistiría. La habitación de un motel era un recinto cerrado, y ninguno de los dos podía permitirse el lujo de despilfarrar en dos habitaciones, de manera que tendrían que conformarse con una. Sin embargo, ante su sugerencia, ella accedió de inmediato. Dawson tenía la impresión de que Sadie estaba más que dispuesta a permanecer todo el tiempo que pudiera lejos de Silver Springs. En realidad quería irse de allí, para siempre.

No le entusiasmaba la idea de que se marchara. No sabía si su relación iba a salir adelante, pero estaba disfrutando mucho con su amistad y su apoyo, aunque nunca pasara de ahí. No soportaba la idea de que tuviera que pasarse la vida huyendo, siempre mirando hacia atrás por si Sly la seguía. Tampoco soportaba la idea de que ese hombre la mantuviera en una situación tan precaria, bajo su dominación, desde hacía tanto tiempo. Tenía que haber mejor manera de escapar de su situación que no fuera comenzar de nuevo en otro lugar, sin nada de nada salvo su hijo.

Por suerte, Sly quizás le hubiera proporcionado sin querer la mejor oportunidad para escaparse. Si conseguían demostrar que había sido él quien había provocado el incendio iría a la cárcel.

—Tenemos que contratar a un investigador independiente para que eche un vistazo a las pruebas del incendio —observó mientras hablaban del tema durante la cena—. Como hice yo con el forense que examinó el dormitorio de mis padres.

—¿Cómo? —Sadie lo miró sobresaltada—. Contratar a alguien cuesta dinero, y yo no tengo.

—No cuesta tanto.

—¡Para mis posibilidades estoy segura de que sí!

—Pero ten en cuenta lo que podrías ganar.

Tras terminarse los burritos, Dawson apartó a un lado el plato y sacó el móvil para buscar investigadores privados que incluyeran inspectores de incendios. Luego le mostró a Sadie los que parecían tener una vasta experiencia. Uno de los más prometedores vivía en Los Ángeles.

—Aquí no pone sus tarifas —insistió ella mientras le devolvía el teléfono y se terminaba su margarita.

—Ed me cobró dos de los grandes y el desplazamiento. No debería sobrepasar esa cantidad. Desde luego es más barato que mudarse —señaló él—. Y, si contratamos a alguien de Los Ángeles, el coste del desplazamiento no debería ser muy grande, solo llenar el depósito de gasolina una o dos veces.

Jayden ya estaba lleno y había empezado a juguetear con lo que quedaba de su burrito de judías con queso, de modo que Sadie apiló los platos para que el niño tuviera más sitio para colorear el mantel de papel.

—De todos modos. La mudanza será dentro de un tiempo, cuando haya ahorrado lo suficiente. Contratar a un investigador de incendios requiere tener el dinero ya, y hasta quinientos dólares supondría una fortuna para mí.

La camarera se acercó a su mesa y Dawson esperó a que se hubiera llevado los platos.

—Te prestaré lo que necesites —se ofreció—. Me parece importantísimo que se haga.

—¿Igual que me prestaste el dinero para la ropa? —Sadie mojó un chip de tortilla en la salsa.

Dawson ya se había tomado dos margaritas, suficiente tequila para sentirse suelto y relajado como no se había sentido desde hacía mucho tiempo. El motel estaba justo al lado del restaurante y no iba a necesitar conducir para regresar a él, razón por la cual se había permitido beber un poco más que de costumbre.

Le dedicó a Sadie una sonrisa perezosa al recordar esas braguitas, y el placer que había supuesto quitárselas unas horas más tarde.

Cuánto daría por volverlo a hacer.

—¿Qué? —preguntó ella al ver que no decía nada.

Él intentó devolver sus pensamientos a un terreno más seguro.

—No hará ningún mal llamar y preguntar.

—Pero ¿cómo sabremos si el tipo elegido es bueno o no? Y aunque sea bueno, ¿y si no encuentra nada que demuestre que fue Sly? Es muy arriesgado, ¿sabes?

—Estoy convencido de que sabemos quién lo hizo —Dawson se enderezó en el asiento. No mencionó a Sly en deferencia a Jayden.

—Yo también —contestó ella sin dudar.

—Pues demostrémoslo. Podemos consultar a Ed Shuler, el especialista que contraté. Quizás él pueda recomendarnos a alguien. En caso de que no, tendremos que llamar a uno de los tipos que hemos encontrado aquí —señaló el teléfono—. El de Los Ángeles.

Ella le dio vueltas a la copa por la mesa, produciendo un sonido agudo.

—A no ser que realmente desees abandonar la ciudad —Dawson la miró fijamente.

Básicamente, le estaba preguntando si había algo en Silver Springs que le gustara y, cuando ella alzó la vista, supo que lo había entendido.

—Quería marcharme —contestó—. Llevo soñando con ello mucho tiempo.

—¿Y ahora?

—No tendría ninguna prisa —ella sonrió tímidamente—, de no ser por Sly.

—Bien —Dawson se encogió en el asiento—. Pues hagámoslo. Iremos a medias.

—No —Sadie hizo una mueca—. No puedo permitir que tú corras con una parte de los gastos, ya tienes bastante con la granja, tu hermana y todo lo demás. Aceptaré un préstamo, nada más, y únicamente si estás seguro de poder permitirte prestármelo sin que te complique conseguir tus objetivos.

—Tengo un pequeño colchón.

—De acuerdo, pero insisto en que sea un préstamo. No aceptaré otra cosa.

—Muy bien —Dawson alzó su copa—. Será un préstamo.

Cuando la camarera les llevó la cuenta, ella insistió en pagar la mitad.

—Hemos venido por trabajo —protestó él mientras le devolvía la tarjeta de crédito antes de que la camarera pudiera llevársela.

—¿Comer comida mexicana y beber margaritas es trabajo? —Sadie bufó.

—Te he traído a Los Ángeles para que conozcas a Angela, ¿no? Yo me encargo de la comida y los gastos.

—De acuerdo. Pero a mí me parecen más bien unas vacaciones. No recuerdo haber disfrutado tanto de una comida.

—Eres muy fácil de complacer —a Dawson le gustaba ese detalle, le gustaba que fuera auténtica y sencilla, y sensible a la situación de los demás, no solo a la suya.

Algo pasó entre ambos. Dawson estuvo a punto de alargar una mano al otro lado de la mesa para tomarle una mano. Pensó que quizás ella se lo permitiría, pero se resistió. Necesitaba moverse con cautela, darle tiempo para que se acostumbrara a tener a otro hombre en su vida. También debía tener cuidado. Nunca se había enamorado realmente, no tenía mucha experiencia, y desde luego no quería empezar algo que no tuviera posibilidades de funcionar.

Sadie ayudó a Jayden a terminar su dibujo mientras Dawson pagaba. Después caminaron hasta el motel. En la habitación había dos camas dobles. Sadie y Jayden ocuparían una y Dawson la otra. Sin embargo, y a pesar del cansancio, él no estaba seguro de poder dormirse. Mucho después de que las luces se hubieran apagado y que se hubieran acostado, seguía con los ojos muy abiertos y fijos en el espacio que lo separaba de Sadie.

Mientras conducían de regreso a la granja a la mañana siguiente, Dawson intentó localizar a Big Red en la empresa Safety First. Lo intentó a las ocho de la mañana y otra vez a las nueve, pero no fue hasta que casi estuvieron en Silver Springs cuando al fin logró comunicarse con él.

Consciente de lo que se jugaban, Sadie quería oír la conversación. Rezó para que las noticias fueran buenas pues, en su opinión, Dawson se lo merecía, pero acababan de detenerse en la gasolinera y Jayden necesitaba ir al baño.

Para cuando hubieron ido al baño, pasado por la tienda para comprar una manzana para el niño, y regresado junto a la camioneta, Dawson ya había colgado.

−¿Qué ha pasado? −preguntó ella.

Él sacó la manguera del depósito y colocó el tapón.

−El tipo en cuestión se llama Oscar Hunt.

−¿Te refieres al que construyó el refugio de Alex? ¿El que vio al vagabundo al que recogiste y sobre el que le habló a Gage Pond en The Blue Suede Shoe?

Dawson abrió la puerta del pasajero y sentó a Jayden en su sillita de seguridad.

−El mismo.

−¿Hablaste con él?

−No, está fuera haciendo un trabajo.

−¿Y no tiene móvil?

−Está en alguna parte del desierto de Nevada y allí no hay cobertura. De todos modos, no quieren facilitarme información personal sobre él. Pero Big Red dijo que le daría a Hunt mi número en cuanto hablara con él.

−¿Le preguntaste si alguna vez Oscar había mencionado el incidente?

−Sí. Big Red no tenía ni idea sobre lo que le estaba hablando. Dice que no le suena de nada.

−Eso no significa nada.

−No −Dawson asintió.

Sin embargo, Sadie se dio cuenta de que estaba nervioso por si la pista no les llevaba a ninguna parte. Lo único que tenía era la afirmación de Oscar de haber visto a un vagabundo que encajaba con la descripción y la esperanza de que el forense contratado encontrara algo que pudiera servir como prueba, y todo en el escenario de un crimen que ya había sido trillada por la policía. Las probabilidades no estaban a su favor.

−Solo tenemos un par de días para prepararnos para la visita de Robin Strauss −observó, claramente intentando distraerse a sí mismo.

—¿De la administración?

Él asintió.

—Estaremos preparados —le prometió ella.

Al menos con eso sí podía ayudarlo.

El martes por la mañana, Sly estaba en el gimnasio cuando su móvil empezó a vibrar. Pete intentaba localizarlo. Ambos tenían el día libre y habían quedado para acudir más tarde al campo de tiro. A menudo iban a hacer prácticas de tiro, si no en el campo de tiro, donde tenían que completar una serie de horas para permanecer en el cuerpo, en las montañas, donde disparaban por diversión. Aunque seguramente pasaban el mismo tiempo desarrollando sus habilidades, Sly se enorgullecía de tener mejor puntería.

La llamada le había pillado levantando pesas y dejó que saltara el buzón de voz para poder terminar la tanda. La idea era devolverle la llamada a Pete cuando estuviera camino de su casa, para no interrumpir el entrenamiento y terminar antes, pero su compañero parecía muy decidido a contactar con él, pues el teléfono sonó de nuevo. Sly se inclinó sobre el banco de pesas donde había dejado el móvil y contestó la llamada.

—¿Qué pasa?

—¿Dónde estás? —fue la respuesta de Pete.

Sly estiró la pierna derecha para poder admirar la definición de sus cuádriceps. Estaba estupendo. El Stanozolol que se estaba tomando funcionaba de maravilla.

—En el gimnasio Charlie's Fitness, ¿por qué?

—Acabo de estar en tu casa.

—Pero habíamos quedado después de comer.

—Lo sé. Tengo algo que contarte. Espero que estés sentado.

Aquello sonaba fatal. Sly apoyó los pies en la alfombrilla del suelo.

—¿Algún problema?

—Puede que sí. Esta mañana fui a comisaría para terminar un informe que debía haber entregado ayer y oí retazos de una conversación que no creo que te vaya a gustar.

Sly no estaba demasiado preocupado. Agarró la toalla, que siempre dejaba sobre el banco junto al móvil mientras hacía pesas, y se secó el sudor de la cara.

—Estoy seguro de que eras todo orejas. El jefe Thomas sigue enfadado conmigo por lo sucedido el domingo en Lolita's, pero no me preocupa. Esta noche cenaré en su casa para poder hablar de mi «comportamiento reciente», tal y como me explicó. Le contaré todo lo que me ha estado haciendo Sadie, cómo me pone caliente para luego echarme un jarro de agua fría por encima, cómo se acuesta por ahí con cualquiera cuando yo creo que estamos a punto de volver juntos, cómo intenta poner a mi propio hijo en mi contra, y seguro que lo entenderá. ¿Qué hombre no lo entendería? Puede que Thomas grite y suelte algún juramento, pero siempre nos ha cubierto las espaldas. Eso es lo más importante en el cuerpo de policía, ¿verdad? La solidaridad. No para de repetirlo todo el tiempo, somos más fuertes si permanecemos unidos.

—Thomas entrará en razón —Pete asintió—. Siempre lo hace. Pero... hay algo más.

Sly arrojó la toalla a un lado.

—¿Es por la denuncia de Sadie contra mí? Ya me he enterado. Thomas me llamó enseguida —Sly soltó una carcajada totalmente carente de humor—. Menudo atrevimiento, tío, pensar que alguien de la comisaría se vaya a poner de su parte.

—No, no es eso tampoco, compañero. Si me escucharas...

Sly sintió un repentino cosquilleo de inquietud. ¿Qué otra cosa podía ser?

—De acuerdo. Soy todo oídos —contestó—. Dispara.

—Hay un tipo, un tal Damian Steele, de Los Ángeles. Sonaba como una especie de especialista forense, y...

—¿Todavía estamos intentando reunir evidencias sobre los asesinatos de los Reed? —lo interrumpió Sly esperando haberlo adivinado al fin.

De ser así, era algo bueno. Nada le gustaría más que ver a Dawson Reed en la cárcel, o peor, para el resto de su vida. Sin él de por medio, proporcionándole casa, comida y un empleo, Sadie no se comportaría como lo estaba haciendo. No tendría ningún lugar al que ir, la tendría de rodillas, suplicándole que le permitiera regresar.

—Yo también pensé que se trataría de eso. Me está matando que vaya por ahí tranquilamente como si fuera tan inocente como los demás. Pero al investigar sobre ese Damian en Internet descubrí que investiga incendios provocados. Y es de los buenos.

—¿Qué has dicho? —Sly sintió que el estómago le daba un vuelco.

—Ya me has oído —tras un momento de silencio, Pete continuó—. No habrá ningún problema, ¿verdad?

—¿Qué quieres decir?

—Sadie le está contando a todo el mundo que has tenido algo que ver con el incendio. Y después de lo que vi en la cafetería, pensé... no sé qué pensé. Pensé que quizás hubieras cometido una estupidez.

—De eso nada. Claro que no. No soy tan idiota.

—¡Menos mal! Qué alivio.

—Pensaste que yo podría haber...

—En realidad, no. Pero es que últimamente no has sido tú mismo, eso es todo. Sadie... te estás empezando a obsesionar con ella.

Sly estaba tan alterado que le costaba sonar convincente. Aquella noche había tenido mucho cuidado. Pero ¿se habría dejado algo?

—Eso es una gilipollez. No me puedo creer que lo hayas pensado siquiera.

—Sí, tienes razón. Lo siento, hermano. Da igual quién venga. Solo quería que lo supieras, por si acaso.

—Te lo agradezco. Entonces, ¿el departamento ha contratado a alguien? ¿Alguien de fuera?

—No ha sido el departamento. A Thomas le sorprendió la llamada. Intentó explicarle que lo teníamos todo cubierto, pero ese tipo debe haberle convencido de que tiene derecho a ver la casa, porque el jefe Thomas ha quedado allí con él.

—¿Cuándo?

—El jueves a mediodía.

—Debes estar de broma —contestó Sly mientras le daba una patada a la botella de agua—. No necesitamos que un forastero venga a meter las narices en nuestros asuntos.

—Ya. A nadie le ha gustado, pero eso es lo que hay.

—Lo raro... —tras un momento de reflexión para intentar procesarlo todo, Sly continuó— es que, si nosotros no lo hemos contratado, ¿quién lo ha hecho? ¿Los bomberos?

—Lo dudo. Ellos no tienen dinero para esas cosas, y menos para investigar un incendio en el que nadie resultó herido.

—¿Maude, entonces? Esa tiene dinero. ¿No está contenta con la investigación?

—¿La casera? Venga ya. No se le ocurriría llamar a un especialista. En cualquier caso, la póliza del seguro de la casa cubrirá los gastos de reconstrucción, fuera el incendio provocado o no.

—Quienquiera que haya invitado a ese tipo a venir está pagando una fortuna. Damian Steele es un hombre importante. No lo dejaría todo para venir aquí por nada...

Sly dejó la frase en el aire. ¡Hijo de perra! Era Dawson Reed. Tenía que ser él.

Ese gilipollas iba a por él.

Capítulo 21

Dawson dedicó los dos días siguientes a intentar recuperar el tiempo perdido durante el fin de semana, y gracias al deseo que sentía por Sadie, y que estaba esforzándose por reprimir, las noches eran aún más largas. No obstante, había conseguido sobrevivir y llegar hasta el martes por la noche, todo un logro. Sin embargo, en esos momentos se enfrentaba a un nuevo obstáculo. Había llegado el momento de limpiar el dormitorio de sus padres. Ya no podía posponerlo por más tiempo.

De pie en el pasillo, con la mirada fija en la puerta cerrada y el cubo con el material de limpieza a sus pies, podría haberlo aplazado un poco más de haber querido hacerlo. Pero no tenía ninguna excusa. El día anterior había hablado con el experto forense que había contratado. Ed no había tenido noticias de los resultados de las muestras que había recogido, le había dicho que aún podrían tardar unas semanas, pero había insistido en que ya había terminado con el dormitorio.

Lo único que impedía a Dawson limpiarlo era su propia reticencia. ¿Por qué no dejaba que Eli y Gavin se ocuparan de la horrible tarea en su lugar? Así no tendría que enfrentarse a sus sentimientos, podría seguir dejando su dolor encerrado en una habitación.

Se miró las manos y le parecieron torpes y extrañas, y ni siquiera había introducido la llave en la cerradura. No era la primera vez que permanecía allí de pie, en el mismo sitio, sin dejar de controlar sus emociones, pero aquello era diferente. Tenía que abrir esa puerta, no podía arrinconar en su mente el recuerdo de lo que había ahí dentro y marcharse, como hacía siempre.

De la planta baja llegaban las voces de Sadie y Jayden que entraban en la casa. Habían vuelto de la compra. Ya. Dawson había contado con tener más tiempo, no quería hacer aquello con ellos en la casa. Pero la mujer de la administración llegaría por la mañana temprano y no era difícil imaginarse qué pensaría si encontraba la escena del crimen casi igual que la había dejado la policía. No comprendería el conflicto de emociones que lo volvían tan reacio, no comprendería que lavar los restos de sangre de sus padres sería, de algún modo, como borrarlos a ellos también, al menos a lo que quedaba de ellos, cuando él aún no se había resignado, no podía, hasta encontrar a la persona que los había matado. Esa mujer simplemente pensaría que no lo estaba llevando tan bien como debería y decidiría que Angela estaría mejor si se quedaba en Stanley DeWitt.

Cerró los ojos y prestó atención a la voz de Jayden.

—¿Quieres que lo lleve yo, mami?

—No, cielo. Pesa demasiado para ti. Trae, déjame.

—¡Yo puedo!

—No, tú trae la otra. En esa bolsa no hay nada que pueda romperse.

Decidido a abrir la puerta y cerrarla a su espalda, antes de que Jayden y Sadie se dieran cuenta de que estaba en la casa, Dawson recogió los productos de limpieza, sacó la llave del bolsillo y, tras soltar un suspiro, la introdujo en la cerradura. Tenía que hacerlo, y tenía que hacerlo en ese momento. No podía defraudar a Angela. Ya había defraudado a sus padres al recoger a ese autoestopista. De no haberlo hecho, seguramente seguirían vivos y Angela no estaría internada...

Se quedó inmóvil ante la puerta abierta. No había salpicaduras de sangre en las paredes o la cama, ningún mueble tirado o roto, ninguna lámpara destrozada. Incluso el olor era diferente, no olía a hedor mohoso, sino a desinfectante.

Su mirada fue de la cama, desprovista del colchón que se había llevado la policía y nunca había devuelto, hasta las cortinas que se agitaban ante la ventana, abierta, y luego siguió hasta el tocador, donde todo lo que no se había roto o retirado, estaba pulcramente colocado.

–¿Sadie? –llamó.

Oyó que le decía a Jayden que solo podía tomar uno de lo que fuera antes de que sus pisadas le anunciaran que subía las escaleras.

Se volvió en el momento en que ella entraba a la habitación.

–No me di cuenta de que habías vuelto del campo –la mirada de Sadie se posó brevemente en los artículos de limpieza antes de deslizarse hasta el rostro de Dawson.

–¿Has hecho tú esto? –preguntó él mientras señalaba a su alrededor.

Tenía que ser ella. ¿Quién si no? A no ser que, mientras los tres estuvieron en Los Ángeles, hubiera permitido que los Turner entraran en la casa. No había nadie más.

Sadie parecía un poco nerviosa al asentir, como si temiera haberse sobrepasado.

–¿Cuándo?

–Después de que te quedaras dormido anoche –ella se aclaró la garganta–. Tomé la llave del tocador, donde dejas... bueno, donde dejas todo lo que llevas en los bolsillos cuando te quitas la ropa.

Dawson no podía creerse que hubiera habido un momento en el que estuviera tan fuera de juego como para no oírla. Tenía la impresión de haber pasado la mayor parte de las dos últimas noches despierto, esperando que ella fuera a su habitación, pero no para quitarle una llave.

—¿Por qué?

—Porque había que hacerlo —Sadie desvió la mirada—, y no me gustaba que tuvieras que hacerlo tú. Espero... espero que mi osadía no te haya disgustado. Temía que, si me ofrecía a hacerlo, no me lo permitirías, como hiciste con Eli y con Gavin.

—Y no te lo habría permitido. No debe haber sido fácil hacer lo que hiciste.

—No lo fue —ella se secó el sudor de las manos sobre los vaqueros, como si todavía intentara eliminar la sangre—. Ha sido una de las cosas más difíciles que he hecho jamás.

—No quería obligarte a ello. Ya te dije al principio que no esperaba que asumieras algo... algo así. No formaba parte de tus atribuciones —él sacudió la cabeza incrédulo—. Tenía pensado hacerlo yo mismo.

—Pero me alegra que no hayas tenido que hacerlo —Sadie le rozó un brazo—. Gracias por todo lo que has hecho por mí —susurró antes de quitarle el cubo de las manos y llevarlo a la planta inferior.

Dawson cerró la puerta y se acercó a la ventana. No había vuelto a llorar desde la noche de los asesinatos. Había estado demasiado enfadado. Y no quería desmoronarse en ese instante, pero no pudo evitarlo. Una lágrima rodó por cada mejilla mientras contemplaba el somier de muelles que ya no soportaba un colchón. Sus padres se habían ido, iba en serio, completamente fuera de la casa. Siempre había sabido que le resultaría duro admitirlo. Pero lo que le había hecho venirse abajo había sido la bondad de Sadie.

Mientras Jayden veía unos dibujos animados, Sadie guardó los artículos de limpieza y vació las bolsas de la compra, un cesto que había querido comprarle a Dawson, algunos víveres para las comidas que había planeado durante los siguientes días y algo más de ropa interior y ropa para Jayden. No había oído salir a Dawson del dormitorio de sus padres, aunque ya no quedaba nada por hacer ahí dentro. Por difícil que le hubiera resultado ver la sangre, la ausencia del colchón, la lámpara rota y las huellas de los hachazos sobre el cabecero y la pared, todo lo cual revivía los detalles de las muertes, Sadie había ignorado la realidad de lo que estaba haciendo mientras limpiaba a fondo la habitación.

¿Qué podía estar haciendo allí Dawson? ¿Era la televisión lo que le impedía oír sus pisadas en la planta superior?

Después de guardar en la nevera la mantequilla, la leche y las pechugas de pollo, se acercó a la escalera y miró hacia arriba. La puerta estaba cerrada, pero estaba bastante segura de que él no había salido de allí. ¿Estaría bien? No quería interrumpir, pero empezaba a preguntarse si no debería comprobar cómo estaba, por si necesitaba un poco de consuelo.

Antes de que pudiera decidirse, el teléfono sonó. Pensó que podría ser Lolita desde la cafetería. Quería saber qué había ocurrido durante la reunión con el jefe Thomas, pero la que llamaba era su casera, Maude.

—Maude, ¿cómo estás?

—Bien. Pero aquí lo importante es cómo estáis Jayden y tú.

Dado que no era la primera vez que se llamaban desde el incendio, Sadie supo que aquello no era más que un rodeo para comenzar una conversación más seria. Supuso que Maude habría tenido noticias de la compañía de seguros, o una estimación de la policía sobre cuánto tiempo más tendría que esperar para poder comenzar con las labores de limpieza y reconstrucción.

—Estamos bien, gracias a Dawson.

Ante la mención de Dawson, Maude pareció titubear. Sadie sabía que a su antigua casera no le gustaba la nueva situación, pero no tenía derecho a meterse. Sadie era una mujer adulta y tomaba sus propias decisiones.

—A Sly no le gusta nada que os alojéis en esa granja con el hijo de los Reed —anunció al fin, desviando toda la preocupación hacia su ex para no tener que asumirla ella también.

Tras comprobar que Jayden seguía pegado al televisor, Sadie se dirigió hacia la parte trasera de la casa y entró en el aseo que había en el porche para que su voz no llegara a la planta superior.

—¿Y cómo sabes eso?

—Estuvo aquí hace unos minutos.

—¿Para qué? Por favor, no me digas que se encarga él de la investigación —enseguida supuso que había acudido allí para destruir cualquier prueba que hubiera podido dejar atrás—. ¿O solo quería ver lo que había quedado de la casa?

—Ni siquiera se asomó a la parte de atrás. Vino para hablar conmigo.

—¿Y qué tenía que decirte a ti? —Sadie se sentó en el borde de la bañera.

—Me contó que Dawson ha contratado a un investigador especialista en incendios provocados para determinar el origen y la causa del fuego.

Sadie hundió las uñas en la palma de la mano. De modo que su exmarido lo sabía. Se preguntó cómo y cuándo había sabido lo de Damian Steele, y cómo había reaccionado al saberlo.

—¿Es eso cierto? —preguntó Maude, dado que ella permanecía en silencio.

—Sí.

Había intentado convencer a Dawson de que no se

gastara el dinero. Pero nada más regresar de Los Ángeles, él se había ido directo al ordenador para mostrarle la página web del investigador que había localizado, y que no estaba demasiado lejos de allí, y no había podido negarse. Si conseguían demostrar que Sly era el responsable del incendio, jamás podría pedir la custodia de Jayden.

–Para mí es importante –añadió Sadie.

–¿Y quién lo paga?

–Por ahora, Dawson. Ya sabes que no dispongo del dinero. Pero pienso devolvérselo. Ha sido un préstamo.

–¿Estás segura de que es necesario gastar ese dinero, Sadie? No puedes pensar en serio que Sly podría ser responsable de lo sucedido.

–¿Sly te dijo que pensamos que fue él? –Sadie agarró el teléfono con más fuerza.

–Sí. Se sentía insultado, alterado. Juró que jamás haría algo así, que os quiere a los dos y, como agente de policía, jamás destrozaría a propósito una propiedad, y cosas así. Se mostró bastante exaltado.

Y aparentemente, convincente.

–Es un gran farsante, Maude. Ha fingido que nuestro matrimonio era mucho más respetuoso de lo que es. Confía en mí, haría lo que fuera para salirse con la suya. Y cree que podrá escapar de esto.

–¿Alguna vez te ha hecho daño? –preguntó la otra mujer en tono desconfiado.

–Todavía no. Pero ha hecho muchas cosas que me hacen pensar que sería capaz. Y una de ellas fue provocar el incendio.

–¿Y por qué iba a arriesgar las vidas de las personas a las que ama?

–Porque no las estaba arriesgando. Se aseguró de que yo estuviera despierta, ¿recuerdas?

–¿Y qué me dices de su carrera?

—Ya te lo he dicho, lo hizo porque cree que es impune. Nunca se esperó que yo tuviera los recursos para contratar a un investigador privado. Pensó que al destruir mi hogar no tendría más remedio que regresar con él.

—No tendrías esos recursos sin Dawson. Pero ¿estás segura de poder confiar en él? Quiero decir que a mí me parece que lo estás viendo todo al revés, Sadie. A Sly lo conocemos desde hace años. Sean cuales sean sus defectos, estoy segura de que te quiere. Además es policía, y eso debería concederle alguna credibilidad. ¡Al menos nunca ha sido acusado de asesinato!

—Bueno, pues yo lo acuso de incendio provocado.

—Pareces muy segura.

Sadie deseó haber visto mejor al hombre que se había colado en su patio aquel viernes por la noche. La figura oscura había sido más bien una aparición, una sombra amorfa con poco o ningún detalle que pudiera asociar con su ex.

—No se me ocurre ninguna otra explicación para lo sucedido.

—¡Pero eso no significa que fuera él!

—¿Y quién si no podría haber sido?

Maude no respondió a la pregunta.

—Me pidió que no diera mi consentimiento a una segunda investigación.

—¿Qué? –gritó Sadie.

—Dice que es una pérdida de dinero, que la investigación ya se ha realizado y que no tiene ningún sentido. Solo servirá para arrastrar su reputación por el fango, y todo para nada. Y se merece más que eso después del servicio que ha hecho a esta comunidad. A mí siempre me ha gustado.

—Apenas lo conocías antes de que yo me mudara, Maude. Y te gusta porque él se ha empeñado en gustarte. Quería que recibieras bien sus visitas, que no sospecharas por las veces que iba a mi casa, quería que hablaras con él abiertamente y le dieras cualquier información sobre mí. No es de fiar. Por favor, deja que el inspector examine la casa y haga su trabajo, trabajo para el que le hemos contratado. No gastaría un dinero que no tengo si no estuviera completamente segura de que es necesario.

–¡Pero Sly es agente de policía!

–Y precisamente ese es el problema. Como es agente de policía sabe cómo salir libre de ciertas cosas. Y sabe que nadie en el cuerpo de policía de Silver Springs iba a querer encontrar alguna pista que los llevara hasta él, y ahí también se siente a salvo.

–¿A salvo? ¿Insinúas que la policía de Silver Springs lo protegería aunque fuera culpable? ¿Estas acusando de corrupción a todo el departamento?

–Yo no estoy acusando al departamento. Dadas mis sospechas, creo que alguien neutral debería echar un vistazo. El experto que viene no tendrá ningún interés en señalar a alguien inocente. No estoy falseando un caso, Maude. Si intentara hacer eso habría mentido y asegurado que vi el rostro del hombre cuando miré por la ventana. Pero he sido sincera. Me he limitado a buscar hechos. Si los hechos arrastran la reputación de alguien por el fango, ya sea la de Sly o la de algún otro, quizás se lo merezca.

¿Qué había pasado con la reputación de Dawson y qué habían hecho al respecto? Sadie optó por no verbalizar sus pensamientos dado que sabía que Maude defendería a sus detractores.

–Por favor, Maude, deja que vaya el inspector –intentó presionar Sadie–. Veamos qué encuentra. Será el único modo de estar en paz. Si me equivoco sobre Sly, seré la primera en pedirle disculpas, a vosotros dos.

Maude emitió un sonoro suspiro.

—De acuerdo. No le va a gustar, y me siento mal porque va a pensar que me he posicionado en su contra. Pero, si ese especialista que has contratado puede aclarar esto un poco, estoy contigo. Al menos así, tal y como has dicho tú misma, podrás respirar tranquila.

—Eso espero —Sadie cerró los ojos, profundamente aliviada.

—Solo dime que no actúas así porque Dawson Reed te ha encandilado —continuó Maude—. Nada puede nublar más la mente de alguien como un nuevo amor.

—No —contestó ella—. Mis sentimientos hacia Dawson no tienen nada que ver con esto.

—¿De verdad? Porque Sly asegura que te acuestas con él. Que lo anunciaste en la cafetería.

—No lo anuncié exactamente. Sly me acusó, como siempre hace cuando me ve en compañía de otro hombre, y yo le dije lo que merecía oír.

—O sea, que es verdad...

Sadie no quería mentir.

—Lo que pase entre Dawson y yo no es asunto de nadie más.

—El amor empuja a la gente a hacer locuras, Sadie. No me gustaría que te dejaras engañar, si Dawson no resulta ser el hombre que tú crees que es.

—Lo entiendo. Y no tienes de qué preocuparte. No estoy haciendo esto porque esté enamorada de él —explicó Sadie.

Y era la verdad. Dawson no era el motivo por el que pensaba que Sly había provocado el incendio. Dawson no era el motivo por el que pensaba que un investigador independiente debería estudiar las causas del incendio. Sly era el único culpable de eso.

Sin embargo, sí era cierto que empezaba a sentir algo por Dawson. Aunque había limpiado el dormitorio de sus padres porque quería hacer algo por una persona que ya había sufrido bastante, alguien que la había ayudado cuando más había necesitado un amigo, la amabilidad no era lo que la detenía ante la puerta de su dormitorio cada vez que se levantaba para ir al baño por la noche.

Capítulo 22

–Estás muy callada esta noche.

Al oír su voz, Sadie miró a Dawson, sentado en el sofá muy cerca del sillón en el que se encontraba ella. Hacía una hora que había acostado a Jayden y Dawson y ella habían estado pasando de un canal de televisión a otro, viendo noticias y algo de deporte. La casa ya estaba lista para la visita de Robin Strauss a primera hora de la mañana. Las habitaciones habían quedado impecables, los destrozos ocasionados por el vandalismo reparados, los campos en proceso de empezar a producir, todo lo cual dejaba claro que Dawson era muy capaz de cuidar de Angela. Por último, la basura y los objetos rotos, que habían estado un tiempo amontonados en el patio, habían sido retirados. Pero todavía había cosas de las que ocuparse, cosas que no encabezaban la lista de prioridades de Dawson, de manera que Sadie dedujo que estaría nervioso, y también estaba muy callado.

–Supongo que será por el cansancio.

–¿Preferirías ver otra cosa? –preguntó él.

–No –a pesar de que Sadie no era muy aficionada al deporte no vio ninguna razón para hacerle cambiar de canal. De todos modos no estaba prestando atención a lo que veía en la pantalla. Tenía demasiadas preocupaciones, y aun así solo podía pensar en la noche en que había hecho el amor con Dawson en el campo, lo salvaje, visceral e increíblemente satisfactorio que había resultado, y lo mucho que había deseado repetirlo. Y lo había hecho, más tarde, en su cama. La fuerza de su deseo, cómo se moría por tener una oportunidad de tocarlo cada vez que lo veía la sorprendió. Su exmarido siempre le había dicho cosas que le hacían sentir que no estaba a la altura de sus expectativas, pero iba a resultar que su libido no era tan reducida como decía Sly, porque en esos momentos se estaba esforzando seriamente por no sentarse a horcajadas encima de Dawson y tomarlo allí mismo, en el sofá.

—¿En qué piensas? —preguntó él.

En el tacto de su piel. En el sabor de sus besos. En el peso de su cuerpo hundiéndola en el colchón, pensamientos que conseguían que olvidara sus preocupaciones, pero que no resultaba muy aconsejable describir en voz alta. Ambos habían conseguido apartarse de la línea que habían cruzado, y necesitaban darse un tiempo hasta ver qué averiguaba el inspector de incendios antes de tomar la decisión de seguir, o no, con la relación. De momento, Sadie dependía demasiado de Dawson y no podía permitirse el lujo de implicarse más desde un punto de vista íntimo, pues podría acabar por dar al traste con su empleo. Y, aunque la cosa funcionara, había muchas probabilidades de que se tuviera que marchar de allí. Sly estaba más desequilibrado de lo que había estado nunca. ¿Por qué empezar algo que quizás no iban a poder terminar?

—Pensaba en la conversación telefónica con Maude —contestó ella, por decir algo—. No me puedo creer que Sly haya tenido el valor de pedirle que no permitiera que Damian Steele accediera a su propiedad. Quiero decir que fui yo quien vivió allí, pegada a ella, durante un año. El que Sly pensara que podría imponerse sobre mí demuestra lo delirante que es su mente.

—A mí no me sorprende lo más mínimo —respondió

Dawson–. Lo que me asusta es que esa mujer lo considerara siquiera. Por lo que me has contado de la conversación, no te resultó tan sencillo convencerla para que se opusiera a los deseos de Sly.

–No se lo tengo en cuenta. Es una persona justa que huye de la confrontación. Y Sly puede resultar muy persuasivo.

Dawson apagó el televisor y dejó el mando sobre la mesita de café.

–Independientemente de su excusa, me alegra que Sly diera ese paso.

–¿Te alegra? –repitió Sadie.

–Demuestra que está preocupado.

–En eso estoy de acuerdo.

Sin el sonido del televisor, el repentino silencio hizo que Sadie se sintiera algo cohibida y encogió las piernas bajo el cuerpo. A pesar de haber recuperado algunas cosas de su casa, seguía faltándole ropa y llevaba de nuevo una de las camisetas de Dawson.

–Me pregunto qué hará cuando descubra que Maude lo va a permitir a pesar de su intento por disuadirla.

¿Qué podría hacer?

–Tratarla fatal a partir de ahora. Así funciona. Se muestra amable mientras le das lo que quiere, pero, si le niegas algo, intentará castigarte –Sadie se quitó el coletero y se rehízo la coleta–. Me sentiré fatal si la convierte en su diana y la bombardea con multas por cualquier insignificancia que hasta ahora le habrá pasado por alto. Empezará a buscar cualquier excusa para meterse con ella.

–¿Solía hacerle esa clase de cosas a la gente cuando estabais casados?

–Constantemente. Y se reía cuando quedaba por encima de alguien. Le hace sentirse poderoso.

–Pues ya es hora de que la gente deje de aguantar sus gilipolleces –Dawson frunció los labios.

—Sí —Sadie respiró hondo—, por lo menos creo que ya ha entendido que no voy a volver con él, ¿no crees?

—¿Te aceptaría de nuevo? ¿Después de haberle dicho que te habías acostado conmigo? —una tímida sonrisa curvó los labios de Dawson—. ¿Y que te había gustado?

Ella no estaba muy segura de la conveniencia de hablar de esas cosas. La mera mención de la noche que habían pasado juntos hacía que sintiera cosquillas por todo el cuerpo.

—No lo sé. Mientras estuvimos casados me acusó muchas veces de serle infiel, a pesar de que nunca lo fui. Ni siquiera me atrevía a tener un amigo, mucho menos un novio.

—En cuanto a lo de la otra noche...

—¿Sí? —el corazón de Sadie comenzó a latir con fuerza.

Dawson abrió la boca para decir algo, pero de inmediato sacudió la cabeza.

—Da igual. Mañana será un día muy intenso. Será mejor que durmamos.

—Tienes razón. Es hora de irse a la cama —ella asintió, pero cuando Dawson subió las escaleras no se movió.

Permaneció sentada durante varios minutos, esperando ahogar el deseo que prácticamente la había empujado a seguirlo con la mirada allá adonde iba.

A pesar de que repasó la lista de los motivos por los que sería una estupidez dejarse llevar por ese deseo, al final no sirvió de nada. Toda su resistencia desapareció cuando pasó por delante de su dormitorio, en el preciso instante en que él salía. Sadie no sabría decir adónde se dirigía Dawson, y tampoco le preguntó. Se limitó a arrojarse en sus brazos, tomar su rostro entre las manos y besarlo como si fuera lo único que importara en el mundo.

Sly apagó las luces del coche en cuanto salió de la autopista y se adentró por el campo, en paralelo al canal, con su todoterreno. Conocía bien el camino, pues era la tercera vez que iba a ese lugar.

La ruta elegida estaba repleta de baches, pero al final lo conduciría a la parte trasera de la propiedad de Dawson, y llegar allí sin ser visto era lo único que importaba. El jefe Thomas lo había machacado por lo que había hecho en la cafetería, y lo había amenazado con dejarle sin trabajo si volvía a acercarse a Sadie. Thomas no iba a permitir que el departamento de policía de Silver Springs se convirtiera en protagonista del siguiente documental sobre abuso de poder. Esas habían sido sus palabras.

A Sly también le importaba el cuerpo. El cuerpo era su vida. Pero no iba a permitir que Dawson Reed lo venciera. Y lo mismo en cuanto a Sadie. Haría lo que tuviera que hacer, aunque no estuviera muy seguro de qué tenía que hacer. Lo único que se le ocurría, todo lo que se imaginaba, era ilegal. Y, si Dawson y Sadie de repente desaparecían, él sería el primer sospechoso.

Tenía que ser más inteligente, tenía que pensar en el modo de vengarse sin jugársela.

–Lo lamentarás –murmuró.

Era la frase que llevaba repitiendo desde que había sabido lo del especialista en investigación de incendios, y su ira no había hecho más que crecer cuando Maude Clevenger lo había telefoneado para anunciarle que al final sí que iba a permitir la entrada del investigador en su propiedad. Sadie la había convencido. Maude le había dicho que se lo debía, y también había señalado que si él no era el responsable del incendio no tenía nada de qué preocuparse.

Pero lo cierto era que sí tenía motivos para preocuparse. Muchos motivos. Dawson y Sadie le podrían costar mucho más de lo que podía permitirse perder, su empleo, el respeto de sus amigos y familiares, incluso su libertad.

¿Cómo se había atrevido Sadie a maquinar contra él?

¿Cómo se había atrevido a avergonzarlo al anunciar en la cafetería, a todo el mundo, que se alegraba de meterse en la cama de otro? ¿Cómo se había atrevido a presentar una denuncia en la comisaría en la que trabajaba? ¿Cómo se había atrevido a intentar meterlo entre rejas intentando demostrar que había sido él quien había provocado el incendio?

Cierto que el fuego se le había ido de las manos, propagándose con mucha rapidez. Pero, aun así, tampoco era para tanto, no como para destrozar su vida. Antes de abandonar su casa aquella noche, se había asegurado de que nadie resultara herido. Y el seguro de la casa de Maude cubriría los daños. Si el caso se cerraba sin resolver, todo el mundo estaría bien. Y así debería ser.

Pero Sadie y Dawson se negaban a que fuera así. Y, si la verdad salía a la luz, nadie creería que no hubiera intentado lastimar a nadie. Lo acusarían de intento de asesinato, y Sadie sería la primera en testificar contra él.

La injusticia era tan grande que Sly no pudo evitar rechinar los dientes. Malditos fueran. No iba a permitir que se salieran con la suya, no iba a permitirles arruinarle la vida.

Redujo la marcha a medida que se acercaba a un punto en el que el camino se estrechaba notablemente y se pegó a un lado para no chocar contra una bomba de riego. Se estaba acercando y ya veía el contorno de la granja iluminada por la luz de la luna a unos sesenta metros.

Los neumáticos crujieron sobre las piedras que llenaban una hondonada en la tierra y Sly redujo aún más la marcha. Desde donde se encontraba, avanzó con cuidado hasta llegar al punto de observación que había utilizado alguna otra vez y apagó el motor. Se veía una luz amarilla en una de las ventanas de la segunda planta. ¿Sería la habitación de Sadie? ¿La de Dawson? Ya era tarde. ¿Por qué seguía la luz encendida?

Después de lo que le había dicho Sadie en la cafetería, se figuró qué estaría sucediendo. Imaginársela practicando sexo con Dawson, gimiendo de placer mientras él entraba y salía de ella, despertaba su sed de violencia. No dejaba de verse a sí mismo deslizando las manos por el cuello de Sadie y apretando hasta que su rostro se volviera azul, y eso le impedía centrarse en ninguna otra cosa. Últimamente lo había puesto tan nervioso que no podía comer ni dormir.

«Te acuestas con él. ¿A que sí?».

«Sí, y nunca había disfrutado tanto».

Básicamente, eso era lo que le había dicho ella. Y el recuerdo de su expresión desafiante aumentó sus ganas de aplastarle la cara. ¿Cómo se atrevía a provocarlo, cuando sabía muy bien que su principal queja siempre había sido lo poco complaciente que se mostraba en la cama? Por eso alguna vez acudía a otra cama, ¡para conseguir excitarse un poco! Un hombre necesitaba un poco de emoción de vez en cuando. Esas otras mujeres no le importaban en absoluto, jamás las habría tocado si Sadie no se hubiera resistido tanto a probar alguna de las cosas que le había mostrado en esas películas porno.

Era muy aburrida. Demasiado remilgada para su gusto. En el fondo se alegraba de haberse deshecho de ella. Por fin podía hacer lo que le apeteciera, y no tenía que responder ante nadie. Esa mujer ni siquiera había sido capaz de darle un hijo decente. Mientras los hijos de los demás hombres jugaban al béisbol, el suyo permanecía en su cuarto jugando a las Barbies. Jayden era una vergüenza. Aun así ella lo defendía a capa y espada y se negaba a permitir que su padre le enseñara a ser un hombre.

No quería que volviera con él. Ya no. Pero tampoco podía soportar que fuera por ahí comportándose como si fuera mucho más feliz con otro, sobre todo si ese otro era

Dawson Reed. Y no iba a permitirle llevar a ese maldito investigador a la ciudad.

La puerta del coche crujió al abrirse, pero no había nadie en el campo que pudiera oírlo. Esperó y escuchó para asegurarse, pero todo estaba tan tranquilo como las anteriores ocasiones en que había ido allí.

Tras bajarse del coche, cerró la puerta con cuidado y caminó hacia la casa. Aunque no tenía un plan en concreto, no podía permanecer tan al margen como había hecho en anteriores ocasiones. Esa luz, imaginarse a Sadie allí dentro, lo atraía más y más hacia la casa.

Cuando llegó al patio corrió en silencio e intentó mirar por las ventanas. Pero en la planta baja todo estaba a oscuras. Lo que estuviera sucediendo estaba sucediendo en la planta de arriba, y quería saber lo que era, suponiendo que estuviera sucediendo algo. No se sentiría a gusto hasta saberlo.

Tenía que entrar, decidió. Solo para escuchar. Saber que estaban tan cerca, tan vulnerables, le hacía sentir que todavía controlaba la situación, al menos lo haría durante unos minutos. No permanecería mucho rato.

Tras comprobar de nuevo que nadie lo había visto, se acercó a la puerta trasera y posó la mano sobre el picaporte. ¡Hijo de perra! Estaba cerrada con llave.

Pero eso no iba a detenerlo. Solo tenía que encontrar otra manera de entrar.

La intensidad del beso de Sadie prácticamente había dejado a Dawson sin aliento. Aunque se moría por tocarla de nuevo, se había prometido a sí mismo que no la iba a presionar. Necesitaba tiempo.

Pero su cuerpo había actuado casi por voluntad propia. Al oír sus pisadas en las escaleras, le había cortado el paso, decidido a decir algo, cualquier cosa, retenerla durante unos minutos. Se había dicho a sí mismo que solo quería hablar, pero lo cierto era que no soportaba la idea de pasar otra noche solo en esa cama.

Por suerte, no había hecho falta. Sadie se comportaba como si hubiera estado esperando la oportunidad, porque desde luego no se estaba conteniendo.

—Intentar dejarte en paz ha sido la peor de las torturas —le aseguró él mientras sus manos se deslizaban por debajo de la espalda de la camiseta, donde sus dedos podían apretarse contra la suave piel—. Me sentía fatal, constantemente imaginándote desnuda y pegada a mí. Imaginándome dentro de ti. Deseándolo, pero no atreviéndome a pedírtelo.

—Con todo lo que está pasando, es increíble que sea capaz de pensar en el sexo —contestó ella con una risa ronca—. Pero yo tampoco he conseguido apartarte de mi mente.

—Entonces me alegra que te hayas venido abajo.

Ella lo besó una y otra vez con desesperación, como si nunca fuera a saciarse.

—Dime que no estamos cometiendo un error —le suplicó mientras intentaban recuperar el aliento—. Porque jamás he deseado a un hombre como te deseo a ti. No soy capaz de anular ese deseo, ni siquiera de controlarlo.

—No tienes que hacerlo —contestó Dawson mientras la tomaba en brazos y ella le rodeaba las caderas con las piernas para ayudarlo a llevarla hasta la cama.

—Espera. Hay tantas cosas que podrían salir mal...

Pero Dawson no esperó. Y ella no tenía ninguna intención de rechazarlo. Se notaba por el hecho de que no lo había detenido cuando le había quitado los pantalones de chándal que le había prestado.

—También hay muchas cosas que están bien.

Entendía las dudas de Sadie, su miedo a estar cometiendo otro error. Pero las cuestiones prácticas eran difíciles de recordar, y mucho más tomarlas en cuenta, cuando estaban inmersas en un mar de hormonas.

—De acuerdo, una vez más —le advirtió ella—. Y ya está.

—No —Dawson estaba harto de luchar.

En su opinión, estaban manteniendo una relación. Que acabara bien o mal, para cualquiera de los dos, aún estaba por ver. Pero ya no había vuelta atrás. El hecho de que de nuevo se estuvieran acostando, cuando solo habían pasado unos pocos días desde la primera vez, lo demostraba.

—¿No? —repitió ella con un ligero tono de pánico en la voz.

—Es demasiado tarde. Lo único que podemos hacer es lanzarnos a ello, y esperar que salga lo mejor posible.

Sadie apoyó las manos sobre el pecho de Dawson lo justo para apartarlo y poder mirarlo a la cara.

—Eso me aterroriza tanto o más que cualquier cosa relacionada con Sly.

—Lo entiendo. Pero piensa en ello, a lo mejor tiene que ser así. Quizás encontrarnos sea lo único bueno que surja de toda esta mierda que hemos vivido.

—Sí, pero va demasiado deprisa.

—He intentado que vaya más despacio. Pero no podemos. De modo que opino que deberíamos ir a por ello, tomarnos de la mano y saltar al vacío, disfrutar de la caída.

—¿Y se supone que vas a convencerme con ese argumento? —ella soltó una carcajada—. A mí me parece tan siniestro como estimulante.

—Para mí solo es estimulante. No quiero perderme lo que podría ser lo mejor que me sucediera en la vida. ¿Y tú?

—No —contestó Sadie mientras le acariciaba tiernamente la mejilla.

De repente, el ritmo cambió, ya no parecían tener tanta prisa. El haberse concedido permiso para sentir algo más profundo que una sensación física creó una experiencia totalmente diferente, más enriquecedora.

Sly se sentó en el salón de Dawson y escuchó atentamente el rítmico crujido de la cama que llegaba de arriba. Dawson y Sadie estaban tan ocupados que seguramente podría haber forzado la entrada trasera sin que se hubieran dado cuenta. Sin embargo, había optado por ser cuidadoso, y muy silencioso, al emplear un destornillador que había encontrado en el cobertizo para herramientas de Dawson para horadar en la parte carcomida del marco de madera de una de las ventanas hasta que el agujero fue lo bastante grande como para meter la mano y abrir desde el interior.

Dawson descubriría el agujero por la mañana, o a lo mejor no. Su casa había sido objeto de tanto vandalismo que sin duda no había podido arreglarlo todo aún. En cualquier caso, a Sly le daba igual. Dawson y Sadie no iban a poder demostrar nada. Llevaba puestos unos guantes. Y si por un casual se llevaba a cabo una investigación minuciosa y encontraban algún cabello cuyo ADN demostrara que era suyo, ¿qué más daba? Había estado en esa casa en alguna ocasión, y en compañía del jefe de policía ni más ni menos. No sería de extrañar que hubiera quedado algún cabello o muestra de ADN suya. No tenía miedo, estaba demasiado furioso para sentir miedo, tanto que apenas veía con claridad.

El somier de la planta superior seguía crujiendo rítmicamente. Mientras Sly escuchaba atentamente lo que sucedía allí, se dio unos golpecitos en la palma de la mano izquierda con la cruceta de hierro que había utilizado como palanca para mantener la ventana abierta. La sangre recorría su cuerpo a tal velocidad que oía su rugido en los oídos. Ni siquiera un mes atrás habría podido considerar la posibilidad de llegar a encontrarse en esa situación, que otro hombre se interpusiera entre él y Sadie. Ella siempre le había pertenecido, desde que había tenido edad suficiente para salir con chicos.

Y entonces Dawson había salido de la cárcel y, justo cuando Sly pensaba que empezaba a hacer progresos en la recomposición de su matrimonio, todo se había desmoronado. Y allí estaba, oyendo a otro hombre ocupar su lugar entre las piernas de Sadie.

Contempló la herramienta que tenía en la mano. Sentía un irrefrenable deseo de utilizarla contra ellos, de deshacerse de ambos para no tener que volver a pensar en ellos nunca más. Para terminar rápida y sencillamente con su tormento. Aunque se convirtiera en el principal sospechoso, nadie sería capaz de demostrar nada. Y como ya no habría nadie para pagar al inspector de incendios que estaba a punto de llegar a la ciudad, nadie iba a poder descubrir lo que el departamento de policía, mucho más inexperto, no había averiguado.

«Mira en lo que me has convertido», la recriminó en silencio. «En un pirómano. En un hombre con ganas de cometer un asesinato».

Y Sadie era la que aseguraba que él le había arruinado la vida. Esa mujer no tenía ni idea de lo que le había hecho. Jamás volvería a ser el mismo.

Incapaz de seguir soportando el sonido de esa cama, decidió ponerle fin. Imaginarse la humillación que sufriría si el inspector de incendios demostrara que él era el responsable del fuego le había dado la excusa perfecta para hacer lo que, de todos modos, tenía ganas de hacer.

Se levantó y se encaminó hacia las escaleras, pero antes de llegar al primer peldaño, unas luces de coche atravesaron las ventanas del salón de la casa.

Había alguien ahí fuera.

El pánico lo inundó y le aclaró la mente. Tenía que irse. De inmediato.

Llevándose el destornillador y la cruceta corrió hacia la parte trasera de la casa, salió al exterior y desapareció en la noche.

Cuando llegó a su coche sintió un inmenso alivio por encontrarse fuera de la casa. No creía que lo hubieran visto, pero tampoco estaba seguro del todo. Y por si acaso hubiera alguien observando o escuchando, permaneció un rato en silencio sin atreverse a poner en marcha el motor por el ruido que haría.

Sentado al volante con el corazón latiéndole en la garganta, vio de nuevo las luces del coche que, en esa ocasión, se dirigían hacia la autopista. No creía que hubiera dos coches, de modo que quienquiera que hubiera ido a la granja se habría marchado. Ya.

¿Se habría acercado hasta la puerta?

No. No le había dado tiempo. Al menos, no lo creía.

Aguantó unos cinco minutos más antes de poner el motor en marcha, dar media vuelta y avanzar lentamente y con cautela hacia la autopista. Desde allí tomó varias carreteras secundarias, todas las que pudo, hasta su casa para no tropezarse con alguien que conociera.

No fue hasta que llegó a su casa, donde había dejado el móvil para que no pudieran rastrear sus movimientos, cuando comprendió lo que había sucedido. Había sido Pete el que había acudido a la granja. Tenía unas seis llamadas perdidas y mensajes de texto.

¿Dónde demonios estás, tío?

No me digas que estás en casa de Dawson Reed. Sería una locura. Supongo que te das cuenta, ¿no?

Tienes que dejar a Sadie y a Dawson tranquilos. No merecen que te juegues tu futuro por ellos.

¿Por qué no contestas? Sé que no estás en casa. Ya he ido dos veces.

Tampoco estás en casa de tu madre. ¿Qué demonios haces, tío? ¿Intentas que te despidan del cuerpo?

Contesta. Tienes que escucharme.

Pete se había acercado a la granja de Dawson para intentar mantenerlo lejos de problemas. Pero nunca sabría lo cerca que había estado él de meterse en un lío, porque jamás iba a contárselo.

Dawson se despertó cuando Sadie se apartó de él.

—¿Ya te vas? —murmuró con voz somnolienta.

—Sí. Tengo que volver con Jayden.

—Pero si aún no ha amanecido.

—Es que si no me marcho ahora me voy a quedar dormida, y será mejor que me encuentre en su cama cuando se despierte.

Dawson había puesto la alarma para que sonara muy temprano, pero no le dijo nada. Jayden podría muy bien despertarse antes de que sonara el despertador. Además, las cosas ya iban lo bastante deprisa. Sadie seguramente se sentiría más cómoda durmiendo con su hijo, como era su costumbre.

—Solo quiero que me contestes a una cosa antes de irte.

—¿Qué? —preguntó ella mientras se vestía.

—¿Estás bien? ¿No estás demasiado asustada?

—Ahora mismo no estoy asustada en absoluto. Ahora mismo me siento bastante feliz.

Dawson era consciente de que hablaba del clímax que le había ofrecido, y sonrió aunque ella no pudiera verlo.

—Pues entonces por la mañana intenta recordar que todo va a salir bien. Y, si lo nuestro se llegara a estropear en algún momento, ya se nos ocurrirá el modo de ser amables el uno con el otro, de quedar como amigos. No vas a sufrir nada parecido a lo que has sufrido con Sly. Te lo prometo.

—Eres un buen hombre —contestó ella—. Y me alegro de haberte conocido.

«Eres un buen hombre», no era una frase que hubiera oído muy a menudo dirigida a él. Había sido un niño problemático y, cuando apenas acababa de salir de esa época complicada, lo habían acusado de asesinato. Todo el mundo seguía convencido de que había matado a dos personas con un hacha, y no a dos personas cualesquiera, sino a sus propios padres.

A lo mejor por eso repitió las palabras de Sadie una y otra vez en su mente mucho después de que ella hubiera salido del dormitorio. Su fe en él era incluso más satisfactoria que el placer que le había proporcionado aquella noche.

Capítulo 23

Robin Strauss llegó puntual. Con los cabellos grises recogidos en un moño a la altura de la nuca, y multitud de arrugas alrededor de la boca, aparentaba unos cincuenta y cinco años y resultaba algo... severa.

Sadie percibió que el nerviosismo de Dawson había aumentado al verla. La prensa no había sido amable con él, y los artículos publicados sin duda formarían parte del material que esa mujer utilizaría para juzgarlo. Con su gesto serio, el traje perfectamente abotonado y unas gruesas lentes, parecía una monja estricta, o una bibliotecaria solterona, alguien que lo contemplaría con todo el escepticismo del mundo.

Una vez en el interior de la casa, Robin Strauss no emitió ningún juicio negativo, pero tampoco se mostró amistosa. Recorrió toda la casa, entró en todas las habitaciones, antes de detenerse en el dormitorio principal.

—¿Aquí sucedió? —se volvió hacia Sadie, dado que Dawson se había quedado junto a la puerta sin seguirlas al interior.

—Sí.

Sadie le había pedido a Petra que cuidara de Jayden durante un par de horas. No le había gustado tener que hacerlo, pues temía que Sly intentara causar problemas, pero era consciente de que no habría sido buena idea que el niño estuviera presente durante una visita en la que se podría hablar de los asesinatos. Además, Petra le había asegurado que, bajo ningún concepto, iba a permitir que Sly se llevara a Jayden.

–¿Utiliza alguien esta habitación? –la mujer se fijó en el somier de muelles sobre el que no había ningún colchón.

–Todavía no.

La señora Strauss se volvió hacia Dawson.

–¿Qué tiene pensado hacer con este cuarto? ¿Ha pensado hacer algo?

–Sadie y Jayden se trasladarán aquí en cuanto Angela vuelva a casa –contestó él.

–¿Y a Sadie no le importa el que aquí se haya cometido un doble asesinato? –la mujer enarcó ligeramente las perfiladas cejas.

Sadie contestó antes de que Dawson pudiera intentarlo siquiera.

–Por supuesto, no me encanta la idea. A nadie le encantaría. Pero, como ya hemos dicho, vivo aquí porque Dawson opina que lo mejor para Angela sería tener una cuidadora permanentemente. ¿Opina que el dormitorio debería cerrarse y no utilizarse jamás?

La señora Strauss pareció comprender lo poco práctica que resultaría la alternativa. A pesar de la muerte de los Reed, en esa casa seguía habiendo personas que necesitaban un alojamiento. Una casa no podía tirarse abajo o quemarse cada vez que se cometiera algún acto violento entre sus paredes.

–Algunas personas tienen reparos sobre esa clase de cosas. Supongo que son supersticiones, nada más –contestó.

–Pues yo no soy supersticiosa –continuó Sadie, aunque reconocía, al menos ante sí misma, que la idea de dormir en esa habitación le resultaba algo desagradable.

Sin embargo, no le parecía justo que Angela durmiera allí. Y sabía lo difícil que le resultaría a Dawson, de modo que había insistido en ocuparla ella. Dado que no le cobraba alquiler, era lo justo.

—Y para su información, Dawson no es culpable de lo sucedido aquí, a pesar de lo que habrá leído sobre el caso. Es más, en estos momentos se dedica a buscar al hombre que cree que lo hizo.

—¿Eso le ha dicho? —la otra mujer se sujetó las gafas.

—Sí —Sadie no pudo evitar irritarse ante el escepticismo que reflejaba la pregunta—. Y creo que es verdad.

La señora Strauss se limitó a sujetar la carpeta contra el pecho.

—¿Y dónde está el dormitorio de Angela?

—Es la habitación que Jayden y yo ocupamos por el momento. Sígame.

Dawson se hizo a un lado mientras Sadie conducía a la mujer por el pasillo.

Robin Strauss se asomó al dormitorio de Dawson antes de inspeccionar detenidamente el de Angela.

—He hablado con Angela —anunció bruscamente.

—¿Y le ha contado lo mucho que quiere volver a casa? —Sadie le ofreció a Dawson una mirada cargada de esperanza.

Él se había reunido con ellas en cuanto habían salido del dormitorio de sus padres, pero no estaba muy hablador. Sadie procuraba rellenar los largos e incómodos silencios para intentar suavizar a aquella mujer.

—Sí, lo hizo.

—Adora a su hermano. Siempre ha sido muy bueno con ella.

—¿Desde cuándo conoce a Dawson? —le preguntó.

Y de nuevo apareció esa nota de escepticismo en sus palabras. Sadie apenas consiguió mantener la sonrisa.

—Desde hace no mucho, y por eso hace bien en no

aceptar mi palabra sobre la gran persona que es. La persona de esta ciudad que lo conoce desde hace más tiempo que nadie, dado que llegó a su casa en el primer año de instituto, ha insistido todo el tiempo en que jamás podría haber cometido un crimen tan horrible. Seguro que querrá hablar con usted, si necesita una sólida referencia.

–Lo haré –contestó la mujer, aunque Sadie tuvo la impresión de que había accedido únicamente por ser rigurosa–. ¿Con quién debería ponerme en contacto?

–Con Aiyana Turner. Es la dueña del rancho para chicos New Horizons.

–Donde él estudió.

Esa mujer había hecho los deberes.

–Sí. Sus hijos también conocen a Dawson y están de acuerdo con ella. Sus detractores, por el contrario, son todos prácticamente extraños. Lo están juzgando por lo que apareció en la prensa y, sinceramente, esperamos que usted no haga lo mismo. Por el bien de Angela.

Los ojos de la mujer se entornaron tras las gruesas lentes y Sadie temió haberse pasado un poco. Intentaba no revelar sus sentimientos hacia Dawson. Eso solo conseguiría que Robin Strauss se cuestionara su credibilidad.

–Ha dicho que lleva trabajando aquí una semana, ¿es eso cierto?

Lo que en realidad preguntaba esa mujer era «¿y cómo puedes estar tan segura?».

–Sí –contestó Sadie.

–¿Conocía a Dawson de antes?

–No mucho.

–Bueno, pues desde luego parece llevarse muy bien con él.

Eso sería bueno para Angela, ¿no? Pero Sadie no estaba segura de que para la señora Strauss significara algo positivo.

Por tanto, Sadie optó por mantener la boca cerrada.

Dawson terminó de enseñarle la casa, contestó algunas preguntas más, sobre dónde estaba Angela mientras se cometían los asesinatos, qué había visto, qué había comprendido.

Antes de marcharse, sin embargo, la mujer pidió que Sadie la acompañara hasta el coche, y dejó bien claro que Dawson no iría con ellas.

—Claro —Sadie asintió a pesar del nerviosismo que se apoderó de ella.

Supuso que Dawson las estaría observando por la ventana mientras bajaban los escalones del porche. La señora Strauss no habló de inmediato, de hecho no abrió la boca hasta que estuvieron lejos del alcance de los oídos de Dawson. Abrió el coche negro y se volvió hacia Sadie.

—Parece apoyar firmemente a Dawson.

—Así es —admitió ella—. He pasado muchas horas con él durante los últimos ocho días y no he visto nada que me hiciera pensar que podría ser otra cosa aparte de un buen hermano. Fuimos juntos a ver a Angela a Stanley DeWitt. Él quiso que lo acompañara para que ella pudiera conocerme.

—Ocho días no es mucho tiempo —insistió la otra mujer, resistiéndose a ser persuadida.

—Ya le he dicho que debería hablar con Aiyana, Elijah o Gavin, en caso de que busque a alguien que lo conozca desde hace más tiempo.

—No estoy segura de que pudieran convencerme.

La señora Strauss hablaba con tal seguridad que Sadie la miró con la boca abierta. ¡No iba a autorizar a Dawson a llevarse a su hermana a casa!

—Porque...

—Si le entregamos a Angela, y le sucediera algo, el retroceso podría ser tremendo. La prensa montará un escándalo si la administración entrega a una mujer que sufre un trastorno mental a un hombre sobre el que tenemos motivos para creer que podría ser peligroso, y...

—¡Eh, espere un momento! —la interrumpió Sadie—. Fue juzgado y declarado inocente. Creo que la administración ya ha hecho todo lo que podía hacer.

—No respecto a esta cuestión, me temo.

—Pero no tiene ningún sentido no permitir que Angela vuelva a casa —protestó Sadie—. Dawson quiere tenerla aquí, y ella quiere estar aquí. ¿Por qué va a insistir el estado en pagar sus cuidados cuando tiene un familiar dispuesto a ocuparse de ella?

Imperturbable, como si estuviera acostumbrada a tratar con situaciones como esa, lo cual era seguramente cierto, la mujer se sentó al volante.

—Porque somos responsables de su bienestar. No creo que sea buena idea arriesgarse, no cuando Angela está recibiendo los cuidados que precisa en Stanley DeWitt.

A Dawson se le iba a partir el corazón. Iba a pensar que había fallado a Angela, y a sus padres también.

Sadie agarró la puerta del coche antes de que Robin Strauss pudiera cerrarla.

—No puede creer en lo que dice la prensa —insistió—. Por favor. No siempre aciertan.

—No estoy basando mi decisión en los artículos de prensa —contestó ella mientras introducía la llave en el contacto.

—¡Claro que lo está haciendo! ¿Qué otra cosa podría estar influyendo en su decisión?

—Ayer recibí una llamada de alguien, y desde luego lo que me contó me dio qué pensar.

La mente de Sadie funcionaba a toda velocidad intentando imaginarse quién podría haber contactado con la administración para hablar sobre el deseo de Dawson de llevarse a su hermana a casa, pero no se le ocurría nadie. ¿A quién más podría importarle? ¿A algún pariente lejano? ¿Al fiscal? ¿Al detective?

—¿De quién?

—De alguien muy preocupado por esta situación, lo bastante como para hacerme comprender la realidad de la situación.

—¿Quién? —insistió Sadie—. No puede ser nadie que sepa a ciencia cierta de qué está hablando.

—Fue un agente del departamento de policía de Silver Springs —anunció la señora Strauss, como si eso lo explicara todo—. Me dio a entender que Dawson Reed ha conseguido engañar a todos al librarse del cargo de asesinato.

—¿Disculpe? —Sadie sintió que toda la sangre se le acumulaba en la cabeza.

La mujer pareció algo sorprendida ante el estallido emocional de Sadie.

—Decía que me consta que se trata de una autoridad...

—No, no es ninguna autoridad. El agente que contactó con usted fue Sly Harris, ¿verdad?

—Pues sí —las mejillas de Robin Strauss se tiñeron de rojo—. ¿Cómo lo sabe?

—Porque es mi exmarido —ella cerró los ojos y sacudió la cabeza—. No soporta la idea de que tenga un trabajo que me permita pasar página lejos de él, y no ha dejado de hacer todo lo posible por fastidiarme la vida, y la de Dawson también, ya que ha sido Dawson el que me ha ayudado. El agente Harris no estaba actuando por el bien de Angela cuando la llamó, señora Strauss. Actuaba en su propio interés, intentaba causarle problemas a Dawson.

—Preferiría no verme metida en una disputa doméstica —la mujer alzó una mano como para indicar que no quería saber nada de lo que Sadie le estaba contando.

—Pues entonces no lo haga —contestó ella—. Lo que le estoy diciendo es que Dawson Reed no mató a sus padres. ¿Por qué iba a empeñarse en atrapar al verdadero culpable si fuera él el asesino? ¿Por qué iba a gastarse dos mil dólares en un especialista forense para que recogiera pruebas en ese dormitorio? ¿Por qué iba a regresar aquí, donde se le trata como a un apestado, e intentar hacerse cargo de su hermana enferma mental, cuando podría tomar el dinero que recibió de la herencia de sus padres y empezar de nuevo, libre como el viento, en otra parte?

–Para parecer inocente, por supuesto.

–¿No ve lo débil que es ese argumento? –Sadie sacudió la cabeza, indignada–. No habría malgastado el tiempo ni el dinero. Sobre todo porque nada de lo que ha hecho hasta ahora ha conseguido que alguien cambie de opinión. Va a tener que encontrar al culpable y demostrar su propia inocencia para que la gente de Silver Springs lo crea, y sabe que no tiene muchas posibilidades de hacerlo. Si sigue luchando es porque cree que se lo debe a sus padres.

El ceño fruncido que apareció en el rostro de la mujer le indicó a Sadie que iba a seguir resistiéndose a sus argumentos. Pero sus palabras indicaron otra cosa.

–Lo pensaré.

Ya no quedaba más por hacer salvo permitirle cerrar la puerta del coche. Con el corazón destrozado, Sadie vio cómo la única esperanza de Dawson de recuperar a su hermana arrancaba el coche y empezaba a abandonar la propiedad. No quería entrar en la granja y comunicarle que su hermana iba a permanecer en el centro estatal.

–Maldita sea, ¿es que no nos puede salir nada bien?

Sabiendo que él estaría ansioso por averiguar qué había querido discutir la señora Strauss en privado con ella, y sintiendo todo el peso de lo inevitable, ella se dio media vuelta, destrozada aunque resuelta, y se encaminó hacia la casa. Tarde o temprano iba a tener que abandonar la ciudad, decidió. Sly no iba a dejar a Dawson en paz mientras ella estuviera con él.

Pero antes de poder dar dos pasos, Robin Strauss bajó la ventanilla del coche y asomó la cabeza.

—De acuerdo —gritó—. Lo comprobaré. Si lo que dice es cierto, si el agente Harris tiene algún interés personal en esta situación, y, si hay alguien más dispuesto a avalar el carácter del señor Reed, recomendaré que el estado permita que Angela regrese a su casa.

—Llame al jefe de policía —Sadie no se podía creer lo que había oído—. No le estoy pidiendo que se fíe únicamente de mi palabra. También debería ir a ver a Lolita, la dueña de la cafetería. Ella vio cómo el agente Harris estuvo a punto de golpearme el domingo. Justo después pedí una orden de alejamiento contra él, aunque aún no es efectiva —pensó en contarle lo del incendio. En su opinión, Sly había hecho mucho más que casi golpearla. Pero no tenía ninguna prueba de que fuera el pirómano, y no quería parecer desequilibrada o demasiado enconada.

—Desde luego, Angela quiere volver, de modo que voy a revaluar mi decisión y volveré a contactar con ustedes —los labios de la mujer se curvaron en una sonrisa, la primera que Sadie le había visto—. Dígale a Dawson que tiene suerte de tenerla de su parte.

Sadie suspiró aliviada.

—Yo también tengo suerte de tenerlo de la mía —contestó mientras se despedía agitando una mano en el aire.

A la mañana siguiente, mientras un sudor frío le corría por la espalda haciendo que se le pegara la blusa al cuerpo, Sadie aguardaba con el jefe Thomas a su lado ante la puerta de Sly. Tras contarle a Dawson la buena noticia sobre la señora Strauss, había dedicado el resto del día y de la noche a pensar en cómo neutralizar la amenaza de su exmarido, no contra ella, ya que eso era misión imposible dada la obsesión de Sly, pero sí al menos contra Dawson. Y lo que estaba haciendo en esos momentos era lo mejor que se le había ocurrido, pero no podía contárselo a Dawson porque sabía que intentaría disuadirla.

Había pasado por la comisaría para pedir una escolta, pero había estado a punto de ir sola pues ninguno de los agentes se dignó siquiera a hablar con ella, aunque tampoco antes se habían prodigado demasiado. Unos cuantos le dedicaron miradas cargadas de ira y otros murmuraron algo para sí mismos. Todos la evitaron.

Sly había hecho un buen trabajo haciendo que pareciera la mala de la película. Sin duda la había descrito como una mujer en la que no había podido confiar cuando la había necesitado, una esposa que no lo apoyaba en su difícil oficio, una ex que se dedicaba a difamarlo y que se había unido a un hombre del que nadie dudaba que era un asesino, como si fuera la prueba definitiva para que cualquiera se convenciera de que el problema era ella.

Sin embargo, la suerte le sonrió cuando apareció el jefe Thomas, que por casualidad la oyó hablar con la sargento del mostrador. Aunque Dixie Gilbert debería haberse mostrado más amable, pues Sadie y ella acudían a la misma peluquería y eran viejas conocidas, la mujer dejó claro que no iba a enemistarse con sus hermanos de uniforme. Siendo la única mujer del cuerpo, seguramente no le resultaba sencillo encajar allí, de modo que Sadie comprendió su actitud, aunque no apreciara su falta de coraje. Dixie intentaba deshacerse de ella asegurándole que alguien se pondría en contacto, aunque Sadie sabía que la llamada nunca se produciría, cuando Thomas la vio, salió de su despacho y preguntó qué sucedía. En cuanto ella se lo explicó, se ofreció para acompañarla hasta la casa de Sly para que pudiera hablar con él.

Sadie estaba casi segura de que el jefe de policía deseaba ejercer de mediador. Quería que volvieran a juntarse y que llegaran a entenderse para que ella no volviera a avergonzar al departamento obligándoles a hacer cumplir la orden de alejamiento dado que lo cierto era que tenía testigos del estallido de Sly en la cafetería y eso le daba derecho a la orden. Pero lo único que quería Sadie era poder hacerle llegar a su ex un mensaje sin tener que dejar huella en el registro de llamadas, ni enviarle un mensaje desde el móvil después de haber asegurado ante sus compañeros que le tenía miedo. Sabía muy bien que Sly lo utilizaría para demostrar que no se sentía en absoluto intimidada por él.

En cuanto Sly abrió la puerta, mirándolos con los ojos entornados y apestando a alcohol, se alegró de no haber ido sola. Ni había tenido intención de hacerlo, pues no iba a ofrecerle una oportunidad tan descarada. Pero incluso con el jefe Thomas a su lado sintió miedo. Nunca había visto a Sly en tan mal estado. Siempre le había gustado beber, pero también se enorgullecía de su capacidad para aguantar el alcohol. Nunca se había emborrachado, nunca se había dejado llevar.

Al jefe Thomas tampoco le gustó lo que vio.

–¿Qué demonios te pasa? Hueles como si acabaras de salir de una botella.

–Anoche no podía dormir –Sly consiguió enderezarse un poco–. El insomnio es una zorra.

¿De manera que había intentado beber hasta alcanzar un estado de estupor? A juzgar por lo que le molestaba la luz a los ojos, lo había conseguido, y en esos momentos sufría una terrible resaca.

–¿Qué haces aquí? –rugió mientras fulminaba a Sadie con la mirada.

–¡Oye, oye! –el jefe Thomas gesticuló para llamar su atención–. No empecemos ya así. Hemos venido en son de paz. ¿Podemos pasar?

—No la quiero en mi casa —él sacudió la cabeza—. Fue ella la que se largó de aquí, pero podemos hablar en la parte de atrás. Voy a peinarme y a cepillarme los dientes. Podéis entrar por la verja lateral y nos encontramos en el patio —de nuevo fulminó a Sadie con la mirada—. Ella conoce el camino.

Sadie se dio cuenta de cómo el jefe Thomas fruncía el ceño mientras lo conducía hasta el patio trasero. La enorme barbacoa, el orgullo de Sly mientras estuvieron casados, descansaba abierta sin la tapa, con los utensilios desperdigados junto con varios platos, algunos de los cuales contenían comida, y un montón de latas vacías de cerveza.

—Parece que anoche celebraste una fiesta —observó el jefe Thomas cuando Sly apareció por la terraza.

—Fue hace unos días —contestó él—. Vinieron algunos de los chicos, eso es todo —de un golpe apartó de una silla un plato con una hamburguesa a medio comer cubierta de hormigas y, tras darle la vuelta a la silla, se sentó de frente a ellos—. ¿Qué pasa ahora? ¿Para qué habéis venido?

—Intento ayudarte a conservar tu empleo. Por eso he venido yo —le explicó el jefe Thomas—. Y, a juzgar por lo que Sadie me ha contado, puede que ella también pueda ayudarte en eso.

Sly apoyó los brazos sobre el respaldo de la silla.

—¿Cómo? Desde luego, hasta ahora no me ha ayudado en nada.

—Las cosas no tienen por qué ser así entre nosotros, Sly —intervino ella.

A su exmarido no le quedaba otra que acostumbrarse a su vida, al divorcio. Pronto le tocaría quedarse con Jayden el fin de semana y, aunque no solía ejercer sus derechos de custodia, y no había mencionado nada sobre ese fin de semana en concreto, siempre podía sorprenderla. Sadie lo creía muy capaz. No quería que Jayden se fuera con un hombre que podría haber prendido fuego a su casa y que tenía ese aspecto tan fuera de sí, aunque fuera su padre.

—Yo nunca quise problemas —añadió—. Espero que podamos dar un paso atrás, respirar hondo y encontrar el modo de evitar un amargo divorcio, como el que sufren muchas parejas.

—¿Y piensas conseguirlo liándote con Dawson Reed?

—Sadie tiene derecho a trabajar, incluso a acostarse, con quien ella quiera, Sly —interrumpió el jefe Thomas—. Vosotros dos ya lleváis un tiempo separados. Ya no es asunto tuyo.

—¿Y se supone que ya no debe importarme? —protestó Sly.

—Importarte es una cosa. Crear problemas es otra.

—¿Ahora resulta que yo soy el problema? ¿Y qué pasa con la orden de alejamiento? Ella sabe muy bien lo que parece, que me acusa de acosarla, de ser peligroso —él meneó los dedos como si estuviera imitando al hombre del saco.

Pero lo cierto era que sí era peligroso. Quizás Sadie fuera la única en pensarlo realmente, pero estaba completamente convencida de ello. Y ese era otro motivo por el que le asustaba pensar que fuera a llevarse a Jayden el siguiente fin de semana.

—Estoy dispuesta a olvidarme de la orden de alejamiento —ella se aclaró la garganta—, siempre que accedas a algunas de mis peticiones.

Sly miró a su alrededor como si buscara una cerveza, a pesar de no ser más que las diez y media de la mañana.

—Soy todo oídos —contestó al fin sin haber encontrado nada que beber.

—Quiero que te mantengas alejado de Dawson, que dejes de arruinarle la vida.

—A ese gilipollas no le he hecho ni una mierda —gruñó él.

A lo mejor no le había hecho lo que le hubiera gustado, pero sí había hecho lo que había podido.

—Llamaste a la oficina del estado para convencerles de que no le permitieran traerse a su hermana.

Una sonrisa apareció en el rostro de Sly ante la mención de su triunfo.

—Actué como un ciudadano concienciado.

—Tú no eres un ciudadano concienciado. Te identificaste como agente de policía e insinuaste que disponías de información privilegiada que señalaba a Dawson como culpable. Sabías que te iban a tomar en serio y que podías dañar seriamente sus posibilidades de sacar a su hermana del centro, y eso no es justo. No sabes nada de él, nada más de lo que aparece en la ficha policial, en cualquier caso. Y ya ha tenido bastantes problemas. No quiero empeorar su situación solo porque fue lo bastante amable como para intentar ayudarme.

—¿Ayudarte? —Sly deslizó la mirada hasta los pechos de Sadie—. Créeme, está consiguiendo lo que desea de ese trato.

Sadie se cuadró de hombros. No era un tema que le apeteciera discutir delante del jefe Thomas, pero dudaba mucho que su ex la dejara en paz, de modo que se zambulló a fondo en él.

—Si te refieres al sexo, podría obtener todo el que quisiera de otras muchas mujeres, Sly. Tú mismo lo has dicho alguna vez. Las mujeres se rinden ante él. Lo cierto es que no cuesta devorarlo con la mirada.

Un destello de sorpresa, y quizás de celos, surgió en la mirada de Sly, que se frotó la sombra de barba de las mejillas.

—Sientes debilidad por el tipo al que montas últimamente, ¿verdad? —preguntó.

—Lo que Sadie sienta por Dawson no tiene nada que ver con esta conversación —interrumpió Thomas—. Tiene derecho a enamorarse de él, acostarse con él, casarse con él, lo que sea. Nada de eso es ilegal, y eso significa que no es asunto tuyo, ni del departamento de policía.

Temiendo que Sly descartara su oferta sin más, Sadie se apresuró a reconducir la conversación.

—No solo retiraré la solicitud de orden de alejamiento, aceptaré tu última oferta sobre la pensión alimenticia y nada de pensión para mí.

Quería sacar el tema del fin de semana que le tocaba con Jayden, pero sabía que en cuanto Sly se diera cuenta de que ella no quería que se llevara al niño, insistiría en ello. Su única posibilidad de apartar a su hijo de él consistía en fingir que le vendría bien el respiro para poder pasar el fin de semana a solas con Dawson. Y así tenía pensado manejarlo si Sly le preguntaba si iba a llevarle a Jayden ese fin de semana.

—O sea, que de repente tienes prisa por acabar con esto —los ojos inyectados en sangre de Sly permanecían clavados en ella.

—Sí, para así poder dar por concluido el divorcio y terminar toda relación entre nosotros.

Sly escupió sobre el cemento como si fueran las palabras de Sadie las que le hubieran dejado un mal sabor de boca, y no el alcohol que había tomado antes de irse a la cama.

—No le hacía falta mandarte aquí para suplicarme. Estoy seguro de que podría ocuparse él mismo.

—Dawson ni siquiera sabe que he venido, Sly. Dudo que estuviera de acuerdo conmigo. Hablo por mí misma. Quiero… quiero detener lo que está sucediendo antes de que vaya más lejos. No me gusta que vayas a por él. Dawson nunca te ha hecho nada.

—¡Salvo contratar a un especialista para intentar demostrar que yo provoqué el incendio! —Sly se puso de pie de un salto.

—¡Soy yo la que está detrás de todo eso! No tiene nada que ver con él.

—¡Y una mierda! Te está aconsejando y ayudando, y prestándote dinero y toda esa mierda.

El jefe Thomas se levantó de la silla con el ceño profundamente fruncido.

—Si no provocaste ese incendio no tienes nada de lo que preocuparte. ¿Qué más da si Sadie y Dawson han contratado a un investigador independiente?

Sly abrió y cerró la boca dos veces antes de poder pronunciar palabra.

—¡Silver Springs es capaz de ocuparse de la investigación! Tenemos gente competente. Usted mismo lo ha dicho.

—Es verdad. Pero si Sadie y Dawson quieren pagarle a alguien para que repita la investigación, no tengo ninguna objeción porque al no objetar demuestro que el departamento no intenta ocultar nada, que no estamos intentando salvar tu culo. Ese aspecto también debería significar algo para ti. Si su inspector de incendios no puede demostrar tu culpabilidad, nunca tendrás que volver a preocuparte por este asunto.

—¿Y si finge encontrar algo que no está ahí? —preguntó Sly.

—¿Qué insinúas? —le espetó Thomas—. ¿Por qué iba a hacer algo así?

—¿Quién sabe? A lo mejor le pagan un pequeño extra —Sly fijó la mirada en Sadie—. Deshazte del investigador también o no firmo ningún trato contigo.

Sadie no podía ir tan lejos. Si Sly era el causante del incendio no sería seguro dejarle en la calle. Incluso si conseguía librarse de él, ¿qué le sucedería a la siguiente mujer que entrara a formar parte de su vida?

—Lo siento, es demasiado tarde para eso. Llegará hoy, más o menos dentro de una hora.

—Podrías reunirte allí con él y enviarle de vuelta.

—Es verdad —Sadie sujetó el bolso sobre su regazo—. Pero no voy a hacerlo. Tengo que hacerlo por mí. Tú dices que no lo hiciste y yo necesito creerte. Pero no puedo tomarte la palabra. Necesito oír lo que tenga que decir.

—¡No dices más que mierdas! Vienes aquí con mi jefe, fingiendo ofrecerme una rama de olivo, pero sigues empeñada en ir a por mí.

Thomas enarcó una ceja.

—Ella no va a por ti. Va tras el criminal que le quemó la casa, ¿de acuerdo?

—¿Se está poniendo de su parte? —Sly agitó una mano en el aire.

—¿Sabes qué? —su jefe lo miró fijamente—. Empiezas a cabrearme seriamente. Ella te está ofreciendo un trato justo. Sugiero que lo aceptes.

—Usted no entiende los matices de nuestra relación —protestó él.

—Ni me hace falta —insistió Thomas—. Básicamente estáis divorciados. Ella tiene derecho a pasar página. Y tú vas a permitírselo. Más aún, si fuiste tú quien provocó ese incendio, vas a ir a la cárcel. Así de sencillo.

Aunque Sadie siempre había sospechado que Sly era el culpable, nunca había estado tan segura como en ese momento. Algo en su expresión lo había delatado. Sin embargo, cuando se recuperó y comenzó a gritar, resultó de lo más convincente.

—¡Yo no tuve nada que ver con eso!

¿Era ella la que se equivocaba?

Sadie quería pensar que sí, pero no era capaz de ello.

—Bien, entonces no tienes de qué preocuparte —insistió Thomas—. Ya podemos marcharnos sabiendo que de ahora en adelante vas a dejar a Sadie y a Dawson en paz. ¿Estoy en lo cierto?

—Por supuesto —gruñó Sly con gesto sombrío.

Sin embargo, Sadie supo que había perdido el tiempo al acudir a su casa. Independientemente de lo que le dijera al jefe Thomas, Sly no se rendiría. Quizás habría aceptado sus concesiones sobre la orden de alejamiento y el divorcio de no tener algo mucho más importante por lo que preocuparse. Pero lo tenía. El incendio. Y, si la verdad salía a la luz, perdería todo lo que le importaba en la vida, incluyendo su libertad.

Mientras se marchaba de su casa, Sadie comprendió que no había manera de saber qué podría hacer ese hombre. Y nunca antes había tenido tantos motivos para tener miedo de él.

Capítulo 24

Dawson oyó su nombre y se volvió, encontrándose a una pequeña mujer de piel cobriza, peinada con una larga trenza negra, de pie al borde del campo intentando llamar su atención. Aiyana. La había llamado aquella misma mañana para darle las gracias por haber enviado a Eli y a Gavin a limpiar, aunque no les hubiera permitido hacerlo, y para comentarle cómo habían ido las cosas con los servicios sociales, que la señora Strauss había mostrado indicios de que podría permitir el regreso a casa de Angela. Pero la antigua directora de su colegio no había podido atenderlo más que unos minutos y le había prometido devolverle la llamada porque necesitaba hablar largo y tendido con él.

Al parecer, había decidido acudir en persona a la granja.

A Dawson no le importó. La echaba de menos, aunque no se había dado cuenta de hasta qué punto hasta verla allí, sonriéndole resplandeciente. Debería haber acudido a verla en cuanto lo soltaron de la cárcel, y no sabía muy bien por qué no lo había hecho.

Detuvo el tractor y se secó el sudor de la cara, se bajó del vehículo y se encaminó hacia la mujer para que ella no tuviera que atravesar el campo ni ensuciarse.

—¡Eh, mira quién ha venido! Su Majestad de Silver Springs.

—Pero ¿tú te oyes? —respondió ella con una carcajada.

Dawson estaba muy sucio y no la habría tocado, pero ella no le dio ninguna elección. En cuanto lo tuvo al alcance, lo abrazó a pesar de la suciedad, el sudor y todo lo demás.

Abrazándola con fuerza, él la levantó en el aire y le dio vueltas. Era lo más parecido a una madre que le quedaba, de modo que no tuvo ninguna prisa por soltarla. Cerró los ojos y sonrió para sí mismo mientras ella le apretaba cariñosamente, diciéndole con ello que lo quería.

—Me alegra verte, sobre todo tan guapo y en tan buena forma —le dijo cuando él la dejó en el suelo.

—¿En forma? ¿Es lo que parezco? —Dawson soltó una carcajada—. Yo diría que la palabra más adecuada sería «sucio».

—De acuerdo, sucio, pero fuerte como un toro.

Él se agachó para sacudirle parte de la suciedad que se le había quedado pegada a Aiyana en la falda.

—Quizás ese abrazo no haya sido tan buena idea.

La mujer emitió un sonido de desdén.

—¿A quién le importa un poco de suciedad? Ya he lavado esta ropa antes, y puedo volver a hacerlo.

—Siempre consigues ceñirte a lo que es importante.

Sin su perspectiva, y el hecho de que hubiera aparecido en su vida en un momento tan crítico, Dawson no estaba muy seguro de la clase de persona que habría acabado siendo. Ella le había dado un sentido a su vida, le había enseñado a vivir con más disciplina. También había facilitado su adopción por parte de los Reed abordándolos con la idea de que deberían llevarse a uno de sus chicos y asegurándoles que sabía cuál sería el más indicado para ellos.

—Porque soy mayor, más de lo que parezco. La perspectiva llega con los años –contestó ella mientras le guiñaba un ojo–. Y ahora cuéntame cómo estás de verdad, por dentro. ¿Lo llevas bien?

—Me las apaño –el gesto de Dawson se ensombreció–. ¿Qué tal van las cosas por el rancho?

Aiyana apartó la trenza hacia atrás.

—Con mucho ajetreo, como siempre. Por eso he tardado tanto en venir a verte, eso y que no quería caer sobre ti antes de que estuvieras preparado para tener visitas. A veces es más fácil afrontar el dolor cuando tenemos algo de espacio. Al menos, para mí es así. Pero espero que sepas que he pensado en ti, apoyándote, y, si me necesitas, sabes que estoy a tu disposición.

—Lo sé, y significa mucho para mí. Gracias –él señaló hacia el porche–. ¿Nos sentamos un rato? ¿Te apetece beber algo?

—Aceptaré una silla, pero no necesito beber nada. No te entretendré mucho rato. Solo quería verte por mí misma, necesitaba verte.

—Me alegra que hayas venido.

Aiyana eligió la vieja mecedora donde su madre solía leer en las largas tardes de verano mientras esperaba a que su padre regresara de los campos. Dawson sintió una punzada de nostalgia al verla allí sentada. Su madre debería estar viva aún, para disfrutar de las tranquilas horas anteriores al ocaso. ¿Por qué haría alguien daño a una persona tan buena?

No tenía ningún sentido, sobre todo por el modo en que había ocurrido, al azar. Pero tras conocer a los hombres con los que había compartido la cárcel, Dawson sabía que los crímenes sin sentido sucedían con demasiada frecuencia. Algunas de las cosas de las que les gustaba hablar a los demás reclusos le revolvían el estómago. Y no iba a permitir que alguien como ellos se librara tras haber matado a sus padres. Era una promesa que se había hecho a sí mismo. Y le iría muy bien tener noticias de Oscar Hunt, de Safety First. No había vuelto a saber nada de él después de que hubiera hablado con Big Red el lunes.

¿Seguiría el hombre que había instalado el búnker de Alex en algún lugar remoto sin cobertura? ¿Se había olvidado Big Red de hacerle llegar el mensaje, o no se había molestado siquiera?

Dawson decidió que dejaría pasar un día más antes de volver a llamar.

—¿Seguro que no te apetece tomar nada? —le insistió a Aiyana.

—Puede que no me quede mucho tiempo —la mujer torció el gesto—. Me temo que vas a echarme de aquí en cuanto oigas lo que he venido a decirte.

—¿Ha pasado algo malo? —Dawson se puso tenso.

—No exactamente. Es que no quiero que te vuelvas a meter en un lío.

—¿Crees que me estoy metiendo en algún lío? —Dawson se dejó caer en una silla cerca de ella.

—Sadie no está aquí, ¿verdad? —Aiyana miró a su alrededor—. No he visto su coche en el camino...

—No. Se marchó hace un par de horas. Tenía que dejar a Jayden con la canguro antes de reunirse con el investigador de incendios que ha contratado. Supongo que te habrás enterado de lo del incendio.

—Sí. Ha sido tremendo.

—No me digas.

—Parece que Sadie y tú estáis unidos —ella lo miró fijamente.

—La he contratado como cuidadora de Angela.

—Eli me lo mencionó. También he oído que se aloja aquí desde lo del incendio.

—Así es.

—¿Y qué tal está funcionando?

—Estupendamente. Me está ayudando mucho poniendo la casa a punto.

—Me gusta Sadie, Dawson. Parece una buena chica –Aiyana se removió inquieta–. Pero ese exmarido suyo... Cuando Eli mencionó que Sadie estaba aquí, me preocupé, pero la preocupación se convirtió en pánico cuando me encontré con Lolita, que resulta ser amiga mía, ayer en la tienda.

—Lolita, la de la cafetería.

—Sí. Me contó que habían tenido que sacar a Sly a rastras de la cafetería el domingo pasado, que había intentado atacar a Sadie.

—Es un gilipollas –Dawson hizo una mueca de desagrado–. Ese tipo no debería formar parte del cuerpo de policía.

—Estoy de acuerdo. Es demasiado inestable para ser agente de policía. Pero no es asunto nuestro. Tenemos que hacer frente a la situación.

—Y eso quiere decir...

—Que deberías mantenerte alejado de Sly Harris, aunque para ello tengas que mantener las distancias con Sadie. Sé que no es asunto mío, pero, cuando imagino todo lo que has sufrido, no soporto la idea de que tengas más problemas. Por eso he venido –ella lo miró tímidamente–. ¿Todavía quieres ofrecerme algo de beber?

—Por supuesto. Pero debería advertirte de que ya es demasiado tarde para detener algo en lo que a Sadie respecta. Ya la he contratado.

—Siempre puedes dejarla marchar. Tiene que haber otra persona capaz de ayudarte aquí en la granja, y con Angela.

—La cuestión es que no quiero a otra persona.

—Me estás diciendo que esa mujer te importa –Aiyana se echó hacia atrás con expresión de sorpresa.

Dawson miró hacia el campo, al tractor que descansaba en medio del campo que estaba preparando para plantar, y a lo lejos al árbol bajo el que había enterrado a sus padres. Amaba la granja. Amaba la tierra, toda esa zona. Guardaba muchos buenos recuerdos de ese lugar. Allí había encontrado al fin su hogar. Y con respecto a Sadie tenía la misma sensación, la de haber encontrado algo importante, algo que necesitaba y deseaba. Él, más que nadie, sabía que no era fácil de encontrar.

—Sí.

—¿Ya?

—Ninguno de los dos estamos en una buena situación —Dawson estiró el cuello—, somos conscientes de ello, pero Sadie ha devuelto algo de felicidad y compañía a mi vida, y no voy a permitir que Sly me lo arrebate. Nos merecemos una oportunidad para intentarlo.

Aiyana cruzó las piernas y se alisó la falda.

—Bueno, eso lo cambia todo. Supongo.

—¿En serio? —él enarcó las cejas—. ¿En qué sentido?

—Hace que merezca la pena arriesgarse.

Hablaba con tanta naturalidad que Dawson no pudo contener la risa.

—¿Vas a cambiar de idea así sin más?

—¿Qué quieres que te diga? —la mujer suspiró de manera teatral—. Soy una romántica. Para mí, el amor siempre merece el riesgo.

—Yo no sé si será amor —contestó él para quitarle un poco de entusiasmo—. Aún no. Quién sabe adónde nos llevará. Pero existe la posibilidad. Y desde luego siento una... chispa.

—Incluso la esperanza de un amor merece el riesgo —le aclaró ella.

—Bien. ¿Y ahora qué me dices de una taza de café?

—¿Por qué no?

—Pasa adentro —Dawson señaló con la cabeza hacia la casa—. Prepararé una cafetera.

—¿Qué te parece el hijo de Sadie? —preguntó ella mientras lo seguía al interior.

—Jayden es un chico estupendo. ¿Por qué?

—Solo es curiosidad por saber cómo te sientes ante la perspectiva de convertirte en padre.

—¡Eh! —Dawson se detuvo y se dio media vuelta—. Eso sí que es lanzarse. Deja que primero me acostumbre a tener una novia, con un hijo monísimo,

Parte del entusiasmo de Aiyana se esfumó.

—Supongo que te das cuenta de que Sly seguirá formando parte de tu vida mientras estés con Sadie.

—Con un poco de suerte, dejará de formar parte de su vida, o de la mía, pase lo que pase.

—Eso no es nada realista. Jayden es su hijo.

Dawson la condujo hasta la cocina y le señaló un asiento mientras preparaba el café.

—Creemos que fue él el que provocó el incendio de la casa de Sadie, Aiyana. Y, si conseguimos demostrarlo, irá a la cárcel.

—¡No puedes decirlo en serio! —ella parecía espantada—. He oído rumores por la ciudad de que ella lo ha acusado, pero nunca pensé que pudiera ser cierto.

—Pues lo es, tanto que lo es —él le explicó los argumentos que apoyaban sus sospechas mientras el café se iba filtrando.

Para cuando hubo servido dos tazas ya habían pasado al tema de lo mucho que a Aiyana le gustaba la novia de Eli, Cora, de cómo le gustaría que Gavin y alguno de sus otros chicos encontraran a una buena mujer y sentaran la cabeza, y de cómo había aumentado el número de alumnos de su escuela hasta tener más que nunca.

Dawson disfrutó con la conversación. Lo que más le gustó fue saber que la propia Aiyana salía con alguien tras años de soledad. Cal Buchanan, un ganadero local, siempre se había sentido atraído hacia ella. Solía pasar mucho tiempo por los alrededores de la escuela, incluso cuando Dawson era alumno allí. Al parecer, estaban saliendo formalmente y ella incluso admitió que le había pedido que se casara con él, y que se lo estaba pensando.

La conversación ayudó a darle una sensación de normalidad a Dawson, como no había sentido desde su salida de la cárcel. A pesar de todo el trabajo que tenía, sintió verla partir una hora más tarde. Agitó una mano en el aire para despedirla mientras salía de la granja marcha atrás por el camino de acceso. Y mientras silbaba una tonada, regresó hacia la sección del campo en la que había estado trabajando. Sin embargo, antes de llegar al tractor vio a lo lejos unas plantas que parecían haber sido atropelladas. Si no se hubiera tomado ese tiempo para mirar a su alrededor con atención, ni siquiera se habría dado cuenta. Normalmente estaba tan centrado en el trocito de tierra que tenía justo delante que no prestaba atención a lo que había un poco más allá.

Curioso por averiguar qué habría provocado el daño, siguió junto al canal hasta un punto en el que parecía que un coche había atropellado sus cultivos mientras daba media vuelta para regresar por donde había llegado.

—¡Qué demonios! —murmuró mientras se agachaba para estudiar mejor las huellas de neumáticos.

Él no había conducido la camioneta hasta allí desde hacía años. Y eso significaba que alguien había irrumpido en su propiedad recientemente. Y, a juzgar por las veces que parecía haber girado en ese mismo punto, no había sido solo en una ocasión. Pero ¿para qué iba a querer alguien acercarse hasta allí, mucho menos una y otra vez? Allí no había más que tierra y plantas de alcachofas.

A no ser que...

Dawson se levantó y se dio media vuelta. Desde ese punto tenía una vista despejada de la casa, y estaba relativamente cerca.

Un escalofrío lo recorrió al comprender que sería el lugar perfecto para aparcar un vehículo en medio de la noche si alguien quisiera husmear, ver qué hacían él y Sadie. Y Dawson tenía una idea bastante buena de quién podría ser.

Dawson estaba intentando llamarla, pero Sadie no podía atenderlo en ese momento. El investigador de incendios acababa de llegar y se acercaba a ella para saludarla. Llegaba tarde, por culpa del tráfico que había encontrado a la salida de Los Ángeles. Cuando le había comunicado que tardaría una hora más de lo previsto, el jefe Thomas, que había tenido intención de estar allí también, la había dejado sola para regresar a comisaría. También le había dado permiso para recoger lo que quedara de sus pertenencias. Todo lo que habían logrado salvar los bomberos estaba amontonado en la cocina, a la que podía acceder desde la puerta trasera. No querían que se acercara al lado arrasado por el fuego, por miedo a que resultara herida. Podría haberlo hecho mientras esperaba la llegada del señor Steele, pero había decidido aplazarlo. No quería mostrarse muy emotiva cuando llegara el especialista en incendios.

Normalmente, Maude y Vern, por lo menos Maude, la habrían distraído con su charla, pero habían salido de viaje para visitar a su hija en Palm Springs. De modo que Sadie había permanecido sola, sentada en el patio, navegando por Internet desde el móvil para mantenerse ocupada mientras esperaba.

Con la idea de telefonear a Dawson más tarde, rechazó la llamada antes de estrechar la mano del hombre de rostro severo y ademanes militares que, al parecer, era su investigador de incendios.

—Sadie Harris. Gracias por venir.

—Damian Steele.

Su nombre sonaba a estrella de cine y Sadie pensó en lo acertado que resultaba que viviera en Los Ángeles.

—Y bien —dijo ella—. ¿Necesita algo de mí?

El hombre llevaba un cuaderno de notas en la mano izquierda y parecía dispuesto a ponerse manos a la obra.

—No, solo que me permita el acceso —él señaló hacia el maltrecho edificio que tenía ante él—. Y parece que ya lo he conseguido, dado que este debe ser el lugar.

—Sí —una ráfaga de viento se levantó y Sadie se sorprendió al percibir de nuevo el punzante olor a humo—. Tengo la llave, por si quiere entrar.

—Sí, gracias. Echaré un vistazo a todo.

Al menos parecía concienzudo.

Sadie le entregó la llave y regresó al patio de Maude mientras el hombre sacaba de su coche unas latas de pintura y otras cosas, y rodeaba la casa antes de acuclillarse en el lado izquierdo, donde había comenzado el fuego. Pasó allí un buen rato recogiendo muestras que metió en las latas antes de entrar en la casa.

Sadie lo habría seguido de buena gana, pues se moría por ver la casa. Pero solo estaba autorizada a entrar en la cocina, y algo en la profesionalidad del investigador, y su total concentración, le hizo pensar que podría estropear la magia o algo así si intervenía.

Mientras el hombre estaba dentro de la casa, decidió devolverle la llamada a Dawson.

—¿Qué pasa?

—¿Ha llegado ya el investigador de incendios? —preguntó él.

—Acaba de llegar.

Le había enviado un mensaje para comunicarle el retraso, pero Dawson no había respondido, y Sadie había supuesto que estaría enfrascado en su trabajo en el campo.

—¿Qué opina? ¿Ha dicho algo?

—Nada todavía. Está inspeccionando todo a fondo, tomando muestras.

—¿Has entrado en la casa?

—No. Llámame supersticiosa, pero hay tanto en juego aquí que no quiero tocar o mover nada por si acaso es justamente eso lo que puede delatar al culpable.

—Dudo que vayas a encontrar la prueba dentro de la casa.

—De todos modos. Voy a mantenerme apartada hasta que el investigador haya terminado. Si he esperado hasta ahora, puedo esperar una hora más. Luego entraré y... revisaré lo que haya quedado.

—¿Quieres que me acerque y te ayude con eso? —preguntó Dawson. Sin duda había percibido el tono de ansiedad de la voz de Sadie.

Era muy amable por su parte. La gente de Silver Springs se sorprendería si supieran lo sensible que era ese hombre. Pero prefería estar sola. El incendio no solo la había obligado a abandonar su casa de alquiler, también había ejercido sobre ella el efecto de un hachazo, cortando el último hilo que la mantenía unida a Sly. Tenía ganas de pasar unos minutos en su antiguo hogar, aunque no fuera más que en la cocina, para saborear el hecho de que ya no tendría que obligarse a sonreír cuando le abriera la puerta. Ya no iba a tener que fingir que no se moría un poco por dentro cada vez que él insistía en pasar algo de tiempo con ella y con Jayden. Ya no tendría que preocuparse por si insistía en mantener relaciones, por si la colocaba en la posición de intentar negarse sabiendo que con ello empezaría una discusión monumental. Por supuesto tenía otras cosas de las que preocuparse, todo aquello que había intentado evitar siendo amable durante tanto tiempo, pero también sentía una extraña sensación de alivio al escapar de sus viejos problemas, aunque significara asumir los nuevos.

Tampoco estaba segura de cómo iba a reaccionar si las fotos de sus padres y de Jayden de bebé habían sido destruidas. No quería que Dawson la viera desmoronarse, ni Dawson ni el investigador.

—No, ya me ocupo yo.

—De acuerdo.

Sadie pensó que se despediría de ella y colgaría. Pero no lo hizo.

—Hace unos minutos he encontrado algo, algo que me preocupa —anunció Dawson.

—¿El qué? —preguntó ella.

—Huellas de neumáticos, cerca del canal hacia la parte trasera de las tierras. Alguien ha estado ahí, vigilando la casa.

—Y crees que es Sly —Sadie sintió que se le hacía un nudo en el estómago.

Su exmarido la había estado siguiendo desde que ella lo abandonara, incluso antes. Pero no quería aceptar que hubiera estado husmeando por la granja después de que el jefe Thomas le hubiera advertido de que se mantuviera alejado. Si no tenía cuidado acabaría expulsado del cuerpo. ¿Y adónde iría?

—Quizás fueran adolescentes divirtiéndose, fumando hierba o practicando sexo.

—Lo consideraría un hecho sin importancia si solo hubiese sucedido una vez. Pero se nota que un vehículo, siempre el mismo, ha entrado y salido de aquí al menos en tres ocasiones desde la última vez que llovió, y eso fue el día que te contraté, ¿recuerdas?

Un escalofrío recorrió la espalda de Sadie, que deseó poder seguir argumentando que las huellas podrían carecer de importancia, pero no podía. Era muy típico de Sly forzar su suerte hasta ese punto.

Exactamente ¿qué había estado haciendo? ¿Mirando por las ventanas? ¿Había robado algo o colocado una trampa? ¿Estaba llevando a cabo una especie de vigilancia para saber con todo detalle qué sucedía allí?

Por radical que sonara, era plausible. Después de lo que había visto aquella mañana, el estado en el que se encontraba la casa y cómo vivía Sly, tenía la sensación de que su ex se había desmoronado por completo.

—Recuerdo la lluvia.

—Y no es solo eso, encontré una ventana en la parte de atrás que ha sido forzada. Me temo que ha estado dentro de la casa. Y eso es lo que más me preocupa.

—¡No!

—Sí.

Sadie había creído encontrarse relativamente a salvo viviendo con Dawson. Pero en lugar de hacer que Sly se retirara, lo había provocado aún más. Ese hombre tenía un arma, un arma reglamentaria proporcionada por el estado, y sabía cómo usarla. Podría lastimarlos, incluso matarlos, a los dos. Y quizás también a Jayden.

—Tú pensabas que el orgullo que sentía por ser agente de policía le haría controlarse.

—El jefe Thomas lo vigila, y él lo sabe —contestó ella en un intento de justificar su confianza.

—Pero a pesar de eso no parece estar respetando los límites.

—No está bien —admitió Sadie.

—¿Qué insinúas? —preguntó Dawson tras una breve pausa—. ¿Has hablado con él?

—El jefe Thomas y yo fuimos a su casa esta mañana.

—¿Para qué?

Lo había hecho por varios motivos, siendo Dawson uno de ellos. Pero también por Jayden.

—Todavía tenemos la custodia compartida. Legalmente, tengo que dejar que Jayden pase este fin de semana con él. Pero tal y como están las cosas entre nosotros, va a ser horrible para mí.

—Me contaste que Sly no ha mostrado mucho interés por Jayden desde que lo abandonaste.

—Y es verdad, hasta ahora. Casi nunca ejercía sus derechos de visita. Y cuando lo hacía solo se llevaba al niño durante unas horas y, muy de vez en cuando, a pasar la noche. No quería facilitarme la vida, no quería permitirme un poco de diversión, que pudiera salir con alguien. Mientras Jayden estuviera siempre conmigo, él tenía otro modo de controlarme. Pero ahora que sabe que me acuesto contigo, que el tener a Jayden conmigo no ha supuesto ningún impedimento, temo que se lo va a llevar con él solo porque puede hacerlo. En otras palabras, hará todo lo que yo no quiero que haga. Estoy segura de ello. Y por eso he intentado adelantarme yendo a verlo, para intentar firmar una tregua.

—¿Y qué tal ha ido?

—No muy bien —admitió ella—. Sly siempre ha sido obsesivo en lo relativo a su higiene personal y a sus pertenencias. Pero la casa debía estar en un estado lamentable porque ni siquiera nos dejó entrar. Y nunca había visto el patio trasero como estaba hoy. Ha celebrado muchas fiestas, pero no ha limpiado nada después. Y no limita esas actividades al fin de semana. Cuando nos abrió la puerta apestaba a alcohol y me dio la impresión de que había estado bebiendo hasta bien entrada la noche.

—Seguramente porque no empezó hasta regresar a casa después de habernos espiado —sugirió Dawson con un toque de sarcasmo en la voz—. En cualquier caso, ¿cómo te trató?

—Con mucha frialdad. Me culpa de todo lo que va mal en su vida, no entiende que él mismo está contribuyendo a su caída. Le dije que aceptaría su última oferta sobre la pensión alimenticia y que no le pediría pensión de ninguna clase para mí, y que retiraría la petición de una orden de alejamiento, lo que le quitaría parte de la presión en el trabajo. A cambio solo le pedí que dejara de causar problemas y nos dejara en paz. Pero no creo que haya servido de nada. Me exigió que también anulara la visita del investigador de incendios.

–Espero que te negaras. Y así ha debido ser puesto que ya está aquí.

–Sí.

–¿Y qué dijo Sly?

–Se puso agresivo.

Dawson no contestó.

–¿Hola? –llamó Sadie ante el silencio–. ¿Sigues ahí?

–Sí.

Ella apartó con la mano varias hojas secas que habían caído sobre la mesa del patio.

–¿En qué piensas?

–En que espero que regrese a la granja esta noche.

–¿Por qué?

–Porque la próxima vez que ponga un pie en mi propiedad, lo estaré esperando.

Sadie agarró el teléfono con fuerza. Aquello no estaba saliendo como ella quería.

–No digas eso. ¿No ves lo peligroso que podría ser un encuentro con él, por la noche y sin testigos?

Sadie comprendió que Dawson empezaba a experimentar parte de la frustración y desesperación que ella había sentido durante mucho tiempo, y eso solo servía para que la situación se volviera aún más inestable.

–No puedo permitir que merodee por los alrededores de la casa –insistió él–. Si está invadiendo mi propiedad, voy a tener que hacer algo al respecto.

Sadie se bajó la manga del brazo que tenía libre. Hacía más frío del que había esperado que hiciera allí fuera.

–¿Y qué pasa si se produce un altercado?

–Supongo que entonces comprobará que no estoy dispuesto a tolerar sus gilipolleces.

—No. ¿Es que no lo ves? Él está dispuesto a ir más lejos que tú. Lo demostró cuando estuvo a punto de sacar el arma la noche del incendio, y eso significa que podrías resultar herido. Y aunque no fuera así, si le haces daño te arrestarían a ti.

—El jefe Thomas sabe que Sly se ha pasado de la raya.

—¿Y qué? ¡También cree que mataste a tus padres! Él no te protegerá. Si, al asegurarte de que Sly reciba su merecido, tú terminas de nuevo entre rejas, Thomas considerará que se ha hecho justicia. Dos problemas resueltos de una vez.

—¡Pero tengo que hacer algo! No puedo quedarme quieto y esperar a que nos asesine mientras dormimos. Después de lo que les sucedió a mis padres, tengo derecho a proteger a mis seres queridos.

El corazón de Sadie falló un latido. ¿Acababa de decir Dawson lo que ella había creído oír? Se había hecho a sí misma la promesa de que, si conseguía deshacerse de Sly, jamás volvería a permitir que otro hombre la dominara. No podía permitirse el cometer otro error. Pero tampoco podía fingir que no sentía nada por Dawson. Y daba igual que se conocieran desde hacía poco tiempo.

Necesitaba salir adelante por sí misma. Averiguar quién era y qué deseaba.

—Lo comprendo —contestó ella—. Pero debemos tener cuidado. Y deberíamos implicar al jefe Thomas, pedirle que vigile por si Sly regresa esta noche.

—¿Y de qué servirá?

—Demostrará que está desobedeciendo sus órdenes. ¿Has sacado una foto de esas huellas de neumáticos?

—Sí.

—Pues envíasela a Thomas.

—Aunque lo haga, y aunque Thomas acceda a venir aquí, se limitará a enfrentarse a Sly y a enviarlo de regreso a su casa. No lo va a detener, Sadie. Puede que lo suspenda un tiempo, pero eso no hará más que darle a Sly más motivos para odiarnos, y más tiempo para actuar respecto a ese odio.

—Pero solo tendremos que evitar los problemas hasta que la investigación haya concluido. Con suerte, no llevará demasiado tiempo.

—¿Y si Damian Steele no encuentra nada?

—Tengo la esperanza de que sí lo haga —contestó ella.

Porque, si no había ninguna prueba que asociara a Sly con el incendio, solo le quedaría una escapatoria: abandonar la ciudad, marcharse a algún sitio donde Sly no pudiera encontrarla, tal y como había pensado hacer tiempo atrás.

Y el que estuviera o no enamorada de Dawson, era discutible. Porque en cualquier caso iba a tener que cortar amarras.

Capítulo 25

Dawson colgó el teléfono. Se sentía inquieto. No había ninguna buena opción cuando se trataba de pararle los pies a Sly Harris. Y eso significaba que al menos debía intentar hacerlo de la manera correcta. Pero en ese caso estaría renunciando al factor sorpresa y, ¿para qué? No confiaba en las autoridades locales, y no estaba seguro de que sacrificar su ventaja acabara siendo bueno, sobre todo porque pedirles ayuda incluía confiar en que actuarían contra uno de los suyos.

Ya había perdido mucho. Y no quería perder nada más. Pero no se imaginaba una manera mejor de proceder.

A punto de ceder y llamar al jefe Thomas, su teléfono sonó. El número le era desconocido, no estaba incluido en su lista de contactos, pero cuando contestó se alegró de haberlo hecho.

—Soy Oscar Hunt —anunció el llamante con una potente voz—. Big Red me dijo que te diera un toque.

Oscar. Por fin. Las posibilidades que representaba ese hombre hicieron que a Dawson se le llenara el estómago de mariposas.

—Sí, gracias. Te agradezco que lo hayas hecho.

—No hay de qué. Red dijo que habías llamado por aquel vagabundo que conocí en Silver Springs cuando tus padres fueron asesinados. Pero no estoy seguro de poder ayudarte. Quiero decir... ¿qué más puedo hacer? Ya fui a la policía e hice una declaración completa.

Y, sin embargo, los abogados de Dawson nunca habían tenido conocimiento de eso. De lo contrario habrían intentado localizar a ese tipo y le habrían pedido que testificara.

–¿Recuerdas con quién hablaste?

–No. Ha pasado mucho tiempo. Pero estoy bastante seguro de que se trataba del detective a cargo del caso. Lo recuerdo porque me hicieron esperar en comisaría hasta que llegara, a pesar de que sabían que estaría todo el día fuera.

–John Garbo.

–Sí, creo que sí.

–¿Lo reconocerías si lo vieras?

–Desde luego. Era la primera vez que hacía una declaración, y no lo olvidaré. El detective era un tipo raro. Parecía una bala de cañón. Calvo. Y con un gracioso triángulo de barba debajo del labio inferior.

Ese era John Garbo. Seguramente era el único hombre de más de cuarenta años en Silver Springs que lucía perilla. ¿Qué había pasado con ese informe? ¿Se había deshecho de él? ¿Lo había escondido entre un montón de papeles que nadie revisaría jamás? A lo mejor lo había archivado y simplemente no se lo había mencionado a nadie. Desde el principio se había mostrado tan convencido de que Dawson era su hombre que ni se había molestado en considerar cualquier información que no encajara con su resolución del caso. Así se lo habían comunicado sus abogados.

–¿Qué le contaste?

–Lo que vi, tío. Que había un tipo alto y delgado en la gasolinera intentando encontrar a alguien que lo llevara a Santa Barbara, justo a la salida de la ciudad.

El recuerdo de esa noche, la pelea que se había producido cuando el tipo se había negado a bajarse de la camioneta y la sensación de que no estaba bien de la cabeza seguía inquietando a Dawson. Para cuando se hubo deshecho de su beligerante pasajero, tenía una sensación horrible sobre él, como si hubiera tenido suerte de escapar. Y luego había encontrado a sus padres muertos.

–¿Y cuándo viste a ese tipo alto y delgado?

–La noche anterior a San Valentín, sobre las diez y media de la noche.

Esa había sido la noche en que sus padres fueron asesinados.

–¿Cómo puedes estar tan seguro? Ha pasado más de un año.

Dawson no quería verse embaucado por una de esas personas que se alimentaban de la excitación que les generaba un caso tan mediático e intentaban hacerse un hueco en él. Por mucho que costara creerlo, había gente así.

–Lo sé porque ese día trabajé quince horas para poder terminar el búnker y regresar a casa con mi familia. No lo conseguí del todo, y tuve que regresar un par de veces después porque la cagué y tuve que arreglar lo que había hecho mal, pero quería estar en casa para San Valentín. Mi esposa acababa de recibir una llamada de su médico, anunciándole que el cáncer había desaparecido. Íbamos a celebrarlo.

–Felicidades –intervino Dawson–. Espero que tu esposa siga en remisión.

–Sí que lo está. Acaba de pasar su revisión anual.

–Eso es estupendo. Entonces, ¿ibas de regreso a Santa Barbara?

–Sí. Habría llevado a ese tipo, pero llevaba la camioneta llena y el equipaje viajaba en el asiento delantero. No quedaba sitio.

Era una pena que Dawson no se hubiera negado también a llevarlo. Pero siempre había confiado en su capacidad para arreglárselas en caso necesario, y jamás había pensado que había algún motivo para temer por su familia.

–¿Habló contigo? ¿Te pidió que lo llevaras?

–Lo hizo, sí. Intenté solucionar el tema del espacio, pero fue imposible.

–¿Y cuándo acudiste a la policía para contarles que habías visto a esa persona?

–Fue unas semanas más tarde. Me enteré de los asesinatos a la vez que todo el mundo. En las noticias no se hablaba de otra cosa. Pero nunca pensé que yo pudiera tener información, no hasta que te detuvieron y vi una noticia en la que el presentador daba tu versión de los hechos de aquella noche. De repente comprendí que debía ser el mismo tipo.

–Y supongo que no tendrás ni idea de dónde podría estar ahora ese autoestopista –Dawson contuvo la respiración, pero la desalentadora respuesta llegó de todos modos.

–Ni idea. Podría estar en cualquier lugar.

Dawson soltó el aire mientras intentaba asumir la amarga decepción. Pero entonces Oscar volvió a hablar.

–Lo que sí puedo decirte es lo que hacía en tu pueblo.

–¿En serio? –la esperanza de Dawson se disparó de nuevo, casi como un latigazo emocional.

–Sí. Me dijo que había ido a ver a su hermano pequeño que estaba en el internado de chicos del que te sacaron tus padres.

–New Horizons.

–Eso es. Lo recuerdo porque estaba muy cabreado porque le habían obligado a marcharse a la hora de apagar las luces, no le habían dejado quedarse allí a pesar de que no tenía modo alguno de llegar a Santa Barbara, donde vivían algunos amigos suyos.

Dawson apretó los puños. Esa era la conexión que había estado buscando, ¡y menuda conexión! El corazón le empezó a galopar alocadamente mientras consideraba las implicaciones. Dadas las leyes de protección de datos, Aiyana no podría darle una lista de todos los alumnos que había tenido hacía un año, pero sin duda tendría acceso a esa lista, y sin duda estaría dispuesta a llamarlos a todos uno por uno en caso necesario.

Apoyando la cabeza en su mano libre, tuvo que pestañear varias veces para superar una repentina oleada de emoción. Por fin había un pequeño resquicio que podría llevarlo hasta lo que más deseaba en el mundo: justicia.

—Gracias a Dios.

—Supongo que no pensarás que lo que te he contado podría servir de algo, ¿no? —preguntó Oscar—. Quiero decir que no sirvió de nada el año pasado cuando presenté mi declaración.

Con una renovada determinación, Dawson levantó la cabeza.

—Hace un año yo no sabía todo esto.

El jefe Thomas le había pedido a Sadie que lo llamara cuando el investigador de incendios hubiera terminado. Quería conocerlo, hablar con él. Acababa de enviarle un mensaje a Dawson diciéndole que faltaba poco para que se marchara, y estaba a punto de hacer lo propio con el jefe Thomas, cuando Damian Steele le anunció que se iba a pasar por la comisaría de camino a su casa. Suponiendo que con eso bastaría, le preguntó si había encontrado algo.

El hombre le explicó que necesitaba investigar un poco más y hacer algunas pruebas antes de responder a esa pregunta, pero la dejó con la promesa de que se pondría en contacto con ella en cuanto hubiera algo que contar.

—Alguna vez tendré que tener la suerte de cara —murmuró ella mientras se dirigía hacia la parte trasera de la casa.

Una oleada de nerviosismo le provocó un ligero temblor mientras abría la puerta y veía todas sus pertenencias del salón, dormitorio y cuarto de baño apiladas en la pequeña cocina. Desde allí le habría sido imposible acceder al salón aunque hubiera querido, pues los bomberos habían bloqueado el paso. Pero, tras echar un vistazo superficial a las toallas, una mesilla de noche, una mesita, dos lámparas y un par de cajas con objetos del armario ropero, comprendió que allí no encontraría ninguna sorpresa. El sofá debía haber quedado inservible. El colchón que utilizaba como cama, y una segunda y destartalada mesilla de noche, también habían desaparecido. Y lo mismo podía decirse de la mayor parte de la ropa y juguetes de Jayden, así como de su propia ropa. Todo lo que había estado junto a, o cerca de, la pared donde había comenzado el fuego iba a tener que ser reemplazado.

Por suerte, ninguno de esos objetos tenía un valor sentimental. Pero tampoco las cosas que había en la cocina. Revisó cuidadosamente las cajas por si alguien hubiera metido allí las fotos sin darse cuenta de que podría tratarse de lo único que ella deseaba recuperar. Pero no había fotos.

Para cuando hubo terminado de revisarlo todo, tenía las manos húmedas y pegajosas. Le habían ordenado que se mantuviera alejada del otro lado de la casa, pero había visto a Damian Steele entrar en esa zona y salir intacto, y no estaba dispuesta a esperar otro día más antes de iniciar una búsqueda exhaustiva de esas fotos. Necesitaba una respuesta, algo con lo que, al menos, apaciguar su mente.

Salió a la calle y rodeó la casa hasta la parte delantera, donde se aseguró de que no hubiera nadie mirando antes de entrar al salón.

El sol entraba por los enormes boquetes de la pared que se había quemado. Casi todo lo que había debajo estaba achicharrado y parecía a punto de desintegrarse. Con su suerte, el techo se derrumbaría. Pero solo necesitaba unos minutos, el tiempo justo para mirar en lugares en los que a los bomberos o a la policía no se les hubiera ocurrido mirar.

El problema era que su casa era tan pequeña que no había muchos lugares donde poder encontrar unas fotos. Quizás las hubiera dejado sobre el sofá, pues había estado trabajando en un álbum de recortes. Pero no recordaba que hubiera sido ese el caso. Dawson había ocupado el sofá unas noches antes del fuego, y sin duda se acordaría de haber tenido que apartar el recipiente de plástico en el que las guardaba.

La mesa de rincón tenía una puerta corredera. A lo mejor las había metido allí y los bomberos no se habían fijado en que se podía abrir...

Encontró algunos dibujos que Jayden había hecho en casa de Petra y que ella había guardado. Sorprendentemente estaban en buen estado. La mesa los había protegido. Sadie se alegró de haber encontrado algo que tuviera valor sentimental, pero esos dibujos nunca podrían sustituir a las fotos que un fotógrafo profesional había tomado de su hijo siendo bebé, o a las fotos de sus padres.

¿Dónde había dejado ese contenedor de plástico? Tenía que estar en el armario, debajo del sofá o en esa mesa de rincón.

A no ser que lo hubiera metido en el armario pintado de su dormitorio. Antes del incendio tenía más ropa, aunque tampoco demasiada. En ese armario siempre había sobrado el espacio. Y allí solía guardar un poco de todo.

El dormitorio era la estancia que más daño había sufrido. Gran parte del suelo había desaparecido, dejando a la vista el espacio por el que discurrían las cañerías. Pisó con cuidado para asegurarse de que no cediera bajo su peso y se acercó despacio al armario carbonizado situado junto al colchón desintegrado donde Jayden y ella habían dormido durante el año que llevaba separada de Sly. La visión la aterró. De no haberse despertado del todo, lo suficiente para poder salir los dos de la casa...

Si había sido Sly el que había incendiado la casa, no había duda de que había perdido por completo la cabeza.

No consiguió abrir el armario, pues estaba demasiado dañado. Con renovadas esperanzas, ya que una puerta de armario atascada explicaría por qué los bomberos no habían encontrado el recipiente de plástico que les había pedido, utilizó una palanca del garaje de los Clevenger para romperla.

Y allí murieron todas sus esperanzas. Aunque encontró algunos libros, varias notas, recibos e información bancaria, todo apilado a un lado de las pequeñas estanterías, las fotos que quería recuperar desesperadamente no estaban por ninguna parte.

Ese era el último lugar donde podrían estar. Sadie nunca las habría guardado en el desván o en el sótano. Tenía miedo de las arañas y evitaba esa clase de lugares. Tampoco había tenido tantas pertenencias como para necesitar más espacio de almacenamiento.

Dio un paso atrás y miró con tristeza las pocas cosas que había encontrado. Algunas fotos sueltas de Jayden, aunque no las que más le gustaban. Las que le habían hecho a los nueve meses, las que habían captado su dulce sonrisa y alegría, esas habían desaparecido. Y también habían desaparecido las únicas fotos que tenía de sus padres.

Sadie jamás se había sentido tan sola en el mundo como en ese momento. Estaba allí de pie, en una casa que creía había incendiado su exmarido, la mayor parte de sus pertenencias habían desaparecido o estaban estropeadas. Y no solo eso, si no era capaz de encontrar el modo de asociar a Sly con lo que había hecho, se enfrentaría a la aterradora perspectiva de tener que trasladarse a un lugar nuevo, donde no conocería a nadie, para poder librarse de él para siempre. ¿Cómo iba a empezar de cero sin conocer siquiera a una canguro a quien pudiera confiar el cuidado de su hijo mientras ella trabajaba? ¿Adónde iría? ¿Qué haría?

Ojalá pudiera hablar con su madre, ojalá no la hubiera perdido tan pronto. Su padre había hecho un buen trabajo sustituyéndola, pero a él también lo había perdido. Y a partir de ese momento solo había contado con Sly en su vida, dominando y controlando todo, y haciéndole dudar de sus propias capacidades, algunas veces incluso de su propia cordura.

Ni siquiera se molestó en intentar detener las lágrimas que comenzaron a rodar por sus mejillas. Llorar era auto–indulgente. Demostraba que sentía lástima de ella misma y no debería, pero le daba igual. La sensación de pérdida resultaba demasiado abrumadora. Las fotos no eran más que fotos, pero las personas a las que representaban habían desaparecido y lo único que le quedaba de ellas eran esas fotos.

No oyó la puerta. Se había dejado caer hasta el suelo, con el rostro hundido entre los brazos apoyados sobre las rodillas y sollozaba como una niña pequeña cuando oyó su nombre.

Sobresaltada, levantó la vista y vio a Dawson agachado a su lado.

—Todo se arreglará —la consoló él mientras la ayudaba a levantarse y la abrazaba.

—Ya no están —contestó ella con la voz amortiguada por la camiseta de Dawson—. Todas mis fotos. Y sin ellas ya no recordaré qué aspecto tenía mi madre.

Dawson no contestó, limitándose a abrazarla.

–Lo odio –exclamó Sadie tras respirar entrecortadamente–. Lo odio. Y odio el amor. El amor me metió en este lío. No quiero volver a amar a nadie nunca más.

Básicamente le estaba diciendo que no quería amarlo a él, pero Dawson no se inquietó. Quizás porque sabía que era demasiado tarde, que para el amor sus palabras habían sido como un chiste, porque lo único que hizo él fue acariciarle la espalda con dulzura.

–El amor no es el problema, Sadie –contestó él con voz tranquilizadora–. El amor es la respuesta. Es lo que hace que la vida merezca ser vivida.

–Pues el amor ha convertido mi vida en un infierno –además, Sadie era muy consciente de que la cosa no haría más que empeorar si se veía obligada a abandonar la ciudad, a abandonar a Dawson–. ¿Por qué me acogiste? –alzó la vista para mirarlo a los ojos–. ¿Te has vuelto loco? ¡Mírame! Mi vida es un lío. Tengo un niño pequeño del que ocuparme y, literalmente, nada con lo que hacerlo.

–Tienes todo lo necesario –contestó él–. Ya verás.

–No has contestado a mi pregunta –ella frunció el ceño–. Deberías haberme echado, sobre todo después de darte cuenta de que mi ex es un jodido psicópata. Te di la oportunidad. Y ahora tú también vas a tener que hacer frente a sus acciones.

En el rostro de Dawson apareció una expresión contemplativa mientras le apartaba con delicadeza el pelo de los ojos.

–No sé por qué. Supongo que si buscas con mucho empeño al final consigues encontrar un destello de sol en la vida. Yo solía buscarlo entre los barrotes de mi celda. Por supuesto, en ese caso se trataba del sol en sentido literal. Fue lo que me mantuvo en pie, ese pequeño cuadrado de luz. No era mucho a lo que agarrarme, pero bastó. Y cada vez que te miro veo algo parecido, algo esperanzador y cálido.

—¿Yo hago que te sientas mejor? —Sadie estudió los atractivos rasgos.

—Sí. Ya te lo he dicho en alguna otra ocasión. Haces que vuelva a sentirme como un hombre.

—Porque disfrutamos de un sexo salvaje. Porque somos incapaces de mantener las manos apartadas el uno del otro —explicó ella malhumorada.

—Es más que eso —Dawson le recogió los cabellos detrás de las orejas—. Al menos, para mí lo es.

Y para ella también lo era, pero no quiso admitirlo.

—Me gusta saber que soy necesario, deseado y capaz de ayudar —añadió él.

—Eso me asusta mucho —el corazón de Sadie latía con fuerza, golpeándole las costillas.

—¿El qué? —él sonrió.

—¿Y si me enamoro de ti? No puedo permitírmelo. No puedo fiarme de mi propio corazón. No después de lo que he sufrido.

—No te preocupes por los «y si». Vamos a ir paso a paso.

—Pero dudo que el investigador descubra algo. Quiero decir, mira todo este lío —Sadie señaló a su alrededor—. ¿Qué puede alguien sacar de todo esto? —le dio una patada a un zapato carbonizado—. Da la sensación de que Sly siempre se sale con la suya, haga lo que haga. En el mundo no hay justicia, Dawson. Lo que te pasó a ti es un ejemplo perfecto.

—Todavía no ha terminado —Dawson le secó las lágrimas con los pulgares—. Para ninguno de los dos. Aunque quizás mi optimismo se deba a que he tenido noticias de Oscar.

—¿En serio? —ella sorbió por la nariz para detener el goteo—. ¿Qué te ha dicho? ¿Se acordaba del vagabundo?

—Sí. Y también me contó qué había venido a hacer aquí. Tenía un hermano en New Horizons el año pasado.

Aquello resultaba esperanzador.

—¿Quién era el chico? ¿Sigue en el internado?

—Eso es lo que tengo que averiguar.

—Aiyana se pondrá como loca.

—Ya he hablado con ella. Y ya está trabajando en ello. Podría tardar un par de días, aunque no mucho más.

Sadie respiró hondo. Recibir esa noticia lo cambiaba todo. Y también contar con el apoyo de Dawson. Por mucho que intentara no depender de él, por mucho que no quisiera admitir que verlo allí, a pesar de haberle pedido que no fuera, le hacía sentirse capaz de seguir adelante a pesar del desaliento.

—Eso es maravilloso —susurró.

Él frunció el ceño y contempló el dormitorio calcinado.

—¿Estás segura de que las fotos se han quemado?

—He buscado por todas partes. No están aquí. No hay ningún contenedor de plástico. No hay ninguna foto.

—Lo siento.

—Supongo que vamos a tener que hacer frente a los golpes que nos dé la vida y, cuando nos derriben, volver a levantarnos, ¿verdad?

¿Qué otra elección tenía? No podía rendirse.

—Es verdad. Y puedes hacerlo. Levantarse es difícil, pero al final es lo que cuenta.

—De acuerdo —Sadie asintió y lo tomó de la mano—. Vámonos. No quiero seguir aquí.

—¿Por qué no vamos los dos en mi coche? Recogemos a Jayden y nos lo llevamos a tomar un helado antes de volver a tu coche. El helado no lo soluciona todo, pero...

Ella se enjugó las lágrimas que aún le humedecían las mejillas.

—Es mejor que quedarse sollozando sentada en el suelo —terminó la frase de Dawson con una risa entrecortada—. Gracias. No sé qué habría hecho sin ti estas dos últimas semanas.

—Ni siquiera lo menciones —él le apretó la mano—. Tú también me salvaste.

La respuesta arrancó una sonrisa de labios de Sadie. Y decidió que ya lloraría por las fotos otro día, cuando tuviera energía para ello. En ese momento tenía que seguir adelante, por Dawson, que por fin tenía la posibilidad de demostrar que el vagabundo que había encontrado en la gasolinera no solo existía, sino que podría ser el culpable de la muerte de sus padres. Y por Jayden, que dependía de que ella se mantuviera fuerte.

Capítulo 26

Para alivio de Sadie, la heladería estaba vacía. Tenía los ojos rojos e hinchados y no le apetecía encontrarse con nadie. Tener que enfrentarse a la chica del mostrador ya era suficiente.

Cada uno eligió su sabor preferido. Dawson dos bolas de moca y dulce de almendra, Jayden y ella un cucurucho de una bola de chocolate cada uno.

Asegurándole que más tarde regresarían a la ciudad para recuperar el coche de Sadie, Dawson condujo hasta la granja para poder prolongar un poco más la paz que habían encontrado juntos. Ese simple gesto, mantenerla a su lado aunque no fuera lo más sensato, hizo que ella lo apreciara aún más. Empezaba a enamorarse de nuevo. No quería hacerlo, sobre todo con su futuro en Silver Springs pendiente de un hilo, pero no podía negar lo que sentía, no podía fingir otra cosa. Y ese hecho se hizo evidente cuando Jayden se durmió en el coche y, en cuanto Dawson lo hubo llevado en brazos a la cama, ella le tomó una mano antes de que pudiera irse a trabajar al campo.

–¿Qué? –murmuró él sorprendido.

Sadie no se molestó en explicárselo. Se limitó a conducirlo hasta el dormitorio, cerrar la puerta con el pestillo y arrancarle la ropa. No sabía cuánto tiempo iba a poder seguir con ese hombre y sentía la urgencia de sacar el mayor partido de cada instante.

—Me alegra ver que empiezas a sentirte cómoda conmigo —observó él.

—Nunca había estado mejor —admitió ella—. No consigo saciarme de ti. Siempre tengo ganas de hacer el amor.

—Pues ya somos dos —contestó él antes de que sus labios se fundieran.

El sabor y el tacto de Dawson prendieron en Sadie el mismo deseo salvaje que había experimentado la vez anterior al hacerle el amor. A partir de ese momento, supo que estaba perdida, dejándose arrastrar por una fuerte corriente de deseo. Tras desnudarla, Dawson la tomó en brazos y la lanzó sobre la cama, haciéndole reír. Pero en cuanto se reunió con ella en la cama, toda frivolidad desapareció. Sadie cerró los ojos y saboreó la oleada de excitación y expectación que la acometió cuando las manos de Dawson se deslizaron por su cuerpo. Eso era el deseo, se dijo a sí misma.

Dawson no parecía tener ninguna prisa, pero, cuando al fin se colocó encima de ella, la presión de su cuerpo empujándose dentro de ella, llenándola, le hizo sentirse completa. Sadie se agarró a él cuando comenzaron las embestidas, disfrutando del sabor ligeramente salado de su piel, de la solidez de su torso que se resbalaba contra sus pechos y de los tensos músculos de la espalda que sentía tensarse bajo sus manos.

—Cuánto talento tienes para esto —ella jadeó a medida que el placer aumentaba.

La carcajada de Dawson sonó entrecortada, demostrando que él también estaba experimentando la misma escalada en el ritmo del corazón y la respiración.

—No creo que se precise ningún talento para esto.

—Bueno, al menos requiere un poco de intuición. Nunca había sentido nada parecido a lo que siento cuando estoy contigo.

Dawson se detuvo, apoyando parte del peso sobre los codos, y la miró fijamente.

—¿Qué? —preguntó Sadie, sorprendida por la intensidad de su mirada.

—No irás a abandonarme, ¿no? —preguntó él con dulzura.

Sadie no supo qué contestar. Si no conseguían vincular a Sly con ese incendio, si no conseguían arrancarlo de sus vidas, lo mejor que podía hacer por Dawson sería marcharse.

—Espero no tener que hacerlo.

Dawson frunció el ceño, claramente insatisfecho ante la respuesta. Pero antes de poder insistir, ella tomó sus labios, animándolo a moverse de nuevo. Y él lo hizo, y dedicó el resto de la siesta de Jayden a convencerla con cada beso, cada caricia, de que lo lamentaría si no se quedaba.

Oían a Jayden jugar en la habitación contigua con los pocos juguetes que le quedaban. Estaba despierto, pero parecía contento, de modo que Sadie no se apresuró a saltar de la cama y vestirse. De hecho, parecía no tener ninguna gana de salir de la cama, y Dawson sentía lo mismo. Perezoso y satisfecho, cerró los ojos y apoyó la cabeza sobre el hombro de Sadie mientras ella deslizaba las uñas delicadamente por su espalda.

—No me resulta fácil ponerme a trabajar cuando estás aquí —bromeó él.

—Siento mantenerte apartado de los campos —ella le echó los cabellos hacia atrás—. Sé que te gusta tener las cosas hechas.

—No lo sientas —Dawson le cubrió un pecho con la mano—. No habría cambiado esto por nada del mundo.

—Supongo que podríamos haberlo dejado para más tarde.

—No habría sido lo mismo —él levantó la cabeza y sonrió perezosamente—. A veces hay que aprovechar el momento, ¿sabes? —volvió a agachar la cabeza para que ella no dejara de acariciarlo—. Aunque esta noche no habría sido una buena opción. Tenemos una cita con el jefe de policía.

Sadie había estado tan obsesionada con las fotos que había perdido que ni siquiera había tenido tiempo para pensar en lo que él había encontrado junto al canal.

—¿Hablaste con él?

—Justo antes de encontrarte en tu casa. Vendrá esta noche.

—¿Le hablaste de las huellas de neumáticos?

—Sí.

—¿Y te creyó?

—Eso creo. Permaneció varios minutos en silencio al otro lado de la línea. Y luego comentó que más le valía a Sly no haber invadido mis tierras después de que él le hubiera ordenado que no lo hiciera.

—¿Le enviaste las fotos por correo electrónico?

—Sí, pero no he tenido noticias suyas después de eso.

—Entonces, ¿cuál es el plan?

—Me explicó que va a convocar a Sly a una reunión en comisaría cuando finalice su turno. Pero en lugar de estar allí él mismo, Thomas va a dejar a otro a cargo mientras su esposa lo trae en coche hasta aquí. Así sabremos que Sly estará ocupado mientras el jefe se prepara, y nadie más en comisaría sabrá lo que está pasando.

—Y no podrán avisarle.

—Eso es.

—¿Y luego?

Dawson deslizó las manos hasta la cintura de Sadie. Últimamente se había estado alimentando mejor. Se merecía más tranquilidad de la que Sly le había proporcionado.

—Luego esperaremos a ver qué sucede.

—¿Y si Sly no viene hoy?

—Volveremos a intentarlo mañana.

—¿Cuántas veces crees que estará dispuesto a venir Thomas?

—Dos o tres como mucho. De manera que habrá que rezar para que, en caso de que Sly nos esté acosando, dé la cara cuanto antes.

El teléfono de Sadie comenzó a vibrar sobre la mesilla de noche. Estaba recibiendo una llamada. Con un suspiro que dejaba clara su reticencia a moverse, se inclinó sobre la pantalla.

—Hablando del demonio —gruñó.

—¿En serio? —Dawson se sentó de golpe—. ¿Te está llamando?

—¿Debería contestar?

—Tanto da. A ver si consigues averiguar qué puede estar pasando por su cabeza.

—Eso ya me lo imagino.

—¿El qué te imaginas?

La llamada pasó al buzón de voz, pero Sadie no soltó el móvil.

—Este fin de semana tiene derechos de visita, ¿recuerdas?

—¿Y crees que llama por eso?

—¿Y por qué si no? Es lo único que le da el derecho legítimo a contactar conmigo a pesar de las advertencias del jefe Thomas de que se mantuviera alejado.

—Supongo que no esperará llevarse a Jayden después de haber incendiado la casa.

—Él asegura no haberlo hecho, no lo olvides.

—Pero nosotros sabemos que lo hizo —aunque no supieran cómo manejar la situación—. ¿Qué pasaría si te negaras a que se llevara al niño?

—La ley estaría de su parte, a no ser que siguiera adelante con esa orden de alejamiento. Eso seguramente lo detendría.

—Pero le aseguraste que no lo harías.

—Con la condición de que nos dejara en paz. Tú y yo sabemos que no lo hará. Esas huellas de neumáticos son una especie de prueba de ello, ¿no?

El teléfono volvió a sonar y en esa ocasión ella sí contestó.

—¿Sí?

Dawson sintió claramente cómo desaparecía de la habitación la paz y la tranquilidad de la que habían disfrutado, vio regresar de nuevo la mirada atormentada a los ojos de Sadie.

—Ya sabes que no le gusta el béisbol —la oyó decir—. No, no intento empezar una pelea… Sé que es tu fin de semana. Es que… Da igual. Claro que puedes llevártelo. Además, me viene muy bien. Dawson y yo teníamos pensado irnos un par de días a algún lugar.

Aquello era nuevo para Dawson, aunque esperó a que ella hubiera colgado para preguntarle al respecto.

—¿Qué está pasando aquí?

—Quiere llevarse a Jayden el fin de semana. Sabía que lo haría. Está intentando lo que sea para fastidiarme, y sabe que el mejor modo de hacerlo es a través de mi hijo.

—¿Y eso de que tú y yo nos vamos a pasar el fin de semana fuera?

—Es mi modo de intentar contraatacar —Sadie se pasó una mano por los cabellos—. Si cree que quiero que se lleve a Jayden, se echará atrás.

—¿Y lo ha hecho?

—Por desgracia, no ha picado.

—Mierda. ¿Y ahora qué hacemos? No podemos permitir que Jayden se vaya con él. No podemos fiarnos de Sly.

Por el modo en que Sadie se mordisqueaba el labio inferior, era evidente que estaba pensando en algo.

—¿Sadie? —insistió Dawson.

—Tenemos que sacarle de quicio. Provocarle. Si lo enfurecemos lo suficiente, esta noche sin duda aparecerá.

—Y el jefe Thomas lo atrapará.

—Sí. Y así yo podré seguir adelante con la orden de alejamiento, con las bendiciones del jefe Thomas.

—Eso no debería ser muy complicado —Dawson golpeó la almohada con un puño y acomodó la cabeza encima—. Solo con que nos vea juntos debería bastar para que le diera un ataque de apoplejía.

—¿Y cómo hacemos para tropezarnos con él? —ella le dio un piquito en los labios—. No podemos aparecer así sin más por delante de su casa.

—No, pero esta tarde trabaja, ¿verdad? El jefe Thomas me lo dijo. De modo que llevaremos a Jayden a casa de Petra. Si algo sucediera no queremos que se vea involucrado. Después daremos vueltas por la ciudad para asegurarnos de que nos vean en la gasolinera, comeremos en el autoservicio de la cafetería, compraremos en la tienda, tomaremos una copa en The Blue Suede Shoe. ¿Quién sabe? A lo mejor con suerte nos tropezamos con él. Estará patrullando, de manera que podría estar vigilando lo que sucede en la ciudad.

—Normalmente, para mí «suerte» es no tropezarme con él —Sadie sonrió con melancolía.

—¿Y con cuánta frecuencia sucede eso?

—No muy a menudo. Parece saber dónde encontrarme, siempre está vigilante.

—Estupendo. Por una vez, su obsesión jugará a nuestro favor.

—Y dar vueltas por la ciudad es algo inofensivo —contestó Sadie en un tono de voz que sugería que lo estaba considerando—. Deberíamos poder ir a donde quisiéramos.

—¿Mami? —Jayden accionó el picaporte de la puerta.

Sadie saltó de la cama y empezó a vestirse.

—¿Qué pasa, cielo?

—¿Qué estás haciendo?

—Estoy... limpiando —contestó ella mientras le dirigía a Dawson una mirada cargada de culpabilidad.

—¿Y Dawson está limpiando contigo?

Estaba claro que los había oído hablar a los dos. Ante la sonrisa de Dawson, Sadie contestó de nuevo.

—Sí, estamos... estamos doblando ropa.

—¿Puedo entrar? —preguntó el niño tras una pausa.

—Claro que sí. Un segundo.

En cuanto se hubieron vestido y hecho la cama, Sadie sacó un montón de camisetas dobladas del cajón antes de dejar entrar a su hijo.

Dawson pensó que Jayden iría directo a Sadie. Seguía un poco adormilado después de la siesta. Pero el niño la pasó de largo y alzó los brazos para que fuera él quien lo tomara en brazos.

—¿Podemos ir a comer más helado? —preguntó.

—Esta noche no, amigo. A lo mejor mañana.

Sadie enarcó las cejas expresando su sorpresa por que su hijo hubiera acudido a Dawson y no a ella.

Él le guiñó un ojo, pero no pudo decir nada porque su teléfono sonó.

Lo sacó del bolsillo y se puso tenso al contemplar la pantalla. Era de Stanley DeWitt. Ya se había pasado el plazo en el que le había prometido a su hermana llevársela a casa. Los últimos días, Angela lo había llamado llorando, recordándole que siete quería decir siete y pidiéndole que fuera a recogerla. A Dawson le costaba mucho atender esas llamadas porque no sabía qué decirle. La administración se lo estaba tomando con calma, a pesar de que había telefoneado a Robin Strauss para hacerle saber lo dura que le estaba resultando a su hermana la espera y el retraso que le estaba obligando a romper la promesa hecha.

—¿Es Angela? —preguntó Sadie.

Él asintió.

—Déjame a Jayden para que puedas hablar con ella.

Dawson dejó al niño en brazos de su madre y se sentó en el borde de la cama mientras pulsaba la tecla para contestar.

—¿Hola?

—¡Lo has hecho! —Angela gritaba tanto que Dawson tuvo que apartarse el móvil de la oreja—. Lo hiciste, Dawson, tal y como me prometiste. Megan dice que puedo irme a casa —al fondo se oían unas voces que intentaban apaciguarla—. Pero solo si espero hasta el martes —añadió—. No serán siete días, y tampoco hasta Navidad. Solo hasta el martes.

Y para eso aún faltaban cinco días, pero parecía tan contenta que Dawson no se molestó en señalárselo. En realidad, ni siquiera estaba seguro de poder creerse sus palabras.

—¿Estás segura de lo que dices? —preguntó.

—¡Habla con Megan!

El teléfono pasó de manos y Megan se puso al habla.

—¿Es verdad lo que acaba de contarme Angela? —preguntó él.

—Sí, lo es —contestó la mujer en un tono cálido—. Los papeles han llegado esta mañana. Seguramente te llamarán en cuanto se los devolvamos, pero, por lo que he visto, pasará a estar bajo tu custodia la semana que viene.

—¡Vaya! —Dawson sentía tal alivio que no sabía qué decir. Acababa de librar otra dura batalla, y ganado. Primero su libertad, luego su hermana—. Eso es estupendo.

—Podrás venir a por ella, ¿verdad?

—Por supuesto. Estaré allí en cuanto le den permiso para marcharse.

—Genial. Ya te haremos saber exactamente en qué momento del martes podrá irse.

Sadie permanecía de pie junto a la puerta, con Jayden en brazos, esperando a que colgara la llamada.

—¿Qué ha pasado?

—Supongo que la señora Strauss ha terminado con la investigación.

—¿Y?

—Angela se viene a casa.

Sadie dejó al niño en el suelo y se acercó hasta Dawson.

—Eso es fantástico, Dawson. Me alegro mucho por ti —lo felicitó mientras apoyaba las manos sobre sus hombros y lo besaba en la frente.

Él la miró sorprendido. Era la primera vez que le demostraba algún afecto delante de su hijo. Y para él significaba mucho. También le recordó que aún le quedaban batallas por librar. Cierto que había conseguido su libertad y la de Angela, y estaba haciendo grandes progresos en su búsqueda del hombre que había matado a sus padres, pero aún le quedaba obligar a Sly a dejar en paz a Sadie y a Jayden. Entonces y solo entonces, y aunque le seguirían faltando sus padres, podría decir que había cuidado de la familia que le quedaba.

Capítulo 27

Sly aún no podía creerse que Sadie hubiera tenido el valor de llevar de refuerzo a su jefe, el jefe de la policía ni más ni menos, hasta su casa aquella mañana. Llevaba todo el día echando humo y apenas era capaz de pensar en otra cosa. Era increíble cómo, cuando por fin había conseguido que alguien la ayudara, se había ido arriba creyendo que iba a salir victoriosa. Pero, si creía que iba a permitir que se librara después de lo que había hecho, no lo conocía en absoluto. La iba a poner firme, y se moría de ganas de tener la oportunidad de hacerlo. Llevaba todo el día dándole vueltas, intentando idear el mejor modo de hacerlo, pero aún no lo había conseguido. Había intentado colocarla en una situación de desventaja al anunciarle que iba a llevarse a Jayden el fin de semana, pero lo cierto era que le había parecido aliviada. Odiaba la idea de que quedarse en casa el fin de semana ejerciendo de canguro le fuera a permitir dedicar cada minuto del día a Dawson...

El recuerdo de la conversación mantenida lo enfureció aún más, sobre todo si lo unía a lo que le había confesado en Lolita's. Le había asegurado que, por fin, estaba consiguiendo disfrutar del sexo. Pero con otro.

Sly conducía por la calle principal de Silver Springs sin quitarles ojo a los demás conductores y peatones con los que se cruzaba. Dado su estado de ánimo no iba a pasar por alto la menor infracción.

Vio un elegante deportivo rojo salir de la gasolinera y lo reconoció como el de Monty Tremaine, uno de los alumnos de New Horizons, y de inmediato le dio las luces. Monty no había hecho nada malo, pero a Sly nunca le había caído bien. Se lo había encontrado un par de veces en la bolera y no le había dado la sensación de que ese chico respetara adecuadamente a la autoridad. Era muy creído, demasiado orgulloso para su estatus. La mayoría de los alumnos de ese internado ni siquiera tenía coche mientras estaban en Silver Springs, pero el padre de Monty trabajaba en la industria del cine en Los Ángeles y tenía un montón de pasta. Ese BMW descapotable de Monty costaba mucho más de lo que un niñato podía permitirse. ¿Qué había hecho en su vida para ganarse algo, salvo darles a sus padres suficientes quebraderos de cabeza como para que lo enviaran a una escuela especializada en problemas de comportamiento?

En cuanto Monty vio el coche patrulla de Sly y las luces llamando su atención, detuvo el coche justo a la salida de la ciudad. Iba de regreso a la escuela, dedujo Sly, pues se dirigía en esa dirección.

—Eso es, pequeño bastardo. Será mejor que te eches a un lado.

Sly sintió la familiar subida de adrenalina al detener el patrulla tras el BMW, bajarse y acercarse al descapotable por el lado del conductor. Le preocupaba, sin embargo, que Monty no hubiera bajado la ventanilla de inmediato. Sly tuvo que esperar un rato hasta que el chico acertó con el botón.

—¿Sucede algo, agente? —el chico parecía perplejo, y nada complacido.

El que se sintiera fastidiado y no asustado por haber sido obligado a detenerse hizo que Sly sintiera ganas de aterrorizarlo de veras. ¿Quién se había creído que era? ¿Su padre? ¿Alguien que importara lo más mínimo en el mundo?

—Permiso de conducir, papeles del coche y del seguro, por favor.

—¿Por qué? —Monty lo miró boquiabierto.

Sly ni se molestó en contestar, limitándose a extender una mano indicando que tenía derecho a pedir lo que le diera la gana sin necesidad de ofrecer una explicación.

El chico suspiró y alargó una mano hacia la guantera. Le entregó los papeles a Sly y sacó la cartera del bolsillo de atrás del pantalón para poderle mostrar el permiso de conducir.

—¿Va a explicarme el motivo de todo esto? —insistió.

Sly sujetó los documentos a la carpeta con pinza y los estudió detenidamente con la ayuda de la linterna.

—Enseguida vuelvo —le indicó mientras regresaba al coche patrulla para pasar la información al ordenador.

Esperaba encontrar algo que le permitiera multar a Monty, el impuesto de circulación caducado, la falta de seguro, una multa impagada, cualquier cosa. Pero todo parecía estar en orden. Sin duda el adinerado papaíto se había asegurado de ello.

Aun así, ese imbécil no iba a marcharse de vacío, no cuando mostraba esa actitud tan irrespetuosa.

Esperó unos minutos antes de anotar el nombre, dirección y alguna otra información sobre el chico y regresó junto al deportivo para devolverle la documentación.

—Aquí tienes.

—¿Puedo irme ya? —el joven parecía confundido.

—Todavía no —Sly se tomó su tiempo para rellenar el resto de la multa.

Monty apartó la mano de la palanca de cambios, donde la había apoyado al pensar que era libre para marcharse.

—¿Por qué no?

—¿Tú qué crees?

—No tengo ni idea, tío. No he hecho nada malo.

—Te has saltado un semáforo ahí atrás —Sly lo miró con expresión de desdén.

—¿De qué habla? —el chico abrió los ojos desmesuradamente—. Yo no me he saltado ningún semáforo.

—Desde luego que sí. Nada más abandonar la gasolinera.

—No es verdad. Vi su coche. No sería tan estúpido como para saltarme un semáforo. Y tampoco iba deprisa.

—Te vi —el tono de ofensa de Monty hizo que Sly se sintiera mejor.

—No puede haberme visto porque no me he saltado nada —discutió el joven—. Y no voy a aceptar esa multa. La recurriré.

—Como quieras. Pero será una pérdida de tiempo —Sly sonrió—. ¿Qué juez va a aceptar tu palabra contra la mía?

—Sobre todo por aquí —Monty lo miró boquiabierto—. ¿Verdad?

—¿Insinúas que nuestros jueces son corruptos? Tomaré nota de tu opinión, por si nos vemos en el juzgado —Sly le entregó la carpeta con la multa sujeta—. Firma aquí.

—¡Yo no pienso firmar eso!

—¿Prefieres que te lleve a comisaría?

—No me lo puedo creer —murmuró el chico—. ¿Qué he hecho? ¡Nada!

—Firmar la multa no supone admitir tu culpabilidad. Siempre puedes recurrirla ante el juez, si quieres.

—Claro que lo haré —Monty gruñó y estampó una «X» sobre la línea de firma.

—Que tengas una buena tarde —le deseó Sly mientras le entregaba la multa antes de regresar al coche patrulla y sentarse al volante.

Por Dios, cómo le gustaba ese trabajo. Estaba a punto de dar media vuelta y regresar a la ciudad en busca de alguien más que se mereciera un pequeño recordatorio del poder de la policía local cuando sonó el móvil. Esperaba que fuera

Sadie. Siempre esperaba que fuera Sadie, pero en esos momentos quería saber de ella más que nunca. Todavía tenía la esperanza de que le suplicara que no se llevara a Jayden el fin de semana, o que mostrara alguna señal de que preferiría que no lo hiciera. Tener a Jayden tanto tiempo con él solo resultaría divertido si le molestaba a ella.

Sin embargo, no era Sadie, sino Dixie Gilbert, la única mujer policía del cuerpo. Últimamente lo había estado llamando bastante para intentar quedar. Sly había accedido alguna que otra vez, permitiéndole que le hiciera un buen trabajito. Esa mujer sentía algo por él, y lo había dejado claro desde hacía unos meses, pero a él no le interesaba. Aunque no le importaba que se lo hiciera cuando no tuviera nada mejor a mano, no podía correr el riesgo de que alguien lo viera con una persona tan poco atractiva y con tanto sobrepeso. Él podía conseguir algo mejor, mucho mejor.

—¿Hola?

—Hola —saludó ella con voz artificialmente seductora.

Buscaba sexo, pero a Sly el tono tan afectado le resultó irritante.

—Estoy de servicio —le informó—. ¿Qué sucede?

Desconcertada ante la brusquedad del trato, ella pareció dudar.

—Lo siento, no pensé que estuvieras ocupado. A fin de cuentas, en esta ciudad no pasa gran cosa, ni siquiera cuando estás de servicio. Bueno, ¿qué? ¿He interrumpido tu pausa donuts?

—¿Esta llamada obedece a algún motivo? —insistió él.

Sly esperaba que lo invitara a pasar por su casa. En tres ocasiones diferentes se había ofrecido a prepararle la cena. Y hasta ese momento solo había aceptado su invitación una vez para ir a ver una película, y había aparcado calle abajo para que nadie viera su coche allí. Si los chicos supieran que se acostaba con ella, se mostrarían despiadados con él. De todos modos se había quedado en su casa lo justo. Le había pedido el trabajito en cuanto había podido, después se había excusado diciendo que estaba muy cansado y se había marchado.

—No, no quiero disgustarte. Da igual.

—¿Qué sucede? —insistió él—. Con los últimos acontecimientos de mi vida no he tenido un día muy bueno que se diga.

—Bueno, pues estoy bastante segura de que lo que tengo que decirte no haría más que empeorarlo, así que...

Aquello sí despertó su curiosidad. Al parecer, Dixie no tenía pensado invitarlo a cenar.

—¿De qué se trata?

—Es sobre tu exmujer.

Sly estuvo a punto de corregirla. Sadie y él aún no estaban divorciados, y no lo estarían hasta que él decidiera dejarla marchar. Sin embargo, se mordió la lengua. Empezaba a cansarse de repetir siempre lo mismo y lo mejor sería demostrarlo en lugar de decirlo.

—¿Qué pasa con ella?

—Está aquí, en The Blue Suede Shoe.

—¿Y qué hace ella en el bar?

—Está bailando. Con Dawson Reed. Están aquí juntos y, por lo que parece, se lo están pasando condenadamente bien.

Sly sujetó el teléfono con tanta fuerza que el plástico se le clavó en la mano.

—¿Qué quieres decir?

—Están bailando tan pegados como pueden estarlo dos personas. Parece locamente enamorada. De un asesino. ¿Quién lo hubiera pensado? ¿Quién pasa de un policía a un criminal, y lo exhibe por toda la ciudad? Debería avergonzarse.

—No está enamorada de él. La está confundiendo, eso es todo. Le está haciendo creer que él puede arreglar todo lo que va mal en su vida. Tarde o temprano, Sadie despertará, en cuanto se dé cuenta de que no es verdad.

—No, no lo hará –le rebatió Dixie–. Te ha dejado, Sly, y no va a regresar. Creo que es hora de que la dejes ir y comprendas que hay otras mujeres que pueden hacerte feliz. ¿Todavía no te has hartado de ella? Quiero decir que deberías darlo por acabado.

Sly comprendió que Dixie se alegraba de ver a Sadie con otro, especialmente con Dawson. Pensaba que así se olvidaría de su mujer y empezaría a salir con ella.

—Tengo que irme –intentó despedirse él.

Ella dudó un instante antes de insistir con más determinación.

—Me voy a casa ya y estaré allí toda la noche, por si te apetece pasarte. A veces es más fácil olvidar a alguien cuando se tiene a otra persona a mano, ¿me comprendes?

Sly pisó el acelerador y se incorporó a la vía virando bruscamente, casi arrollando a un coche que circulaba en dirección contraria. La expresión de pánico del conductor no afectó a Sly, a quien no le importó haber estado a punto de provocar un accidente.

—No estoy de humor, Dixie. Esta noche no.

—¿Y qué vas a hacer? ¿Volver a tu casa a hacer pucheros? ¿Beber? En la comisaría se dice que bebes demasiado. La gente empieza a preocuparse por ti.

—Me da igual lo que se diga por ahí. Lo que hago cuando no estoy de servicio es asunto mío. Pero esta noche no voy a beber. Voy a ir al bar a meterle algo de sentido común en la cabeza a Sadie. Eso voy a hacer.

—No lo hagas, Sly. ¡Tienes que dejarla marchar!

—Yo decidiré cuándo ha llegado el momento de hacerlo –contestó él antes de colgar la llamada.

—No lo he visto –se quejó Dawson–. ¿Preparada para probar en otro sitio?

Sadie lo abrazó con más fuerza. Estaban tocando *Stairway*

to Heaven, una vieja canción, pero muy buena. Por ella seguiría bailando agarrada a él toda la noche. No habían salido solo para pasarlo bien, pero a pesar de ello se estaba divirtiendo. Disfrutaba con su compañía, independientemente de lo que estuvieran haciendo.

—Aún no.

—A mí también me gustaría quedarme —contestó él—. Pero llevamos aquí más de una hora. Si queremos llamar la atención de Sly, tenemos que dejarnos ver.

En ese momento, Sadie vio a Dixie Gilbert regresar al bar y frunció el ceño.

—Puede que no.

—¿Qué quieres decir?

—¿Ves a esa mujer? La del pelo corto y oscuro.

Dawson giró sin dejar de bailar para poder mirar sin que resultara tan obvio.

—Sí.

—Es compañera de Sly en el cuerpo —Sadie no había pensado demasiado en ello al entrar en el bar.

Siempre que Sly había hablado de ella había sido en todo despreciativo. Aseguraba que la ciudad la había contratado solo para que nadie los tildara de machistas y que era una pésima agente. Pero la lealtad que había mostrado Dixie hacia Sly cuando Sadie había acudido a comisaría, y el modo en que se comportaba en esos momentos, como si disfrutara viéndola con otro hombre, le hizo preguntarse si no habría algo entre ellos dos a pesar de lo que su ex le había asegurado en el pasado.

—A no ser que Sly haya quedado aquí con ella, no sé de qué nos va a servir —insistió Dawson.

Sadie tampoco lo sabía. Pero Dixie había salido a la calle y regresado unos minutos después, como si hubiera salido a fumar. Salvo que Dixie no fumaba. A Sadie se le ocurrió que quizás hubiera hecho alguna llamada, quizás había informado a Sly de su presencia en el bar.

Aunque podría ser que estuviera asumiendo demasiadas cosas. La mayoría de los parroquianos de The Blue Suede Shoe los miraba con desconfianza. La salida a la calle podría significar simplemente que Dixie había sentido la necesidad de respirar un poco de aire fresco.

Cuando Dixie pagó la cuenta y recogió su abrigo, Sadie decidió que debía estar equivocada.

—Tienes razón. Seguramente no significa nada —le concedió a Dawson. Seguramente se había dejado llevar por sus prejuicios contra su ex—. Vámonos.

Pero en cuanto Dixie los vio dirigirse hacia el bar, se detuvo y esperó.

—Si fuera vosotros, yo me largaría de aquí —les advirtió sin más preámbulo.

—¿Disculpa? —Sadie parpadeó perpleja.

—Sly llegará en cualquier momento, y está bastante cabreado. ¿Quién sabe lo que podría hacer? —la mujer se dirigió hacia la salida, pero Sadie la agarró del brazo.

—¿Lo llamaste?

Aunque Dixie no respondió, su silencio confirmó lo que Sadie ya suponía.

—Dixie, sé que seguramente atribuirás lo que te voy a decir a los celos, pero te aseguro que no es así. Soy una mujer intentando proteger a otra. Tú no conoces a Sly, no como lo conozco yo. A no ser que quieras joder tu vida, mantente alejada de él. No es buena gente.

Dixie se apartó bruscamente e hizo ademán de marcharse, pero en el último momento se dio media vuelta.

—¿Y por qué ibas a querer ayudarme a mí? —preguntó, repentinamente insegura.

Era evidente que había captado la sinceridad de las palabras de Sadie.

—Porque jamás le desearía a otra mujer que tuviera que relacionarse con un hombre como Sly —contestó ella.

Con un brusco asentimiento que indicaba que la creía, la otra mujer se sujetó el bolso con firmeza sobre el hombro.

—Hacedme caso y largaos de aquí. Es mi manera de devolverte el favor.

Sin embargo, su intención desde el principio había sido, precisamente, tropezarse con Sly. El que le hubieran avisado de que se encontraban en el bar, y que se dirigiera hacia allí para comprobarlo por sí mismo era perfecto, suponiendo que lograran evitar una confrontación.

—Parece que Sly está alterado. ¿Crees que ya hemos hecho bastante? —preguntó Sadie a Dawson mientras veían cerrarse la puerta del bar detrás de Dixie.

—¿Solo por tomar una copa y bailar un poco? No.

—¿Has dicho que no? —Sadie sintió la familiar inquietud invadirla.

—Tenemos que poner fin a lo que está sucediendo, Sadie, y cuanto antes, mejor. Y la mejor manera de hacerlo es cabrearlo tanto que nos aseguremos de que se pase por la granja esta noche.

Ella recordó la expresión de Sly la noche en que casi les había sacado el arma.

—Resulta un poco aterrador, ¿no? Puede que no se conforme con mirar, y no quiero que te mate. Ni a mí tampoco para el caso.

—Solo estaremos seguros con él entre rejas. Vamos a entregárselo al jefe Thomas y a esperar que comprenda lo que ha estado sucediendo todo este tiempo y le ponga fin.

Sadie respiró hondo y asintió mientras se dejaba llevar de nuevo hasta la pista de baile.

Dawson no vigilaba la puerta, pero supo exactamente cuándo hizo Sly su aparición en el bar. Sintió un cambio en el aire. Y Sadie pareció sentir lo mismo. El modo en que se agarró con más fuerza a él mientras seguían bailando le indicó que estaba muy inquieta.

—No te preocupes —murmuró él—. Estamos en un lugar público. Aquí no puede hacernos nada.

—Podría seguirnos hasta casa —contestó ella.

—Tiene una reunión en comisaría, ¿recuerdas? Nos quedaremos aquí hasta que se marche. Después regresaremos a la granja y lo esperaremos allí —Dawson la condujo hasta el otro extremo de la sala, lo que obligaría a Sly a esforzarse por encontrarlos. No quería que resultara demasiado evidente que lo estaban provocando.

—Lo veo buscar entre la gente —Sadie alargó el cuello para echar un vistazo.

—Deberías quedarte en casa de Petra esta noche —sugirió él—. Deja que yo me ocupe de esto.

—¿Qué estás diciendo? Sabes que Petra y su familia se llevaron a Jayden a casa de los padres de ella en Ojai.

Gracias a Dios, Petra había decidido hacerlo. De lo contrario, Sadie estaría aún más nerviosa.

—Eso no quiere decir que no puedas dormir en su casa, mantenerte al margen.

—No pienso quedarme allí, ni en ningún otro lugar, sola.

En eso tenía razón. ¿Y si Sly en vez de ir a la granja decidía ir a casa de Petra con la intención de llevarse a Jayden? Sería lo peor que podría suceder, que Sadie tuviera que enfrentarse a él estando sola. A Dawson no le cabía la menor duda de que su ex le haría daño si pudiera.

—¿Y qué me dices de un motel? Si te escondes en un motel no podrá encontrarte.

—No voy a dejarte, de manera que ni lo sugieras.

Dawson estuvo tentado de insistir. Y seguramente lo habría hecho si el jefe de policía no hubiera decidido acudir a la granja. ¿Hasta qué punto podrían descontrolarse las cosas mientras Thomas estuviera allí?

—De acuerdo.

Los clientes del bar se apartaron al paso de Sly.

—¿Dónde está nuestro hijo? —exigió saber mientras ellos seguían bailando.

—Está con Petra —contestó Sadie.

—¿No crees que ya pasa bastante tiempo allí?

—¿De qué hablas? Ya casi no va a su casa. Desde que trabajo para Dawson puedo quedármelo todo el tiempo.

—Voy a buscarlo.

Sly se volvió para ejecutar su amenaza, pero ella habló antes de que pudiera dar siquiera un paso.

—No están en la ciudad, Sly. Y no volverán hasta mañana. Petra se ha llevado a Jayden con ella.

—¿Qué clase de madre eres? —gruñó él.

Dawson sintió ganas de sacudirle un puñetazo. Nadie se lo habría merecido más que Sly. Pero, si empezaba una pelea, le daría pie para acusarlo de agresión y estaría haciéndole el juego.

Sadie también lo ignoró. Siguieron bailando hasta que Sly no tuvo más remedio que apartarse. Pero no se marchó. Se apoyó contra la pared más cercana mientras los fulminaba con la mirada.

—Eh —murmuró Dawson al oído de Sadie—. Mírame —al levantarle el rostro se dio cuenta de que estaba preocupada—. ¿Estás bien?

—Sí —contestó ella, sorprendiéndole con un beso, intenso y mucho más apasionado de lo que cabría esperar de un beso en público.

—Se lo merece —susurró él mientras se aguantaba las ganas de reír.

—No lo he hecho por él —aseguró Sadie.

—Me alegro —Dawson le tomó el rostro entre las manos—. Tú sigue centrada en mí.

Sly los siguió con la mirada por todo The Blue Suede Shoe. Si se sentaban, él se acercaba a la barra del bar y apoyaba su mano sobre la culata de la pistola, como si quisiera hacerles llegar el mensaje de que tenía la capacidad para imponerse cuando quisiera hacerlo. Si bailaban, él se apoyaba contra la pared, lo más cerca posible de ellos, y fruncía el ceño con gesto amenazador.

Cada vez que sus miradas se encontraban, Dawson sonreía como si aquello no fuera con él. Se estaba pasando y lo sabía, pero no podía evitarlo. ¿De dónde había sacado Sly la idea de que un agente de policía podía comportarse como lo hacía él?

Tal y como habían esperado, a punto de dar las ocho de la tarde, la hora fijada para la reunión con el jefe Thomas, Sly se marchó y minutos más tarde Dawson condujo a Sadie hasta la camioneta.

—Vámonos a casa mientras aún podamos —sugirió él.

Estaba ansioso por ver aparecer al jefe Thomas para poderle explicar lo que había hecho Sly y, con suerte, ponerle fin. Pero justo cuando entraban por el camino de la granja, recibió un mensaje de texto.

Ha surgido algo. No voy a poder ir esta noche. Llamaré mañana.

Sly no se lo podía creer. Sentado en el despacho del jefe de policía, asistía perplejo a la bronca de Thomas. Sin embargo, no le estaba gritando, sino hablando en un tono brusco aunque bajo para que los demás agentes que pasaban por ahí no alcanzaran a oír nada. Ese empeño en ser discretos, más que cualquier otra cosa, le indicó a Sly que se había metido en un buen lío. Normalmente, Thomas no dudaba en gritarle sin importarle quién estuviera cerca.

—Te advertí que no te acercaras a la granja.

—¡Y no lo he hecho!

—Deja de decir eso. ¿Crees que soy imbécil? Estás mintiendo y lo sé.

—¡No estoy mintiendo!

El jefe abrió una carpeta de la que sacó unas fotos que estampó sobre el escritorio.

—Entonces ¿qué demonios es esto?

Sly acercó las fotos para poder verlas mejor. No aparecía ningún punto de referencia, solo una imagen de unas huellas de neumático en la tierra. No comprendió la implicación hasta que reconoció la bomba de agua en una esquina.

—Mierda —murmuró mientras se cubría el rostro antes de que el jefe Thomas pudiera decir nada.

—Estas huellas de neumáticos son idénticas a las de los neumáticos que llevan nuestros coches patrulla —le explicó—. Lo he comprobado.

Y eso significaba que cualquier patrulla de la comisaría podría haberlas hecho. Las fotos no eran lo bastante nítidas como para mostrar las pequeñas imperfecciones que tenían sus ruedas y que las distinguían de todas las demás. Pero Sly evitó mencionarlo pues sabía que perdería toda credibilidad si lo intentaba.

—Eres agente de policía, por el amor de Dios —continuó su jefe—. ¿Qué haces acosando a tu exmujer?

—¡No es mi ex! —Sly se puso de pie de un salto.

—Porque no la dejas marchar. ¿Se puede saber qué te pasa?

—¡A mí no me pasa nada! Solo intento protegerla, nada más. Me aterroriza la idea de que ese hombre la lastime. ¡Es un asesino!

—Esto ya lo hemos hablado antes. Sadie tiene derecho a estar con quien quiera.

—El policía que hay en mí está de acuerdo. Pero ¿el hombre tras la placa? ¿Cómo cree que me sentiría si termina como los Reed? ¿Y qué pasa con mi hijo? Jayden también vive en esa granja. No puede decirme que no estaría dando vueltas por ahí por si surgiera algún problema si se tratara de su mujer y su hijo.

—Te seré sincero, Sly —Thomas se frotó la cara con una mano—. Esa es la única razón por la que estamos aquí sentados. Dawson y Sadie te habían tendido una pequeña trampa esta noche. Me pidieron que acudiera a la granja y esperara tu llegada a ese punto —golpeó con un dedo las fotos—. Pero no he sido capaz de hacerlo. ¿Y sabes por qué? Porque si te pillaba iba a tener que suspenderte por desobedecer una orden directa. En su lugar, y siendo un tipo tan majo como soy, he decidido darte una oportunidad más para seguir en la policía. ¿Me has entendido? Comprendo que te preocupen Sadie y Jayden, tanto que perderlos te está desquiciando un poco. Pero no puedes ir contra la ley y esperar conservar tu empleo al mismo tiempo. Mantente alejado de la granja Reed. Esta es la última advertencia.

Sly inclinó la cabeza como si se estuviera tomando cada palabra al pie de la letra.

—Lo haré. Lo juro. Gracias.

—Lo digo en serio —insistió Thomas mientras Sly se dirigía hacia la puerta—. Esta es tu última oportunidad.

Hundiendo los hombros como si lo hubieran reprendido suficientemente, y se sintiera fatal por los problemas que había causado, Sly volvió a asentir. Pero en cuanto hubo salido de la comisaría, se irguió. En su vida se había sentido más furioso ni decidido. Sadie y Dawson no iban a ponerle en ridículo. No iba a volver a aparcar el coche patrulla en el mismo sitio. Pero sí que iría a la granja, para hacer lo que ya debería haber hecho: demostrar a todo el mundo que desde el principio había estado en lo cierto sobre Dawson Reed.

Y el hecho de que Jayden estuviera con Petra le había proporcionado la oportunidad perfecta.

Capítulo 28

Sadie no se podía creer que el jefe Thomas los hubiera dejado tirados, sobre todo en el último momento. Era evidente que no pensaba que Sly supusiera una auténtica amenaza. Nadie parecía pensarlo. Veían su uniforme y su placa y lo juzgaban en base a eso. Con respecto a Dawson lo que veían eran los artículos de prensa y lo juzgaban en base a eso también. Pero ¿cómo podía el jefe Thomas ignorar la realidad? Había visto cómo se comportaba Sly con ella. Durante la visita a su casa había tenido la impresión de que estaba de su parte.

Sin duda se debía a que Sly era un mentiroso de primera. Era capaz de librarse de cualquier cosa a base de mentiras.

En cuanto recibieron el mensaje del jefe Thomas, Dawson la hizo entrar en la granja y cerró las puertas con llave. También le aconsejó que mantuviera el móvil a mano para poder ponerse en contacto con él en cualquier momento. A continuación volvió a salir y cavó un pequeño hoyo allí donde Sly había aplastado las alcachofas. En opinión de Dawson, al ser luna llena, la luz sería la justa y en cuanto cubriera el agujero con paja y plantas, Sly jamás adivinaría que estaba allí. Si regresaba al mismo lugar, caería en el hoyo al intentar marcharse y no podría salir. Y, si a la mañana siguiente encontraban allí su coche, o si llamaba a una grúa para que lo sacaran, ya tendrían la prueba de que seguía acosándolos, una prueba que no dependía de que el jefe Thomas viera a Sly en la granja con sus propios ojos.

Dawson reconoció que no era gran cosa, pero era mejor que permitir que Sly los espiara por la ventana en medio de la noche sin que hubiera ninguna repercusión.

Sin embargo, después de ver la expresión del rostro de Sly en el bar, Sadie temía que fuera a hacer algo más que espiar. Nunca lo había puesto tan furioso, básicamente porque había dedicado toda su vida de casada a intentar aplacarlo. Y, si Thomas le había mencionado que sabían lo de sus incursiones nocturnas a la granja, Sly no caería en la trampa de Dawson. Ni se acercaría a ella. Todo el esfuerzo de Dawson caería en saco roto.

Con la esperanza de convencer al jefe Thomas para que cambiara de opinión, llamó a la comisaría. Allí le dijeron que el jefe se había marchado ya, de modo que lo intentó con su casa, pero tampoco funcionó. Su esposa le informó de que no estaba «disponible».

¿Qué demonios significaba eso? ¿Dónde podía estar? ¿Qué podía estar haciendo que fuera tan importante? Dawson y ella tenían problemas. Sadie tenía la sensación de que Sly se había terminado por romper del todo. Su comportamiento en el bar, tan abiertamente hostil a pesar de la presencia de numerosos testigos, demostraba lo peligroso que era. Y para empeorarlo todo, no temía a las repercusiones, se creía por encima de la ley, porque lo estaría mientras tuviera el apoyo del jefe Thomas. Algo terrible tendría que suceder para cambiar eso, y a Sadie no le gustaba pensar en ese «algo».

Paseó por la cocina mientras esperaba a que el jefe de policía le devolviera la llamada, pero no sucedió. Su falta de respuesta empezaba a parecer una maniobra intencionada. Estaba protegiendo a su agente, tal y como Dawson siempre había sostenido que haría. Y se estaba haciendo tarde, y cada vez más oscuro. A esas horas, Sly ya habría salido de la reunión, suponiendo que hubiera habido reunión, y acabado su turno.

Al final decidió sentarse para escribir dos cartas, una dirigida al jefe Thomas y otra para Jayden. Tras meter cada una en un sobre, telefoneó a Petra y le pidió que le pasara al niño para desearle buenas noches.

—¿Dónde está Dawson? —preguntó el pequeño en cuanto Petra lo puso al aparato.

Sadie no pudo reprimir una sonrisa. Su hijo estaba enamorado del nuevo hombre de sus vidas.

—Sigue trabajando.

—¿En la oscuridad?

—En la oscuridad —a ella también le preocupaba.

Había intentado contener la preocupación que la inundaba diciéndose a sí misma que aún era pronto. Pero Sly podría aparecer, podría disparar a Dawson mientras estaba trabajando con el tractor.

Sadie corrió hacia la puerta de atrás para poder comprobar dónde estaba, y se tranquilizó al oír el ruido del tractor. Por el momento estaba bien.

Tras cerrar la puerta y echar de nuevo la llave, regresó a la cocina.

—Tiene que volver ya —continuaba Jayden—. Es hora de irse a la cama.

—Tienes razón —Sadie se rio ante el tono mandón de su hijo—. Me aseguraré de que lo haga.

Después de recordarle a Jayden que lo quería y que lo vería al día siguiente, Petra volvió a ponerse al teléfono.

—Se lo está pasando bien y está a punto de irse a la cama —le explicó—. No te preocupes por él, ¿de acuerdo?

—No lo haré. Gracias. Espero... espero que no te parezca una excesiva imposición el que te haya pedido que lo lleves contigo.

—En absoluto. Sé que no me lo pedirías si no lo necesitaras en serio. Y mis padres lo adoran. ¿Qué tal van las cosas por Silver Springs?

—Tensas —contestó ella tras respirar hondo.

—¿Qué pasa? —la voz de Petra adquirió un tono más serio.

Sadie había compartido con ella algunas de sus preocupaciones con respecto a Sly. Por eso Petra había accedido a llevarse a Jayden. De lo contrario le habría dicho que estaba ocupada y que no podía hacerse cargo de él porque no iba a estar en su casa.

—Sly se comporta de un modo un poco... amenazador.

—¿En serio?

—Sí.

—Y tienes miedo.

—Sí —admitió Sadie—. Si algo me sucediera, me gustaría que tú...

—¡Eh! —la interrumpió Petra—. Supongo que no creerás que esto vaya a ir tan lejos.

—No, claro que no —ella no quiso asustar a la otra mujer, aunque en el fondo estaba convencida de que sí podría llegar tan lejos. Siempre lo había pensado, de lo contrario no habría permitido que Sly la controlara durante tanto tiempo—. Yo solo digo que si sucediera lo peor, no que vaya a suceder, la madre de Sly se quedará con Jayden. Pero quiero pedirte que te asegures de que reciba la carta que voy a dejar bajo el porche delantero de la granja de los Reed. Ahora él no entenderá su significado, por supuesto, de modo que espera a que sea un poco más mayor. Llegará un momento en que su contenido resulte importante para él.

—Suena muy inquietante, Sadie —observó Petra tras una larga pausa.

—Ese sería el peor de los casos —Sadie intentó tranquilizarla—. Dado que lo hemos perdido prácticamente todo

—de nuevo, y en su opinión, gracias a Sly–, me gustaría que Jayden por lo menos conservara mis palabras, mi amor. No tengo nada más que darle.

—Si estás escribiendo una carta así, creo que ha llegado el momento de avisar a la policía. Me refiero a alguien de la comisaría que no sea Sly.

—Sí, ya lo haré yo —contestó ella, a pesar de que ya lo había intentado, sin ningún éxito—. Todo saldrá bien, solo quería que supieras lo de la carta.

Sadie no mencionó a Petra la existencia de la segunda carta. Daba por hecho que la encontraría al recoger la destinada a Jayden, y que entonces por fin el jefe Thomas comprendería lo mal que había juzgado a Sly y a Dawson.

—Lo tendré en cuenta. Aunque espero que nunca llegue a eso.

—Yo también.

En ese momento oyó entrar a Dawson.

—¿Sadie? —la llamó.

—Tengo que irme —le anunció ella a Petra.

Pero su antigua vecina parecía resistirse a dar por concluida la conversación.

—Mis padres tienen una casa de invitados. A lo mejor deberías alojarte en ella, aquí en Ojai, durante un par de meses. Sly no sabría dónde encontrarte y... y quizás lo único que haga falta para que todo se calme sea un poco de tiempo.

—Te agradezco el ofrecimiento, pero fui yo quien metió a Dawson en este lío. No puedo abandonarlo y dejarle el problema a él.

—¿Y qué pasa con Jayden? Sería mejor para él si te marcharas de la ciudad, ¿no crees?

—Sí, lo creo —Sadie se pasó una mano por los cabellos—. Desde luego que sí, pero... Puede que esté cansada y lo haya exagerado todo. Espero que sea el caso.

—De todos modos, supongo que mañana podríamos hablar de ello —insistió Petra.

—De acuerdo. Gracias —Sadie colgó en el mismo momento en que Dawson entraba en la cocina.

—Ya está —le anunció él con aspecto de cansancio—. Tenemos una bonita trampa.

—¿Podrá Sly ver el agujero?

—No, a no ser que sospeche que está ahí, no a no ser que lo esté buscando. Y en una noche más oscura jamás podría verlo, de modo que si viene mañana o...

—Vendrá esta noche —sentenció ella.

—¿Cómo lo sabes? —Dawson la miró fijamente, claramente sorprendido por la confianza que reflejaban sus palabras.

—No podrá contenerse —Sadie le rodeó la cintura con los brazos y apoyó la mejilla contra su torso—. Está demasiado enfadado. Y nunca ha sido capaz de negarse una gratificación, sobre todo cuando se trata de satisfacer su ira.

—Me quedaré levantado —anunció él—. Tú intenta dormir.

Sadie se negó a irse a la cama sin él. Dawson estaba tan cansado como ella. Además, no quería que la pillara en situación de desventaja si Sly aparecía.

—Podríamos quedarnos los dos viendo la televisión —sugirió ella.

Dejó las cartas bajo el porche, pero después de unas dos o tres horas tumbada en el sofá con Dawson, horas durante las cuales no sucedió nada, la respiración de Dawson empezó a hacerse más uniforme y los párpados de ella se volvieron demasiado pesados para poder abrir los ojos.

Conseguir el hacha le estaba llevando más tiempo del previsto. A fin de cuentas no podía comprar una sin más.

Tenía que robarla del garaje de Pete, lo que significaba que también tendría que devolverla antes de que amaneciera. Sabía cómo se llevaría a cabo la investigación y debía prepararse para ello. Por eso había ido a casa de su madre al salir de la comisaría. Le había contado que tenía problemas, había roto a llorar mientras le explicaba que necesitaba ayuda para sus problemas con el alcohol o, de lo contrario, perdería su empleo, y ella se había mostrado tan preocupada que se lo había tragado todo, culpando a Sadie tal y como había hecho él mismo.

–Esa chica no es como pensábamos –había dicho su madre con los labios fruncidos en un gesto de desaprobación–. No merece la pena, Sly. Tienes que dejarla marchar.

–Pero es que está en peligro –había contestado él fingiendo ser un buen tipo. Y dado que su madre deseaba verlo como el caballero de la brillante armadura, no le había resultado difícil hacérselo creer–. Está conviviendo con un asesino.

–Tenemos que apartar a Jayden de su lado, como sea –su madre se había retorcido las manos–. El niño no está seguro allí.

Sly se había mostrado de acuerdo en que tenía que solicitar la custodia de su hijo, aunque sabía que no iba a necesitar pagarle a su abogado ni un céntimo más. A continuación reconoció «a regañadientes» que sería mejor que pasara la noche con ella en lugar de regresar a esa casa vacía.

–Seguramente será lo mejor –había afirmado él–. Si vuelvo a casa lo único que haré será ahogar mis penas a la menor oportunidad, y no quiero volver a caer en la botella.

Después de que su madre se hubiera marchado a la cama, Sly se había dirigido a su dormitorio y ahuecado las almohadas bajo las mantas para que pareciera que había alguien durmiendo, en caso de que ella fuera a echarle un vistazo.

Tras comprobar que se había dormido, y suponiendo que todos los vecinos lo estarían también, Sly se había puesto los vaqueros y la sudadera de capucha negra que había llevado mientras provocaba el incendio, había recuperado del armario la pistola ocho milímetros de su difunto padre, y por último había empujado el coche de su madre fuera del garaje, sin arrancar el motor. Era importante que su coche patrulla permaneciera aparcado frente a la casa de su madre, a plena vista, para que los vecinos pudieran declarar que no se había movido en toda la noche y, con la puerta del garaje bajada, nadie sospecharía que había utilizado el coche de su madre.

Solo para evitar problemas, había empujado el Pontiac Grand Prix hasta el final de la calle antes de sentarse al volante. Y en ese momento había iniciado la búsqueda del hacha. Antes de recordar haber visto una en el garaje de Pete, casi había tomado la decisión de dispararles a Sadie y a Dawson. Dos balas conseguirían lo mismo que el hacha, salvo que le gustaba la idea de despedazar a Sadie y permitir que Dawson cargara con la culpa. Dawson, por supuesto, también estaría muerto, y su cuerpo tan bien escondido que jamás sería encontrado, lo que significaba que no estaría presente en el juicio por el asesinato de Sadie, pero daba igual. Su desaparición bastaría para condenarlo a los ojos de todos los que importaban en ese caso. Sly sería entonces totalmente exonerado por sus acciones de las pasadas semanas y, mientras no se pudiera demostrar que había tenido algo que ver en el asesinato de Sadie y la desaparición de Dawson, la vida seguiría más o menos como había sido antes de que Sadie decidiera tener el valor suficiente para hacerle frente.

En otras palabras, él ganaría la batalla que habían iniciado.

—Justicia poética —murmuró mientras repasaba el plan una y otra vez mientras aparcaba el coche de su madre en una desierta carretera secundaria, no muy lejos de la granja, y caminaba el resto del camino.

Hubiera preferido poder acercarse un poco más, pues iba a tener que llevar el coche hasta la casa después de matar a Dawson para disponer del cuerpo antes de que amaneciera, y eso iba a consumir un valioso tiempo. Pero, pensó mientras sopesaba el peso del hacha, si quería sacar aquello adelante, las cosas había que hacerlas bien.

Por suerte, era policía, y sabía muy bien cómo salir impune de un asesinato.

Dawson se despertó de golpe. No sabía muy bien por qué, pues aún quedaba mucho para que amaneciera y no había oído ni visto nada que considerara alarmante. Casi todas las luces estaban apagadas, aunque habían dejado encendido el televisor y una serie de los años ochenta atronaba en el salón.

Sadie, todavía dormida en sus brazos, empezó a despertarse cuando él se movió.

—¿Qué pasa? —murmuró antes de despertarse del todo, como si se hubiera dado cuenta de repente de que se habían dormido y que no deberían haberlo hecho.

—Todo va bien —la tranquilizó él—. Solo quiero salir para echar un vistazo.

—¡No! —ella lo agarró antes de que pudiera levantarse del sofá—. Permanezcamos juntos.

—Al menos déjame mirar por la ventana —Dawson sentía la necesidad de hacer más que eso, quería salir y comprobar si algo había caído en su trampa, pero se resistía a dejarla sola. Sabía que Sadie estaba asustada, y con buen motivo.

Al mirar por la ventana de la parte delantera no vio nada que le resultara preocupante. Miró por algunas otras ventanas, pero las nubes tapaban la luna, disminuyendo la visibilidad. Lo único que veía eran sombras, algunas de las cuales podrían indicar la presencia de un ser humano, aunque seguramente no fuera el caso.

–¿Dónde está tu teléfono? –preguntó Dawson–. ¿Por qué no compruebas si el jefe Thomas ha devuelto tus llamadas?

Sadie se sentó, se frotó la cara y alargó una mano hacia el móvil, que había dejado sobre la mesa de café.

–Nada.

Había dejado puesto el sonido y una llamada no habría pasado inadvertida, pero a Dawson se le ocurrió que quizás hubiera llegado algún mensaje de texto.

–¿Nada de nada?

–Ni llamadas ni mensajes. Nada.

No cabía duda de que la policía los había abandonado a su suerte. Dawson no se sorprendió. ¿Desde cuándo le había ayudado a él la policía?

–¿Qué hora es?

–La una y cuarto de la madrugada.

Todavía quedaba mucha noche por delante.

–No soporto que estemos permitiendo que Sly altere así nuestras vidas –gruñó él–. Mientras nosotros tengamos que vigilar nuestras espaldas y no podamos llevar una vida normal, él habrá ganado.

–Eso no es ninguna novedad para mí –le explicó Sadie–. Pero tengo la sensación de haberte arrastrado a esta situación.

–Tú no me has arrastrado a nada. Yo me he puesto en esta situación.

–Aun así, lo siento –ella lo miró con desánimo.

–Pues no lo sientas –Dawson tiró de ella para que se levantara del sofá–. Por ti merece la pena. Ya verás como el investigador de incendios encontrará algo, y entonces seremos libres. Pero por ahora vámonos a la cama. No podemos esperar levantados, esperando lo peor, cada noche.

Ella parecía reticente, pero tras asegurarse, por enésima vez, de que todas las puertas estaban cerradas, Dawson consiguió convencerla de que lo acompañara al dormitorio.

—Si decide hacer algo esta noche, el jefe Thomas sabrá que teníamos razón.

—No nos servirá de mucho consuelo si estamos muertos.

Dawson no respondió. ¿Qué podía decir? Ella tenía razón.

Tras usar el cuarto de baño y cepillarse los dientes se fueron a la cama. Dawson estaba agotado, pero no consiguió dormirse de inmediato. Se acurrucó junto a Sadie, esperando ofrecerle algo de consuelo y seguridad.

—He estado intentando con todas mis fuerzas no amarte —susurró ella.

—¿Y qué tal te está yendo? —él le besó el cuello.

—Estoy fracasando estrepitosamente.

Dawson no pudo reprimir una sonrisa.

—Puede que estemos destinados a estar juntos.

—O puede que, cuando por fin encontremos un poco de felicidad, Sly también vaya a ponerle fin —Sadie se llevó la mano de Dawson a los labios y la besó.

—Eso no va a suceder.

—Ya les ha sucedido a otras personas.

—Pues no voy a permitir que te suceda a ti —él la abrazó con más fuerza.

Sin embargo, unos segundos más tarde oyó un ligero ruido, un traqueteo que le indicó que alguien intentaba entrar en la casa.

Capítulo 29

Sly se dijo a sí mismo que aquello no podía ser muy complicado. Lo único que tenía que hacer era atraer a Dawson hasta la puerta. En cuanto la abriera... ¡Bum! El sonido del disparo haría gritar a Sadie. Incluso podría aparecer corriendo. Y el hacha haría el resto. En pocos minutos todo habría terminado y ella recibiría su merecido. A continuación, arrastraría el cuerpo de Dawson fuera de la casa y regresaría a por él con el coche. Esperaba que no sangrara demasiado dentro de la casa, pero aunque lo hiciera, y la policía encontrara la sangre, todo el mundo sabía que los que blandían armas como hachas a menudo se herían a sí mismos al atacar a otra persona. La presencia de su sangre dentro de la casa no demostraría nada, sobre todo si se esmeraba en limpiarla.

Volvió a intentar girar el picaporte y se deslizó contra la fachada de la casa. Debía tener cuidado, no podía hacerse ver demasiado o Dawson llamaría al 911. Sly necesitaba que echara un vistazo primero. De todos modos, contaba con que un hombre recientemente acusado de asesinato no tuviera demasiada prisa en llamar a la policía. Y Dawson sabía que en el cuerpo nadie se iba a desvivir por ayudarlo.

Cuando la luz que se filtraba desde el pasillo de la primera planta se apagó, Sly supo que alguien se acercaba. Se pegó contra la fachada trasera de la casa y empezó a contar. No tenía un número concreto en mente, solo necesitaba conservar la calma hasta que la puerta se abriera. Solo entonces dispararía. Dawson seguramente esperaba que se produjera una confrontación, una pelea, pero daría por hecho que Sly se resistiría a ir tan lejos, no esperaría abrir la puerta y recibir inmediatamente un disparo.

Y por eso Sly estaba seguro de que su plan iba a funcionar.

Sadie bajó las escaleras detrás de Dawson. En la mano sostenía el móvil con la intención de llamar al 911 ante el menor indicio de problemas. Sin embargo, primero debía estar segura de que hubiera motivo para ello. No podía correr el riesgo de parecer que intentaba incriminar a Sly, no cuando la mayor parte del cuerpo policial creía que Dawson era un asesino y ella una esposa infiel.

—Ten cuidado —susurró ella.

—Quédate atrás —le advirtió Dawson.

Todavía había una pequeña parte de Sadie que se preguntaba si no estarían exagerando al mostrarse tan a la defensiva y asustados. Al casarse con Sly, jamás había esperado encontrarse en una situación como esa. Por aquel entonces le había parecido un chico normal, pero no había durado mucho tiempo. Y le daba igual si estaba reaccionando exageradamente. No pensaba bajar la guardia.

Dawson levantó una mano, indicándole que se quedara en las escaleras, y se dirigió hacia la puerta de atrás. Desgraciadamente, no había ninguna ventana que diera a esa parte, pero sí algunos cristales triangulares en la propia puerta. Sadie contuvo la respiración y se inclinó sobre la barandilla para observar a Dawson mirar por esos cristales. Habían apagado las luces de la planta baja para que quienquiera que fuera no pudiera ver el interior, salvo por la escasa luz que se filtraba desde la planta superior. Y eso hizo que Dawson fuera engullido por la oscuridad.

No debió haber visto nada porque no abrió la puerta ni salió al porche. En cambio Sadie lo oyó moverse por la cocina, y luego el salón, intentando ver algo por las demás ventanas de la casa.

–¿Ves algo? –susurró ella.

–Aún no.

–¿Existe la posibilidad de que nos hayamos imaginado esos ruidos?

–No nos hemos imaginado nada, pero existe la posibilidad de que se trate de un mapache o una comadreja.

–¿Debería llamar a la policía?

–Todavía no. ¿Qué vas a decirles? ¿Que hemos oído a alguien en el porche? Dudo que eso les convenza para venir a toda prisa.

En eso tenía razón. Aún no tenían nada que contar...

Sadie oyó un crujido, de nuevo proveniente del porche, y sintió cómo el corazón se le disparaba. Alguien, o algo, estaba ahí fuera, de eso no había duda. Estaba a punto de preguntarle a Dawson si también había oído algo, pero él ya había cambiado de dirección, indicando que sí.

–Quédate ahí –murmuró él de nuevo.

Sadie no tuvo ocasión de responder, pues un instante después sonó un cristal roto. Y antes de poder marcar el número de la policía, se oyó un disparo.

No había sido intención de Sly romper la puerta, pero no le había quedado otra alternativa. Dawson se mostraba demasiado precavido para salir, demasiado inteligente para situarse en una posición de desventaja, y él no tenía tiempo que perder. Tampoco le preocupaba demasiado.

No tenía más que hacer que pareciera que Sadie había intentado encerrarse dentro de la casa, totalmente razonable si habían iniciado una pelea o si ella le tenía miedo. Y él había entrado a la fuerza.

Sly la oyó gritar al abrir la puerta de una patada, y la encontró petrificada en las escaleras, una expresión de horror en la mirada mientras contemplaba a Dawson. Sly no había podido ver bien dónde estaba disparando, pero había acertado en el blanco. Dawson había caído al suelo y Sly percibía claramente la indecisión y el deseo de Sadie de correr hacia su nuevo novio, lo cual le sorprendió. Esa mujer lo había querido tanto...

Pero entonces ella vio el hacha y comprendió que estaba destinada a ella.

Un estallido de adrenalina hizo que las piernas de Sadie se volvieran de goma, tanto que apenas le servirían para subir corriendo las escaleras. Quería llamar al 911, pero no había tiempo. Sly se abalanzaría sobre ella antes de que hubiera terminado de marcar.

Lo único que podía hacer era intentar alcanzar el cuarto de baño. Una vez dentro echaría el cerrojo. Por supuesto, Sly tiraría la puerta abajo con el hacha, pero dispondría de unos preciosos segundos para llamar a emergencias.

Pensó que iba a lograrlo, pero el terror que le provocó el sonido de sus pisadas subiendo las escaleras tan cerca de ella estuvo a punto de hacer que le fallaran las piernas y que se cayera. «¡Vamos, vamos, vamos!», gritó su mente. «Hazlo por Jayden». No quería dejar a su hijo huérfano de madre, y con un asesino como padre.

Pero el pánico le había robado su habitual fortaleza.

De algún modo consiguió agarrarse al marco de la puerta y lanzarse al interior del cuarto de baño. Sin embargo no consiguió cerrar la puerta a tiempo. A pesar de sus esfuerzos, sintió la presión de la mano de Sly manteniéndola abierta mientras con la otra mano levantaba el hacha.

Sadie gritó en el mismo instante en que Dawson gritaba el nombre de Sly.

Una expresión de pánico asomó al rostro de Sly mientras se volvía para ver a Dawson subir a trompicones la escalera, apoyando todo su peso sobre la barandilla. Tenía la camiseta empapada de sangre, y apenas podía levantar el brazo dominante, pero de todos modos intentaba detenerlo.

—¿Qué demonios? ¿Es que quieres recibir más? —gritó Sly mientras se volvía hacia él, dándole a Sadie la oportunidad para cerrar la puerta de golpe y echar el cerrojo.

Con manos temblorosas marcó el 911. Estaba muerta de miedo ante la posibilidad de que Sly volviera a disparar a Dawson. Su único consuelo era que ya no llevaba la pistola en la mano, pero seguía teniendo el hacha, que causaría el mismo daño que un disparo. El padre de Jayden se había vuelto completamente loco.

Pero antes de poder completar la llamada, oyó nuevas pisadas subiendo las escaleras. Y alguien gritó.

—¡Quieto o disparo!

¡Era el jefe Thomas! Sadie frunció el ceño mientras contemplaba su móvil. Aún no había podido hablar con nadie. ¿Cómo había llegado el jefe Thomas tan pronto?

—¿Jefe? —gritó ella.

Pero el jefe no respondió. Estaba demasiado ocupado dando órdenes.

—¡Al suelo! ¡Ahora!

Con el corazón acelerado, Sadie abrió la puerta y vio a Thomas de pie, apuntando a Sly con la pistola. Su ex estaba tumbado boca abajo en el suelo, con los brazos y las piernas extendidos. De algún modo el jefe de la policía había adelantado a Dawson en la escalera, pero él seguía arrastrándose escaleras arriba para intentar llegar hasta ella.

—¿Estás bien? —preguntó cuando sus miradas se encontraron. Su rostro estaba pálido y reflejaba una profunda ansiedad.

—Yo estoy bien, pero ¿y tú? Pensé que... —Sadie intentó contener el nudo que se estaba formando en su garganta—. Pensé que te había matado.

—No —Dawson apretó con la mano izquierda la herida de bala que tenía en el hombro derecho—. Estoy bien. Duele como un demonio, pero... voy a buscar algo para el dolor.

—Llama para pedir ayuda. Necesita una ambulancia —observó Thomas.

Sadie no necesitaba que nadie le explicara lo que tenía que hacer, pues ya estaba marcando el número.

Sentada en la sala de espera del hospital Ojai Valley, el más cercano a Silver Springs, Sadie aguardaba mientras Dawson era intervenido quirúrgicamente. Con las prisas por subirse con él a la ambulancia se había olvidado el abrigo. Por suerte, el jefe Thomas había llegado poco después que ella e insistido en que se pusiera el suyo. En la sala de espera no hacía demasiado frío, pero el nerviosismo y la preocupación le hacían sentirse helada. En la ambulancia Dawson había parecido estar bien y no había parado de intentar tranquilizarla. Pero dado que aún no le había visto un médico, no había manera de saber hasta qué punto estaba realmente bien. ¿Y si había perdido demasiada sangre? ¿Y si la bala había dañado un nervio o el tejido muscular y había perdido la movilidad del brazo derecho? Dependía de sí mismo para ganarse la vida.

—¿Estás bien? —preguntó el jefe Thomas.

No había parado de hablar por teléfono desde su llegada al hospital, por lo que Sadie aún no había podido decirle nada.

—Estoy bien, pero tengo miedo por Dawson.

—Siento lo ocurrido.

Sadie se había pasado todo el tiempo inclinada hacia delante, con las manos bajo las rodillas y la mirada fija en el suelo, pero al ver que Thomas podía hablar con ella, se echó hacia atrás.

—¿Cómo lo supo? —le preguntó—. ¿Cómo consiguió llegar a tiempo a la granja?

—Ya estaba allí, esperándolo.

—¿Dónde?

—En la parte de atrás, junto al canal, pero, cuando empezó a hacerse tarde, y viendo que no sucedía nada, decidí regresar a mi casa. Estaba agotado y no era capaz de mantenerme despierto. Sin embargo, al dar la vuelta con el coche me quedé atascado. Me dirigía hacia la granja para pedirle a Dawson que me sacara con el tractor cuando oí el disparo.

—Espere. ¿Quiere decir que cayó en la trampa de Dawson? ¿Insinúa que de no ser por eso se habría marchado?

—¿Era una trampa?

—Para Sly, no para usted.

—Bueno, pues atrapó a uno de los dos. Y menos mal.

—¿Por qué no nos hizo saber que venía? ¿Por qué lo anuló al principio?

—Intentaba conservar la fe en mi agente, intentaba hacer todo lo posible para salvarlo. Incluso le advertí. Pero después de cancelar mi visita a la granja y de hablar con él, me enteré de algo que me hizo cambiar de idea.

—¿El qué? —ella alzó las cejas en una expresión inquisitiva—. Supongo que la información no llegaría de parte de Damian Steele, ¿o sí?

—No. Aunque a ti pueda parecerte que no hemos hecho gran cosa, hemos estado llevando a cabo nuestra propia investigación sobre el incendio. Y esa investigación incluía a varias tiendas de los alrededores de Silver Springs para revisar las cámaras en busca de un hombre comprando una sudadera con capucha negra y unos vaqueros oscuros.

—¡Eso debió ser como intentar encontrar una aguja en un pajar! —exclamó Sadie.

—Y lo fue, salvo que recordé que Sly mencionó algo sobre ir a Santa Barbara poco antes del incendio. Supuse que, si había sido él, habría comprado la ropa allí, algo más lejos de su casa.

—¿Y encontró la grabación que lo demostraba?

—Sí. Se le ve claramente comprando esos artículos en Walmart. Y creo que es la misma ropa que llevaba esta noche.

—Eso lo relaciona con el incendio —ella lo miró boquiabierta.

—Digamos que es una pieza del rompecabezas, una prueba circunstancial. Pero necesitamos algo más para obtener una condena. Sin embargo, de todos modos irá a prisión, por intento de asesinato.

De modo que daba igual que el investigador de incendios hallara más pruebas o no. Sadie ya tenía todo lo necesario.

Se tapó la boca con una mano y respiró hondo. Su ex ya no podría acosarla, amenazarla o asustarla. Casi era demasiado bueno para ser verdad.

—Soy libre.

—Sí.

—Gracias a Dios —susurró ella, casi para sí misma, aunque mirando de reojo al jefe de la policía—. ¿No piensa advertirme sobre no cometer otro error al relacionarme con Dawson?

—No —él se estiró el uniforme.

—Porque...

—Porque también he recibido información sobre Dawson, algo que me hacer pensar que él tampoco es el hombre que creíamos.

—Y eso es bueno, ¿verdad? —Sadie intentó descifrar su expresión.

—Sí, es bueno. Aiyana Turner me llamó hace unas horas.

Al oír el nombre de Aiyana, Sadie se levantó de un salto.

—¡Ha descubierto quién es el hermano de ese vagabundo que Dawson sostiene mató a sus padres!

—Sí. Estuvo toda la tarde, y toda la noche, buscando, y su trabajo la condujo hasta el nombre del vagabundo, Ronny Booker, un antiguo soldado y drogadicto con una ficha policial de un kilómetro de larga.

—¿Y cree que podrá localizarlo? —Sadie cerró los puños con fuerza, clavándose las uñas.

—Ya lo hemos hecho.

—¿Dónde está?

—En la cárcel, aguardando juicio por otro delito.

—¿Qué delito? —ella deseó que Dawson pudiera oírlo.

—Hará unos nueve meses entró a robar en una casa... y mató a tres de sus ocupantes con un cuchillo de carnicero. Tienen su ADN, además del testimonio de un testigo que sobrevivió, el cuarto miembro de la familia. Booker irá a prisión para el resto de su vida.

—¡Cielo santo! —exclamó ella mientras se echaba a llorar—. Dawson siempre supo que el hombre que había conocido aquella noche era el asesino, se dio cuenta de que no estaba bien, que era una persona desequilibrada.

—Todavía no tenemos evidencias sólidas para cargarle con la muerte de los Reed, pero... —contestó el jefe Thomas con precaución, aunque Sadie percibió claramente que estaba convencido de que Ronny Booker era su asesino–, calza el mismo número de pie –concluyó mirándola con timidez.

Durante unos segundos, ella no comprendió qué importancia podría tener eso. Pero de repente recordó la huella encontrada fuera de la casa de los padres de Dawson, la que era demasiado pequeña para haber sido hecha por Dawson.

–¡Vaya! –exclamó–. De modo que no fue hecha al azar por algún forastero tal y como insistió la prensa.

–Eso es lo que pensamos ahora.

–Eso es maravilloso, increíble de verdad. Pero ¿por qué no nos llamó Aiyana a nosotros?

–Tenía pensado hacerlo. Solo quería darme la primicia, no quería que Dawson se metiera por medio antes de tiempo y fastidiara algo, o hiciera algo que lamentaría después.

En otras palabras, Aiyana había seguido confiando en el jefe Thomas cuando Dawson ya había perdido toda su fe en él.

–Gracias por seguir esa pista. Ronny Booker mató a los Reed, sé que lo hizo, porque no fue Dawson, y nadie más tenía un motivo para hacerles daño. Booker era el único forastero que había por aquí aquella noche.

–Si fue Ronny, lo demostraremos.

–Dawson contrató a un investigador forense...

–Lo sé. Y si encuentra algo nos servirá de ayuda, pero puede que ni siquiera sea necesario.

–Estoy anonadada –observó Sadie mientras se reclinaba en el asiento.

Dawson había encontrado al asesino de sus padres y ya no iba a tener que vivir bajo la terrible sospecha que lo había perseguido desde sus muertes. Y Sly acabaría en prisión aunque no pudieran demostrar que había incendiado la casa.

—¿Dónde está Sly ahora mismo? —demasiado preocupada por Dawson, Sadie no había pensado demasiado en su ex desde la llegada del jefe Thomas.

—Lo están fichando en la cárcel del condado. Permanecerá allí a la espera de juicio y luego, tal y como te he explicado, irá a la cárcel.

Sadie intentó imaginarse el futuro sin él, y solo sintió esperanza y emoción. Iba a poder hacer lo que quisiera con su vida sin tener que pensar primero en cómo iba a reaccionar Sly, o si le parecería bien y si se lo permitiría.

—No quiero volver a verlo nunca más.

—No te culpo por ello. Y no tendrás que hacerlo. Es policía, y cualquier juez lo sentenciará a la mayor pena posible.

El recuerdo de Sly persiguiéndola con ese hacha aún le provocaba a Sadie escalofríos. Había disparado a Dawson y la habría matado a ella si el jefe Thomas no hubiera llegado a tiempo. Dawson y ella estarían los dos muertos.

—Es un monstruo —insistió ella.

—Y no solo eso. Justo antes de dirigirme a la granja, como si aún no hubiera oído bastante, el camarero de The Blue Suede Shoe llamó para contarme lo intimidante que había resultado su comportamiento. Me temo que no es el mismo hombre al que contraté hace una década.

Sadie no tuvo posibilidad de responder, pues el médico acababa de aparecer.

—¿Está Sadie Harris aquí?

—Sí —ella se puso en pie de un salto—. Yo soy Sadie Harris.

—Dawson pregunta por usted —le informó el hombre.

—¿Se va a poner bien? —al intentar tragar, Sadie descubrió que tenía la garganta seca.

—Me costó bastante sacarle esa bala del hombro, pero lo conseguí, y gracias a ello debería recuperarse plenamente. Solo necesita descansar.

Sadie se volvió sonriente hacia el jefe Thomas.

–Se va a poner bien.

Thomas le devolvió la sonrisa mientras se ponía en pie.

–Opino que estará mucho más que bien en cuanto le des la buena noticia.

–¿No se lo va a contar usted mismo? –preguntó ella sorprendida.

–No, eso te lo dejo a ti. Yo me voy a casa.

Sadie intentó devolverle el abrigo, pero él se negó a aceptarlo.

–Tráelo a comisaría mañana o pasado mañana. No hay prisa.

–Gracias –contestó ella–. Ni se imagina lo agradecida que estoy de que viniera esta noche. Pensábamos que...

–No hace falta que me digas lo que pensabais –la voz del jefe Thomas tenía un toque de decepción–. No quería dudar de ninguno de mis hombres, por si me equivocaba. Algo como esto, bueno, es tan desafortunado... sobre todo teniendo en cuenta lo que opina la gente sobre las fuerzas de la ley en estos tiempos.

–Usted no tiene nada que ver con Sly –observó Sadie.

–Me alegra que pienses así, y me alegra que al final las cosas salieran bien para Dawson y para ti.

–Salieron bien porque usted hizo su trabajo –Sadie le ofreció una mano–. De nuevo, gracias.

Epílogo

Angela estaba de pie ante la puerta de Stanley DeWitt, con la maleta en una mano y Megan a su lado, cuando Sadie y Dawson entraron en el aparcamiento. La hermana de Dawson reconoció la camioneta en cuanto entró en su campo de visión y empezó a agitar la mano alocadamente en el aire.

—Mira qué emocionada está —Sadie se rio mientras reducía la velocidad para evitar a otro coche que se acercaba en dirección a ellos.

Era Sadie la que conducía, dado que Dawson acababa de salir del hospital. Debería estar descansando en la cama, pero no había querido defraudar a su hermana no apareciendo a recogerla.

—No le va a gustar que no hayamos traído a Jayden con nosotros —observó él mientras le devolvía el saludo con la mano izquierda, puesto que aún no podía utilizar la derecha.

Habían tenido que dejar al niño con Petra porque en la camioneta de Dawson, o en Chevy El Camino de Sadie, no había sitio para cuatro personas. Dawson ya estaba pensando en comprar un sedán capaz de transportar a toda la «familia», de manera que esa cuestión iba a dejar de ser un problema muy pronto.

Sadie se detuvo junto a la acera y apagó el motor.

—Iré a por él en cuanto estemos de vuelta para que pueda verlo enseguida.

—¡Dawson! —gritó Angela.

De no ser por la intervención de Sadie, se habría arrojado en los brazos de su hermano.

—¡Eh! Con suavidad, ¿de acuerdo? Dawson está herido —le explicó.

Su hermana frunció el ceño ante la evidencia. No veía el vendaje bajo la camiseta, pero sí que llevaba un brazo en cabestrillo.

—Me dijiste que estabas bien, Dawson. Dijiste que estabas en el hospital, pero que no tenías mucha pupa —el tono de voz resultaba acusador, como si se hubiera lastimado intencionadamente.

—No es nada, cielo. Con el tiempo se curará. Pero tengo que tener cuidado con no arrancarme los puntos, de lo contrario empezará a sangrar de nuevo.

—No me gusta la sangre —observó ella.

—A mí tampoco —respondió Dawson.

Angela lo contempló detenidamente, como si estuviera decidiendo hasta qué punto podía creerle.

—¿Qué son los puntos?

Dawson estiró el cuello de la camiseta para mostrarle el vendaje.

—Hay unos hilos manteniendo la herida cerrada debajo de esta venda.

—¿Puedes quitarte la camiseta para que lo vea?

—Ahora mismo no. De todos modos, está todo tapado con vendas.

Dawson le dio el mejor abrazo que podía darse con un solo brazo, pero, a pesar de la excitación de la que había sido presa minutos antes, en esos momentos, Angela parecía alterada.

—¿Qué sucede? —preguntó él.

—No te vas a morir, como papá y mamá, ¿verdad? No te marcharás otra vez...

—No, no me marcharé otra vez. Ni nunca. Estoy bien.

—¿Y ellos van a volver?

Dawson miró a Sadie con tristeza antes de contestar a su hermana.

—No. Pero te mostraré dónde puedes visitarlos cada vez que los eches de menos.

—Los echo de menos ahora mismo –le aseguró ella.

—Yo también –él asintió.

Sadie y Megan tuvieron que insistirle a Dawson para que no intentara cargar el equipaje de Angela en la camioneta. Ellas se ocuparon del equipaje mientras él se ocupaba del papeleo.

—Ya está –anunció al salir del centro–. Podemos irnos.

—Apuesto a que alguna que otra vez pensaste que este momento nunca llegaría –observó Megan.

—Muchas veces –reconoció él.

Tras darle las gracias subieron a la camioneta y partieron hacia Silver Springs.

—¿Puedo tomar un helado? –preguntó Angela apenas hubieron salido del aparcamiento.

Sabía que su hermano era un blando y estaba dispuesta a aprovecharse de ello sin más dilación. Sin embargo, en esos momentos Sadie también habría cedido, de manera que no pudo recriminárselo a Dawson. Pararon en un establecimiento y disfrutaron un rato del sol de Los Ángeles antes de emprender el regreso a casa. Angela soportó el trayecto durante una hora antes de empezar a preguntar sin parar.

—¿Cuánto falta? ¿Cuándo llegamos?

Sadie sonrió para sus adentros mientras Dawson le explicaba a su hermana que aún faltaba una hora, cuarenta y cinco minutos, media hora, y así sucesivamente. Manifestaba mucha paciencia y Sadie sintió que nunca había estado tan orgullosa de él como en esos momentos. Siempre trataba a su hermana con mucho cariño y paciencia.

—¿Cuándo podré ver a Jayden? —preguntó Angela.

Era otra de las preguntas más repetidas.

—Lo recogeré en cuanto os deje a Dawson y a ti en la granja —le explicó Sadie.

Sin embargo, no fue necesario, pues al entrar en la granja, media ciudad parecía estar allí para recibirlos. Y delante de todos estaban Petra y Jayden, sujetando un cartel de bienvenida. Había más carteles, incluyendo uno en el que podía leerse, *Perdónanos, Dawson*, mezclado entre los demás, y un montón de globos.

En cuanto se bajó de la camioneta, Sadie averiguó que la fiesta de bienvenida había sido organizada por la iglesia a la que asistían los Reed. No solo habían llevado mesas repletas de comida, sino también a varios trabajadores llegados para ayudar a Dawson a arrancar las malas hierbas y plantar antes de que hiciera demasiado calor para la cosecha. Unos cuantos estaban arreglando ya algunas cosas que Dawson aún no había hecho en la casa. Aparte de los miembros de la iglesia, también estaban allí Aiyana y sus hijos, al igual que Maude y Vern, y Lolita con unas cuantas camareras de la cafetería. El jefe Thomas también había acudido con Pete y George, los amigos de Sly. Sus miradas eran las más apocadas.

Dawson se mostró claramente sorprendido ante la multitud, sobre todo cuando todos empezaron a saludarlos a Angela y a él. Rápidamente se formó una fila de personas que pasaron ante él, pidiéndole perdón.

—Me equivoqué contigo.

—Lo siento muchísimo.

—Deberíamos haber escuchado a Aiyana. Ella siempre tiene razón.

—He venido para ayudar.

A nadie le habría sorprendido si Dawson hubiera rechazado sus disculpas. Habían sido muy duros con él. Pero no lo hizo. Estrechó la mano de cada una de las personas que se acercó a él, incluso permitió que le dieran algún que otro abrazo.

Sadie permaneció discretamente a un lado, disfrutando del espectáculo mientras charlaba con Maude.

—Seguiste tu instinto —la mujer le guiñó un ojo—, y tu instinto tenía razón.

Maude se alejó para charlar con otros amigos y Angela llamó a Dawson para que la ayudara con algo. Sadie vio al jefe Thomas acercarse a ella.

—Gracias por venir.

—No hay de qué. Me alegra haber venido —Thomas señaló con la cabeza a Dawson, que estaba atando un globo para su hermana—. Se merece una fiesta, y mucho más después de todo lo que ha pasado. Claro que tú también has tenido lo tuyo.

—Y me alegra que haya terminado —Sadie se había dado cuenta de que la madre de Sly no estaba entre las personas que habían acudido a la granja.

Dudaba que la mujer fuera a dirigirle la palabra nunca más, a pesar de lo que había hecho su hijo.

—Yo también. Y me alegra poder traerte una buena noticia.

Sadie esperaba que le hablara de alguna prueba incriminatoria contra Sly, o contra Ronny Booker.

—¿Ha habido noticias del investigador de incendios?

—Sí. Ha corroborado nuestros propios resultados. Se utilizó un acelerante, seguramente gasolina. De momento no hay nada más. Pero lo que quería contarte es otra cosa.

—¿Qué?

—Hemos encontrado tus fotos.

—¿Mis fotos? —repitió ella.

—Las de tus padres, y las de Jayden cuando era bebé.
—¿Dónde? —ella lo miró boquiabierta.
—Debajo de la cama de Sly. Las encontramos allí ayer cuando fuimos a su casa, en el contenedor de plástico en el que dijiste que estarían, por lo visto un poco derretido en una esquina, pero por lo demás intacto. Uno de mis agentes te lo hará llegar esta noche. No quería perderme el momento de vuestra llegada para ver vuestras caras de sorpresa, de lo contrario lo habría traído yo mismo.

—No pasa nada, cuando puedan, gracias. Pero... ¿cómo las consiguió Sly?

—Estuvo allí la noche del incendio. En cuanto estuvo apagado, supongo que entró para curiosear, o quizás fue en los días inmediatamente posteriores. Por aquel entonces yo aún creía en él, y no lo vigilaba tan de cerca como debería haber hecho.

—No entiendo por qué se las llevó. No me lo imagino queriendo conservar unas fotos de Jayden de bebé. Ya le había ofrecido hacer copias y nunca había querido. De haber tenido el dinero, yo misma le habría encargado esas copias.

—Quizás no fuera más que otro intento de hacerte daño —Thomas se rascó la nuca.

—Estoy segura de que fue eso —murmuró Sadie.

Sin duda a Sly le encantaba saber que tenía en su poder lo que ella deseaba, y que suyo era el poder para decidir si se las devolvía o no.

Estuvo charlando unos minutos más con el jefe de la policía sobre lo que podría descubrir el inspector de incendios, o el especialista forense que Dawson había contratado para buscar más pistas sobre el asesinato de sus padres, y se mostró encantada de que lo que encontraran serviría de ayuda, pero no cambiaría el destino final de Sly ni de Ronny Booker.

Dawson regresó junto a ella segundos después de que

Thomas se dirigiera a una de las mesas para degustar un cupcake.

−¿Qué pasa?

Sadie no quería restarle protagonismo a Dawson y el momento que estaba viviendo, y decidió que ya le hablaría de las fotos más tarde.

−Esto −sonrió mientras lo miraba fijamente−. Es maravilloso, ¿verdad?

−Sí que lo es −él se inclinó para besarla−. Pero teneros a Jayden y a ti en mi vida, y a Angela de regreso en casa, es con mucho lo mejor.

ÚLTIMOS TÍTULOS PUBLICADOS EN HQN

La promesa más oscura de Gena Showalter

Nosotros y el destino de Claudia Velasco

Las reglas del juego de Anna Casanovas

Descubriéndote de Brenda Novak

Vainilla de Megan Hart

Bajo la luna azul de María José Tirado

Los trenes del azúcar de Mayelen Fouler

Secretos por descubrir de Sherryl Woods

Pasó accidentalmente de Jill Shalvis

El juego del ahorcado de Lis Haley

El indómito escocés de Julia London

Demasiado bueno para ser verdad de Susan Mallery

Contigo lo quiero todo de Olga Salar

Atardecer en central Park de Sarah Morgan

Lo mejor de mi amor de Susan Mallery

Nada más verte de Isabel Keats